DUMONT

Türkisblaues Wasser, raue Steilküsten, kilometerlange Sandstrände – der Sommer in St Trenyan/Cornwall hat einiges zu bieten. Leider ist Demi viel zu beschäftigt, um ihn zu genießen. Sie arbeitet als Kellnerin in einem kleinen Strandcafé, um sich und ihren Hund Mitch über die Runden zu bringen.

Dann verliert sie ihren Job – und trifft Cal. Er hat ein Anwesen in der Nähe einer idyllischen Bucht geerbt. Das alte, baufällige Haus und das vernachlässigte Gelände will er in eine Ferienanlage umwandeln, und er braucht dringend Unterstützung. Auf einmal hat Demi wieder Arbeit. Und während sie gärtnert, Wände verputzt und Dachziegel anbringt, träumt sie von ihrem eigenen kleinen Café. Aber auch ihr neuer Chef beschäftigt sie – obwohl der es ihr nicht gerade leicht macht. Trotzdem fühlt sie sich zu ihm hingezogen. Wenn nur Cals Exfreundin nicht wäre, für die er noch Gefühle zu hegen scheint. Als Cal erkennt, was Demi ihm bedeutet, ist es fast zu spät …

Phillipa Ashley

Hinter dem Café das Meer

Roman

Aus dem Englischen von
Marion Herbert

DUMONT

FSC
www.fsc.org
MIX
Papier aus verantwortungsvollen Quellen
FSC® C083411

Deutsche Erstausgabe
Mai 2017
DuMont Buchverlag, Köln

Die englische Originalausgabe erschien 2016 unter dem Titel ›Summer at the Cornish Café‹ bei Maze, London.

Umschlaggestaltung: Lübbeke Naumann Thoben, Köln
Umschlagabbildung: Hund © Salome – Fotolia.com;
Paar © Ratkom – Fotolia.com; Schirm © HuHu Lin – Fotolia.com;
Vogel © Neubauwelt
Satz: Angelika Kudella, Köln
Gesetzt aus der Elzevir
Druck und Verarbeitung: CPI books GmbH, Leck
Gedruckt auf säurefreiem und chlorfrei gebleichtem Papier
Printed in Germany
ISBN 978-3-8321-6407-2

www.dumont-buchverlag.de

Für Rowena Kincaid,
eine einzigartige Frau

Gib niemals auf, denn genau dann und dort
werden die Gezeiten wechseln.
Harriet Beecher Stowe

Prolog

»Einen wunderschönen guten Morgen, Cornwall, und herzlich willkommen zur Morningshow von Radio St Trenyan! Am Mikrofon ist euer Lieblingsmoderator Greg Stennack. Also raus aus den Federn, diesen Tag sollte man nicht verschlafen. Die Sonne scheint, die Wellen warten schon – beste Voraussetzungen für einen gelungenen Start ins Osterwochenende. Ob ihr hier zu Hause seid oder nur zu Besuch in dieser besonders schööönen Ecke von West-Cornwall – bleibt dran! Ihr hört den besten Radiosender weit und breit, denn nur wir haben für euch die neusten Hits und die heißesten News. Und die leckersten Pasteten weit und breit gibt es bei unserem Sponsor Hayleigh's. Also, jetzt geht's los mit ›Happy‹ *von Pharrell. Lass es krachen, Pha …«*

Ich schrecke aus einem Albtraum hoch, in dem ich von einer Riesenpastete angegriffen wurde, und taste nach dem Ausschalter des Radioweckers, um Gregs Enthusiasmus abzuwürgen. Eigentlich schade, auch Pharrell abzuwürgen, aber ich muss aufstehen, duschen und mich für die Arbeit fertig machen. Zwei Stockwerke unter meinem Dachzimmer höre ich, wie meine Chefin Sheila schon in der Küche des Cafés die Lieder aus dem Radio mitsingt, obwohl es erst sechs Uhr morgens ist.

Sagte ich »sechs«? Stöhnend ziehe ich mir noch mal die Decke über den Kopf, aber am Fußende schiebt sich eine feuchte Schnauze darunter, und eine warme Zunge leckt über meinen großen Zeh. Nicht nur Greg findet, dass man diesen Tag nicht verschlafen sollte.

»Ist ja gut, Junge. Ich hab dich nicht vergessen«, murmele ich durch die Bettdecke.

Mein Hund Mitch glaubt mir offenbar nicht, und ich stoße ein »Uff« aus, als er auf mich draufspringt.

Ich schlage die Decke zurück und habe sofort eine haarige Schnauze im Gesicht und einen Schwall frühmorgendlichen Hundeatem in der Nase.

»Iih, Mitch. Was hast du denn gestern Abend gefressen? Okay. Okay. Ich steh ja schon auf!«

Nachdem ich Mitch sanft von mir runtergeschoben habe, quäle ich mich aus dem Bett und gehe hinüber zur Dachluke. Ich stelle mich auf die Zehenspitzen, ziehe den blau karierten Vorhang zurück, schiebe die Luke einen Spaltbreit auf und spähe hinaus. Es ist so gleißend hell, dass ich blinzeln muss. Der Himmel über dem Küstenstädtchen St Trenyan ist schon jetzt postkartenblau, und ich kann das Salz in der Luft fast schmecken. Am Strand vor dem Café, in dem ich seit ein paar Wochen arbeite, tuckert ein Traktor hin und her und ebnet den Sand, damit die Liegestühle aufgestellt werden können.

Im Hafen hinter dem Strand wippen Bootsmasten auf und ab. Ein paar Leute sind schon auf, joggen über den platten Sand oder werfen ihren Hunden Bälle ins Meer. Als der Wind das Rattern des Traktors und Fetzen von fernem Hundegebell durchs Fenster trägt, jault Mitch begeistert auf. Ich hole tief Luft und schließe das Fenster. Es ist Ostern: Gezeitenwechsel, ein neuer Tag und der Beginn eines Sommers.

Ich frage mich, was er wohl bringen wird.

1

Die Gäste, die immer etwas zu meckern haben, egal, wie sehr man sich bemüht, erkennt man sofort. Doch ich weiß, als ich nach meinem Notizblock greife, um die Bestellung aufzunehmen, dass der Mann an Tisch sechzehn nicht zu ihnen gehört.

Dieser Tisch in der Ecke unter dem Dunstabzug der Küche hat ein wackeliges Bein, und die meisten Leute setzen sich nur im Notfall dorthin, aber ich habe den Typen direkt darauf zusteuern sehen, obwohl vorhin noch andere Plätze mit schönerer Aussicht frei waren.

»Sheilas Strandhäuschen« ist ein tolles Café, es hat die beste Lage von allen Cafés in St Trenyan, aber der Kerl könnte ebenso in irgendeiner trendigen Londoner Espressobar sitzen. Er ist in einen *Times*-Artikel vertieft, sodass er gar keinen Blick hat für den sahnefarbenen Sand, das türkisblaue Meer mit den kleinen, schäumenden Wellen oder die bunt gemischte Gruppe von Urlaubern, die am Strand vor dem Café in der Sonne liegen oder Cricket spielen. So früh im Jahr ist das Wasser eigentlich sogar zum Paddeln zu kalt, aber am anderen Ende des Strands versuchen dennoch ein paar unerschrockene Surfer, die größeren Wellen zu erwischen. Die Surfschule hat ihre Ständer mit Neoprenanzügen und gelben Schwimmbrettern hinausgeschoben und ein Schild aufgestellt, auf dem sie verspricht, jedem in zwei Stunden das Wellenreiten beizubringen. Ja, klar. Ich bin in Cornwall aufgewachsen und kann es immer noch nicht.

Ich klappe meinen Notizblock auf und halte den Stift bereit. »Sie wünschen, Sir?«

»Hmm …«

»Darf ich Ihnen etwas bringen, Sir?«

»Einen doppelten Espresso«, nuschelt er, ohne auch nur den Blick vom Zeitungsartikel abzuwenden. Er liest die Klatschseite. Ich sehe ein Bild von einer glamourösen Blondine, die an einem Filmset hinter der Kamera steht. Vielleicht ist er doch nicht so der intellektuelle Typ?

»Darf's sonst noch was sein? Ein Toastie? Kuchen? Wir haben auch selbst gebackene Blaubeermuffins.«

»Nur Kaffee«, knurrt er und blättert hastig zur Literaturseite um.

Okay. Mir doch egal, wenn du keinen von den *köstlichen* Muffins willst, die ich heute Morgen gebacken habe, denke ich. »Kommt sofort, Sir.«

»Sie müssen mich nicht ›Sir‹ nennen«, sagt er und fügt dann ein schroffes »Danke« hinzu.

Ich könnte ihm jetzt erklären, dass er sich nichts darauf einbilden soll und ich alle männlichen Gäste zwischen fünfundzwanzig und fünfundneunzig so anspreche und ich Typen wie ihn schon kenne. Ich kann zwar sein Gesicht nicht richtig sehen, aber erkenne genau, dass seine Arme und Hände sogar jetzt nach dem Winter stark gebräunt sind. Sein khakifarbenes Sweatshirt schlabbert an seinem schlanken Körper, und er hat sich seine schwarze Beanie-Mütze über die Ohren gezogen, obwohl die Sonne schon ziemlich warm ist. Typischer Möchtegern-Surfer, der sich bestimmt gerade eine Auszeit von seinem Job in der Londoner City nimmt. Ist wahrscheinlich direkt von Bondi Beach oder einem französischen Alpen-Resort nach Cornwall geflogen. Hat wahrscheinlich Skier und Surfbrett im Kofferraum seines Geländewagens in der Einfahrt vor dem Ferienhaus seiner Eltern in Rock. Nicht, dass ich Vorurteile hätte oder so.

Ich gerate ganz schön ins Schwitzen, als ich mich einen Moment später in meiner weißen Bluse und der schwarzen Hose mit einer Ladung heißer Pasteten auf die Terrasse hinausschlängele. Inzwischen sind drinnen und draußen alle Tische besetzt, es sitzen sogar Leute auf der Mauer zum Strand von St Trenyan. Das Strandhäuschen hat nicht nur eine fantastische Aussicht und Sheilas berühmte Pasteten im Angebot, sondern auch eine entspannte Atmosphäre, die es bei Surfern, Familien und Hundebesitzern gleichermaßen beliebt macht.

»Hey, Sie da!«

Eine Kundin von Tisch zwölf ruft nach mir. Sie ist bestimmt noch keine dreißig, aber sie wirkt älter und gehetzt. Offensichtlich ist sie mit ihrem Vater und einer jüngeren Schwester hier. Beide sehen ihr ähnlich. Die mutmaßliche Schwester ist vielleicht achtzehn oder neunzehn – ein paar Jahre jünger als ich. Im Gegensatz zum Mützen-Typ will besagte Kundin definitiv Aufmerksamkeit erregen. Mit ihrem taillierten, schwarzen Business-Kostüm, den High Heels und dem starken Make-up sticht sie zwischen den Touristen heraus. Ihre Begleiter machen keinen besonders glücklichen Eindruck. Der Vater runzelt immerzu die Stirn, und seine jüngere Tochter ist geschminkt wie ein Emo. Andererseits – vielleicht sieht sie nur deshalb so traurig aus.

Die Frau im Kostüm schaut auf ihre strassbesetzte Uhr und spitzt die Lippen.

»*Entschuldigung.* Hören Sie nicht? Wir warten schon seit *Stunden.* Wann nehmen Sie endlich *unsere* Bestellung auf?«

Genau genommen ist sie erst seit fünf Minuten hier, aber ich schenke ihr mein strahlendstes Lächeln. Der Kunde ist König, und ich kann es mir nicht leisten, irgendjemanden zu verärgern, denn Mitch und ich brauchen diesen Job dringender, als die meisten Leute es sich vorstellen können.

»Das tut mir leid, Madam.«

»Der Personalbedarf ist offensichtlich nicht entsprechend geplant.«

Ich könnte ihr erklären, dass das Personal aus mir, Sheila, ihrer Nichte (die nur auftaucht, wenn die Wellen sich nicht zum Surfen eignen) und Henry (der sich heute Morgen wegen eines entzündeten Brustwarzen-Piercings krankgemeldet hat) besteht, aber ich glaube nicht, dass das helfen würde.

»Ich bitte um Verzeihung. Ich werde Ihre Beschwerde an die Chefin weiterleiten. Darf ich jetzt Ihre Bestellung aufnehmen, damit wir Sie so schnell wie möglich bedienen können?«

»Wir haben uns noch nicht entschieden, oder?« Sie sieht die anderen fragend an. Ihre Emo-Schwester starrt weiter auf ihr Handy, während ihr Vater, der um die fünfzig sein muss, finster die Speisekarte mustert und gelangweilt seufzt. Ich setze ein Lächeln auf, beantworte eine lange Reihe von Fragen zur Karte und warte dann, bis sie sich entschieden haben.

Zwanzig Minuten später, nachdem ich dem Mützen-Typen seinen Espresso gebracht, etliche andere Tische bedient und noch einen Haufen Bestellungen aufgenommen habe, ruft mich Sheila zur Essensausgabe in die Küche. Sie schiebt mit rotem Gesicht zwei dampfende Pasteten und ein Stück Quiche auf drei Teller. »Bitte schön. Eine Fleischpastete, eine mit Käse und Speck und eine Spinat-Ricotta-Quiche für Tisch zwölf. Du hast gemeint, es sind schwierige Gäste, also gebe ich ihnen noch eine Extrabeilage.«

»Danke, Sheila. Ich bediene sie sofort.«

»Und kannst du auf dem Rückweg bitte ein paar Tische abräumen? Da draußen ist die Hölle los, und wir brauchen am Feiertagswochenende so viele Gäste wie möglich. Ich kann gar nicht fassen, dass das Wetter so früh im Jahr schon so fantastisch ist. Das wärmste Ostern, an das ich mich erinnern kann. Wenn das hier diese Klimaerwärmung ist, dann her damit.«

»Kein Problem, Chefin.«

Sheila weiß sehr genau, was sie will, aber sie ist wirklich fair. Ich bekomme zwar nur den Mindestlohn, dafür aber noch etwas für mich viel Wichtigeres obendrauf: Sie lässt mich mit meinem geliebten Hund Mitch kostenlos auf dem winzigen ausgebauten Dachboden des Cafés wohnen. Trotz der langen Arbeitszeiten und schwierigen Gäste bin ich unendlich dankbar, dass ich nun einen Job und ein Dach über dem Kopf habe, nach all den Monaten der Unsicherheit, während derer ich auf fremden Sofas, in Hostels und manchmal sogar im Freien in den Höhlen entlang der Bucht übernachten musste. Ich gebe zu, dass es eine harte Zeit war. Aber Sheila war immer freundlich zu mir und hat mir gezeigt, dass es auf der Welt auch hilfsbereite Menschen gibt.

Nachdem ich mir eine Haarsträhne, die aus dem Zopf herausgerutscht ist, aus den Augen gepustet habe, stelle ich mein Tablett mit dem schmutzigen Geschirr neben der Spülmaschine ab. Sheila gibt vorsichtig frischen Salat und selbst gemachten Coleslaw neben die Pasteten und die Quiche. Die würzigen Düfte wehen mir in die Nase, woraufhin mein Magen ein Geräusch abgibt, das fast so laut ist wie der Dunstabzug, aber jetzt ist noch keine Zeit zu essen.

»Demi, warte!«, ruft Sheila, als ich gerade an der Tür zum Café bin.

»Ja?«

»Kannst du vielleicht irgendwas gegen Mitchs Bellen tun? Ich habe nichts dagegen, dass er in der Wohnung wartet, während du arbeitest, aber ein paar Gäste haben schon gefragt, ob es ihm gut geht.«

Ich nicke betrübt. »Ich werde in meiner Pause versuchen, ihn zu beruhigen. Tut mir leid, aber hier ist alles neu für ihn, und er vermisst mich.«

»Ich weiß, aber probier's mal«, sagt Sheila mit einem flüchtigen Lächeln. Dann ist sie weg und kümmert sich bereits um die nächste Bestellung.

Ich höre, wie Mitch oben in der Wohnung wieder winselt. Hoffentlich kann ich ihn nachher wirklich beruhigen, er ist immer so aufgeregt, wenn derart viele interessante Gerüche und Geräusche anderer Hunde aus dem Café nach oben dringen. Wir waren schon kurz nach Tagesanbruch am Strand joggen, und ich werde noch mal mit ihm rausgehen, wenn ich endlich Pause habe.

Ich gehe wieder an Tisch zwölf, und die jüngere der beiden Frauen sieht mich ein wenig freundlicher an, als ich sie anlächle und ihr die Spinat-Quiche reiche, aber die Gesichter ihrer Schwester und ihres Vaters bleiben versteinert, während ich sie bediene.

»Hier kommt Ihr Mittagessen, Madam, Sir. Bitte entschuldigen Sie die Verzögerung.«

»Na endlich. In der Zeit hätte ich die Pasteten auch selbst backen können.« Ihr Ton ist eisig. Und ihre Augenbrauen sind irgendwie seltsam, so seltsam, dass es mir schwerfällt, nicht hinzustarren.

Ich beiße die Zähne zusammen und reiche ihnen das in Servietten eingewickelte Besteck. »Ich bitte nochmals um Verzeihung, dass Sie warten mussten, Madam, und werde Ihr Feedback auf jeden Fall an die Chefin weitergeben.«

»Tun Sie das, und sagen Sie ihr auch gleich, dass wir mein Essen nicht bezahlen werden.«

»Richtig so, Mawgan«, lobt der Vater seine ältere Tochter, während die jüngere Emo-Schwester beschämt zu Boden schaut. Sie tut mir leid.

»Wegen der Rechnung muss ich die Chefin fragen.« Mir ist ein bisschen übel. Ich kann Sheilas Essen nicht einfach verschenken. Sie hat das Café nur gepachtet, und ihre Gewinnspanne ist sowieso schon minimal.

»Mir egal ... Und was ist das hier? Coleslaw? Ich sagte doch ausdrücklich: *keinen* Coleslaw.« Mawgan inspiziert die Pasteten und rümpft die Nase.

»Ich lasse es sofort runternehmen und bringe Ihnen einen neuen Teller, Madam.«

Mawgan lächelt kühl. »Wenn Sie das machen, warte ich noch bis Weihnachten.«

»Wie Sie wünschen, Madam.«

Ich versuche, mir meinen Ärger nicht anmerken zu lassen, greife nach dem Tablett und kann es gar nicht erwarten, von hier wegzukommen, aber ich fürchte mich schon jetzt vor Sheilas Reaktion, wenn sie hört, dass sie die Rechnung nicht bezahlen wollen. Es war meine Schuld, dass der Coleslaw auf dem Teller gelandet ist. Ich muss in der Eile die Bestellung falsch aufgenommen haben.

»Darf ich Ihnen sonst noch etwas bringen?«, frage ich mit zunehmender Verzweiflung. »Soßen? Eine Karaffe Wasser?«

»Mayonnaise«, knurrt Mawgan, woraufhin ich mich frage, was sie dann eigentlich gegen Coleslaw einzuwenden hat.

Während ich noch überlege, wie ich Sheila die Sache mit dem Gratisessen beibringen soll, gehe ich in die Speisekammer neben der Küche und löffle etwas Mayo aus der Großpackung im Kühlschrank in eine kleine Schale. Vielleicht wird Mawgan ihre Meinung ändern, wenn sie die hausgebackenen Pasteten probiert hat, mit denen Sheila und ich uns heute Morgen abgerackert haben? Während ich die Schale vorsichtig auf ein Tablett stelle, höre ich hin und wieder ein Jaulen von oben, aber ich muss versuchen, es zu ignorieren.

Ich denke mal, dass man Mitch bei dem Geschnatter der Möwen sowieso nicht hört, und gehe wieder hinaus. Eine große Vogelschar hat sich bereits auf der Strandmauer gegenüber dem Café versammelt und die wachsamen Augen und spitzen Schnäbel auf die Pommes und Pasteten der Mittagsgäste gerichtet. Die Vögel sind eine Plage in ganz St Trenyan, aber die Touristen hören nicht auf, sie zu füttern. Die Möwen halten das Strandhäuschen wahrscheinlich für ein Vogelrestaurant.

Oder vielleicht auch für einen Selbstbedienungsladen. Ich bin mit der Mayo-Schale fast an Mawgans Tisch, als ich sehe, wie drei große Möwen dicht über einer jungen Familie am Rand der Terrasse kreisen. Die Mutter versucht gerade, ein Baby in einem Buggy die Stufen zum Strand hinunterzuschieben, wobei gleichzeitig ein kleines Mädchen neben ihr die Treppe hinunterklettert. Es ist höchstens vier, hält in der einen Hand eine Waffel mit pinkfarbenem Eis und muss sich so sehr auf die Steintreppe konzentrieren, dass es die Zunge herausstreckt. Ich bin unschlüssig, ob ich die Mayo abstellen und der Mutter helfen soll, als ein ohrenbetäubendes Kreischen ertönt.

Zwei große Möwen stürzen wie Flugsaurier in einer Doppelattacke auf das kleine Mädchen zu. Die Vögel haben es wahrscheinlich nur auf das Essen abgesehen, aber sie könnten dabei ernsten Schaden anrichten.

»Vorsicht!«

Zu spät. Die Mutter schaut vom unteren Ende der Treppe herauf, man hört Geflatter und ein so durchdringendes Geräusch wie Fingernägel auf einer Schiefertafel. Das Mädchen heult auf, als sich die Möwen auf sein Eis stürzen. Ich eile hin, um sie zu verjagen, bleibe dabei aber mit dem Schienbein an einer Strandtasche hängen, stolpere vorwärts, und die Mayo-Schale fliegt durch die Luft. Sie landet mitten auf dem Rücken von Mawgans Blazer, als ob ich ganz genau darauf gezielt hätte.

Ich ignoriere Mawgans Aufschrei und meinen schmerzenden Fuß und laufe hinüber zu der Mutter. Das Mädchen starrt auf seine leere Hand, die zum Glück noch ganz ist. Pinkfarbene Soße rinnt an seinem dicklichen Arm hinunter, während die Möwen die Waffel auf dem Sand zerhacken.

»Ist alles in Ordnung? Ist die Kleine verletzt?«, frage ich.

Ihre Mutter bückt sich und umarmt sie. »Ihr geht's gut. Sie haben die Viecher gerade noch rechtzeitig verscheucht. Ich war so beschäftigt mit dem Buggy, dass ich gar nicht gemerkt habe, was los war.«

»Hauptsache, ihr ist nichts passiert.«

»Dank Ihnen. Schreckliche Biester. Nicht weinen, Tasha! Ich kauf dir ein neues Eis, Schatz.«

»Hey da! Bedienung! Schauen Sie sich mal mein Kostüm an!«

»Entschuldigung«, sage ich leise zu der Mutter. »Ich muss weiter.«

Auf der Terrasse hält Mawgan ihren Blazer hoch, ihr Mund ist ein fuchsiafarbener Strich. Der Mayoklecks sieht aus, als hätte eine Möwe draufgekackt.

»Das tut mir *wahnsinnig* leid, Madam, es war ein Unfall.«

Sie hält mir den mit Mayonnaise beschmierten Blazer unter die Nase. Ihr Blick durchbohrt mich. »Kann sein, aber mein Kostüm ist trotzdem ruiniert.«

»Ich … ich bezahle Ihnen die Reinigung«, sage ich, obwohl mich jedes Wort Überwindung kostet und der Großteil meiner Ersparnisse dafür draufgehen wird.

»*Reinigung?* Es ist ruiniert. Dieses Kostüm hat mich über dreihundert Pfund gekostet. Ich erwarte, dass Sie mir ein neues bezahlen. Sie oder Ihre Chefin.«

Die Worte sprudeln aus mir heraus. »So viel Kohle? Soll das ein Witz sein?«

Sie schnappt nach Luft. »Was haben Sie da gesagt?«

Der Hipster lässt seine *Times* sinken und starrt zu uns. Seine dunklen Augen funkeln im Sonnenlicht. Er runzelt die Stirn und scheint etwas sagen zu wollen, hält dann aber wieder die Zeitung hoch. Eine Frau in der Nähe kichert nervös, und weitere Gäste schauen von ihren Latte macchiatos und Pasteten auf, um die unverhoffte Show zu verfolgen, die ihnen geboten wird.

»Ich … wollte nicht unhöflich sein, Madam.«

»Ach ja?« Sie senkt die Stimme, sodass nur ich und ihre Familie sie hören können. »Sie wissen aber schon, dass ich dafür sorgen kann, dass Sie gefeuert werden und auch nie wieder einen anderen Job in dieser Stadt kriegen, oder? Ich lasse nicht zu, dass irgendjemand so mit mir redet.«

Ich zögere, Wut steigt in mir auf wie die Perlen in einer Flasche Sekt. Und dann knallt mein Korken. Ich antworte genauso leise: »Ich auch nicht. *Madam.*«

Ich will gerade Sheila holen, als von der Straße neben dem Café lautes Gebell ertönt. Es klingt genau nach Mitch, wobei der sich doch in der Wohnung aufhalten sollte. Er *kann* nicht entwischt sein, doch Sekunden später rast ein haariges Energiebündel aus dem hinteren Teil des Cafés auf die Terrasse. Zwei Möpse und ein Cocker-Pudel-Mischling fangen an zu kläffen, und bevor ich noch einmal blinzeln kann, springt Mitch freudig bellend an mir hoch. Mawgans Blick huscht von Mitch zur Hintertür des Cafés und wieder zu mir.

»Ich nehme an, das ist Ihr Hund?« Ihre Stimme ist eiskalt.

»Ja.«

»Und er wohnt hier?«

»Ähm. Nicht direkt. Er schläft auf dem Dachboden, während ich arbeite, aber er hätte nicht rauskommen sollen.«

»Also wohnen Sie auch hier?«

Mein Magen verkrampft sich, aber ich will Mawgan nicht zeigen, dass sie mich aus dem Konzept gebracht hat und ich mich aufrege. Der Kunde mag zwar König sein, aber sie hat kein Recht, mich über mein Privatleben auszufragen. »Ja, aber ich verstehe wirklich nicht, was das mit Ihnen zu tun hat.«

Sie grinst hämisch. »Sogar ziemlich viel. Dieses Gebäude gehört mir. Ihre Chefin ist meine Pächterin, also darf sie dieses Haus erstens nicht untervermieten, und zweitens sind Tiere verboten, erst recht so riesige, dreckige Viecher wie das da.«

»Mitch ist nicht dreckig!«

Mitch blickt unschuldig zu uns und jagt dann weiter einer Möwe hinterher. Ihr Kreischen schallt durch die Luft. Mir rutscht das Herz in die Hose. Wenn Sheila meinetwegen Schwierigkeiten bekommt, werde ich mir das nie verzeihen. Noch während ich das denke, weiß ich eigentlich schon, dass ich Sheila bereits ganz schön was eingebrockt habe. Mawgan baut sich vor mir auf. »Wissen Sie was, ich gehe jetzt direkt zu Ihrer Chefin.«

»Mawgan …«, beschwichtigt die Emo-Schwester.

»Halt du dich da raus, Andi!«

Andi sackt zusammen wie ein eingefallener Biskuitboden, aber ihr Vater blickt stolz auf Mawgan und verschränkt die Arme.

»Okay«, sage ich. »Tun Sie das, aber ich lasse mich von niemandem so behandeln, und wenn ich schon meinen Job verliere, dann kann ich es auch noch mal krachen lassen.« Ich schnappe mir das nächstbeste Getränk, das zufällig ein stehen gelassener Himbeer-Frappuccino ist, und schütte es über Mawgans Rock.

Ihre Kinnlade klappt herunter, und dann keift sie los. »Sie blöde Kuh! Das haben Sie mit Absicht gemacht.«

»Meine Tochter könnte Sie wegen tätlicher Beleidigung verklagen«, sagt ihr Vater, während Mitch herbeischlittert, um das pinkfarbene Eisgemisch von der Terrasse aufzulecken. Ich werfe einen Blick zu dem Hipster, aber er ist nicht mehr da, und trotz meiner großen Klappe zittere ich innerlich.

Ich reiße meine Schürze herunter. »Bitte sehr. Mein Anwalt wird sich bei Ihnen melden.«

Ich schaue mich um, und alle wenden den Blick ab. Niemand unterstützt Mawgan, aber trotzdem glaube ich nicht, dass das hier gut für Sheilas Rating bei Trip Advisor ist. Mist, was zur Hölle habe ich getan?

Pinkfarbene Soße tropft von Mawgans Rock auf ihre glänzenden Stilettos, und ihre Stimme ist kaum mehr als ein Zischen. »Das wirst du noch bereuen.«

Obwohl ich innerlich bebe, zucke ich mit den Schultern. »Im Gegenteil, *Madam*, ich glaube, ich werde diesen Moment als einen meiner größten Erfolge in Erinnerung behalten.«

2

Auf dem ganzen Weg hinaus aus St Trenyan musste ich an die Kellnerin denken. Ich weiß, ich hätte wahrscheinlich etwas sagen sollen – ich hätte sie verteidigen können –, aber ich bin nicht sicher, was das gebracht hätte oder ob es ihr überhaupt recht gewesen wäre. Meine glänzende Rüstung ist schon lange rostig, und ich habe aufgehört, die Probleme anderer Leute lösen zu wollen. Es kommt nichts dabei heraus, wenn man sich in das Leben fremder Menschen einmischt. Egal, wie gut man es meint.

Außerdem schien sie meine Hilfe auch nicht zu brauchen. Ich fand es sogar richtig bewundernswert, wie sie sich gegen die Cades behauptet hat … im Gegensatz zu mir. In Wahrheit war ich nicht bereit, mich *ihnen* entgegenzustellen oder eine direkte Konfrontation auch nur zu riskieren.

Sie sind eine ortsansässige Geschäftsfamilie, die in St Trenyan und der Umgebung bekannt ist. Mawgan war auf meiner Schule, allerdings ein paar Jahre unter mir. Sie ist ins Cade-Familienimperium eingestiegen, bevor ich wegging, und scheint es in vollen Zügen zu genießen, am Ruder zu sitzen. Ihr Vater, Clive Cade, ist offensichtlich stolz auf sie, aber seine jüngere Tochter Andi wirkt nicht so, als wäre sie für eine Karriere als Businessfrau geschaffen. Aber man weiß ja nie. Bevor ich St Trenyan verlassen habe und in den Nahen Osten gegangen bin, hätte ich auch nicht gedacht, dass sich Mawgan so boshaft und kleinlich verhalten würde, wie sie es gegenüber der Kellnerin getan hat.

Ich ignoriere mein schmerzendes Knie, ganz zu schweigen von meinem schlechten Gewissen, und betrete den Pfad, der sich an all den kleinen Buchten und Strandstückchen entlangschlängelt. Ich muss ein paarmal meine Route ändern, weil Teile der Klippen ins Meer gestürzt sind. Den Felsblöcken am Strand nach zu urteilen hat es wohl einige heftige Stürme gegeben, während ich fort war.

Auf dem höchsten Punkt einer der Klippen ducke ich mich unter das Dach einer alten, weißen Aussichtshütte, um vor der Sonne Schutz zu suchen. Ich sehe Tanker und ein Kreuzfahrtschiff als winzige Punkte am Horizont auf den Atlantik hinausfahren und schmecke Salz, also weiß ich, dass ich fast zu Hause bin. Ich nehme die Tasche von der Schulter und strecke mich.

Die Desert Boots, die ich mir leihen musste, sind nun von der Erde Cornwalls verkrustet, aber ich komme mir immer noch komisch vor in der Flecktarnhose und dem khakifarbenen Shirt. Immerhin haben die Mütze und der Bart dafür gesorgt, dass ich in St Trenyan nicht erkannt wurde. Wenn ich mich in den Streit mit den berühmt-berüchtigten Cades eingemischt hätte, wäre das auf jeden Fall passiert.

Ich verdränge meine erneut aufkommenden Schuldgefühle und werfe mir die Tasche wieder über die Schulter. Der Pfad führt dicht am Rand der Klippen entlang, die stärkste Steigung habe ich hinter mir, und ganz in der Ferne sehe ich den schwarz-weißen Leuchtturm auf der Landzunge. Die Nachmittagssonne wird sanfter, trotzdem rinnt mir der Schweiß über den Rücken. Ich komme an den Meilenstein, der einfach ein graues, mit orangefarbenen Flechten gesprenkeltes Stück Granit ist. Die Worte waren schon verwittert, bevor ich geboren wurde, aber ich weiß trotzdem, was darauf steht.

In der einen Richtung liegt Kilhallon Park, mein Zuhause; in der anderen geht es nach Bosinney House, zum Haus meines Onkels – und möglicherweise zu Isla Channing. In dem Bericht in der *Times* stand, sie würde nach Drehorten für eine neue Drama-

Serie Ausschau halten und hätte für ihre letzte Produktion einen Preis gewonnen. Tief im Inneren wusste ich immer, dass sie groß rauskommen würde und zu talentiert ist, um mit Leuten wie mir in einem kleinen Ort zu bleiben. Vielleicht bin ich eigentlich deshalb weggegangen, vielleicht auch nicht – ich hatte in den letzten Monaten einfach zu viel Zeit zum Nachdenken.

Auf der anderen Seite des Tals klammern sich ein paar verfallene Maschinenhäuser an die Klippen, und hinter dem Moor ragt der Kirchturm über die Bäume. Einige von ihnen sind fast waagerecht gewachsen, um den Stürmen vom Atlantik zu trotzen.

Ich bleibe für einen Moment zögernd auf dem schmalen Pfad stehen und überlege, ob ich nach Hause, nach Kilhallon Park, oder nach Bosinney House gehen soll. Onkel Rory weiß bestimmt, ob Isla zurück ist. Und weil Karfreitag ist, könnte sogar Luke da sein. Er ist ein alter Kumpel von mir und arbeitet als Berater im Finanzunternehmen meines Onkels. Zumindest tat er das, als ich zum letzten Mal von ihm gehört habe, was inzwischen Monate her ist.

Der Küstenpfad ist an dieser Stelle sehr schmal und von Ginster gesäumt. Ein junger Mann und seine Freundin wollen an mir vorbei und betrachten mich kopfschüttelnd.

»Bewegst du dich noch, Mann, oder willst du den ganzen Tag hier stehen bleiben?«, schnauzt mich der Typ an.

»Sorry.« Ich drücke mich gegen die stacheligen Ginsterbüsche, und die beiden quetschen sich an mir vorbei und murmeln irgendwas von »Idiot«.

Einen Augenblick später habe ich mich entschieden – ich gehe nicht nach Hause, sondern mache mich auf den Weg nach Bosinney.

Ohne die geringste Spur von Reue wegen des Ärgers, den er im Café angerichtet hat, trottet Mitch hinter mir über das Kopfsteinpflaster der Fore Street. Die Häuser und Läden von St Trenyan, deren Dächer und Fenster in der Nachmittagssonne glänzen, fallen entlang der steilen, gepflasterten Straßen zum Meer ab. Ein paar Marshmallow-Wolken ziehen über den strahlend blauen Himmel, Schaumkronen glitzern auf den Wellen. Touristen bestaunen die Läden voller Ostereier und Geschenke, handgeschöpfter Schokolade, poppigen Porzellans und edler Geschirrtücher, die so viel kosten, wie ich an einem Vormittag verdient habe. Der Geruch von Fish 'n' Chips und das intensive Aroma von Kaffee verfolgen mich durch die Straße, aber ich muss jetzt mein Geld zusammenhalten, sogar noch mehr als zuvor.

Feuerrot vor Scham habe ich mit den Tränen gekämpft, als Sheila mir den restlichen Lohn für diese Woche auszahlte, was mehr war, als ich verdient hatte. Auch sie weinte fast, wodurch ich mich noch schlechter fühlte, aber sie sagte, sie könne mich unmöglich weiter beschäftigen. Wie sich herausstellte, sind Mawgan Cade und ihre Familie tatsächlich die Besitzer des Strandhäuschens: Sie haben es von einer alten Dame gekauft, die achtzig Jahre lang in St Trenyan gelebt hat und dann in ein Pflegeheim ziehen musste. Mawgan hat die Pacht erhöht, weshalb Sheila nun eine so enge Gewinnspanne hat.

»Gegen solche Leute muss man doch etwas tun!«, sagte ich zu Sheila, nachdem Mawgan gegangen war.

»Niemand wagt es, sich den Cades zu widersetzen. Sie haben fast überall ihre Hände im Spiel.«

Sheila bot an, sich für mich zu entschuldigen, aber das wollte ich nicht. Ich dachte, dass es letztendlich für alle das Beste wäre, wenn ich das Café so bald wie möglich verlassen würde, bevor sie gezwungen ist, mich zu feuern. Aber mit meinem Job habe ich auch die Übergangsunterkunft verloren, die ich gefunden hatte.

»Komm schon, Junge«, sage ich, als Mitch an den Mülltonnen beim Büro des Hafenmeisters herumschnüffelt. Ich suche mir eine freie Bank, auf der ich mit meinen weltlichen Besitztümern Platz habe. Die Touristen meiden im Allgemeinen den gewerblichen Teil des Hafens: Er ist zu weit weg von den Souvenirläden und Parkplätzen und riecht immer nach Fisch, aber ich brauche Zeit zum Nachdenken. Mir knurrt der Magen, während sich Mitch mit Pastete vollgestopft und zufrieden seufzend vor meinen Füßen zusammengerollt hat. Wenigstens er ist glücklich, und ich werde darauf achten, dass er versorgt ist, was auch immer geschieht. Ich würde ihn eher in gute Hände abgeben, bevor ihm irgendetwas fehlt.

Ich reibe mir mit dem Handrücken über mein nasses Gesicht, dränge die Tränen zurück und denke an bessere Zeiten in der Hoffnung, dass mir eine Idee kommt. Als ich klein war, ging meine Mum mit uns jeden Sonntagnachmittag zu meiner Oma Jones zum Teetrinken – ganz so, wie es in Cornwall üblich ist, mit einer braunen Kanne unter einem gestrickten Teewärmer und geblümtem Porzellan voller Gebäck, das man heute kaum noch sieht: Figgy ’obbin, Spicy Parkin, Fairings und Fly Pastry mit Johannisbeeren. Sie hat sogar einmal eine Stargazy Pie gebacken. Aber als ich sah, wie der kleine Fisch aus der Teighaube guckte, bin ich in Tränen ausgebrochen. Also hat sie nie wieder eine gemacht.

Apropos Fisch, ein paar Meter von mir entfernt hat gerade ein Boot seinen Fang abgeladen. Die Möwen umkreisen es kreischend und zanken sich um die Abfälle. Der Geruch von frischem Fisch erfüllt die Luft.

»Vielleicht würden sie mich als Crewmitglied aufnehmen?«, frage ich Mitch, der daraufhin die Schnauze auf seine Pfoten fallen lässt. Er scheint von dem Plan genauso wenig überzeugt zu sein wie ich.

»Also wenn wir nicht zur See fahren, müssen wir uns einen neuen Job und eine neue Unterkunft suchen. Los, komm«, treibe ich ihn und mich selbst an. Mitch stellt in Erwartung eines neuen Abenteuers die Ohren auf, was mich gleich ein bisschen aufheitert. »Wir haben das schon mal geschafft, und wir können es wieder schaffen«, sage ich mit neuer Entschlossenheit. »Wir müssen einfach das Beste daraus machen.«

3

Als ich Bosinney House erreiche, schmerzt mein Knie wie verrückt, und eine junge Frau, die ich nicht kenne, versperrt mir den Eingang. Die weiße Rüschenschürze um ihre Taille sieht merkwürdig aus zu den hautengen Jeans und dem rosafarbenen T-Shirt.

»Kann ich Ihnen helfen, Sir?«, fragt sie und erinnert mich damit an die Kellnerin – bis auf den Akzent, der definitiv nicht aus Cornwall, sondern von viel weiter östlich stammt. Krakau? Bukarest? Aus irgendeinem Grund scheint sie sich vor mir zu fürchten. Vielleicht hätte ich mich rasieren sollen.

Da ich mich schuldig fühle, zwinge ich mich für sie zu einem Lächeln. »Hi. Ist Onkel Rory zu Hause?«

»Onkel Rory? Ich weiß nicht, wen Sie meinen …« Sie sieht mich misstrauisch an, was ich verstehen kann. Bei meinem finsteren Blick, der geliehenen Flecktarnhose und dem Bart erwecke ich wahrscheinlich den Eindruck, ich wäre hier, um die Bewohner zu fesseln und auszurauben.

»Ich meine meinen Onkel, Mr Rory Penwith.«

Sie beißt sich nervös auf die Lippe, bevor sie antwortet. »Mr Penwith ist hier, aber er hat Gäste.«

Das hätte ich mir denken können, da draußen eine ganze Reihe von Fahrzeugen parkt: ein Range Rover, ein Audi und ein paar Mercedes. Dann dämmert mir, dass heute sein Geburtstag sein muss.

»Das sehe ich, aber ich glaube, er wird noch für einen weiteren Gast Platz finden. Sagen Sie ihm, dass sein Neffe Cal Penwith da ist.«

Sie mustert mich von oben bis unten. »Sie gehören zur Familie?«

»Ja, auch wenn das schwer zu glauben ist. Darf ich reinkommen? Ich verspreche auch, nicht das Tafelsilber zu stehlen.«

Sie klammert sich fester an den Türrahmen. »Die Feier ist im großen Glaszimmer.«

»In der Orangerie?«

Schließlich nickt sie und tritt beiseite, um mich hineinzulassen. »Ja. Ich bringe Sie hin.«

»Nicht nötig. Ich kenne mich aus.«

Ich stelle meine Tasche auf den Fußboden und marschiere an ihr vorbei durch die große Eingangshalle und den Flur zur Orangerie. Ich höre die Absätze der Frau hinter mir klacken. Die Eingangshalle riecht leicht nach Asche und Holzrauch wie die meiste Zeit des Jahres über. Dies ist der einzige Teil von Bosinney House, der sich nicht verändert hat, der Rest wurde im Laufe der Jahre umgebaut. Es ist viel größer als das Haus in Kilhallon Park und hundertmal eleganter. Onkel Rory hat es von meinem Großvater geerbt, der seinem jüngeren Sohn, meinem Vater, Kilhallon Park hinterlassen hat. Dad fühlte sich deshalb immer ein bisschen ungerecht behandelt, aber ich liebe Kilhallon, selbst in dem Zustand, in dem es sich befand, als ich ins Ausland ging. Ich würde es niemals gegen Bosinneys ganze Pracht eintauschen.

Die Frau holt mich ein. »Ich werde Sie ankündigen.«

Ich bleibe stehen und drehe mich zu ihr. »Das werden Sie *nicht.*«

Als ich die blanke Angst in ihren Augen sehe, schäme ich mich und fahre sanfter fort: »Ich möchte die anderen überraschen. *Bitte.*«

Sie nickt wieder, trippelt davon und murmelt dabei: »Ich bin in der Küche. Ich hole noch mehr Champagner.«

Was, Champagner? Wenn Onkel Rory früher über die Stränge schlug, bedeutete das, dass er sich eine zusätzliche Flasche Cornish Cider gönnte ... Vielleicht wissen sie doch, dass ich komme.

Gelächter und Korkenknallen schallen durch den Flur. Erwarten sie mich? Unmöglich, sonst hätte ich das mitbekommen, und außer einer Handvoll von Leuten habe ich niemandem Bescheid gesagt, dass ich wieder in Cornwall bin.

Man hört Applaus, ein paar freundliche Jubelrufe. Ich wundere mich, dass Rory seine Geburtstage mittlerweile so groß feiert, aber vielleicht ist es ein runder oder er hat mit seinem Finanzberatungsunternehmen seine erste Million gemacht. Es lief gut, als ich wegging, trotz der wirtschaftlichen Flaute.

Mir kommt der Gedanke, dass ich sie vielleicht hätte vorwarnen sollen, statt einfach so aufzutauchen ... Aber die Wahrheit ist, dass sich ein kleiner Teil von mir davor gefürchtet hat – und immer noch davor fürchtet –, dass mich eigentlich niemand wiedersehen *will.*

Die Stimmen werden deutlicher, Gläser klirren, und ich höre ein tiefes Lachen (Onkel Rory) und ein Kichern (meine Cousine Robyn) und horche nach der einen Stimme, nach der ich mich am meisten sehne. Ich gehe auf die Orangerie zu, bleibe in der Tür stehen und beobachte, wäge ab … Die Szene läuft vor mir ab wie ein surrealer Film. Diese Menschen, die ich früher geschätzt und geliebt habe, kommen mir nun vor wie Schauspieler in einem Theaterstück.

In dem Raum müssen etwa ein Dutzend Leute sein, von denen ich die meisten kenne. Onkel Rory trinkt einen Whisky, mein alter Freund Luke lacht nervös über etwas, was Islas Mutter gerade zu ihm sagt. Robyn reicht mit gerötetem Gesicht ein Tablett mit Kanapees herum. Hier wird offensichtlich etwas gefeiert.

Und da ist noch jemand. Ihr honigfarbenes Haar fällt auf ihre nackten Schultern, ihr Kleid schimmert im frühabendlichen Sonnenlicht und schmiegt sich um ihre Hüften. Silberne Stilettos, die höher sind als alle, die ich bisher an ihr gesehen habe, betonen ihre schlanken Beine.

Mein Körper spannt sich an wie ein Drahtseil. Sie hat mich noch nicht bemerkt, bisher hat mich niemand bemerkt …

»Ach du lieber Gott!«

Onkel Rory ist dunkelrot im Gesicht. Er hat noch mehr Haare verloren, seit ich ihn das letzte Mal gesehen habe. Luke schnappt nach Luft wie ein Goldfisch. Islas Mutter wirkt, als wäre sie schockiert, mich zu sehen. Robyn bleibt wie angewurzelt mit dem Kanapee-Tablett in den Händen stehen.

Und Isla starrt mich an, das Champagnerglas zittert in ihrer Hand.

»Cal? Bist du's wirklich?«

»Isla …« Ihr Name dringt fast unhörbar aus meiner Kehle. So habe ich mir das hier nicht vorgestellt. Die letzte Kraft hat mich verlassen.

»Cal? Verdammt noch mal, ich dachte, es ist ein Geist!« Plötzlich eilt Luke auf mich zu, drückt mich und klopft mir so fest auf den Rücken, dass ich zusammenzucke.

»Alles in Ordnung, Mann?«

»Alles klar. Du siehst gut aus, Luke.« Das stimmt. Er ist breiter und kräftiger geworden, die zusätzlichen Pfunde stehen ihm gut, und er wirkt glücklich. Es ist toll, ihn zu sehen; ich hätte nie gedacht, dass ich so emotional reagieren würde, anscheinend werde ich weicher. Luke drückt mich noch mal, aber diesmal bemühe ich mich, nicht zusammenzuzucken.

Er mustert mich. »Mann, bist du dünn geworden … Unfassbar … Ich … Ich weiß nicht, was ich sagen soll.«

Er lässt mich los, reibt sich übers Gesicht und schüttelt sichtlich entsetzt den Kopf. Ich kann ihn verstehen. Ich habe mich stark verändert, während ich weg war.

»Cal! Cal!« Meine Cousine Robyn stürzt auf mich zu, der Kajal um ihre Augen mischt sich mit ihren Tränen. Mit Robyn verstehe ich mich genauso gut wie mit meinen Kumpels – sogar besser. »Wo warst du? Warum hast du uns nicht gesagt, dass du kommst?« Ihre Finger bohren sich in meinen Unterarm, aber das macht mir nichts aus. Ich freue mich riesig, sie wiederzusehen.

»Keine Ahnung. Verbindungsprobleme? Technische Störungen? Alles Gute zum Geburtstag übrigens.«

Onkel Rory trinkt seinen Whisky aus und stellt das Glas auf einen Tisch. »Das ist nicht lustig, Junge. Wir haben seit Monaten nichts von dir gehört. Du hättest genauso gut tot sein können.«

»Wie ihr seht, bin ich das nicht.«

»Mach keine Witze! Du weißt ganz genau, was ich meine. Wir dachten schon, du hättest beschlossen, für immer im Nahen Osten zu bleiben.«

»Das habe ich auch fast«, sage ich mit einem Seitenblick zu Isla, die mich aus ein paar Schritten Entfernung beobachtet, immer noch fassungslos und sogar noch schöner als auf dem Bild in der Zeitung. Sie hat ihre blonden Haare wachsen lassen und trägt einen Schnitt, der zugleich klassisch und verdammt sexy wirkt.

»Seit wann wusstest du, dass du nach Hause kommst?«, fragt Rory.

»Seit ein paar Tagen.«

Sein Gesicht ist jetzt fast lila. »Und warum hast du uns dann nicht angerufen? Wir haben in den letzten zwei Jahren fast nichts von dir gehört.«

Isla hat ihr Glas abgestellt und die Arme um ihren Körper geschlungen, als wäre ihr eiskalt. Trotz ihrer leichten Bräune, die vermutlich von ihrem letzten Dreh in Cannes stammt, wirkt sie blass wie der Mond über dem Meer.

»Es tut mir leid«, sage ich mehr zu Isla als zu meinem Onkel. »Ich … war beschäftigt und konnte nicht so leicht weg von der Arbeit.« Ich schlucke. »Es war … kompliziert.«

»Du warst zu beschäftigt, und es war zu kompliziert, uns anzurufen oder zu mailen?«, fragt Luke mit einem gewissen Unterton. Ich kann es ihm nicht verübeln.

»Warum hast du dich nicht gemeldet oder geschrieben, wenigstens um zu sagen, dass du unterwegs nach Hause bist?« Islas Stimme dringt zu mir. Ihr Akzent klingt stärker nach London als in meiner Erinnerung, aber sie hat immer noch den singenden

Tonfall aus Cornwall. Ich sehe nur sie, alle anderen könnten genauso gut auf dem Mars sein.

»Es ist kompliziert«, wiederhole ich, da ich weiß, dass ich es niemals erklären oder irgendjemandem wirklich die Wahrheit sagen kann. »Ich bin erst seit ein paar Stunden in England, und ich habe *dich* angerufen.« Ich wende mich mit einem Lächeln wieder an Isla. »Ich habe versucht, dich aus dem Zug anzurufen, aber dein Handy war aus.«

Sie lächelt entschuldigend zurück. »Oh … das tut mir leid. Während du weg warst, habe ich mir ein neues Handy und eine neue Nummer besorgt. Mir ist nichts anderes übrig geblieben; ein Fan hat sie herausbekommen und angefangen, mich zu stalken.«

»Ein *Fan?*«

»Isla ist jetzt berühmt.« Ihre Mutter funkelt mich an wie Medusa und hofft offensichtlich, mich zu Stein erstarren zu lassen, während sich ihr Vater auf sein Champagnerglas konzentriert. Er ist schon immer ein Mann weniger Worte gewesen, und nun hat es ihm völlig die Sprache verschlagen. »Sie ist eine preisgekrönte Fernseh- und Filmproduzentin, weißt du«, fügt Mrs Channing hinzu.

»Ja, das weiß ich. Vom letzten Preis habe ich in der Zeitung gelesen. Glückwunsch.«

»Also hattest du Zeit, Zeitung zu lesen?«, bemerkt Isla. Sie zieht die Nase kraus wie früher, wenn sie versucht hat, nicht zu weinen. Wie an dem Abend am Bahnhof, als ich Cornwall verließ.

»Übrigens habe ich dir auch vom Zug aus gemailt«, fahre ich fort. So leicht lasse ich Isla nicht davonkommen.

»Ach, Cal. Ich habe seit gestern gar nicht mehr in meine

E-Mails geschaut. Wir hatten hier den ganzen Tag lang alle Hände voll zu tun, um die Party vorzubereiten … und Luke hat mir verboten, an diesem Wochenende zu arbeiten, stimmt's?«

»Er hat es dir *verboten?*«

»Ich habe es mir selbst verboten.«

Meine Hände zittern, als ich auf sie zugehe. Eine riesige Welle an Erinnerungen stürzt auf mich ein, und ich ziehe Isla in meine Arme. Ich bin überwältigt von ihrem Anblick und ihrem Duft und davon, sie zu berühren. Sie ist zerbrechlich, zierlich, eine Porzellanfigur, war schon immer viel zu gut für mich. Obwohl wir nicht allein sind, kann ich die instinktive Bewegung nicht aufhalten, und ich will es auch gar nicht. Ich drücke sie an mich, und ihre Hände tasten durch mein Shirt nach der Wirbelsäule, als wolle sie sich vergewissern, dass ich echt bin und kein Phantom. Ich atme ihr Parfüm ein. Es ist neu, intensiver und edler als die Düfte, die sie früher getragen hat, oder bilde ich mir das nur ein?

»Du kannst dir nicht vorstellen, wie sehr ich mir das hier gewünscht habe.« Ich hauche die Worte in ihr Haar, das sogar noch besser riecht, als ich es in Erinnerung habe.

»Cal …«

Ihr Flüstern hält mich auf Abstand, und dann merke ich, dass mich auch ihre Hände auf Abstand halten. Nein. Ich lasse sie noch nicht los. Ich könnte sie hochheben, wenn ich wollte, und sie binnen einer Sekunde hier raustragen, aber sie kontrolliert diesen Moment; diesen Moment, nach dem ich so lange gehungert und gedürstet habe. In ihren Augen ist tiefer Schmerz. Die Erkenntnis versetzt mir einen Stich in der Brust. »Isla?«

»Es tut mir leid, aber die Dinge haben sich *geändert.*« Ihre Stimme bricht, und auch ich habe Mühe, mich zu beherrschen.

Geändert? Ja, allerdings. Du siehst noch heißer aus als je zuvor, wenn das überhaupt möglich ist. Und du riechst wundervoll. Ich will es laut sagen, aber etwas hält mich zurück. Stattdessen lege ich eine Hand an ihre Wange und spüre die weiche Haut unter meinen Fingerspitzen.

Sie lächelt und dreht sich dann vor meiner Hand weg. »*Bitte.* Nicht hier. Nicht *jetzt.*«

Alle Blicke sind auf uns gerichtet; wir sind die Tänzer in der Mitte eines Kreises, an die sich niemand heranwagt.

»Willst du dem glücklichen Paar nicht gratulieren?«, fragt Islas Mutter, Mrs Channing.

»Welchem glücklichen Paar? Ich dachte, das hier ist eine Geburtstagsparty? Habe ich was verpasst?« Ich bemühe mich um einen lockeren Ton, aber eine böse Vorahnung sorgt dafür, dass sich mein Magen zusammenzieht.

»Es ist eine Geburtstagsparty, aber wir haben gerade etwas Wunderbares erfahren. Isla und Luke haben uns erzählt, dass sie sich verloben. Sind das nicht großartige Neuigkeiten?«, trällert ihre Mutter.

»Verloben?« Ich bin so schockiert, dass mir die Worte fast im Hals stecken bleiben. »Das heißt, sie verloben sich, um zu heiraten?«

Isla lacht nervös. »Na ja, so schnell wird es keine Hochzeit geben. Das dauert noch.«

»Aber wahrscheinlich noch dieses Jahr. Spätestens Anfang nächsten Jahres«, wirft Luke ein, doch ich kann seinen Gesichtsausdruck nicht deuten.

»Wir haben noch kein Datum, so was muss man langfristig planen, und ich bin beruflich so eingespannt.« Isla blickt Bestätigung suchend zu Luke.

Robyn hakt sich bei mir unter. »Sie haben es uns gerade gesagt, bevor du reingekommen bist, Cal. Ist heute nicht ein toller Tag? Dad hat Geburtstag, es gibt eine Verlobung, und du bist wieder da …«

Robyn strahlt. Ich glaube nicht, dass ihr oder sonst jemandem klar ist, was ich für Isla fühle. Bevor ich wegging, hatten wir eigentlich keine feste Beziehung. Es lief nur immer mal wieder was zwischen uns, und niemand hielt es für was Ernstes. Isla offensichtlich nicht. Aber in den letzten Monaten ist mir bewusst geworden, dass ich es *schon* für was Ernstes hielt. Ich wollte mir nicht eingestehen, wie viel ich für sie empfinde, und hatte fest vor, es ihr zu sagen, wenn ich nach Hause komme – beziehungsweise *falls* ich nach Hause komme.

Mein Onkel klopft Luke auf den Rücken. Er sieht so stolz aus, als ob Luke sein eigen Fleisch und Blut wäre und nicht der Sohn seines früheren Geschäftspartners. Rory hatte schon immer eine Schwäche für Luke, aber jetzt besteht eindeutig eine Verbindung zwischen ihnen, die vor meiner Abreise noch nicht da war. Es wirkt, als wäre Luke jetzt tatsächlich Rorys Sohn.

»Freust du dich nicht für die beiden?«, fragt Mrs Channing mit schneidender Stimme und forschendem Blick.

»Oh, ja. Ich freue mich«, wiederhole ich, weil ich meine eigenen Gedanken nicht mehr in Worte fassen kann. Ich kann nicht mal mehr klar denken.

»Cal, mein Lieber. Ich hole dir einen Whisky.« Robyn eilt davon.

Ich blicke zu Isla, die ihr Glas nun wieder so fest umklammert, dass es jede Sekunde zerbrechen könnte. Aber Lukes Arm liegt auf ihrem Rücken.

Er räuspert sich nervös. Er weiß, dass ich auf Isla stand und wir vor meiner Abreise eine Weile zusammen waren, aber nicht, wie viel mir an ihr liegt. »Hey, Kumpel, es ist toll, dass du wieder zu Hause bist. Ich hatte mir schon ernsthaft Sorgen gemacht, dass du vielleicht endgültig dort bleibst.«

»Ich habe auch mehrmals darüber nachgedacht.« Ich lächle, obwohl ich am liebsten um mich treten würde wie ein verwundetes Tier. Ich hatte nie ein besonders dickes Fell, aber jetzt gerade ist es hauchdünn und an manchen Stellen durchgewetzt. Meine Zeit im Nahen Osten hat mir die schlimmsten Seiten der menschlichen Natur gezeigt, einschließlich meiner eigenen. Es war ein Fehler, einfach so hier aufzutauchen, und ein noch größerer, mit der Erwartung nach Hause zu kommen, es wäre alles genau wie vorher.

»Cal?« Islas sanfte Stimme erinnert mich daran, dass dies die Menschen sind, die ich liebe und vermisse und nach deren Gesellschaft ich mich gesehnt habe, aber nun, da ich hier bin und weiß, wie sehr sich die Dinge geändert haben, wäre ich lieber wieder in dem Kriegsgebiet, aus dem ich gerade gekommen bin.

Doch jetzt gerade achte ich nicht auf Isla, sondern mustere Lukes Gesicht und frage ihn direkt: »Wie lange seid ihr beide schon zusammen?«

»Ein paar Monate.« Sein Ton ist betont lässig, sein Lächeln betont strahlend. »Komm mit ins Wohnzimmer. Lass uns was trinken und in Ruhe reden.«

»Nein. Nein, ich … Danke für das Angebot, Kumpel, aber ich muss nach Hause nach Kilhallon Park.«

»Warte, Cal! Du wirst uns doch wohl erzählen, wo du warst und was du in letzter Zeit gemacht hast?«

Die Antwort auf Islas Frage ist so kompliziert und zugleich so einfach, dass mir der Kopf richtig wehtut. Das Blut pocht mir in den Schläfen, als würde mir ein enges Band den Schädel zusammendrücken.

»Nicht jetzt, ich bin müde … und ich will euch mit meinen langweiligen Geschichten nicht die Party verderben. Außerdem sollte ich jetzt wirklich los und nach Polly schauen. Ich habe ihr auf dem Handy eine Nachricht hinterlassen, aber noch nichts vor ihr gehört. Ich hoffe, es war alles in Ordnung in der Zeit, als ich mich nicht gemeldet habe.«

Luke schenkt mir ein mitfühlendes Lächeln. »Polly geht's gut, aber du hast ja sicher nicht erwartet, dass sie das ganze Anwesen allein in Schuss hält, so ganz ohne Geld, nachdem dein Vater gestorben ist und du dann auch noch abgehauen bist. Rory und ich haben unser Möglichstes getan, damit nicht alles völlig verwahrlost, aber wir konnten uns schließlich nicht um alles kümmern.«

Ich lächle Luke an, und er legt den Arm enger um Islas Taille. Ihn mit ihr zu sehen fühlt sich an, als würde mir jemand mit einem gezackten Messer durch die Eingeweide sägen.

»Natürlich nicht. Und herzlichen Glückwunsch«, sage ich und gehe.

4

»Demi!«

Ich wache auf, weil mich jemand sanft, aber bestimmt schüttelt. Mitchs freudiges Bellen zeigt mir an, dass es sich um einen »Freund« und keinen »Feind« handeln muss. Eine warme Hand liegt auf meiner Schulter.

Ich erkenne Sheilas rundes Gesicht. »Du bist ja ganz eiskalt, Liebes! Was machst du denn hier?«

»Ähm …« Ich schäme mich, weil sie mich schlafend auf der Schwelle einer Pommesbude gefunden hat.

»Ich habe mir gewünscht, dich wiederzusehen, aber nicht so. Ich wäre gar nicht auf die Idee gekommen, dass du hier sein könntest, wenn nicht der Fischer, der heute Morgen die Garnelen vorbeigebracht hat, erwähnt hätte, dass er ein obdachloses Mädchen mit Hund gesehen hat. Du dummes Ding, wie lange schläfst du schon hier draußen? Hast du nicht gesagt, du kannst bei einer Freundin wohnen, solange ihre Eltern im Urlaub sind?«

»Ach, ich hab nur diese Nacht hier geschlafen. Die Eltern meiner Freundin sind früher zurückgekommen, deshalb konnte ich nicht mehr dort bleiben.«

»Dann hättest du zu mir kommen sollen. Du kannst weiter auf dem Dachboden wohnen, bis du was Neues gefunden hast. Mir egal, was Mawgan Cade dazu sagt. Soll sie uns doch alle rausschmeißen«, erklärt Sheila trotzig.

»Das ist lieb von dir, aber ich will dich auf keinen Fall noch mehr in Schwierigkeiten bringen.«

»Ach, das kümmert mich nicht. Den Cades hätte man schon längst mal die Meinung sagen müssen. Ich such mir ein neues Café, weit weg von diesen geldgierigen Drecksäcken …« Ihr Ton wird sanfter. »Ach Liebes, es tut mir so leid, dass du hier gelandet bist. Kannst du nicht über die Stadt eine Unterkunft finden?«

»So was dauert lange, und es gibt Familien, die viel dringender eine Wohnung brauchen als ich. Außerdem sind in den meisten Wohnungen keine Haustiere erlaubt. Ich hab's mir nicht leicht gemacht.«

»Du hast aber auch kein leichtes Leben. Wie sieht's denn jobmäßig aus?«

»Ich hab mich beim Jobcenter gemeldet und mich auf ein paar Gastronomiestellen beworben, aber ich muss abwarten.«

Langsam kehrt das Gefühl in meine Glieder zurück. Meine Kleider haben sich mit dem frühmorgendlichen Küstennebel vollgesogen, und ich glaube, jemand hat die Türschwelle in der Nacht als Toilette benutzt. Ich hoffe, das ist nicht der Grund, weshalb mein Schlafsack so feucht ist.

»Tja, jedenfalls kannst du nicht hier bleiben. Ich kann nicht riskieren, dich wieder im Café arbeiten zu lassen, aber ich habe von einer Stelle gehört, die für dich passen könnte. Zusammen mit einer Unterkunft.«

Ich stehe mühsam auf, weil meine Füße, die eingeschlafen waren, so heftig kribbeln. »Wirklich?«

»Freu dich nicht zu früh, vielleicht wird auch nichts daraus. Mir hat nur eine Freundin erzählt, dass jemand gesucht wird für die Ferienanlage, in der sie arbeitet.«

»Eine Ferienanlage? Ähm, das klingt … interessant, aber Hauptsache Arbeit.«

Sie verzieht das Gesicht. »Sie ist ziemlich ab vom Schuss, aber vielleicht ist es ja trotzdem was, man weiß ja nie. Komm mit zum Frühstück ins Café, noch ist es ja nicht geöffnet. Soll Mawgan Cade dich doch sehen. Ich werde sie selbst mit irgendetwas bewerfen, wenn sie was sagt.«

Als Mitch das Wort »Frühstück« hört, springt er auf. Ich packe meinen Schlafsack und Rucksack zusammen und folge Sheila. Ich habe sie angeschwindelt. Ich habe keine Freundin, bei der ich hätte wohnen können. Hatte ich nie. Ich habe die letzten drei Nächte nach der Sache mit Mawgan im Freien geschlafen. Seit ich nach einem Streit mit meinem Dad und seiner neuen Partnerin von zu Hause abgehauen bin und meinen vorherigen Job aufgeben musste, war ich nie lange genug an einem Ort – noch nicht mal auf der Schwelle eines Ladens –, um echte Freunde zu finden, erst recht keine, die Platz für Mitch und mich gehabt hätten. Und bevor ich zum Sozialamt gehe, will ich erst einmal versuchen, selbst eine Arbeit mit Unterkunft zu finden. Es gibt jede Menge Leute, die eine Sozialwohnung dringender brauchen als ich.

Sheila stellt einen Teller Eier mit Speck vor mich hin und füllt meine Kaffeetasse nach. »Bitte. Und jetzt iss.«

Mitch hat bereits eine Schüssel Hundefutter verputzt und schnarcht nun in einem Fleckchen Morgensonne.

Der Duft von knusprigem Speck steigt mir in die Nase. »Du musst in einer Stunde öffnen. Am besten, ich verschwinde gleich nach dem Essen.«

»Erst, wenn ich weiß, dass du nicht mehr auf der Straße schläfst.«

»Hast du die Nummer dieser Freundin von der Ferienanlage?«

Sie notiert sie auf einen Bestellzettel. »Hier. Die Anlage heißt Kilhallon Holiday Park.«

»Nie gehört. Wo ist das?«

Sheila grinst, als ich mir etwas Eigelb vom Mundwinkel lecke.

»An der Küstenstraße, etwa fünf Meilen außerhalb der Stadt. Wie gesagt, ich bin nicht sicher, ob der Job was für dich ist, aber in der Not frisst der Teufel Fliegen, wie es so schön heißt. Ich habe gehört, dass sie jemanden suchen, der dort arbeiten und wohnen will.«

»Was ist mit Mitch?«

»Es ist auf dem Land, also stehen die Chancen gut, dass sie nichts gegen ihn haben werden. Polly wohnt seit Jahren dort und kann dir bestimmt mehr dazu sagen. Ich weiß bisher nur, dass der Besitzer beschlossen hat, den Park neu zu eröffnen, und schnell Hilfe braucht, also bedeutet das wahrscheinlich, dass sie auch nicht viel zahlen können. Lass dich nicht ausnutzen.« Sheila wischt sich die Hände mit Küchenpapier ab.

»Mach ich nicht. Darf ich mit deinem Laptop ein bisschen recherchieren? Dann kann ich diese Polly anrufen, sobald sie aufmachen. Wenn der Job noch nicht ausgeschrieben ist, will ich die Erste sein, die sich meldet.«

»Klar, aber mach dir nicht zu große Hoffnungen. Kilhallon Park ist wahrscheinlich nicht mehr das, was es mal war.« Sie lächelt.

»Sie kennen mich ja noch nicht, oder? Vielleicht bin ich genau das, was sie brauchen.«

Sheila schüttelt den Kopf und lacht. »Viel Glück. Dir und Mitch … Und übrigens, versteh mich nicht falsch, aber willst du nicht vielleicht vorher duschen und dich ein bisschen frisch machen?«

Mit einem von Sheilas flauschigen Handtüchern auf dem Kopf beende ich den Anruf. Mr Penwith muss sehr dringend jemanden suchen, denn Polly Tregothnan sagte, er würde sich heute Mittag in St Trenyan mit mir treffen. Sie wollte wissen, wo ich wohne, also habe ich das Strandhäuschen als Adresse angegeben und behauptet, Sheila hätte mich »aus finanziellen Gründen« entlassen müssen, würde mir aber bestimmt eine Empfehlung schreiben.

Nicht, dass Polly besonders gut zugehört hätte. Sie war zu sehr damit beschäftigt, mir einzuschärfen, ich solle »ja nicht zu spät kommen, denn Mr Penwith ist ein vielbeschäftigter Mann«, und ob ich mir »den Namen der Café-Kette aufgeschrieben« hätte, wo er mich treffen würde, denn ihrer Erfahrung nach »hören die jungen Leute heutzutage überhaupt nicht mehr richtig zu«. Sie bezeichnete sich als seine persönliche Assistentin, aber ehrlich gesagt klang sie eher wie seine Mutter.

Sheila meint, Polly könne »ein bisschen cholerisch sein«, was auch immer das heißen soll, findet aber auch, dass sie »ein gutes Herz« habe, was vermutlich bedeutet, dass sie noch furchteinflößender ist, als sie am Telefon geklungen hat. Ich hielt es für das Beste, Mitch in diesem Stadium der Verhandlungen noch nicht zu erwähnen.

Nachdem ich das Strandhäuschen mit noch einem eingewickelten Sandwich mit Speck und mehreren Päckchen Futter für Mitch verlassen hatte, trieb ich mich in der Stadt herum und hielt an den Eingängen der Cafés nach Anzeigen für Kellnerjobs Ausschau. Aber ganz ehrlich, mir gefällt die Idee, in einer Ferienanlage zu arbeiten, viel besser. Es muss doch irgendwie möglich sein, auch wenn Sheila gesagt hat, ich solle mir keine zu großen Hoffnungen machen.

Das Treffen ist für halb eins angesetzt, also habe ich mir bereits um Viertel nach zwölf einen Tisch vor einer bekannten Kaffeebar gesichert und tue jetzt so, als würde ich Zeitung lesen. In Wirklichkeit ist mein Magen so verkrampft, dass ich kein einziges Wort richtig erfassen kann. Bis halb eins sind meine Hände ganz schmutzig von der Druckerschwärze. Inzwischen ist es fast Viertel vor eins, und ich schiebe die Zeitung weg, weil meine Nerven mein Gehirn komplett lahmlegen. Ich schaue zum x-ten Mal die Straße runter, und jedes Mal, wenn sich ein Typ dem Café nähert, fängt mein Herz an zu hämmern. Ich weiß nicht mal, wie alt Mr Penwith ist. Er könnte alles zwischen dreißig und siebzig sein.

Die Frau, die die Tische abräumt, kommt zu mir. »Hast du vor, etwas zu bestellen?«

»Ja, ich warte nur auf ... einen Kollegen.«

Sie zieht eine Augenbraue hoch.

»Er müsste bald hier sein«, sage ich voller Überzeugung.

»Ganz bestimmt.« Sie zuckt die Achseln und macht die Tische nebenan frei.

Jetzt ist es zehn vor eins, und von Mr Penwith fehlt immer noch jede Spur. Hat er es sich anders überlegt? Ist die Stelle schon vergeben? Hat sich die Frappuccino-Geschichte schon über St Trenyan hinaus herumgesprochen? Reichen Mawgan Cades Tentakel bis nach Kilhallon Park?

Ich muss laut lachen, aber nur vor Anspannung. Ich verliere wieder den Mut.

»Er kommt nicht«, sage ich zu Mitch, der im Sonnenlicht döst.

Moment. Ein Mann fällt mir auf. Er steht vor der Tankstelle auf der anderen Straßenseite und beobachtet stirnrunzelnd das Café. Er trägt Jeans, ein weißes Hemd und ein Jackett: lässig und schick zugleich. Er ist keine siebzig, so viel steht fest. Er schaut auf die Uhr, scheint sich zu etwas zu entschließen und schlängelt sich zwischen den wartenden Autos auf meine Straßenseite durch.

Er verlangsamt seine Schritte, kommt auf die Terrasse zu und sieht sich um. Oh Gott, das wird doch wohl nicht Mr Penwith sein?

Aber so, wie er die Gäste mustert, muss er es sein.

Ich springe auf. »Mr Penwith?«

Er sieht mich an, seine gebräunte Stirn legt sich in Falten, und sein Blick huscht zu Mitch. »Sind wir uns nicht schon mal begegnet?«, fragt er.

»Oh Gott, ja … Jetzt erkenne ich Sie. Sie waren im Café, als ich … Das war natürlich ein Ausrutscher. Normalerweise kippe ich keine Getränke auf Gäste … Ich meine, so verhalte ich mich normalerweise nicht, wenn ich arbeite …«

Sein Gesichtsausdruck bleibt unverändert, was kein gutes Zeichen ist. »Also sind Sie Ms Jones?«

Ich winde mich vor Scham. »Ja.«

»Hmm. Verstehe. Ich habe was anderes erwartet.«

»Was haben Sie denn erwartet?«

»Jemand …« Er stockt.

»Jemand Älteren?«, frage ich enttäuscht.

Er nickt. »Ich schätze schon. Mit mehr Erfahrung.«

»Ich habe Ihrer persönlichen Assistentin gesagt, dass ich umfassende Erfahrungen in der Gastronomie habe. Sie meinte, Sie suchen jemanden, der viele unterschiedliche Aufgaben übernehmen kann.«

»Meiner persönlichen Assistentin?« Er runzelt die Stirn. Ich glaube eigentlich nicht, dass er über dreißig ist, allerdings hat er schon feine Fältchen im Gesicht.

»Mrs Tregothnan?«

»Ah, Sie meinen Polly. Ich brauche jemanden mit organisatorischen Fähigkeiten, der schon Erfahrung damit hat, eine Ferienanlage oder ein ähnliches Unternehmen zu leiten.«

»Ich habe jede Menge Erfahrung im Umgang mit Touristen und anderen Gästen und bin definitiv multitaskingfähig.« Er zieht die Augenbrauen hoch, weil er sich wahrscheinlich daran erinnert, wie ich es geschafft habe, innerhalb von fünf Minuten ein paar Möwen zu verjagen, einen Frappuccino über einen Gast zu schütten und entlassen zu werden, aber ich fahre fort. »Hören Sie, Mr Penwith, Sie sind extra in die Stadt gefahren, und wir haben uns beide eine Lücke in unserem Terminplan freigeschaufelt, also können Sie jetzt auch ein Vorstellungsgespräch mit mir führen.«

»Terminplan?« Er lächelt, und ich korrigiere augenblicklich meinen ersten Eindruck, er wäre ein Surf-Hipster. Er sieht nicht so aus, wie er klingt. Sein Gesicht ist gebräunt und sein Haar dunkel mit ein paar von der Sonne aufgehellten Strähnchen. Außerdem ist es wild, wenn es nicht von einer Mütze platt gedrückt wird, und plötzlich fällt mir auf, dass er mich ein kleines bisschen an einen heißen Vampir aus einer Fernsehserie erinnert, die ich geschaut habe, als ich noch zu Hause wohnte. Das scheint jetzt ewig her zu sein.

»Sollen wir einen Kaffee trinken und die Aufgaben genauer durchsprechen?«, frage ich eher hoffnungsvoll als zuversichtlich, während ich versuche, die Worte »heißer Vampir« aus meinen Gedanken zu verbannen, damit sie mir nicht aus Versehen rausrutschen.

Er seufzt, und sein Mund formt wieder dieses seltsame Lächeln-das-nicht-ganz-ein-Lächeln-ist. »Da wir beide in unserem vollen *Terminplan* Zeit gefunden haben, kann es wohl nicht schaden.«

Er wirft seine Autoschlüssel auf den Tisch. Der Schlüsselanhänger ist ein Stück poliertes Holz an einer alten Schnur. »Also, Ms Demi Jones«, sagt er, wobei er die Worte so sorgfältig ausspricht, als wären es Schätze. Mein Name klingt irgendwie verrucht, so wie er ihn ausspricht. »Wofür steht die Abkürzung?«

»Demelza«, erkläre ich gezwungenermaßen. »So hieß meine Oma. Meine Oma war toll, aber an mir mochte ich den Namen nie. Niemand sonst in der Schule hatte einen so komischen«, sage ich und versuche, mich zusammenzureißen. Wieso habe ich im

Café nicht bemerkt, wie gut er aussieht? »Demi reicht. Und Sie können mich duzen.«

Er lächelt. »Gut. Du mich auch. Ich bin Cal. Das ist eine Abkürzung für Calvin, ein alter Name aus meiner Familie, den ich mir auch nicht selbst ausgesucht hätte.« Er streckt mir die Hand entgegen. Ich schüttle sie, und mich überkommt Unsicherheit. Die Berührung ist fest, aber kurz. Seine Haut ist warm, jedoch rau, als hätte er in letzter Zeit viel mit den Händen gearbeitet.

Seine buschigen Augenbrauen ziehen sich zusammen. »Was ist los?«

Ich spüre, wie ich rot werde, und schaue weg. »Nichts.«

Ich zucke die Achseln, denn ich werde meinem potenziellen neuen Arbeitgeber unter keinen Umständen verraten, dass er aussieht wie ein heißer Vampir, obwohl es *stimmt*. Er fährt sich mit der Hand durch seine dichten Haare. »Willst du einen Kaffee, und dann unterhalten wir uns?«, bietet er an, klingt dabei aber immer noch so, als würde er zweifeln, ob das Vorstellungsgespräch mit mir eine gute Idee ist.

»Ja. Ich hole uns welchen.« Ich fische einen der kostbaren Scheine aus meinem Portemonnaie und halte ihn hoch.

»Schon okay, ich lade dich ein«, sagt er und verschwindet im Dunkel des Cafés. Mein Magen knurrt, und Mitch drückt seine feuchte Schnauze gegen die durchgewetzte Stelle am Knie meiner Jeans.

Cal stellt Kaffee und Kuchen auf den Tisch, und ich gebe mir Mühe, nicht alles hinunterzuschlingen wie ein ausgehungertes Tier. Nach dem Essen mustert er mich, als wäre ich irgendeine merkwürdige Kreatur, die er im Dschungel entdeckt hat. Ich schlucke meinen letzten Bissen Kuchen hinunter, während er an seinem Espresso nippt. Das Schweigen macht mich wahnsinnig.

»Das in Sheilas Strandhäuschen war nicht mein erster Job, weißt du. Ich habe noch viel mehr Erfahrung.«

»Wirklich? Woher?«

»Ich habe ein paar Jahre in einem Café in Truro gearbeitet. Am Anfang habe ich nur die Tische abgeräumt und gespült, dann wurde ich zur Köchin ausgebildet.«

»Du warst bestimmt eine gute Köchin.«

»Geht so. Wie kommst du darauf?«

Er lächelt. »Offensichtlich magst du Kuchen.«

»Danke! Ich habe nicht nur Kuchen gebacken. Ich habe auch leckere Pasteten, tolle Quiches und Pies gemacht, und weil ich schon eine Ausbildung und ein Gesundheitszeugnis hatte, hat Sheila mich eingestellt. Sie wollte mich aufs Catering-College schicken, damit ich noch mehr lernen kann.«

Er schaut auf die Uhr. Ich habe das Gefühl, gleich etwas Wichtiges zu verlieren.

»Hast du's eilig?«

»Ein bisschen. Ich muss zur Bank und mich um mein Konto kümmern.«

»Ist denn so viel drauf, dass sich das lohnt?« Die Frage war als Scherz gemeint, aber ich erröte, sobald ich sie ausgesprochen habe. Cal lacht, jedoch nicht so, als hätte ich etwas Witziges gesagt. »Das bezweifle ich, es sei denn, jemand hat, während ich weg war, eine großzügige Spende hinterlassen, von der ich noch nichts weiß.«

Plötzlich geht mir ein Licht auf. »Während du weg warst? Meinst du, in der Army?«

»Nein, ich war nicht in der Army. Wie kommst du denn darauf?«

»Als ich dich im Café gesehen habe, hattest du Tarnkleidung

an und so eine große Tasche dabei, wie Soldaten sie immer tragen.«

Er lächelt. »So was bekommt man in jedem Army-Shop zu kaufen. Ich habe für eine medizinische Wohltätigkeitsorganisation gearbeitet.«

»Ich bin nicht auf Wohltätigkeit angewiesen«, sage ich schnell.

Er lächelt. »Sicher nicht. Ganz im Gegenteil, nachdem ich gesehen habe, wie du mit Mawgan Cade fertiggeworden bist, bezweifle ich, dass du überhaupt Hilfe brauchst.«

»Du kennst sie?«

»Ja.« Er nimmt seine Autoschlüssel vom Tisch. »Hör mal, danke für das Treffen, aber ich glaube, du bist nicht ganz die Richtige für den Job.«

Ich kriege Panik. »Warte! Du weißt doch eigentlich gar nicht, was du für einen Job zu vergeben hast, oder?«

Er starrt mich an, als hätte ich gerade etwas unheimlich Schlaues gesagt. »Kann sein, aber ich brauche jemanden, der wirklich *alles* kann. Es ist ein – ähm – Geschäft mit Potenzial, das mit viel Energie und Begeisterung wieder auf den Weg gebracht werden muss. Es gibt dabei noch viel zu lernen. Auch für mich«, fügt er hinzu.

»Dann wäre ich perfekt für die Aufgabe. Ich will Erfahrungen im Freizeit- und Tourismusbereich sammeln.« Ich verschränke die Arme in der Hoffnung, dadurch selbstbewusst zu wirken.

Er zögert. »Selbst *wenn* ich dich nehmen wollte, ich könnte dir nicht viel zahlen.«

Ich spüre, dass er schwach wird, also kämpfe ich weiter. »Über die Einzelheiten können wir noch sprechen. Ich habe keine Angst vor schwerer Arbeit.«

»Das glaube ich.«

»Und ich verspreche, die Gäste nicht mit irgendwas zu bewerfen. Nur Mawgan hat es geschafft, mich so weit zu bringen.«

Diesmal lächelt er richtig, und mein Magen macht einen seltsamen kleinen Salto, aber das kommt nur von der Aufregung, dem Adrenalin, weil ich so unglaublich nah dran bin, diesen Job und ein neues Zuhause zu kriegen.

»Von mir aus kannst du Mawgan mit einem ganzen Eimer voll Zeug bewerfen. Aber im Ernst, du müsstest dich nicht nur um die Gäste kümmern, sondern auch Dinge abholen und Sachen hin- und hertragen und kochen und putzen und langweiligen Papierkram erledigen. In Kilhallon müssen wir alle mit anpacken.«

»Das kann ich alles.«

»Was ist mit Bauarbeiten?« Er beäugt meine dünnen Arme. »Kannst du gärtnern? Verputzen? Ein Dach decken? Zimmern?«

»Das kann ich lernen«, sage ich trotzig.

Kurz starrt er mich an und beißt sich auf die Lippe. Er wirkt unentschlossen. »Ja, das könntest du bestimmt, musst du aber nicht. Das war ein Witz.«

Ich versuche zu lachen, bin aber zu angespannt, weil ich auf eine klare Zusage warte.

»Ich fürchte, die Unterkunft ist ein bisschen mickrig. Es ist nur ein kleines Cottage.«

»Ein *Cottage?*« Ich bemühe mich, nicht zu begeistert zu klingen.

»Ein *winziges* Cottage, das renoviert werden muss. Du hättest bestimmt lieber was Größeres und Schickeres«, fügt er hinzu.

»Auf keinen Fall. Ich meine … Ich würde sicher klarkommen, wenn's sein *muss,* und ich könnte es selbst renovieren. Pass auf, jeder verdient eine zweite Chance, oder? Und mal ehrlich, du scheinst schnell Hilfe zu brauchen, sonst wärst du nicht gleich heute hergekommen, um mich kennenzulernen. Lass uns eine Probezeit vereinbaren – wir können beide schauen, wie wir miteinander auskommen, und wenn du's dir anders überlegst oder ich, ist das kein Ding. Na los, trau dich, riskier was.«

Er lehnt sich auf seinem Stuhl zurück und sieht mich mit großen Augen an. Noch bevor ich zu Ende gesprochen habe, wird mir bewusst, dass ich wahrscheinlich zu weit gegangen bin und mir wieder mit meiner großen Klappe und meiner respektlosen Art alle Chancen verbaut habe.

»Ich muss verrückt sein«, murmelt er.

Also, ich glaube, das ist eine Zusage. Ich kann mich gerade noch zurückhalten, triumphierend eine Faust hochzurecken.

»Ich kann dir nicht viel Geld anbieten – kaum mehr als den Mindestlohn –, bis der Laden wieder läuft, was eine Weile dauern kann, wenn es überhaupt so weit kommt«, sagt er und klappert mit den Schlüsseln.

»Was ist mit Mitch? Er muss auch irgendwo untergebracht werden«, sage ich und deute auf den Hund, der die Ohren spitzt, als er seinen Namen hört. Ich könnte durchdrehen vor Freude, denn ich weiß, dass ich jetzt die Oberhand habe.

»Ach so. Tja, natürlich, Mitch kann mitkommen. Ich könnte einen Hund gebrauchen, der kräftig mit anpackt.«

»Er arbeitet nicht.«

»Okay, dann brauche ich einen Hund, der unschuldig und niedlich gucken kann.«

»Du wirst es nicht bereuen«, sage ich, wobei ich am liebsten über die Café-Terrasse rennen und »Yessss!« schreien würde.

Ein Lächeln zuckt in seinem Mundwinkel. »Nein … aber du vielleicht.«

5

»Ist *das* da dein Auto?«

Demi rümpft die Nase, als ich den Backstein hinter dem Vorderrad des Land Rovers wegschiebe. Solange das Auto nicht durchgecheckt wurde, traue ich der Handbremse auf dem schräg abfallenden Parkplatz über dem Hafen von St Trenyan nicht.

»Ja. Warum?«

»Du solltest es abschließen, sonst könnte es geklaut werden.«

»Erstens ist das Türschloss kaputt, und zweitens: Glaubst du wirklich, irgendjemand würde dieses Ding klauen?«

Sie sieht sich den rostigen Lack, die verbeulte Seitenverkleidung und die hinunterhängende Stoßstange genauer an und verzieht das Gesicht. »Vielleicht, um es zu verschrotten.«

Ich würde Demi gerne anlächeln – sie hat ein Talent, mich zum Lächeln zu bringen –, aber ich glaube, seit meinem Besuch bei der Bank haben sich meine Gesichtsmuskeln verkrampft. Demi war mit Mitch am Strand joggen, während ich mit der Bankberaterin gesprochen habe. Das Testament meines Vaters wurde noch vor meiner Abreise vollstreckt, und ich habe den Großteil meines Erbes von meinem Sparbuch auf ein Geschäftskonto überwiesen. Es war keine bedeutende Summe, aber ich bin der Besitzer von Kilhallon Park, und mit klugem Management und ein paar zusätzlichen Investitionen sollte es mir gelingen, die notwendigen Sanierungsmaßnahmen durchzuführen. Ich öffne die Hecktür. »Mitch kann es sich hier bequem machen.«

»Rein mit dir«, sagt Demi, als Mitch zögert. »Komm schon, steig ein, du dusseliger Hund.«

»Vielleicht hat er Bedenken, in das Auto eines fremden Mannes einzusteigen«, bemerke ich.

»Da ist er wahrscheinlich klüger als ich.«

Demi ist ebenfalls unschlüssig. Sie hat die Arme verschränkt, und ihr kastanienbraunes Haar weht im Wind wie die Flammen eines Lagerfeuers.

»Ich bin nicht verzweifelt, weißt du.«

»Ich weiß, dass du nicht verzweifelt bist.« Eigentlich glaube ich, dass sie sehr wohl verzweifelter ist, als sie jemals zugeben würde, aber daraus Profit zu schlagen wäre schäbig. Schließlich bin ich gegen Ausbeutung. Soweit ich das beurteilen kann, sind die Arbeitsbedingungen hier sowieso nicht so toll.

Sie lacht mich an. »Jetzt ist es zu spät, um einen Rückzieher zu machen, Cal Penwith.«

»Glaub das bloß nicht. Los, steig ein. Wir haben noch viel vor«, sage ich grimmiger als beabsichtigt.

Der Land Rover quält sich den steilen Hügel vom Hafen bis zur Straße hinauf, die durchs Moor führt. Die Kfz-Steuer ist noch nicht bezahlt, aber Polly meinte, das könne ich jetzt online erledigen, und das Auto war beim TÜV, bevor ich zu meinem letzten Hilfsprojekt aufgebrochen bin. Ich werde mich bald um alles kümmern, denn im Moment habe ich dringendere Sorgen. Ich werfe einen Blick zu Demi, aber sie starrt aus dem Fenster.

»Wie lange warst du obdachlos, bevor du bei Sheila angefangen hast?«

Sie dreht sich abrupt zu mir. »Woher weißt du, dass ich obdachlos war?«

»Ich merke es, wenn jemand eine harte Zeit hinter sich hat. Ich habe für eine Wohltätigkeitsorganisation gearbeitet, schon vergessen?«

Sie zuckt die Achseln. »Nein, aber wie gesagt, ich möchte nicht, dass du mich als Hilfsprojekt betrachtest.«

»Das weiß ich.«

Ich sehe, dass sie wieder aus dem Fenster starrt, aber irgendwann antwortet sie doch. »Ich war für ein paar Monate obdachlos.«

»In St Trenyan?«

»Auch in Truro, und eine oder zwei Wochen in Penzance, aber vor allem hier.«

Vielleicht sollte ich sie nicht drängen, aber ich will mehr über meine neue Angestellte erfahren, die auch bei mir wohnen wird. »Aus einem bestimmten Grund?«

Sie antwortet nicht sofort. »Ich hatte Lust auf Abenteuer, schätze ich.«

Ich belasse es dabei und hoffe, sie wird mir mehr erzählen, wenn sie bereit dazu ist. Ich bin auch nicht gerade in der Stimmung, mein Herz auszuschütten, außerdem ist Kilhallon gleich um die Ecke. Die Straße fällt ab, macht eine scharfe Krümmung, und der Land Rover schlittert um die Kurve. Dann drücke ich das Gaspedal durch, um es auf den Hügel hinauf zu schaffen. Ich reiße das Steuer herum, und wir rattern über ein Viehgitter zwischen zwei Steinpfosten, die eine schmale Lücke in der Mauer bilden. Das Schild liegt neben den Pfosten auf der Erde, aber die Hälfte der Buchstaben ist verwittert, deshalb steht jetzt nur noch »Kil l Park« drauf.

»Oh Gott«, murmelt Demi.

»Was ist los?«

»Sheila hat gesagt, das hier sei ziemlich ab vom Schuss, und jetzt weiß ich, was sie gemeint hat.«

»Mir gefällt das.«

»Das muss es wohl … Ich meine, es ist, ähm, sehr friedlich und naturbelassen hier draußen.«

Ich lenke den Land Rover zwischen den größeren Schlaglöchern hindurch und versuche, mir nichts anmerken zu lassen, während ich Demi verstohlen mustere. Sie hält ihren Rucksack auf dem Schoß fest, und Mitch fängt hinten an zu schnaufen und zu winseln. Als ich beschloss, mich nach einer neuen Mitarbeiterin umzusehen, hätte ich niemals mit jemandem wie Demi gerechnet, geschweige denn mit einem riesigen, zotteligen Hund. Keine Ahnung, welcher Rasse er angehört.

Sie schreit auf, als der Land Rover über eine besonders tiefe Furche und in eine Pfütze schaukelt. »Kein Grund zur Sorge«, sage ich.

»Ich hab mir keine gemacht, bis du das gesagt hast.«

»Danke.« Ich schalte den Motor wieder ein und manövriere den Land Rover aus der Pfütze hinaus. »Wir haben's bald geschafft.«

Sie rümpft die Nase. Eine sehr hübsche Nase, muss ich zugeben, auch wenn sie sie im Moment hochträgt. Demi hat Sommersprossen im Gesicht, sie wirkt verletzlich und doch auch stark. Plötzlich fällt mir ein Gemälde ein, das meine Mutter in Kilhallon aufgehängt hat. Es zeigt ein schönes Mädchen, das in einem Boot einen von Weiden gesäumten Fluss entlangtreibt.

Ich halte mitten auf dem Hof an, der früher unser Parkplatz war. Demi blickt auf den Löwenzahn und das Gras, das zwischen den Kieselsteinen hervorsprießt.

»Sind wir da?«

»Yep.« Ich springe aus dem Auto und frage mich, ob sie irgendwann auch aussteigen wird. Schließlich öffne ich ihre Tür, und sie rutscht mit dem Rucksack in den Armen widerstrebend vom Beifahrersitz herunter. Sie schaut sich um, vom alten Bürogebäude auf der einen Seite des Hofs zur hölzernen Veranda, die uns als Rezeption diente und von der nun die Farbe absplittert, und zum moosbewachsenen Siebzigerjahre-Wohnwagen, der vor dem Eingang der Scheune steht.

»Du hast doch gesagt, es wäre eine Ferienanlage ...«, beginnt sie, wobei ihre Augen immer größer werden.

»Das war es auch. Ist es. Es gehört noch viel mehr als das hier dazu.«

Sie blickt mich gequält an.

Während sie immer noch ihren Rucksack festhält, geht sie zur Scheune und betrachtet mit großen Augen das marode, baufällige Gebäude vor ihr. Ich könnte es verstehen, wenn sie sich auf der Stelle umdrehen und zurück nach St Trenyan rennen würde.

»Oh ja, wir haben eine Menge Arbeit vor uns«, bemerkt sie.

»Du hast doch gesagt, du hast keine Angst davor.«

Als sie auf die Rezeption zugeht, rennt Mitch an ihr vorbei zu einem rostigen Schild, auf dem einst zu lesen war: »Willkommen in Kilhallon Park. Ihr Urlaub beginnt hier.«

Dann hebt er ein Bein und markiert stolz sein Revier.

Ich kann es Demi nicht verübeln, dass sie nicht gerade begeistert von Kilhallon ist, aber wenn jemand, der auf der Straße geschlafen hat, über den Zustand der Anlage schockiert ist, na ja, dann ist das wirklich besorgniserregend. Ich war selbst ein wenig bestürzt, als ich hier ankam, nachdem ich in Onkel Rorys Geburtstagsparty hineingeplatzt und dann von Bosinney nach Hause gelaufen war. Allerdings muss ich zugeben, dass der Zustand der Gebäude mich weniger beschäftigte als mein innerer Zustand. Schließlich hatte ich erfahren, dass ich meine Traumfrau an meinen besten Kumpel verloren und das allein mir selbst zuzuschreiben hatte.

Jetzt sehe ich die Ferienanlage mit neuen – Demis – Augen, und das Ausmaß der Aufgabe, die vor mir liegt, wird mir schmerzlich bewusst. Kilhallon wieder zum Leben zu erwecken wird eine echte Herausforderung. Warum sollte jemand hier Urlaub machen wollen, solange es so aussieht? Nach meinem Termin bei der Bank ist mir klar geworden, dass ich zusätzliches Geld auftreiben muss, um das Anwesen so zu renovieren, wie ich es mir vorstelle.

Ich weiß, dass Polly mich für verrückt hält, aber ich muss mich auf irgendwas konzentrieren, sonst drehe ich wirklich durch. Im Moment kann ich in der Sache mit Isla nichts tun, aber das bedeutet nicht, dass ich sie aufgegeben habe. Noch ist sie nicht verheiratet; sie kann es sich immer noch anders überlegen, obwohl Luke sicher was einzuwenden hätte, wenn er wüsste, was ich empfinde. Ich versuche – vergeblich –, mich wegen meines Grolls ihm gegenüber schuldig zu fühlen. Ich sollte ihm alles Gute wünschen, aber der Schmerz ist noch zu frisch, und ich glaube nicht, dass unsere Freundschaft so bald wieder ins Lot kommt.

Aber erst einmal muss ich mich um Demi kümmern.

»Das ist Polly«, sage ich, als die Haushälterin uns durch die Eingangstür entgegeneilt. Seit sie in meiner Abwesenheit angefangen hat, sich die Haare aschblond zu färben und sich einen sauberen Bob schneiden zu lassen, sieht sie etliche Jahre jünger aus, aber eine so persönliche Bemerkung würde ich ihr gegenüber nicht wagen. Ihrem finsteren Blick nach zu urteilen ist sie nicht bereit, für unsere neue Angestellte den roten Teppich auszurollen. Doch Mitch scheint Polly augenblicklich ins Herz geschlossen zu haben, denn er stürmt auf sie zu und springt an ihr hoch.

»Weg mit dem Köter!« Polly stammt aus einer Familie robuster Cornwall'scher Bauern. Sie ist zwar schon Mitte fünfzig, aber noch immer eine Respekt einflößende Frau. Sie schiebt Mitch zwar nicht grob, aber so bestimmt weg, dass er ganz scheu wird.

Demi eilt hin und packt Mitch an der Leine. »Keine Sorge, der tut Ihnen nichts.«

»Mir egal. Ich mag keine Hunde, und Cal auch nicht. Am Telefon hast du nichts von einem Haustier gesagt.«

»Ich habe beschlossen, bei ihm eine Ausnahme zu machen. Er kann uns als Wachhund dienen«, sage ich, als Mitch nach einem vernichtenden Blick von Polly den Kopf einzieht. »Das ist Demi, sie wird mit uns zusammenarbeiten.«

Polly stemmt die Hände in die Hüften und mustert unsere neue Angestellte von Kopf bis Fuß. »Ich weiß schon, wie sie heißt. Du siehst nicht so aus, wie du dich am Telefon angehört hast.«

»Wie habe ich mich denn angehört?«, entgegnet Demi so zuckersüß, dass ich die Gefahr förmlich *spüre.*

»Polly, *wenn* es dir nichts ausmacht«, werfe ich ein, bevor es direkt hier auf dem Hof zu einem Ringkampf kommt, »setz Demi auf die Gehaltsliste und kümmer dich so bald wie möglich um ihren Vertrag und alle nötigen Unterlagen.«

Polly sieht mich mit zusammengekniffenen Augen an. »Nicht nötig, in so einem Befehlston mit mir zu reden.«

»Tut mir leid. Und kannst du vorher bitte saubere Bettwäsche und Handtücher für das Stables Cottage heraussuchen? Ich werde Demi helfen, es in einen zumindest annähernd bewohnbaren Zustand zu bringen.«

»Selbstverständlich, *Boss.* Ich kümmer mich sofort darum.«

Polly stapft davon und murmelt dabei vor sich hin. Ich beiße die Zähne zusammen. Polly hat sich daran gewöhnt, das Anwesen ohne mich zu führen, während ich weg war, und ich habe in der Zwischenzeit sämtliche gesellschaftlichen Umgangsformen verlernt. Ich weiß, dass sie es schwer hatte, aber es wird Zeit, dass wir uns beide wieder an die Gegenwart anderer Menschen gewöhnen.

Demi zieht hinter Pollys Rücken eine Grimasse. »Sie wirkt nicht sehr erfreut, mich zu sehen.«

»Sie wird sich damit abfinden. Komm mit, ich zeig dir alles.«

Cal führt mich zu einem verglasten Holzvorbau an der Fassade des alten, steinernen Farmhauses, der modern wirken mag, wenn man in den Siebzigern stehen geblieben ist.

»Das hier ist – war – der Empfangsbereich«, sagt er und gibt der Tür, von der die Farbe absplittert, einen kräftigen Schubs. »Sorry. Wenn es feucht ist, klemmt sie«, erklärt er.

Drinnen befindet sich eine Theke mit einem Wählscheibentelefon wie aus einem Retroladen, darum herum stapeln sich verstaubte Ordner, und es liegt ein leichter Geruch von Nässe und Essen in der Luft. In den Metallständern am Fenster stecken von der Sonne ausgebleichte Prospekte und Broschüren. Ich bin sicher, auf einer davon steht *Auszeit in Kilhallon Park, 1985.* Auszeit in Kilhallon? Heutzutage müsste man sich eine Auszeit *von hier* gönnen.

Auf der Theke ist ein Knopf mit einem Aufkleber daneben, auf dem ich gerade noch »Bitte klingeln« entziffern kann.

»Hier entlang«, sagt Cal und öffnet eine weiß gestrichene Tür, auf deren ehemals goldenem Plastikschild »Privat« steht. Wir kämpfen uns an alten Fleecepullis und Wachsjacken vorbei, und Cal flucht. »Wer hat den verdammten Stiefelkratzer da stehen lassen?«, brummt er. »Sei vorsichtig.«

Ich steige seitlich darüber und erkenne einen Lichtspalt, als Cal eine schwere Eichentür aufstößt.

In meiner Kindheit hat meine Mum mir *Der König von Narnia*

vorgelesen. Nachdem ich zwischen den Jacken durchgegangen bin und meine Augen sich an das Licht gewöhnt haben, kommt es mir vor, als hätte ich gerade ein weiteres Narnia betreten. Nur dass dieses Narnia nach Curry riecht und einem *Müllcontainer* ähnelt – und ich weiß, wovon ich rede, denn ich habe in mehr als nur einem herumgewühlt.

»Das hier ist das Wohnzimmer. Wie man sieht.«

Er steht verlegen da, aber ich bin fasziniert. Die Fenster sind winzig und haben in Bleigitter gefasste Scheiben wie ein altes Hafenpub, aber sie würden wahrscheinlich mehr Licht hereinlassen, wenn sie geputzt wären. Kalte Asche wirbelt durch die Luft, als Cal die Tür zur Rezeption hinter sich schließt.

Er wirft sein Handy auf eine wuchtige, mit Schnitzereien verzierte Kommode. »Du musst uns nehmen, wie wir sind, hat mein Vater immer gesagt.«

»Meine Mum hat das auch gesagt, aber sie hat trotzdem aufgeräumt.« Ich sehe mich im Wohnzimmer um, während Mitch zu meinen Füßen zappelt und es gar nicht erwarten kann, überall gründlich herumzuschnüffeln.

»Weiß deine Mutter, wo du jetzt bist?«, fragt mich Cal.

»Das bezweifle ich. Sie ist tot.«

»Das tut mir leid.« Er verzieht das Gesicht, als hätte ich ihn traurig gemacht, nicht umgekehrt.

»Schon okay. Sie ist vor acht Jahren gestorben.«

Er sieht mich mitfühlend an. »Wirklich? Dann musst du aber jung gewesen sein, als du deine Mum verloren hast.«

»Dreizehn.«

»Wann bist du von zu Hause weggegangen?«, fragt er.

»Vor ein paar Jahren.« Ich zucke die Achseln, als würde es keine Rolle spielen, aber in Wirklichkeit kann ich mich ganz genau daran erinnern. Ich war achtzehn, es hat geregnet, und im Fernsehen lief *EastEnders*.

»Hast du sonst noch jemanden aus deiner Familie?«

Cals Stimme unterbricht meine Erinnerungen, und ich bin froh darüber. Niemand denkt gern an schlechte Zeiten zurück, vor allem, wenn Schuldgefühle damit verbunden sind. »Einen Bruder, aber den habe ich seit Jahren nicht mehr gesehen, und meinen Dad will ich nicht wiedertreffen.«

»Das Leben kann ganz schön fies sein, was? Ich weiß, wie es ist, wenn man seine Eltern früh verliert«, sagt er.

»Tatsächlich?«

»Ja. Meine Mum ist gestorben, als ich ein Teenager war, und ich habe Dad verloren, kurz bevor ich zu meinem letzten Überseeeinsatz aufgebrochen bin.«

»Oh Gott. Das tut mir leid. Ehrlich.«

»Tja, so was passiert nun mal«, sagt er. »Mach's dir gemütlich, wenn du ein freies Plätzchen auf dem Sofa finden kannst.«

Ich setze mich zwischen zwei Stapel vergilbter Gartenzeitschriften auf die Kante einer alten Polsterbank, und Cal bleibt eine Weile vor dem Kamin stehen. Anscheinend weiß er nicht, was er sagen soll; vielleicht fragt er sich, was er nun, da ich hier bin, mit mir anfangen soll. Ich frage mich langsam auch, was ich hier mache. Schließlich lässt sich Mitch auf dem Boden nieder: Er fühlt sich überall zu Hause. Weil ich es auch nicht schaffe, Cal in die Augen zu sehen, konzentriere ich mich wieder auf das Zimmer. Vor dem Kamin steht eine große Eichenholzbank wie in alten Pubs, und an den Wänden hängen Gemälde mit Pferden und Hunden, Meereslandschaften, Booten und Fischern und toten Kaninchen und Fasanen.

»Sorry. Ich werde mit Polly reden«, murmelt Cal und deutet

auf die Unordnung im Zimmer. »Sie hat sich noch nicht daran gewöhnt, das Haus wieder mit anderen Leuten zu teilen, aber sie ist hier, seit ich denken kann. Sie hat für meinen Vater gearbeitet, bis ihr Mann gestorben ist, und inzwischen gehört sie zur Familie.«

»Wann war die Ferienanlage zum letzten Mal geöffnet?«

»Vor etwa zwölf Jahren. In ihrer Hochphase haben hier Dutzende Leute gearbeitet.«

»*Dutzende* Leute?«

Cal hängt sein Jackett über eine Stuhllehne. »Kaum zu glauben, aber wahr. Außer der Ferienanlage hatten wir auch noch einen kleinen Milchbauernhof und etwas Ackerland, aber das wurde nach und nach verkauft. Jetzt sieht es wohl nicht nach viel aus, aber vor gut dreißig Jahren gab es hier Feriencottages und einen Zelt- und Wohnmobilstellplatz. Wir hatten sogar einen Pool und ein Gemeinschaftshaus, und angeblich war immer alles ausgebucht, aber die goldenen Zeiten waren vorbei, bevor ich geboren wurde.«

»Schade, dass so eine hübsche alte Anlage in einem solchen Zustand ist«, sage ich und beiße mir dann auf die Lippe aus Sorge, ihm zu nahe getreten zu sein. Ich rutsche auf der alten Polsterbank hin und her, um eine bequemere Position zu finden. Ich könnte schwören, dass mich eine Feder piekst.

»Es ist einfach langsam bergab gegangen, weil immer mehr Leute angefangen haben, ihre Ferien im Ausland zu verbringen. Nach dem Tod meiner Mum hat mein Vater dann ganz das Interesse an Kilhallon Park verloren. Wir hatten keine Gäste mehr, seit ich mit der Uni angefangen habe, und eine solche Anlage verwahrlost schnell, wenn man sie nicht pflegt. Andere Leute haben ihre Anlagen erfolgreich weitergeführt, aber wenn ich das gewollt hätte, hätte ich nicht losziehen dürfen, um die Welt zu retten.«

»Was hast du gemacht? Warst du in Afrika oder Syrien? Das muss schrecklich gewesen sein.«

»Wie gesagt, ich hab bei einer Wohltätigkeitsorganisation im Nahen Osten gearbeitet, bis ich schließlich selbst Hilfe gebraucht habe. Mehr musst du nicht wissen. Auch wenn Polly dir im Laufe der Zeit sicher mit größter Freude mitteilen wird, was sie zu wissen glaubt.« Er verstummt kurz. »Bis dahin gibt es genug zu tun. Als Erstes zeige ich dir die Küche. Im Haushalt müssen wir hier leider alle ran, aber du bist ja ein Profi, also macht dir das bestimmt nichts aus.«

Er will mir also nicht sagen, wo genau er war. Na gut. Ich will auch nicht, dass er alles über mich weiß. »Oh, hat Polly das Curry gekocht? Ich rieche es.«

»Du bist witzig. Das Essen haben wir bestellt. Polly hat nie besonders gern gekocht.«

»Ich schon. Ich kann tolles Biryani und Thai-Curry kochen und Gemüse-Chili mit selbst gemachter Guacamole. Und eine super Fisch-Pie – ich bin immer zum Hafen runtergegangen und habe den Fisch direkt von den Fangschiffen gekauft. Und ich mache leckere Pasteten mit Fleisch oder Gemüse – du musst mal die mit Speck und Käse probieren. Das sind die besten.«

Er lächelt, und mir wird bewusst, dass ich mich gerade extrem selbst gelobt habe. »Klingt so, als könnten wir uns doch ganz gut verstehen. Soll ich dir die Anlage zeigen, damit du dich zurechtfindest und siehst, worauf du dich eingelassen hast?«

Ich werde ganz aufgeregt. Mitch spürt die Veränderung in meiner Stimmung und setzt sich auf. »Na dann los«, sage ich.

Wir laufen durch die Küche des Farmhauses und über eine hintere Veranda, die ebenfalls vollgestopft mit Mänteln und Stiefeln ist, auf einen großen gepflasterten Hof. Dahinter befindet sich eine Reihe Cottages, die offensichtlich besser erhalten sind als die baufälligen Scheunen und Kuhställe vor dem Haus, was allerdings nicht viel heißt. Aber das Häuschen ganz am anderen Ende des Hofs steht wenigstens und hat Vorhänge an den Fenstern.

»Dort wirst du wohnen«, sagt Cal und deutet auf das letzte Cottage mit den Vorhängen.

»Waren das die Feriencottages?«

»Nein, diese hier waren für die Angestellten. Die Gästecottages sind größer und in einem anderen Teil der Anlage, aber sie müssen komplett saniert werden. Heutzutage wollen die Leute Ferienhäuser, die noch besser sind als ihre Wohnhäuser.«

»Kann ich mir vorstellen, wenn sie viel Geld bezahlen.«

»Ja, aber ich hoffe, in Kilhallon Park wird es für jeden Geldbeutel etwas geben. Komm, ich zeig dir die Gästecottages und die Gebäude auf dem Campingplatz, die ich ersetzen will.«

Mitch wirkt überglücklich, draußen auf dem Land zu sein. Ich gehe mit Cal über den hinteren Hof und durch ein Holztor einen kurzen Weg entlang, der etwas besser in Schuss ist als der, der von der Hauptstraße abzweigt. Trotzdem muss ich einigen Löchern voll mit getrocknetem Matsch ausweichen. Der Weg wird von cornwalltypischen Hecken gesäumt, aber die Wiese zur Küste hin fällt sanft ab und erlaubt uns einen wunderbaren Blick auf den Atlantischen Ozean. Die Sonne glitzert auf dem Wasser. Cal marschiert voraus zu einer Reihe viel größerer Cottages ein paar Hundert Meter weiter am Weg.

»Als Erstes braucht dieser Weg einen neuen Belag, damit die Bauarbeiter Zugang zu den Gästecottages bekommen«, sagt er und stapft mit seinen Gummistiefeln durch eine große Pfütze.

Kurz darauf bleiben wir vor den Gästecottages stehen. Sie stehen zu viert in einer Reihe und haben Steinmauern und moosbewachsene Schieferdächer. Ich vermute, sie waren ursprünglich weiß getüncht, aber jetzt sind die Außenwände grau und fleckig. Die winzigen Vorgärten – eigentlich eher Terrassen – aller Cottages sind von Unkraut überwuchert.

Cal atmet tief aus. »Du wirst sehen, der Kern ist solide, aber die Häuser brauchen moderne Elektro-, Wasser- und Heizungsinstallationen, außerdem muss die Einrichtung neu gestaltet werden. Und die Schieferdächer müssen wir auch reparieren. Es gibt viel zu tun, aber es wird sich lohnen. Diese alten Minenarbeitercottages sind es wert, liebevoll renoviert zu werden.«

»Sie könnten sehr hübsch aussehen. Sie haben viel rustikalen Charme«, sage ich, inspiriert von den Do-it-yourself-Sendungen im Fernsehen, die Sheila immer aufgenommen und abends dann eine nach der anderen angeschaut hat.

»Genau das wollen die Gäste. Etwas mit Charakter und einer tollen Aussicht.«

»Die Zutaten sind genau richtig. Jetzt musst du nur noch etwas Großartiges daraus zaubern.«

Cal lacht. »Wenn wir ordentlich zupacken, kriegen wir das sicher hin.«

Mitch wühlt zwischen den Löwenzahnpflanzen in den Vorgärten herum, während ich zur Eingangstür eines Cottages schlendere. Ein beschädigtes Schieferschild hängt schräg an einem Nagel. Ich schiebe es wieder gerade und lese den Namen.

»›Penvenen?‹ Was heißt das?«

Cal lächelt schief. »Meine Oma hat unheimlich gern Winston-Graham-Romane gelesen, und die waren groß in Mode, als in den Siebzigern die Fernsehserie lief und die Arbeitercottages zu

Ferienhäusern umgebaut wurden. Es war ihre Idee, sie nach Figuren aus den Poldark-Romanen zu benennen. Deshalb heißen sie Penvenen, Warleggan, Enys – und natürlich Poldark.«

»Sorry, die Bücher hab ich nicht gelesen.«

»Ich auch nicht, und die Fernsehserie lief lange vor meiner Zeit, aber Polly sagt, sie ist jetzt wieder in, also sollten wir die Namen so lassen.«

»Ich finde es gut, die Namen zu behalten, wenn sie die Idee deiner Oma waren. Touristen mögen so was. Sie haben immer gefragt, wie alt Sheilas Strandhäuschen ist. Sheila erzählt gerne, dass es ursprünglich ein Schmugglertreff war, und dann bestellen sie mehr Getränke, nur um länger bleiben zu können.«

Cal lacht laut. »Das Strandhäuschen war niemals ein Schmugglertreff! Selbst der älteste Teil des Gebäudes kann nicht mehr als hundert Jahre alt sein.«

»Es hat aber funktioniert. Ich finde, du solltest die Namen auf jeden Fall behalten.«

Er mustert mich eingehend und lächelt dann. Ich muss zugeben, dass sich seine Stimmung während unserer Besichtigungstour gebessert hat, also habe ich wohl etwas richtig gemacht. »Ich glaube, du wirst hier sehr nützlich sein, Ms Jones. Komm, lass uns den Campingplatz anschauen.«

Während wir durch die restliche Anlage laufen, verstreicht eine Stunde, aber ich genieße jede Minute davon. Cal führt mich zu den zwei Wiesen, wo sich früher die festen Wohnwagen und der Zeltplatz befanden. Die Wohnwagen sind längst verschwunden. Cal erzählt, dass seinem Vater das Geld ausgegangen ist, um die Flotte instand zu halten, also hat er sie an Bastler verkauft. Zum Zelt- und Wohnmobilstellplatz gehören sanitäre Einrichtungen mit Toiletten, Duschen und einem Bereich zum Geschirrspülen.

Sie sind in einem furchtbaren Zustand, fast völlig verfallen. In den Duschen nisten Vögel.

»Und das da«, sagt er und nickt zu einer großen, grasbewachsenen Vertiefung, die von zerbrochenen Fliesen umgeben ist, »war ein Pool.«

»Man kann es gerade noch erkennen …«, erwidere ich diplomatisch. Die Anlage ist groß, und Cal hat nicht übertrieben, als er sagte, es gebe viel Arbeit. »Was ist das?«

Ich deute auf ein bröckelndes Steingebäude auf der anderen Seite des Zeltplatzes, das vor der späten Nachmittagssonne fast nur als Umriss erkennbar ist.

»Nur ein altes Farmgebäude, in dem wir im Winter die Rasenmäher und die Ausstattung der Wohnmobile untergebracht haben. Ich hab seit Jahren nicht mehr reingeschaut, also ist wahrscheinlich noch eine ganze Menge Zeug darin.«

»Schade, es so verkommen zu lassen.«

»Ja, wahrscheinlich schon. Wir müssen es zumindest mal aufräumen, bis wir wissen, was wir damit anfangen sollen. Ich bin noch nicht dazu gekommen, für alles Pläne zu machen. Dafür bist du zuständig. Wenn du irgendwelche Ideen hast, immer raus damit. Also, willst du jetzt genauer sehen, wo du wohnen wirst?«

»Auf jeden Fall.« Ich rufe Mitch mit einem Pfeifen und folge Cal zurück über die Wiese in den Bereich der Rezeption und der Mitarbeitercottages, aber ich kann nicht widerstehen, noch mal einen Blick nach hinten auf das bröckelnde, vernachlässigte Lagerhaus zu werfen. Ich frage mich …

Mir ist eine Idee gekommen, aber ich habe Cal gerade erst kennengelernt und bin definitiv noch nicht bereit, direkt damit loszuschießen.

»Bitte sehr.« Einen Moment später dreht er am Türknauf des

hintersten Mitarbeitercottages. »Ich würde es nicht gerade als eine Premium-Unterkunft bezeichnen, aber es ist das am besten erhaltene. Wie gesagt, es könnte größer sein, und es ist ein bisschen feucht, weil seit ein paar Jahren niemand mehr hier gewohnt hat, aber es sollte gehen, wenn du bereit bist, ein bisschen mit anzupacken. Polly bringt dir bestimmt gleich noch Putzmittel und Bettwäsche vorbei, ansonsten mache ich das, sobald ich dazu komme.«

Von der Eingangstür gelangt man direkt in ein kleines Wohnzimmer, in dem ein Zweisitzer-Sofa mit einem grellen Blumenmuster steht. Der Kamin ist leer, und an den Wänden hängen ein paar Bilder, hauptsächlich mit Rosensträußen und Bäumen. Der Teppich hat orangefarbene und blaue Spiralen, und die Vorhänge sind rosafarben und mit abstrakten Tulpen gemustert. Zumindest glaube ich, dass es einmal Tulpen waren – jetzt sind es Kleckse. In einer Ecke führt eine enge, offene Treppe nach oben.

»Sorry, ich glaube, es wurde seit Ewigkeiten nicht mehr renoviert.«

»Es ist sehr … ähm … *geblümt.*«

»Du kannst wählen zwischen dem hier und der Abstellkammer auf dem Dachboden im Farmhaus. Aber du hast bestimmt lieber deine eigene Eingangstür.«

»In der Not schmeckt jedes Brot.«

Er lacht nicht. »Also ist das hier okay für dich?«

»Ja …« Tränen schnüren mir die Kehle zu bei dem Gedanken, dass Mitch und ich nun wirklich vier Wände und ein Dach über dem Kopf haben, dann reiße ich mich zusammen. Schließlich arbeite ich für den Typen. Ich verdiene es, ein richtiges Dach über dem Kopf zu haben. »Es geht. Danke.«

»Du klingst nicht sehr überzeugt.«

Ich lächle ihm zu. »Ehrlich, es ist toll. Kann ich mir den Rest anschauen?«

»Klar.«

Mitch läuft voraus in die Küche, die zweckmäßig, aber mit einem Herd, einem Kühlschrank und einer Spüle eingerichtet ist. Auf dem Fensterbrett liegen ein paar tote Fliegen, und es riecht ein bisschen muffig, aber es ist mein eigenes Reich, und nur das zählt.

Cal öffnet die Kühlschranktür und verzieht das Gesicht. »Vielleicht muss ich dir einen anderen Kühlschrank besorgen.«

»Ich kann ihn sauber machen. Das wird schon gehen.«

»Wie du willst, aber ich kaufe trotzdem einen neuen, für alle Fälle. Du hast Rechte hier, auch das Recht auf eine anständige Unterkunft.«

»Hörst du jetzt endlich mal auf damit?«, frage ich und würde am liebsten laut lachen über sein verdutztes Gesicht. »Zeig mir lieber das restliche Haus, *Boss*.«

»Bitte nenn mich nicht so. Polly macht das nur, um mich zu ärgern.«

»Okay, Boss.«

Ich stelle mir seinen finsteren Blick vor, als er vor mir die Treppe hinaufgeht. Mitch bleibt unten und erkundet sein neues Revier. Ich wette, es ist ein heißer finsterer Blick, und sein Po und seine Oberschenkel sehen toll aus in der Jeans. Ich schüttele den Kopf über mich selbst, weil ich so was denke. Das hier ist Arbeit, und er ist mein Chef.

Cal öffnet eine Tür auf der einen Seite des winzigen Treppenabsatzes. »Das Bad, offensichtlich. Sollte gehen, wenn es erst mal gründlich durchgeschrubbt worden ist.«

Ich strecke den Kopf durch die Tür und muss lächeln über die hellrosafarbene Keramik, die mich an das Bad meiner Oma erinnert. Über der Badewanne hängt eine Duschbrause, die ihre besten Zeiten hinter sich hat.

Auf der anderen Seite des Treppenabsatzes wirft das Sonnenlicht ein gelbes Fenstermuster auf den Fußboden. Wir gehen durch die offene Tür ins Schlafzimmer, wo es weitere Blumen an der Wand sowie einen Schrank, eine Kommode und eine Matratze auf dem Fußboden gibt. Durchs Fenster sieht man hinter den Feldern Schaumkronen auf dem tintenblauen Meer tanzen. Ich ziehe die Tüllgardine zurück und spähe durch einen Film von Salz und Schmutz. Als Erstes werde ich die Gardine herunterreißen, damit ich jeden Morgen die Aussicht genießen kann.

»Auf dem Dachboden im Farmhaus gibt es noch ein Bettgestell. Ich bring es dir rüber«, sagt Cal. Ich bin nicht sicher, ob er mich belächelt hat, als ich träumerisch aus dem Fenster geschaut habe. Aber mir ist egal, was er denkt.

»Das kann ich auch machen.«

»Du solltest lieber mit dem Land Rover zum Laden bei der Tankstelle fahren und was zu essen holen.«

Ich folge ihm die Treppe hinunter. »Ich? Soll mit der alten Kiste fahren?«

»Ja, außer du willst die fünf Meilen über die Felder zu Fuß gehen.« Er grinst. »Du könntest natürlich auch mein Pferd nehmen. Es ist ein bisschen scheu, aber wenn du reiten kannst, bitte sehr.«

»Nein danke. Ich mag keine Pferde. Zu gefährlich.«

»Das kommt auf den Reiter an. Dann nimmst du also den Land Rover. Wenn du deine Sachen abgestellt hast, komm rüber zum Haus und hol dir die Schlüssel und ein bisschen Geld. Du hast doch einen Führerschein, oder?«

»Ja. Mein Bruder hat mir das Fahren beigebracht, bevor er zur Army gegangen ist.«

Er wirkt überrascht. »Okay.«

Das Sofa kracht, als ich die Federung teste. Cal blickt auf meinen Rucksack und meine schmutzige, zerrissene Jeans. Ich schiebe mir unwillkürlich eine Haarsträhne aus den Augen, und Röte steigt mir in die Wangen.

»Ich werde Polly bitten, ein paar Arbeitsklamotten für dich herauszusuchen. Morgen kannst du dann in die Stadt fahren und dir ein paar neue Sachen holen.«

»Ich kann mir selbst Klamotten kaufen.«

»Gut, in Ordnung, aber wenn du einen Vorschuss willst, sag Bescheid. Also, ich gehe jetzt und hole das Bettgestell.«

Eine halbe Stunde später schleppt Cal einen Teil des Bettgestells auf den Schultern über den Hof. Für einen so schlanken Mann ist er richtig stark. Ich helfe ihm, es hinaufzutragen, dann verschwindet er wieder und stellt kurz darauf einen alten Röhrenfernseher auf den wackeligen Bambustisch in der Ecke des Wohnzimmers.

»Den kannst du haben, wenn du willst«, sagt er. »Damit hat mein Vater immer im Bett ferngesehen.«

»Gut. Das mache ich später. Heute Abend kommt *Sherlock.*«

»Ach ja? Ich hatte in letzter Zeit nicht viel Gelegenheit zum Fernsehen.« Er lacht, ohne dabei amüsiert zu klingen, und ich fühle mich, als hätte ich etwas Dummes gesagt, aber ich weiß nicht, was.

Polly stürmt mit mürrischem Gesicht und einer Flasche Chlorreiniger herein. »Hier ist Putzmittel, aber die Handtücher und die Bettwäsche muss ich später bringen. Du weißt schon, dass da oben im Schlafzimmer kein Bettgestell mehr ist?«, fragt sie Cal.

»Das alte Ding hatte Holzwürmer, also hab ich es ins Feuer geworfen.«

Er zieht die Augenbrauen hoch. »Keine Sorge, ich hab schon ein neues aufgetrieben.«

Polly schüttelt sich, als Mitch an ihren Knöcheln herumschnüffelt. »Glaub bloß nicht, dass ich irgendwelche Hundehaare wegputze. Schmutzfink«, murrt sie.

»Mitch denkt bestimmt dasselbe über Sie.«

Polly runzelt die Stirn.

»Sorry«, sage ich, während Cal ein Lachen unterdrückt. »So unhöflich wollte ich nicht sein.«

»Demi kann sich sehr gut allein um das Cottage kümmern«, beschwichtigt er Polly.

Die stapft grummelnd davon, aber mir ist egal, wie viel sie herummault. Ich kann immer noch nicht fassen, dass Mitch und ich einen neuen Job und ein neues Zuhause haben.

Auch später muss ich mich immer wieder zwicken, als ich mit Cal und Polly im Farmhaus am Tisch sitze und mit einem Stück Naanbrot die Reste eines Hühnercurrys auftunke. Das Kochen auf dem AGA-Herd war nicht ganz unproblematisch, vor allem, weil Polly andauernd Panik gemacht und mir irgendwelche Warnungen zugerufen hat.

Den leeren Tellern nach zu urteilen muss ihnen das Essen geschmeckt haben.

Polly spießt noch ein Stück Huhn auf ihre Gabel, und Cal wischt den Teller mit seinem letzten Stück Naan sauber.

»War es gut?«, frage ich.

Cal nickt.

»Nicht schlecht«, sagt Polly, und ich frage mich, ob ich mich verhört habe. War das etwa ein *Kompliment?* »Schade, dass du es ein bisschen zu trocken hast werden lassen«, fügt sie hinzu. »AGAs sind nicht wie normale Herde.«

»Ich werde schon noch lernen, damit klarzukommen«, verspreche ich.

Cal steht auf und greift nach seinem Teller. »Fertig?«

Polly schnappt nach Luft. »Du räumst nicht ab!«

»Warum nicht?«

»Sie kann das machen. Dafür hast du sie doch eingestellt.«

»*Sie* ist kein verdammtes Dienstmädchen, Polly, und außerdem hat *sie* das Cottage geputzt und den ganzen Tag gearbeitet.«

Ich nippe unbeteiligt an meinem Bier. Cal kommt an meine Seite des Tisches, stellt meinen Teller auf seinen und berührt mich dabei. Er riecht leicht nach frischem Schweiß und Bier. Auch er hat den ganzen Tag gearbeitet. Er hat mir geholfen, das Bettgestell aufzubauen, und versucht, die Scheunentür zu reparieren.

»Danke.« Ich ignoriere Pollys Laser-Blick.

»Das muss nicht zur Gewohnheit werden«, sagt er. »Ich erwarte nicht, dass du jeden Abend für mich kochst, und du hast sicher keine Lust, immer hier zu essen.«

»Ich kann viele Sachen kochen, und es macht mir nichts aus, hier zu essen.«

»Du wirst bestimmt lieber deine Ruhe haben wollen«, sagt Cal und trägt die Teller hinaus.

»Ja, das wirst du.« Polly wirft mir einen triumphierenden Blick zu. Ich frage mich, was ihr Problem ist. Wahrscheinlich ist sie genervt, weil sie denkt, sie müsse sich um mich kümmern. Dabei komme ich sehr gut allein zurecht.

Ich bleibe am Esstisch sitzen, trinke mein Bier aus und lasse Mitch meine Curry-Finger ablecken, nachdem sich Polly in ihr Cottage zurückgezogen hat, um *Emmerdale* zu schauen. Als ich in die Küche komme, drückt Cal fluchend auf den Knöpfen der Spülmaschine herum.

Er macht frustriert einen Schritt zurück. »Gott, man braucht einen Doktortitel, um zu kapieren, wie das Ding funktioniert.«

»Warte, lass mich mal versuchen.«

Ein paar Knopfdrücke später bringe ich die Maschine zum Laufen. »Wir hatten zwei davon im Café«, erkläre ich.

»Danke. Ich muss den restlichen Abend arbeiten, aber morgen kümmere ich mich um deinen Vertrag. Hab bitte mit Polly Geduld. Sie will mich beschützen. Sie ist eine alte Freundin.«

»Das verstehe ich. Ich bin die Neue. Ich bin diejenige, die sich anpassen muss.«

»Danke.« Er zögert. »Kommst du heute Abend im Cottage allein klar? Kilhallon ist ein bisschen abgelegen. Vielleicht ist es dir zu still und zu einsam.«

»Meinst du, weil ich ein Großstadtmädchen bin, das nicht ohne Disco und Starbucks um die Ecke leben kann? Es wird eine nette Abwechslung sein, mal nicht auf der Schwelle eines Ladens zu schlafen, außerdem leistet Mitch mir Gesellschaft. Wir werden schlafen wie die Murmeltiere.«

»Na ja, du weißt ja, wo wir sind, falls du zu mir oder zu Polly willst. Ich werde dafür sorgen, dass du auch ein Telefon bekommst.«

Während die Maschine gluckert und Cal die leeren Bierflaschen in die Recyclingkiste stellt, bleibe ich neben dem Spülbecken stehen.

»Cal … danke für den Job und das Cottage. Das bedeutet mir viel.« Verdammt, warum muss meine Stimme so zittern?

»Vielleicht bist du mir nachher nicht mehr so dankbar, wenn wir erst mal richtig angefangen haben. Es gibt noch viel zu tun. Gute Nacht.«

Ich gebe es nur ungern zu, aber Cal hatte recht. Ich konnte tatsächlich nicht schlafen, trotz neuem Bett und dicker Daunendecke, trotz eigenem Schlafzimmer mit rosafarbenen Vorhängen. Nicht mal, nachdem ich aufgestanden bin und mir in meiner eigenen Küche einen Tee gemacht und mich dann damit vor meinen neuen alten Fernseher gesetzt habe, um die Mitternachtsnachrichten zu schauen. Der Wind hat fast die ganze Nacht lang die Vorhänge rascheln lassen, und ich meine, ich hätte über die Felder die Wellen gegen die Klippen schlagen gehört.

Ich glaube nicht an Gespenster, aber mir spukten andauernd alle möglichen seltsamen und verrückten Gedanken durch den Kopf. Ich konnte nicht zurück ins Bett gehen, also musste ich letztendlich meinen Schlafsack auf dem Teppich ausrollen und mit Mitch auf meinen Füßen vor dem Kamin schlafen. Ich träumte, ich wäre zu Hause mit meiner Mum, bevor alles aus den Fugen geriet. Eigentlich dachte ich, ich wäre glücklich, wenn ich einen Job und eine eigene Wohnung hätte, wenn mir nur jemand eine Chance geben würde. Aber egal, wie viel man hat, man will immer noch ein bisschen mehr.

Ich bin früh aufgewacht und wusste zuerst nicht, wo ich war. Mitch scharrte schon an der Cottagetür, um hinausgelassen zu werden, also legte ich ihm die Leine an und ging mit ihm spazieren. Niemand sonst war zu sehen. Ich führte ich ihn das Tal hinunter zur Kilhallon-Bucht und sah zu, wie er mit den Wellen Fangen spielte. Auf der anderen Seite der Klippen steht ein altes Maschinenhaus. Es ist eine Ruine, das Dach ist längst eingestürzt, aber der halbe Schornstein ist noch erhalten. Ich ging zurück zum Cottage, fütterte Mitch und machte mir in meiner Küche etwas Toast.

Im Cottage ist noch einiges zu tun, aber ich sollte besser rüber zum Farmhaus gehen und Cal fragen, was er mit mir vorhat. Gestern Abend hat er gesagt, dass wir meinen Vertrag im Detail durchsprechen sollten, und ich will es mir nicht gleich mit ihm verderben. Nachdem Mitch es sich in der Küche mit einem Hundeknochen bequem gemacht hat, nehme ich ein Bad – oh, welch ein Luxus –, ziehe mir meine frisch gewaschene Jeans und ein T-Shirt an und breche auf.

Auf halbem Weg über den Hof treffe ich Polly. »Bist du also aufgestanden?« Sie zieht die Augenbrauen hoch, als wäre sie überrascht.

»Ich bin seit Stunden wach«, sage ich, entschlossen, mich nicht provozieren zu lassen.

»Hmmpf.«

»Ist Cal da?«

»Ja, aber geh ihm lieber aus dem Weg.«

»Warum?«

»Das wirst du schon merken. Als ich ihn zuletzt gesehen habe, war er in seinem Büro. Falls du dich hineintraust.«

Das sind nicht gerade ermutigende Nachrichten an meinem ersten Morgen, aber ich werde mich von ihr nicht abschrecken lassen.

Fettige Frühstücksteller stapeln sich auf den Arbeitsflächen in der Küche, und jemand hat den Speck und die Milch in der Sonne stehen lassen. Auf einem Teller liegt noch eine halbe Wurst, und da ich kein Essen verkommen sehen kann, schnappe ich sie mir, obwohl ich schon Toast gefrühstückt habe, und genieße den Luxus, sie nicht mit Mitch teilen zu müssen. Ich steige über ein Stück Tomate, das zerquetscht auf den Fliesen liegt, gehe durch den düsteren Flur und klopfe an die Tür des Arbeitszimmers. Niemand antwortet, aber ich höre Tippen.

»Cal. Bist du da drin?«

Es folgt eine Pause, dann brummt er: »Verschwinde – wer auch immer da ist.«

»Hier ist Demi.«

»Verschwinde.«

»Okay.« Ich drehe mich um und beschließe, die Küche sauber zu machen, denn dafür hat er mich ja eingestellt. Gerade als ich die Tür erreiche, ruft er mir hinterher: »Komm zurück.«

Cal streckt den Kopf durch die Tür des Arbeitszimmers.

»Es kann warten«, sage ich.

»Nein. Wir erledigen das jetzt.«

»Sicher?«

»Ich bin nicht in bester Stimmung«, grummelt er.

Ehrlich gesagt habe ich keinen großen Unterschied zu sonst bemerkt, aber das behalte ich für mich.

»Setz dich«, sagt er schroff und nimmt ein paar Papiere von einem alten Bürostuhl vor seinem Schreibtisch.

Während ich seiner Aufforderung folge, beschleicht mich die Sorge, er könnte seine Meinung geändert haben und mich nicht mehr in Kilhallon wollen.

»Ich muss erst noch diese E-Mail fertigschreiben«, murmelt er und blickt auf den Bildschirm. Er ist wieder nicht rasiert und hat dunkle Ringe unter den Augen. Er sieht furchtbar aus, aber trotzdem zum Anbeißen.

Er schaut kurz auf, da er offensichtlich mitgekriegt hat, wie ich ihn anstarre. »Was ist los?«

»Nichts.« Mir steigt wieder Hitze in die Wangen. »Ich kann wirklich später noch mal vorbeikommen. Polly hat mir gesagt, dass du viel zu tun hast.«

»Das stimmt, aber später werde ich noch mehr zu tun haben. Warte kurz, dann bin ich hier fertig.«

Er starrt finster auf den Bildschirm und tippt mit zwei Fingern, während ich versuche, meine Aufmerksamkeit auf das Arbeitszimmer statt auf ihn zu richten. Es sieht aus wie in einem Trödelladen – oder, nett ausgedrückt, wie in einem Antiquitätengeschäft –, und es ist größer, als ich erwartet hatte, aber genauso mit Zeug vollgestopft wie das Wohnzimmer. An zwei Wänden stehen deckenhohe Bücherregale voll mit richtig edlen Lederbänden, aber auch Taschenbüchern. Der Schreibtisch muss Jahrhunderte alt sein, und zwischen all den Briefen und Zetteln surrt leise Cals Laptop. Ich an seiner Stelle würde das Licht einschalten, denn obwohl es ein heller Aprilmorgen ist, dringt nicht viel Sonnenschein in den halbdunklen Raum.

»Okay. Fertig. Lass uns über deine Stelle hier sprechen.«

Meine Stelle? Ich bemühe mich, professionell zu bleiben, obwohl ich am liebsten durchs Arbeitszimmer tanzen und »Yes!« schreien würde, während ich zuhöre, wie Cal meine Aufgaben hier zusammenfasst: überall mit anzupacken und ihn dabei zu unterstützen, die Ferienanlage wieder auf Vordermann zu bringen. Außerdem fragt er, ob ich im September aufs College gehen und ein paar Kurse in Tourismus und Gastronomie belegen will.

»Wir brauchen Büromaterial aus dem Schreibwarenladen, und ich möchte, dass du ein paar Kostenvoranschläge für die Instandsetzung der Rezeption einholst. Und du solltest dir ein paar neue Klamotten besorgen.«

Ich schaue auf meine einzige Jeans und das T-Shirt hinunter und frage mich, warum er das Thema schon wieder angesprochen hat. »Ich brauche keine Almosen.«

»Schön. Akzeptierst du dann einen Gehaltsvorschuss? Wenn du willst, kannst du die Sachen bezahlen, aber du darfst dir auch auf Unternehmenskosten ein paar Arbeitsklamotten und Sicherheitsschuhe kaufen. Der Laden für Landwirtschaftsbedarf an der Straße nach St Ives müsste alles haben, was du brauchst.«

»Danke«, sage ich und wünschte, ich wäre nicht ganz so abweisend gewesen.

Er zieht sein Portemonnaie hervor. »Hier ist meine Karte, damit du dir Bargeld holen kannst, aber wir haben auch ein Kundenkonto beim Landwirtschaftsladen und beim Schreibwarengeschäft.«

»Ich könnte damit abhauen«, scherze ich.

»Nicht ohne Mitch. Er ist meine Geisel.«

Ich schnaube verächtlich. »Er würde niemals bei dir bleiben.«

»Wollen wir wetten?« Er grinst auf eine so verführerische Art, dass ich dieses seltsame Kribbelgefühl ganz tief im Bauch bekomme. Ich wünschte fast, er wäre fett und alt und würde sich zwischen den Zähnen herumstochern oder so, statt dermaßen anziehend zu sein. Dann wäre das Leben so viel einfacher.

Die Tür geht auf, und Polly verdeckt das hereinströmende Licht. »Cal? Ich dachte, du willst vielleicht wissen, dass du einen Brief bekommen hast.«

»Bitte leg ihn auf den Schreibtisch.«

Polly ignoriert ihn und hält ihm einen Umschlag unter die Nase. Es ist so einer wie in einem Historienfilm, mit verschnörkelter, altmodischer Handschrift vorne drauf.

»Ich dachte, diesen hier gebe ich dir lieber persönlich.« Sie wedelt mit dem Umschlag, wobei ihre Augen vielsagend funkeln.

Cal wirft einen Blick darauf, nimmt ihn aber nicht. »Ich sagte, *bitte* leg ihn auf den Schreibtisch.« Das betonte »bitte« klingt sarkastisch, fast drohend.

Polly legt ihn auf einen Stapel mit anderen Papieren, macht aber keine Anstalten wieder zu verschwinden.

»Du kannst jetzt gehen.« Cals Stimme ist ruhiger geworden, er trommelt mit einem Finger auf den Tisch. »Und du auch.«

Es dauert eine Sekunde, bis mir klar wird, dass er mich meint.

»Bis später«, sagt Polly und grinst hämisch.

Ich stehe auf. »Willst du was zu Mittag essen?«

»Lass mich einfach in Ruhe.« Sein Kopf schnellt hoch. Gott, sieht er wütend aus – aber das ist nichts im Vergleich zu dem Schmerz, den ich in seinen Augen erkenne. Ich sage nichts mehr, sondern tue einfach, worum er mich gebeten hat. Er war schon schlecht gelaunt, bevor ich hier reingekommen bin. Ich weiß nicht, was in diesem Brief steht, aber es scheint, als hätte er Cal fast schon zugrunde gerichtet, noch bevor er ihn geöffnet hat.

6

Ich wusste, dass es passieren würde. Ich wusste, dass der Brief kommen würde, aber weder verringert das den Schmerz noch macht ihn irgendwie leichter erträglich. Ich streiche mit den Fingern über die geprägte Schrift und meinen von Hand eingefügten Namen. Der Text klingt so förmlich und endgültig. Hat Isla ihn selbst geschrieben – oder ihre Mutter? Ich kann mir nicht vorstellen, dass es Lukes Idee war, aber vielleicht weiß ich auch nicht mehr, wie er tickt.

WIR SIND VERLOBT!
Einladung
für
Mr Calvin Penwith
zur Verlobungsfeier
von Isla und Luke
am Samstag, den 25. Juni,
ab 19 Uhr
in Bosinney House, St Trenyan
Antwort erbeten an Isla Channing

Es sind noch mehr als zwei Monate bis dahin, also hatte bei den Einladungen wahrscheinlich Mrs Channing ihre Finger im Spiel. Sie will der Welt offensichtlich das Signal senden, dass Isla und Luke offiziell zusammen sind. Sie mochte mich nie, und ich kann das sogar verstehen. Sie glaubt wohl, ich habe Isla unglücklich gemacht, weil ich immerzu ins Ausland abgehauen bin.

Vielleicht will auch Luke mir ein Signal senden und die Verlobung so richtig offiziell machen. Letzte Nacht musste ich andauernd daran denken, wie Luke mit Isla im Bett liegt – ein harter Kontrast zu meinen Erinnerungen daran, wie ich in der Scheune hier in Kilhallon und in den warmen Dünen und der kühlen Grotte am Strand mit ihr geschlafen habe.

Jenen letzten Abend, bevor ich mit meinen Kumpels im Tinner's Arms zum Abschied was trinken ging, hatte ich mit ihr verbracht. Luke hat mir damals gesagt, ich solle Isla meine Gefühle gestehen, aber ich habe es nicht getan. Ich glaubte, sie wüsste bereits, was ich für sie empfinde, und zum Heiraten, dachte ich, wären wir sowieso zu jung und hätten für all das noch jahrelang Zeit, wenn ich aus dem Nahen Osten zurück wäre. Ich hätte sie auf keinen Fall heiraten können, sagte ich mir damals, solange ich nicht wenigstens versucht hatte, den Menschen zu helfen, die ich in den Nachrichten und im Internet sah. Wie konnte ich hier in Kilhallon sitzen, in meinem schönen Zuhause, und nichts tun, obwohl ich die Möglichkeit hatte, das Leben dieser Leute zu verbessern? Was für ein Mensch wäre ich? Was für ein Ehemann und Vater?

Zwei Jahre sind eine lange Zeit, wenn man kaum ein Wort hört und die Hoffnung aufgegeben hat. Aber das Paradoxe ist, dass gerade der Gedanke an Isla mich in den langen, finsteren Tagen und Monaten hat durchhalten lassen. Ein paarmal, als es unerträglich wurde, hätte ich mich umgebracht, wenn ich nicht ihr Bild im Kopf gehabt hätte.

Ich kann ihr natürlich nicht den wahren Grund nennen, warum ich so lange fort war und sie in den letzten Monaten nicht kontaktieren konnte. Bei meinen ersten Auslandseinsätzen schickte ich ihr »Vintage«-Postkarten – ich wählte zum Spaß immer welche im Retro-Look –, aber bei meiner letzten Mission gab es keine Karten zu kaufen und in den meisten Orten nicht mal Läden, die noch standen. Es war ein Wunder, wenn ich anständigen Empfang oder WLAN hatte oder überhaupt Zugang zu einem Computer, und ehrlich gesagt war ich in meine Arbeit so eingespannt, dass ich manchmal gar nicht dazu kam, überhaupt an zu Hause zu denken. Wenn man mit Menschen zu tun hat, für die es um Leben und Tod geht, können sich die eigenen Prioritäten schon mal verschieben, aber ich hätte mich mehr bemühen sollen. Wahrscheinlich ist es verständlich, dass Isla dachte, ich hätte kein Interesse mehr. Als ich dann schließlich mit ihr reden wollte und endlich die nötige Zeit hatte, war es unmöglich geworden.

Ich schleudere die Einladung auf den Fußboden und knalle den Laptop zu.

Ist es wirklich zu spät? Vielleicht sollte ich jetzt gleich rüber nach Bosinney reiten und mit Isla allein sprechen? Unter vier Augen könnte ich ihr meine Gefühle gestehen und sie umstimmen. Ich schlage die Tür des Arbeitszimmers hinter mir zu und laufe hinaus auf den Hof.

»Cal, kannst du mal kommen und dir diesen Traktor anschauen?«, ruft mir der Mechaniker von der Werkstatt zu.

»Nicht jetzt, Kumpel.«

»Aber er braucht eine neue Kupplung. Das kann nicht warten.«

»Nicht jetzt!«

»Na gut, wie du willst.« Er verschränkt die Arme. »Aber ohne einen funktionierenden Traktor wirst du viele der Arbeiten, die du hier geplant hast, nicht machen können.«

»Okay. Das ist ein Argument.« Nachdem Baz mir erklärt hat, was am Traktor repariert werden muss und wie viel das kosten wird, suche ich im Stall Trost bei dem einzigen Wesen, das sich anscheinend nicht verändert und geduldig auf mich gewartet hat. Wenigstens hat Polly sich darum gekümmert, dass mein Pferd Dexter in meiner Abwesenheit versorgt wurde, auch wenn die Anlage um sie herum verkommen ist.

Dexter wiehert leise und stampft erwartungsvoll, als ich ihn aufzäume. Ich sitze auf und entdecke Demi mit einem Klemmbrett vor dem Verwaltungsgebäude. Ich habe sie gebeten, sich über andere Resorts zu informieren und mir mitzuteilen, welche Einrichtungen wir ihrer Meinung nach brauchen und wie die Anlage aussehen sollte. Sie ist keine Expertin, aber das wollte ich auch nicht, sondern ich brauche jemanden mit frischem Blick, der sich vorstellen kann, wie die Anlage sein müsste, damit er selbst gern hier Urlaub machen würde.

Habe ich das Richtige getan, indem ich Demi hierhergeholt habe? Sie ist ein kluges Mädchen und wahrscheinlich in einem Jahr wieder weg, vielleicht auch schneller. Sie wird mehr wollen als das, was ich ihr bieten kann.

Demi schaut von ihrem Klemmbrett auf und winkt mir zu. Sie wirkt richtig glücklich, und das freut mich, aber ich winke nicht zurück. Ich tue so, als hätte ich sie nicht beobachtet, aber ich weiß eigentlich nicht, warum. Vielleicht habe ich mich immer noch nicht daran gewöhnt, anderen Leuten meine Gefühle zu zeigen. Ich musste sie so lange ignorieren, einfach um zu überleben.

Mit einem leichten Druck auf Dexters Flanken treibe ich ihn zum Galopp über den Küstenpfad an. Wenn ich ans Ende des Landes reite, kann ich Isla vielleicht aus meinen Gedanken verbannen.

Beim Meilenstein entdecke ich einen dunklen Hunter, der über das Moor auf mich zugaloppiert. Ich würde Robyns Pferd und den Stil seiner Reiterin jederzeit erkennen. Ich treibe Dexter weiter an, und unsere Pferde treffen sich bei einem verfallenen Maschinenhaus.

Wir sind beide außer Atem und lachen. »Hi, Robyn«, sage ich, sobald ich wieder Luft kriege. »Ich hab schon von Weitem gesehen, dass du es bist.«

Sie schiebt sich eine lilaschwarze Locke zurück unter den Helm. Ihr Gesicht ist gerötet von der Meeresluft und der Anstrengung. »Habe ich mich verbessert?«, fragt sie.

»Du bist eher noch schlechter geworden.«

Sie beugt sich über ihr Pferd und haut mir auf den Arm. »Das ist gemein, und außerdem merkt man, dass du völlig aus der Übung bist … Ups, sorry, das habe ich nicht so gemeint.«

»Du kannst die Dinge ruhig beim Namen nennen.«

»Ich weiß, aber es muss sowieso schon hart gewesen sein, den Leuten dort zu helfen, und dann kommst du zurück und erfährst das mit Luke und Isla. Sie hatten es uns gerade erst verkündet.«

Also kriegt Robyn mehr mit, als sie sich anmerken lässt. »Schon okay. Na ja, nicht okay …« Es ist zwecklos, meine Cousine anzuschwindeln, sie kennt mich zu gut. »Es war vielleicht nicht die beste Idee, einfach so aufzukreuzen, aber ich habe wirklich versucht, Isla Bescheid zu sagen. Tut mir leid, dass es dich und Onkel Rory so unvorbereitet getroffen hat, als ich bei seiner Geburtstagsparty reingeplatzt bin.« Ich streiche über Dexters seidige Mähne und weiche Robyns Blick aus. »Wie war Isla drauf, nachdem ich von der Feier weggegangen bin?«

»Was glaubst du denn? Erleichtert, dass du gesund zurückgekommen bist. Sie ist durchgedreht vor Sorge in der Zeit, als wir nichts von dir gehört haben.«

»Ja. Danach hat es ausgesehen. Ich habe heute Morgen die Einladung zu ihrer Verlobungsparty bekommen.«

»Ach, Cal. Sei nicht so. Isla war am Boden zerstört, sie konnte wochenlang nicht richtig essen oder schlafen, nachdem du weggefahren bist, und als du nicht mehr auf unsere Mails geantwortet hast …«

Ich kriege einen Kloß im Hals. Fühle ich mich besser oder schlechter durch das Wissen, dass Isla gelitten hat? Ist es wahre Liebe, wenn ich will, dass sie gelitten hat?

»Anscheinend hat sie das ja gut weggesteckt.«

»Sie hat sogar die Wohltätigkeitsorganisation angemailt, aber die hat geantwortet, du würdest an einem abgelegenen Ort arbeiten und könntest nicht kontaktiert werden. Auch Luke hat sich Sorgen gemacht.«

»Garantiert.«

»Das hier muss echt schwer für dich sein.« Robyn beschließt, meinen Sarkasmus zu ignorieren, was vermutlich das Beste für uns beide ist, und streckt eine Hand nach mir aus. Ihre Finger bleiben sanft und beschwichtigend auf meinem Unterarm liegen. Früher hätte mich diese freundliche Geste tief gerührt, aber das war, bevor ich gelernt habe, dass ich nur überleben kann, wenn ich jedes Gefühl abtöte und zu Stein werde. Ich kann nicht darauf reagieren, und sie nimmt ihre Hand wieder weg.

»Bist du sicher, dass es dir gut geht? Du siehst so dünn aus. Ist dir dort etwas Schlimmes passiert?«

Ich schweige und überlege, wie viel ich ihr sagen kann und wie viel davon die Wahrheit sein darf. »Mir geht's gut. Ich war nur ganz darauf konzentriert, Leuten zu helfen.«

»Ach, Cal, ich kann mir gar nicht vorstellen, wie schrecklich es war.«

»Dann lass es. Tausende Menschen sind in den Kriegen gestorben oder haben ihre Familie und ihr Zuhause verloren. Ich bin unversehrt zurückgekommen und habe all das hier.« Ich bemühe mich um ein Lächeln und deute in Richtung der baufälligen Cottages. »Aber jetzt erzähl mir endlich, wie es *dir* geht und was du so gemacht hast. Ich bin längst nicht mehr auf dem Laufenden.«

Während wir im Schritt an den Klippen entlangreiten, genieße ich es, ihrem Geplauder über ihre neusten Projekte zuzuhören. Sie erzählt mir, dass sie Schmuckdesign studiert und in Teilzeit im Tinner's arbeitet, um Onkel Rory zu ärgern und sich ein bisschen was dazuzuverdienen. Sie ist jetzt zweiundzwanzig und sollte auf eigenen Beinen stehen, aber seit sie mit der Schule fertig ist, springt sie von einer Sache zur nächsten, und ich glaube, es passt meinem Onkel ganz gut, dass sie noch zu Hause wohnt. In ihrem Leben muss sich etwas ändern. Sie verdient Stabilität, Liebe, Spaß und Glück – was auch immer sie sich wünscht.

Wir lenken die Pferde über den Bach und auf den Sand der Kilhallon-Bucht. Bei Flut sieht man nur ein schmales Band Kieselsteine, aber jetzt, bei Ebbe, ist der Strand ein langer Streifen flacher Sand. Der Geruch von Algen und Salz liegt in der Luft und erinnert mich daran, wie ich mit Isla hergeritten bin und sie hier geliebt habe.

Wolken ballen sich über dem Meer zusammen, aber die Wetterfront zieht nach Norden ab. Es wird ein strahlender Tag, und die zusätzlichen Stunden Sonnenlicht haben die Primeln unter den Hecken, die die Anlage umgeben, hervorgelockt. Ich hatte vergessen, wie wunderschön dieser Ort sein kann, selbst in seinem jetzigen Zustand. »Ist es nicht himmlisch hier?«, bemerkt Robyn.

»Ja. Ich wollte rüber nach Bosinney reiten.«

»Um mich zu besuchen?«, fragt Robyn schelmisch.

»Natürlich, und meinen Onkel.«

»Er und Luke sind heute wieder im Büro in Truro. Wolltest du auch Isla treffen? Sie ist in Bosinney zu Besuch. Sie überlegt, es als Drehort für ihre neue Serie zu benutzen.«

»Tatsächlich?«

Robyn ist natürlich nicht blöd, und ich schäme mich.

»Dad hat zwar keine Lust auf den Trubel, aber er kann das Geld brauchen. Isla hat ihren Kameramann gebeten vorbeizukommen und sich umzusehen. Eigentlich hat sie Urlaub, aber ich glaube, sie wird die meiste Zeit nach Drehorten Ausschau halten.«

»Ich habe in der Zeitung gelesen, wie erfolgreich sie ist.« Ich füge nicht hinzu, dass ich seither viel zu viel Zeit damit verschwendet habe, Isla mit dem neuen Laptop zu googeln.

»Sie ist unglaublich. Wusstest du, dass eine ihrer Produktionen für einen BAFTA-Award nominiert wurde? Und sie ist jetzt auch Teilhaberin ihrer eigenen Produktionsfirma.«

»Ich wette, ihre Mutter und Luke sind unheimlich stolz.«

»Islas Mutter kann von nichts anderem reden, aber Luke interessiert sich in letzter Zeit mehr fürs Geldverdienen, seit er im Vorstand von Dads Unternehmen ist. Sie spekulieren an der Börse und machen hochriskante Investitionen – weißt du, sie kümmern sich nicht mehr nur um die Buchhaltung ihrer Kunden, sondern bieten ihnen jetzt auch Business- und Finanzplanung an.«

»Luke war früher nicht so versessen aufs Geld. Läuft das Geschäft gut?«

Robyn verzieht das Gesicht. »Keine Ahnung, aber ich mache mir Sorgen um die beiden. Luke steht noch am Anfang und kann wohl ein paar Rückschläge wegstecken, aber Dad wird nicht jünger. Bei ihm wurde letztes Jahr ein Geschwür entdeckt, und Stress ist nicht gut für ihn, aber er erholt sich langsam. Ich weiß nicht, ob er wirklich mitkriegt, was Luke so treibt, aber sie sind wie Vater und Sohn, seit Lukes Dad letztes Jahr gestorben ist. Ich glaube, mein Dad hat das Gefühl, er ist es Lukes Vater schuldig, Luke zu unterstützen.«

»Tut mir leid, dass Onkel Rory krank war. Macht es dir was aus, dass Luke ihm so nahesteht?«

Robyn zügelt das Pferd und zuckt mit den Schultern. »Selbst wenn, würde das nichts ändern. Ich bin mit Luke aufgewachsen, genau wie du, und ich schätze, er war sowieso schon wie ein Bruder für mich, genau wie du es bist, Cal.«

Ihre Antwort rührt mich. Habe ich gesagt, ich könnte nichts mehr empfinden? Ich werde wohl wieder weich. »Was meint Isla zu alldem?«, frage ich.

»Ich weiß nicht, wie viel Zeit sie hat, um sich damit zu beschäftigen. Durch ihre Arbeit ist sie nicht besonders viel bei Luke und in Cornwall.«

»Komisch. Sie hat es immer gehasst, wenn ich weggefahren bin.«

»Sie musste sich wohl daran gewöhnen, nachdem sie die Führung ihrer Firma übernommen hat und du von der Bildfläche verschwunden warst.« Robyn seufzt und blickt aufs Meer. »Das war gemein. Tut mir echt leid, Cal. Ich wünschte, ich könnte es zurücknehmen.«

»Nicht gemein, sondern wahr. Und niemand kann die Zeit zurückdrehen.«

Wir reiten den Pfad hinauf und lenken die Pferde an einem alten Maschinenhaus vorbei zurück nach Kilhallon. Krähen krächzen und kreisen um den kaputten Schornstein. Ihrem Geschrei nach zu urteilen muss ein Raubvogel in der Nähe sein.

»Polly hat mir erzählt, dass du jemanden eingestellt hast«, sagt Robyn, als wir die Pferde an den heruntergekommenen Cottages vorbei in Richtung des Sanitärgebäudes führen.

»Das hat sich ja schnell herumgesprochen.«

»Ist die Neue das Mädchen, das mit einem Hund auf das Gelände gegangen ist, als ich heute Morgen schon mal vorbeigeritten bin? Schlank, mit langem, kastanienbraunem Haar?«

»Wahrscheinlich.«

»Sie sieht aus wie sechzehn.«

»Sie ist einundzwanzig, fast so alt wie du.«

»Polly sagt, sie war obdachlos.«

»Woher will sie das wissen?«

»Keine Ahnung. Dorfklatsch?«

Ich bemühe mich um einen sanfteren Ton. Daran, dass die Leute in St Trenyan tratschen, wird sich wohl nie etwas ändern. Weiß Gott, was sie über mich erfunden haben, auch wenn es wohl kaum so haarsträubend sein kann wie die Wahrheit.

»Das stimmt nicht ganz. Demi hat in Sheilas Strandhäuschen gearbeitet, aber etwas Neues mit einer Unterkunft gesucht. Sie hat Gastronomie- und ähm … andere Erfahrungen im Servicebereich. Sie hat eine Veränderung gebraucht und ich Personal. Punkt.«

Wir bewegen uns jetzt am Rand der Klippe entlang, und eine Möwe schießt tief herab und erschreckt Robyns Pferd, aber sie hat es schnell wieder unter Kontrolle und reitet weiter, als wäre nichts passiert. Sie wirkt viel selbstbewusster als vor meiner Abreise, zumindest mit dem Pferd. Aber ich habe das Gefühl, dass sie nicht glücklich ist, ich weiß nur nicht genau, warum.

»Wir waren etwas überrascht, dass du so schnell angefangen hast. Hast du wirklich vor, die Anlage bald wieder zu öffnen?«

»Wenn ich das nicht tue, wird die ganze Anlage verrotten, und wenn ich mich in St Trenyan so umschaue, könnten wir ein paar Arbeitsplätze in der Gegend gebrauchen. Vielleicht kommt es mir nur so vor, aber es wirkt alles irgendwie schäbiger als vor meiner Zeit im Ausland. Ich kann nicht herumsitzen und die Anlage noch mehr verwahrlosen lassen, statt damit etwas Gutes zu tun.«

»Ich kritisiere dich nicht, Cal. Ich bin ganz deiner Meinung, und wenn ich dir irgendwie helfen kann, sag Bescheid.«

»Danke.«

»Ich bin nicht nur zum Quatschen rübergekommen. Ich wollte dich auch zu einer Party einladen.«

Ich lache laut auf. »Ich bin nicht gerade in Partystimmung.«

»Das weiß ich, aber es geht um was Wichtiges. Es gibt einen Wohltätigkeitsball im Dolphin Country Club zugunsten einer Wohltätigkeitsorganisation für Obdachlose.«

Ich lache über diese Ironie des Schicksals. »Danke, aber ich bin zu sehr damit beschäftigt, das Geschäft wieder in Gang zu bringen. Du weißt ja, wie es so schön heißt: Nächstenliebe beginnt zu Hause.«

»Das ist doch nicht dein Ernst!«

Ich treibe das Pferd zum Trab an, und der Ozean kommt näher, die Wellen donnern wie die Hufe von tausend Pferden, die auf uns zugaloppieren.

»Ich hab dir noch gar nicht gesagt, wann der Ball ist«, ruft Robyn mir nach.

»Egal, wann, ich hab keine Zeit.«

Sie holt mich mühelos ein. »Der Abend wird deinem Geschäft nutzen. Meine Freundin hat gesagt, alles, was hier in der Gegend Rang und Namen hat, wird da sein.«

»Na siehst du: Ich habe weder das eine noch das andere.«

»Mann, Cal, du machst mich wahnsinnig. Bitte sag Ja! Du kannst mich als Begleitung mitnehmen, da ja sonst niemand infrage kommt.«

Mein Kiefer tut weh, weil ich mich so anstrengen muss, nicht zu lächeln. »Wäre das dann nicht so, als würdest du mit deinem Bruder hingehen?«

Sie zieht die Nase kraus. »Nein, es wäre eher so, als würde ich mit meinem schwulen besten Freund hingehen.«

»Danke.«

»Komm schon, ich weiß, dass du Lust hast. Du hast Spaß daran, Leute zu schockieren.«

Ich lache und frage mich, ob sie irgendeine Ahnung hat, was ich gemacht haben könnte, während ich »weg« war.

»Ich hab dich nicht geärgert, oder? Dad meint, ich denke nie nach, bevor ich etwas sage, und ich rede zu viel … Luke findet das jedenfalls auch. Das hat er mir schon gesagt.«

»Dann reden beide Schwachsinn, und Luke soll die Klappe halten.«

»Vielleicht haben sie recht.« Sie lacht, aber ich bin sauer auf meinen Onkel und Luke.

»Sei einfach du selbst und kümmere dich nicht um die Leute, denen das nicht passt.«

»Das ist nicht immer so einfach. Ich hab keine richtige Arbeit außer meinem Job im Tinner's, und ich kann noch keine eigene Wohnung bezahlen.«

Ich denke an die Cottages auf dem Anwesen und die Tatsache, dass ich eins davon Demi gegeben habe, aber ich kann es mir nicht leisten, noch mehr zu verschenken, und außerdem darf ich mich nicht in Robyns Leben einmischen. Sie muss sich gegen meinen Onkel durchsetzen und ihren eigenen Weg gehen.

»Also kommst du zu dieser Wohltätigkeitsveranstaltung? Du würdest mir einen Riesengefallen tun.«

Ihr Ton wirkt unbeschwert, aber es schwingt trotzdem ein Anflug von Verzweiflung mit. Ich bekomme so langsam das Gefühl, dass sie mir etwas verheimlicht.

»Ich denk darüber nach.«

7

Als Cal sagte, es gebe hier Arbeit, war das kein Witz. In den vergangenen Wochen hat er sich in Truro und St Trenyan mit alten Geschäftspartnern getroffen, um zusätzliche Investoren für das neue Resort zu gewinnen. Polly hat sich noch mehr beschwert als sonst, diesmal über die »unverschämten Fremden«, die in den verfallenen Farmgebäuden und Cottages herumgestöbert haben und mit matschigen Stiefeln durchs Farmhaus getrampelt sind.

Ich finde das alles aufregend, und wenigstens scheint sich Cal ins Geschäft zu stürzen, statt sich den ganzen Abend in seinem Arbeitszimmer volllaufen zu lassen. Ich habe heute Morgen weiterrecherchiert, wie die Anlagen der Konkurrenz so aussehen, als Polly mich bat, die leeren Bier- und Whiskyflaschen zu den Recyclingtonnen zu bringen. Ich will ja nicht über andere Leute urteilen, aber ich glaube nicht, dass der Alkohol seiner Stimmung besonders guttut.

Apropos, ich habe endlich rausgefunden, warum er so wirkte, als würde die Welt untergehen, nachdem er *den* Brief erhalten hat. Polly hat mir gesagt, dass es eine Einladung zur Verlobungsfeier seiner Ex ist. Anscheinend waren diese Isla und Cal total verrückt nacheinander. Aber als er nach Cornwall zurückgekommen ist, hat er erfahren, dass sie sich mit seinem Kumpel verlobt hat. Polly meint, dass Isla dachte, Cal hätte kein Interesse mehr, weil er den Kontakt zu ihr abgebrochen hatte. Und außerdem findet sie, Isla hätte warten sollen, bis Cal zurückkommt, und da stimme ich ihr zu, obwohl es mich natürlich überhaupt nicht betrifft. Ich werde meine Zukunft auf keinen Fall von irgendeinem Typen abhängig machen, egal, wie viel ich ihm verdanke, und egal, wie attraktiv er ist.

»Demi?«

Cal findet mich bei den Mülltonnen. Er hat dunkle Ringe unter den Augen, und ich vermute, er hat bis in die frühen Morgenstunden an einem Businessplan gearbeitet.

»Ich muss nach Truro und mit dem Architekten reden, wie wir bei den Umbauplänen noch mehr Kosten einsparen können. Hättest du Zeit, in den Baumarkt zu gehen? Du könntest dich nach ein paar Preisen erkundigen und Ideen für die Bäder und Küchen der Cottages sammeln. Irgendwo müssen wir ja anfangen.«

Das klingt nach einer interessanten Aufgabe, also stürze ich mich drauf. »Klar, gerne.«

»Gut. In zehn Minuten geht's los.«

Cal hat mich beim Baumarkt abgesetzt, und ich habe mir die Bäder und Küchen angeschaut und mit den Ausstattern Termine vereinbart, damit sie die alten Cottages besichtigen können. Darum hat er mich nicht gebeten, also hoffe ich, es ist okay. Die Mitarbeiter haben mir gesagt, dass es Wochen dauern kann, bis wir die Einbau- und Zubehörteile bekommen, und wir müssen außerdem die Angebote vergleichen. Als ich nach über einer Stunde fertig war, bin ich zum Lemon Quay gelaufen in der Hoffnung, dass ich noch genug Zeit hätte, mir einen Kaffee zu holen, bevor ich mich mit Cal dort treffe.

In der Stadt ist mehr los als beim letzten Mal, als ich hier war, denn es findet gerade ein Feinkostmarkt statt, auf dem Stände und Verkaufswagen alles Mögliche anbieten – von in der Region hergestellten Pralinen über Meersalz bis zu frischem Fisch und sogar Tee aus Cornwall. Ich weiß gar nicht, welchem verführerischen Duft und welchem würzigen Aroma ich zuerst folgen soll, während ich an den Tischen vorbeischlendere und mich bemühe, nichts zu kaufen, was ich nicht dringend brauche. Sheila hat versucht, mit regionalen Anbietern zusammenzuarbeiten, aber ich hatte keine Ahnung, dass man all diese Sachen direkt vor der Haustür kriegen kann.

Cal hat mich immer noch nicht angerufen, und ich habe guten Empfang auf dem Diensthandy, das er mir zur Verfügung gestellt hat, aber es macht mir nichts aus, noch eine Weile zu warten. Es gefällt mir hier viel zu gut, und eine neue Idee nimmt in meinem Kopf Gestalt an. Ich bin darauf gekommen, als Cal mir das alte Lagerhaus am Rand des Campingplatzes gezeigt hat, und jetzt, während ich über den Markt schlendere, verfestigt sich die Idee immer weiter. Wenn man viel harte Arbeit reinsteckt, könnte aus dem Gebäude ein tolles Café werden, vor allem dann, wenn es diese köstlichen regionalen Spezialitäten anbieten würde, die ich hier sehe und auch schon probiert habe. Aber ich muss mir noch genauer überlegen, wie ein Café als Teil von Kilhallon Park funktionieren könnte, bevor ich Cal von dem Plan erzähle.

Nachdem ich fürs Abendessen Sardinen, frische Kräuter und Salat aus der Region gekauft habe, schlüpfe ich in ein winziges Café zwischen einem Juwelier und einer Hochzeitsboutique bei der Kathedrale. Diese kleinen Läden brauchen jeden Kunden, den sie kriegen können. Ich gönne mir einen Milchkaffee und beschließe, zurück zum Lemon Quay zu laufen. Das Architekturbüro ist dort in der Nähe, und Cal *muss* bald fertig sein.

»Demi?«

Eine junge Frau etwa in meinem Alter, mit dunkler Kleidung und viel schwarzer Schminke, kommt auf mich zu, als ich den Laden verlasse. Ich habe keine Ahnung, wer sie ist, aber für einen Sekundenbruchteil frage ich mich, ob es nicht Andi Cade, Mawgans schüchterne Schwester, sein könnte.

»Ja. Woher kennst du meinen Namen?«

»Ich bin Cals Cousine Robyn. Du kennst mich noch nicht, aber ich hab dich mit deinem Hund in Kilhallon Park gesehen. Cal hat mir gesagt, dass du jetzt dort arbeitest.«

»Ja.«

»Wie läuft's in Kilhallon?«, fragt sie.

»Ganz gut.«

»Schön. Cal kann ein bisschen grummelig sein, aber wir sind alle so froh, dass er wieder da ist und sich entschlossen hat, es noch mal mit Kilhallon zu versuchen. Ich bin echt erleichtert, dass er jemanden eingestellt hat, der ihm hilft.«

»Ich auch.« Robyn scheint recht nett zu sein, aber es kommt mir seltsam vor, mich mit ihr über Cal zu unterhalten, solange ich ihn kaum und sie überhaupt nicht kenne.

»Er hat mir erzählt, dass du jede Menge Erfahrung im Gastgewerbe hast. Ich bin beeindruckt«, sagt sie.

»Ähm. Hat er das? Na ja, ich habe in der Gastronomie und im äh … Freizeitbereich gearbeitet.«

»Er braucht die Hilfe. Ich würde ihm selbst helfen, aber ich gehe aufs College, ich studiere Schmuckdesign.«

»Das erklärt den Anhänger. Er sieht toll aus!«

Robyn berührt den mit Edelsteinen besetzten silbernen Mond an ihrem Hals. »Vielen Dank. Das Studium macht mir echt Spaß, aber es ist schwerer, als es klingt. Manche Dozenten, du weißt schon …«

Ich nicke und denke an meine Erfahrungen mit einigen der Dozenten in meinen Hygiene- und Arbeitsschutzkursen. Da wir den Eingang des Cafés blockieren, stellen wir uns vor den Hochzeitsladen, wo es ruhiger ist. Im Schaufenster hängen traumhafte Kleider ohne Preisschild.

»Cal ist hier in Truro. Eigentlich sollte ich ihn vor fast einer

Stunde treffen«, erzähle ich Robyn. »Er hatte einen Termin mit dem Architekten, aber er ist immer noch nicht aufgetaucht.«

Sie runzelt die Stirn. »Ach ja? Ich warte auf eine Freundin, und sie hätte auch längst hier sein müssen. Ich habe extra ein Seminar ausfallen lassen, weil sie will, dass ich ihr helfe, etwas für ihre Verlobungsparty auszusuchen, warum auch immer. Ich meine, sie steht total auf Glamour, und schau mich an.«

Das tue ich. Ihr langer, lilafarbener Rock reicht bis zu ihren Doc Martens, und sie trägt ein dunkelgrünes Samtoberteil mit wehenden Ärmeln. Für meinen Geschmack sieht alles ein bisschen zu sehr nach Guinevere aus der Artussage aus, aber es steht ihr. Ihre Haare sind auf eine coole Art durchgestuft und glänzen wie Rabenflügel mit verschiedenen Lagen in Dunkellila, Indigo und Grün.

»Ich finde, du siehst gut aus. Ich würde mich für niemanden verändern.«

»Wirklich nicht? Aber das ist nicht immer leicht, oder?« Sie seufzt. »Ich glaube, Isla wollte einfach ein bisschen Gesellschaft und nicht nur meine Meinung. Sie und ihr Verlobter überlegen, sich vom Juwelier keltische Ringe machen zu lassen.«

Als ich den Namen Isla höre, wird mir klar, dass diese »Freundin« Cals Ex ist.

»Ich glaube, ich sollte zurück zum Lemon Quay gehen für den Fall, dass Cal wartet und keinen Empfang hat oder so.«

»Ich komm mit. Isla kann mir schreiben oder mich anrufen.«

Während wir zurück zum Feinkostmarkt schlendern, erzählt mir Robyn von ihrem Studium und Kilhallon Park. Obwohl sie mich gerade erst kennengelernt hat, plaudert sie drauflos, als wäre ich eine alte Freundin, was nett ist, aber ich halte mich zurück, weil sie Cals Cousine und er mein Chef ist.

»Ich hoffe, Cal bezahlt dich gut und lässt dich nicht zu schwer arbeiten«, sagt sie.

Ich lache. »Er bezahlt mir den Mindestlohn, und dazu bekomme ich das Cottage und Essen.«

»Hmm.«

Ich lächle. »Cal tut sein Bestes, und vielleicht ergeben sich neue Möglichkeiten, wenn die Anlage wieder läuft.« Meine Café-Idee fällt mir wieder ein. Könnte das wirklich machbar sein?

»Das hoffe ich«, sagt Robyn. »Wenigstens bist du unabhängig. Ich finde es ätzend, dass ich noch bei meinem Dad wohnen muss, aber ich bin nur eine arme Studentin.«

Als wir wieder an den Ständen vorbeikommen und ich den Geruch von warmem Essen wahrnehme, knurrt mir der Magen. Nachdem ich meinen leeren Becher in einen Mülleimer geworfen habe, schaue ich auf mein Handy und Robyn auf ihres. Immer noch keine Nachrichten oder Anrufe in Abwesenheit, und jetzt sind seit Cals Termin schon über zwei Stunden vergangen.

»Ich hoffe, er kommt bald zurück, sonst läuft der Parkschein ab«, sage ich.

»Oh, schau mal. Ist das da nicht Cal?«

Robyn winkt einem Paar, das vor einem Laden am anderen Ende des Feinkostmarkts steht. Offensichtlich redet – oder eher streitet sich – Cal mit einer großen, schlanken Frau mit langem, blondem Haar.

»Er hat Isla getroffen«, sagt Robyn und stöhnt. »Oh, ich glaube, ich muss los.«

Schlagartig fallen mir Pollys Klatsch und *der* Brief ein. Das ist sie also, die Ex, die Frau, die Cal das Herz gebrochen hat. Ich strenge mich an, um sie besser sehen zu können, aber mir versperren immer wieder Leute die Sicht.

»Hat mich gefreut, dich kennenzulernen. Ich frag Cal nach deiner Nummer und schreib dir. Wäre schön, wenn wir uns mal wieder treffen könnten. Bis dann …«

Robyn eilt über den Marktplatz und stolpert dabei fast über ihren Rock, aber Cal kommt schon mit großen Schritten auf sie zu. Sie erreicht ihn und sagt vermutlich etwas, dann versucht sie, ihn zu umarmen, aber er schüttelt den Kopf und geht schnell weiter in meine Richtung. Sein bedrohlicher Gesichtsausdruck lässt mich bezweifeln, ob die Sardinen und ich heil nach Hause kommen werden. Ich hole tief Luft und mache mich auf eine sehr unangenehme Fahrt gefasst.

8

Ich wollte mich überhaupt nicht mit Isla streiten. Ich habe mir wirklich Mühe gegeben, aber es war ein Schock, sie mit Luke aus dem Juwelierladen herauskommen zu sehen. Ich war gerade beim Architekten fertig, als ich die beiden entdeckt habe. Ich habe gesehen, wie Luke ihr einen Abschiedskuss gegeben hat und zurück zu seinem Büro gegangen ist, und ich war fest entschlossen, in die entgegengesetzte Richtung zu verschwinden.

Das hätte ich tun sollen. Das hätte ein vernünftiger Mann getan.

Stattdessen habe ich unwillkürlich die Straße überquert und mich durch die Menge der Einkäufer geschoben, um sie einzuholen. War das eine kluge Entscheidung? Ihr Gesicht gab mir die Antwort. Sie war überrascht, bestürzt, sogar ein bisschen erschrocken. Ach, sie hatte ihren Gesichtsausdruck schnell wieder unter

Kontrolle: Sie kann ihre wahren Gefühle sehr gut verstecken. Man könnte meinen, sie wäre Schauspielerin, nicht Produzentin. Wie auch immer, es war zu spät.

Ein netter Kerl hätte kurz Hallo gesagt und sich dann entschuldigt, er habe keine Zeit, weil er arbeiten müsse, um eine Ferienanlage wiederaufzubauen, und sein Parkschein ablaufe. Aber ich bin kein netter Kerl: nicht, wenn es um Isla Channing geht. Selbst wenn mir die Kreisverwaltung Cornwall hundert Pfund Strafe aufbrummt, würde das an meinen Gefühlen nichts ändern.

Nachdem wir uns kurz unterhalten hatten, gab Isla mir zum Abschied einen Kuss. Ich glaube, es sollte ein freundschaftliches Küsschen auf die Wange werden, aber irgendwie trafen sich unsere Lippen. Sie wich nicht zurück, und es war schnell vorbei, aber danach sagte sie: »Das war nur um der alten Zeiten willen und darf nicht noch mal passieren.«

»Warum ist es dann überhaupt passiert?«, fragte ich.

»Cal. Ich will, dass wir Freunde bleiben.«

»Das will ich auch. Und, hast du beim Juwelier was Schönes gefunden?« Ich ärgerte mich über mich selbst, während ich die Worte aussprach.

»Noch nicht, aber das werde ich bald.«

»Gehst du auf den Ball?«

»Natürlich. Luke hat Plätze reserviert. Wiedersehen, Cal. Pass auf dich auf.«

»Warte, Isla!«

»Ich habe lange genug auf dich gewartet, Cal.«

Ich griff nach ihrem Arm, aber sie entwischte mir. Es war wahrscheinlich gut, dass Robyn uns gesehen hat. Ich habe sie heute Morgen angerufen und um Verzeihung gebeten und ihr gesagt, dass ich mit ihr auf den Ball gehe. Das bin ich ihr schuldig. Jetzt muss ich nur noch Demi dafür entschädigen, wie ich mich auf der Fahrt nach Hause verhalten habe.

Verdammter Cal! Ich hätte ihn erwürgen können auf dem Nachhauseweg von Truro. Wir haben es gerade noch zum Auto geschafft, bevor der Parkwächter ein Knöllchen an den Land Rover stecken konnte, aber seine Laune war trotzdem im Keller. Er hat kaum ein Wort gesagt und sich gar nicht dafür interessiert, dass ich ein paar regionale Hersteller für Küchen und Bäder aufgespürt und mit den Ausstattern vereinbart habe, dass sie vorbeikommen und uns einen Kostenvoranschlag machen.

Außerdem fährt er miserabel, und ich habe mich ernsthaft gefragt, ob wir lebendig ankommen, besonders, nachdem wir in einen Ferienstau auf der A30 geraten sind. Als wir endlich zu Hause waren, hat er sich wieder in sein Büro verzogen und die Tür zugeknallt.

Ich war nahe dran, alles hinzuschmeißen, bis er mich am nächsten Nachmittag ins Haus gerufen, mir ein neues Tablet überreicht und gesagt hat, es tue ihm leid, dass er »gestern ein bisschen unfreundlich« zu mir gewesen sei. Ich habe mich über das Tablet gefreut, weil ich damit leichter für meine Café-Idee recherchieren kann, auch wenn ich ganz sicher noch nicht bereit bin, ihm von dem Plan zu erzählen. Aber ich gehe vielleicht später noch mal mit Mitch zu dem Gebäude rüber, um zu überlegen, wie man es gestalten könnte …

Später ist Robyn vorbeigekommen und hat mich gefragt, ob ich mit ihr an dem Abend, an dem sie nicht im Tinner's arbeiten muss, nach Truro fahre. Wir treffen uns mit ein paar Freunden von ihr aus dem College. Ich glaube, es gibt da einen Kerl, von dem sie was will. Außerdem hat sie Cal überredet, dieses Wochenende mit ihr auf den Wohltätigkeitsball zu gehen, sehr zu Pollys Verwunderung – und meiner.

Am nächsten Tag lehne ich an der Küchenarbeitsplatte, trinke meinen Kaffee und sehe Polly dabei zu, wie sie Cals Smoking bügelt, was sie als »besonderen Gefallen« ansieht, »weil er es niemals hinkriegen würde«.

Sie macht es, glaube ich, weil er ihr neulich zum Geburtstag einen Strauß Rosen geschenkt und sie und ihre Freundin bis nach St Austell gefahren hat, damit sie Il Divo sehen konnten. Ich hatte ihr einen Kuchen gebacken und mit Zuckerguss ihren Namen draufgeschrieben. Sie wirkte ziemlich erstaunt, sagte zwar nur: »Was soll das denn?« oder so was, aber ich habe gehört, wie sie ihrer Tochter am Telefon erzählt hat, er sei »ganz fluffig« gewesen und sie werde etwas davon aufheben und ihr am Wochenende mitbringen.

Ich unterdrücke ein Grinsen, als sie ein feuchtes Geschirrtuch über das Bein von Cals Smokinghose legt. Das schwarze, taillierte Jackett hängt über einer Stuhllehne, sodass das Boss-Label zwischen den Sprossen klar erkennbar ist. So knapp kann er wohl doch nicht bei Kasse sein.

»Wird er wirklich *das* da anziehen?«, frage ich, noch bevor ich meinen Keks ganz hinuntergeschluckt habe. Ich habe mich noch immer nicht daran gewöhnt, dass hier eine ganze Keksdose bereitsteht – wobei mir einfällt, dass ich ja auch mal selbst Kekse backen könnte, wenn ich Zeit habe. Meine Oma hat mir beigebracht, wie man richtige Cornwall'sche Fairings macht.

Eine Dampfwolke wirbelt durch die Luft, als Polly das Bügeleisen auf das Geschirrtuch drückt. »Sonst würde ich das Ding ja wohl kaum bügeln, oder? Keine Ahnung, warum er sich keinen neuen kaufen wollte. Er meinte, es wäre Geldverschwendung. Also durfte ich den ganzen Morgen über versuchen, an diesem verdammten Secondhand-Teil von Oxfam Wunder zu vollbringen. Weiß Gott, wer ihn vorher getragen hat.«

Für mich sieht der Anzug aus wie neu, aber ich werde Polly nicht die Genugtuung geben, das von mir zu hören. Sie war in letzter Zeit etwas weniger frostig zu mir, da sie nun sieht, dass ich bereit bin zu arbeiten, aber das heißt nicht viel.

»Ich kann mir gar nicht vorstellen, wie Cal in so was aussieht«, sage ich und nehme mir noch einen Keks aus der Dose auf der Arbeitsplatte.

»Er macht sich ganz gut darin«, erwidert sie und schiebt das Geschirrtuch an der Bügelfalte der Hose weiter nach oben. »Wie du sicher bemerken wirst.« Sie wirft mir einen vielsagenden Blick zu, und meine Wangen werden plötzlich heiß.

»Ich bemerke gar nichts. Ich bin zu beschäftigt.«

»Weshalb du mir auch dabei zusiehst, wie ich seine Hose bügele?« Dampf steigt auf, als sie das Eisen aufs Geschirrtuch presst. Für einen Augenblick glaube ich, sie lächelt fast.

»*Eigentlich* wollte ich gerade zu Cal, um ihn zu fragen, ob ich seinen Laptop benutzen kann. Ich muss ein paar Infos zu Catering- und BWL-Studiengängen ausdrucken.«

Sie verdreht die Augen. »Ich glaube ja nicht, dass aus seinen dummen Öko-Plänen irgendwas wird. Kein Mensch wird ihm das Geld leihen, das nötig wäre, um die Anlage wieder auf Vordermann zu bringen.«

»Vielleicht doch. Willst du denn nicht, dass Kilhallon Park wieder in Gang kommt?«

Sie stellt das Bügeleisen auf dem Brett ab und hebt die Hose hoch. »Natürlich will ich das. Niemand wünscht sich mehr als ich, dass das Geschäft wieder läuft und Cal glücklich ist. Es würde ihn endgültig fertigmachen, wenn seine Pläne nicht aufgehen.«

»Den haut so schnell nichts um. Er würde es überleben«, sage ich. Ich bin überrascht, dass Polly so offen über Cal spricht.

»Und du kennst ihn, oder was? Weil du ja auch schon so lange hier bist?«

»Ich kenne ihn gut genug. Genau wie du. Du hast nur Angst, dass er so endet wie sein Vater, stimmt's?«

Sie legt die Hose wieder auf das Bügelbrett. »Ich will diesen Ort nicht ganz verlieren. Ich wohne mittlerweile gern hier, und ja, ich habe Angst, dass er so endet wie sein Vater. Als Cal weg war, ist ihm etwas passiert, worüber er nicht mit uns spricht. Das macht mir Sorgen. Aber es wird schon bald rauskommen, merk dir meine Worte.«

»Ich glaube trotzdem, dass die neue Ferienanlage ein großer Erfolg wird, wenn wir alle positiv denken und zusammenarbeiten«, sage ich, wobei mir der Verdacht kommt, dass ich schon wie die Business-Gurus auf Twitter klinge.

»Vielleicht ... Mach dich nicht über mich lustig, Demi. Ich sage zwar offen, was ich denke, aber ich meine es nicht böse. Ich weiß, dass du hier sehr hart arbeitest und es gut machen willst und Cal dir wichtig ist, aber hör auf meinen Rat: Lass dich bloß nicht zu sehr von ihm und seinen Plänen einwickeln. Du wirst dabei nur verletzt werden. Cal kann Menschen für sich begeistern, sie würden für ihn durchs Feuer gehen. Aber er weiß, was er will, und meiner Ansicht nach ist das immer noch Isla Channing. Er wird sie nie loslassen.«

»Und was genau hat das mit mir zu tun? Ich habe keine Ahnung, wovon du redest. Ich will das neue Resort zu einem Erfolg machen und mich beruflich weiterentwickeln.« Ich klinge arrogant, aber es ärgert mich, dass Polly glaubt, sie müsste mich warnen.

Ihre Stimme wird sanfter. »Dann entschuldige, dass ich mich eingemischt habe. Es war nur zu deinem Besten.« Sie streckt mir die Hose entgegen. »Hier, ich habe gerade keine Zeit, Cals Kammerfrau zu spielen. Wenn du nicht zu beschäftigt bist, kannst du mir die Mühe ersparen und sie hinauf in sein Schlafzimmer bringen? Das Jackett hängt da über der Stuhllehne, aber krümel es bloß nicht voll. Ich werde es nicht noch mal sauber machen.«

»Kein Problem«, antworte ich, hin- und hergerissen zwischen Ärger und Erstaunen, dass Polly erstens glaubt, ich hätte es auf Cal abgesehen, und sich zweitens tatsächlich Sorgen macht, ich könnte verletzt werden.

»Braucht er nicht auch ein Hemd?«

»Wenn ja, soll er sich das selbst bügeln.«

Sie schaltet das Bügeleisen aus und zieht den Stecker aus der Wand. Während sie Wasser aufsetzt und dabei vor sich hin murmelt, was sie noch alles erledigen muss, bevor sie übers Wochenende zu ihrer Tochter fährt, lege ich die Hose über einen Arm, nehme das Jackett vorsichtig zwischen die Fingerspitzen und trage beides hinauf. Ich war in den letzten Wochen schon ein paarmal hier oben, um frische Handtücher und Bettwäsche aus dem Trockenschrank zu holen, aber noch nie in Cals Schlafzimmer.

Die Dielenbretter knarzen, als ich zum Rand des Treppenabsatzes gehe und die hölzerne Stufe hinaufsteige. Cals Zimmer befindet sich fast in einem anderen Flügel des Farmhauses und liegt zur Rückseite hin. Ich muss das Jackett ebenfalls über meinen Arm legen, um den Riegel hochzuschieben. Die Tür schwingt über den unebenen Fußboden nach innen auf, und Sonnenlicht dringt auf den Treppenabsatz.

Wow. Ich bleibe ehrfürchtig vor dem Himmelbett stehen. Die anderen Zimmer sind mit modernen Betten ausgestattet, aber das hier muss Jahrhunderte alt sein. Die Daunen- und die Überdecke sind es nicht, ich habe Polly diese Woche geholfen, sie von Marks & Spencer in Truro herzuschleppen. Polly sagte, Cals Vater sei in diesem Bett gestorben, deshalb hätten sie die Matratze und die Daunendecke rausgeschmissen. Mir läuft ein Schauder über den Rücken. Ich weiß nicht, ob ich in einem Zimmer schlafen könnte, in dem jemand gestorben ist.

Gegenüber dem Bett steht ein riesiger Schrank, also lege ich den Anzug auf die Überdecke und öffne vorsichtig die Türen. Auf der einen Seite hängen mehrere Anzüge und Tweed-Sakkos, und es riecht ein bisschen muffig. Aus der Größe der Anzüge und den recht abgetragenen Brogues darunter schließe ich, dass sie Cals Vater gehört haben müssen. Ich frage mich, warum sie nicht schon aussortiert wurden. Vielleicht war Cal zu beschäftigt, und Polly konnte sich nicht dazu durchringen.

Die andere Hälfte des Schranks ist fast leer bis auf ein paar Hemden und eine Jeans auf einem Drahtbügel. Es sieht aus, als könnte sich Cal noch nicht richtig dazu entschließen, dauerhaft hier einzuziehen.

Ich glaube nicht, dass der muffige Schrank dem Smoking guttun wird, also nehme ich einen freien Bügel, lege die Hose über die Querstange, hänge das Jackett darüber und den Bügel außen an die Tür.

Mir kommt ein Gedanke. Alle Anbieter von Top-Feriencottages betonen, dass sie regionale Ressourcen nutzen und von »traditionellen Einflüssen, Umwelt und einheimischer Architektur inspiriert« sind. Das Haupthaus in Kilhallon ist zwar ein ziemliches Chaos, aber wir könnten die fantastischen Antiquitäten und den skurrilen Krimskrams darin in den renovierten Cottages verwenden. Außerdem könnten das ganze Aussehen und Ambiente des Ortes unser Alleinstellungsmerkmal für eine Reihe von Premium-Cottages sein, die viel Geld einbringen. Ich grinse vor mich hin, weil es mir Spaß macht, mich von all den Schlagwörtern »inspirieren« zu lassen, die ich von den Websites mit Luxus-Ferienwohnungen aufgeschnappt habe.

Auf der Kommode liegt ein wunderschönes versilbertes Set von Haarbürste und Spiegel, das allerdings angelaufen ist, und daneben steht eine hübsche, mit Schnitzereien und Intarsien verzierte Holzschatulle, die aussieht wie aus Indien oder Malaysia. Ich schaue in den Silberspiegel und runzle die Stirn bei meinem Anblick, dann hebe ich die Schatulle hoch. Sie ist viel schwerer, als ich dachte, und statt zu klappern, als wäre Schmuck darin, fühlt sie sich voll und kompakt an.

»Mist.«

Der Deckel löst sich, und der untere Teil der Schatulle landet krachend auf den blanken Dielenbrettern, zusammen mit dem Inhalt: Dutzende verblasste Postkarten. Hektisch und ergriffen von Schuldgefühlen, weil ich mich von meiner Neugier habe treiben lassen, hocke ich mich auf den Fußboden, um die Karten wieder aufzuheben. Sie müssen von Cals Eltern oder Freunden von ihm stammen, auch wenn ich mir nicht vorstellen kann, warum sie sie wohl aufbewahrt haben, und oh …

Die Karten sind alle an Ms Isla Channing adressiert. Es wäre falsch, sie zu lesen, aber als ich sie einsammele und ordentlich stapele, bleibt mein Blick unwillkürlich an einigen Wörtern hängen. Ich erkenne Cals Handschrift, er hat krakelig und mit unterschiedlichen Stiften geschrieben: viele mit Kugelschreiber, eine mit Bleistift und ein paar mit lila Filzstift, weil er wahrscheinlich nichts anderes kriegen konnte in diesen abgelegenen Gegenden, wo er gearbeitet hat. Die Karten sind schon alt, manche wurden vor sieben oder acht Jahren verfasst.

Hi Isla,
rate mal, wo ich bei dieser Tour gelandet bin! Die Ruinen vorne drauf machen es ja auch nicht schwer. Gefällt dir die Retro-Karte? Ich glaube, sie ist aus den Siebzigern. Ich habe sie ganz hinten in einem Kramladen aufgestöbert.
Der Ort hat sich inzwischen ein bisschen verändert, leider nicht zum Besseren. Mann, ist es heiß hier. Heißer, als du dir jemals vorstellen könntest, und ich werde dich nicht damit langweilen, was ich alles gesehen und gehört und gerochen habe, aber glaub mir, wenn du hier wärst und die Erwachsenen und Kinder vor dir hättest, würdest du mir verzeihen, dass ich für drei Monate hierher abgehauen bin.
Tut mir leid, ich muss aufhören. Meine Chefin hat mich im Auge, und ich sollte sie lieber nicht noch mal verärgern.
Viel Glück beim BBC-Interview, obwohl ich schon weiß, dass du es super machen wirst.
Bis bald,
in Liebe
für immer
C

Warum besitzt Cal Postkarten, die er an Isla geschrieben hat? Hat sie sie ihm zurückgegeben, bevor er das letzte Mal abgereist ist oder erst vor Kurzem?

»Demi? Was machst du in meinem Zimmer?«

Mir bleibt vor Schreck fast das Herz stehen. Cal lehnt in der

Tür, mit seinem Kopf stößt er fast an den oberen Querbalken. Sein Gesicht ist versteinert, und mein Herz schlägt heftig. Er kommt ins Zimmer, und ich glaube, ich habe einen großen Fehler gemacht. Einen *gewaltigen.*

9

»Oh, tut … tut mir leid. Ich wollte deinen Smoking in den Schrank hängen und habe eine Schatulle mit Karten umgeworfen. Ich wollte nicht herumschnüffeln.«

»Ach ja?« Er starrt eine Sekunde lang auf mich und die Karten, dann auf den Smoking an der Schranktür. »Schon okay.«

Ich kann kaum glauben, dass ich mit meiner Neugier so leicht davonkomme, und halte ihm die Schatulle entgegen. »Ich sammele die Karten wieder ein.«

»Nein, *ich* mach das später.«

Ich lege die Schatulle aufs Bett und würde am liebsten im Erdboden versinken.

»Danke, dass du meinen Anzug gebügelt hast«, sagt er schroff.

»Dafür musst du dich nicht bei mir bedanken, sondern bei Polly.«

Er sieht mich durchdringend an. »Tatsächlich?«

»Sie kann ganz nett sein, wenn sie will. Na ja, ich sollte besser weiterarbeiten«, sage ich und bewege mich in Richtung Tür. »Ich brauche den Laptop, um ein paar Studiengänge zu recherchieren.«

»Ja. Natürlich.«

Anscheinend merkt er nicht, dass ich noch hier bin, oder es ist ihm egal. Er wirkt so verloren, dass ich ihn am liebsten in die Arme nehmen und küssen würde. Was würde er tun? Zurückweichen? Mich wegschicken? Den Kuss erwidern? Mich auf das große Bett drücken …?

Ich erröte bei dem Gedanken. Er ist mein Arbeitgeber, aber Polly hatte recht damit, mich vor ihm zu warnen, auch wenn ich das nie im Leben zugeben würde. Als ich über den Treppenabsatz gehe, fällt die Schlafzimmertür mit einem leisen Klacken hinter mir ins Schloss.

Am nächsten Morgen werde ich von Mitch geweckt, der im Takt zum Klopfen an der Cottagetür bellt. Ich ziehe mir einen Kapuzenpulli über den Schlafanzug, eile hinunter und sehe, wie Cal durchs Küchenfenster hereinspäht. Die strahlende Morgensonne lässt mich blinzeln, als ich die Haustür öffne. In seiner rissigen Wachsjacke und den dunkelgrünen Gummistiefeln wirkt Cal wie ein Landedelmann, nur der Dreitagebart und der finstere Blick passen nicht ganz ins Bild.

»Cal? Ist alles in Ordnung?«

»Ja. Warum denn auch nicht?«

»Du holst mich normalerweise nicht aus dem Bett.«

»Ich will mit dir rausgehen.« Er schaut ungeduldig auf die Uhr.

Mir knurrt der Magen. »Aber ich hab noch nicht gefrühstückt.«

»Du kannst frühstücken, wenn wir zurück sind.«

»Zurück von wo? Mitch hat auch noch nichts gefressen, und er muss pinkeln.«

»Dann kann er mitkommen«, sagt Cal bestimmt.

Ich zittere in meinem Pyjama und nicke zu den grauen Wolken, die sich über dem Meer aufbauschen. »Ich ziehe mir lieber erst was Richtiges an.«

»Okay. Ich warte hier.«

Kaum bin ich fertig und habe die Haustür hinter mir geschlossen, stürmt Cal los. »Moment, ich hab mir noch nicht mal die Schuhe gebunden!«

Er bleibt stehen, verdreht die Augen, kommt zu mir zurück und nimmt mich an der Hand. »Ich habe keine Zeit zu verlieren.« Er zieht mich quer über den Hof zum Haus, während Mitch mit der Schnauze am Boden vorausläuft. Offensichtlich ist er mehr am Gassigehen interessiert als an einem Frühstück. Ich versuche mich zu wehren, als Cal mich über den Hof zerrt, aber nicht sehr vehement, und er achtet sowieso nicht auf mich.

In Wahrheit kann ich gar nicht fassen, wie gut sich seine Hand in meiner anfühlt, obwohl die Geste alles andere als liebevoll gemeint ist, aber dann schäme ich mich und reiße mich los. Polly wirft mir durchs Küchenfenster einen strengen Blick zu.

Er nimmt einen Wachsmantel von einem Haken auf der Veranda. Der marineblaue Stoff ist fleckig von Regen und Salz. Mitch schnüffelt daran. »Hier. Draußen an den Klippen ist es stürmisch. Der hat Robyn gehört.«

»Will sie ihn nicht mehr?«

»Er hängt seit Jahren hier, also offensichtlich nicht.«

Die Ärmel sind zwar ein bisschen kurz, aber ansonsten passt mir der Mantel ganz gut, und ich bin froh, dass ich ihn habe. Wir kämpfen gegen den Wind an, der vom Meer über das untere Feld weht. Riesige weiße Wolken rasen über den Himmel, als würden sie von irgendeinem unsichtbaren Dämon gejagt werden. Mitch bleibt an jedem Pfosten und jedem Baum stehen. Er schnüffelt wie ein Koksjunkie, während wir das Feld hinunterstapfen.

Cal schüttelt den Kopf. »Hat der Hund keine Blase?«

»Ich hab doch gesagt, er muss pinkeln. Wohin gehen wir?«

»Du wirst schon sehen.«

Wegen des starken Windes laufen wir halb gebückt den Pfad in die der Bucht entgegengesetzte Richtung entlang. Jetzt weiß ich, warum die Bäume hier in der Gegend so niedrig und krumm sind. Cal eilt weiter, der Mann hat offensichtlich ein klares Ziel. Am anderen Ende des Feldes kommen wir an den Feriencottages vorbei, die nun von Gerüsten umgeben sind, und gehen durch ein Tor auf eine Wiese, auf der ich die Überreste des Pools und der sanitären Einrichtungen erkenne.

»Nicht leicht, sich das hier zu seinen Glanzzeiten vorzustellen, was?«, bemerkt er trübsinnig.

»Ich schätze, der Markt hat sich verändert, als immer mehr Familien beschlossen haben, ihre Ferien in Spanien und Griechenland zu verbringen«, sage ich.

»Ja, aber angeblich ist es ganz gut gelaufen, bis mein Vater das Geschäft allein übernommen hat. Ich glaube, er hatte andere Prioritäten …«

Cal blickt bedauernd auf die Ruinen. Ich frage mich, ob er mit »Prioritäten« die Affären seines Vaters mit verschiedenen Frauen meint. Polly beklagt sich zwar gern über mich, aber sie genießt es, jemandem ihren Klatsch erzählen zu können, wobei ich natürlich nicht alles glaube, was sie sagt.

»Dad hat nicht genug Zeit und Geld investiert, um die Anlage in Schuss zu halten, und wir haben immer mehr Beschwerden bekommen. Jetzt soll Kilhallon komplett umweltfreundlich werden und sich nach Möglichkeit selbst versorgen. Dafür werde ich eine Erdwärmepumpe installieren und mit regionalen Herstellern zusammenarbeiten, die Ressourcen aus der Umgebung nutzen. Ich will keine Flotte feststehender Wohnmobile und keinen Club mit Bingo und Karaoke oder solchen Mist. Ich will, dass die

Leute am Lagerfeuer sitzen können, und ich habe vor, im Wäldchen da unten Jurten aufzustellen.«

Die Wiese fällt vor einer kleinen Baumgruppe sanft ab zum Meer. Mitch streift an den Hecken entlang und markiert an einem Zauntritt in der Ecke sein Revier. Cal drückt das spitz zulaufende Tor auf. Ich folge ihm und ziehe bei einem weiteren Windstoß vom Meer den Reißverschluss des Mantels hoch. Es ist schon fast Ende Mai, aber heute fühlt es sich an wie März.

»Ich habe mich auch schon über Jurten informiert«, sage ich.

Endlich bessert sich seine Stimmung. »Zwei Dumme, ein Gedanke. Also glaubst du auch, dass das funktionieren würde?«

»Ja. Ich denke, wir sollten es für den Anfang mit einem halben Dutzend probieren, und ich finde auch, dass das Wäldchen ein guter Ort dafür wäre. Es sollen nicht zu viele sein. Leute, die so was mieten, legen Wert auf Individualität und Ruhe. ›Zurück zur Natur‹ und so. Aber komfortabel und stilvoll, mit fließendem Wasser, Toiletten und richtigen Betten.«

Er lächelt. »Ich sehe, du hast gründlich recherchiert.«

Ich zucke mit den Schultern, freue mich aber, dass er mir zustimmt. »Außerdem habe ich mir gedacht, dass wir einige Cottages und Jurten mit Krimskrams aus dem Haus einrichten können, aber wir müssen auch dafür sorgen, dass die Leute irgendwo iPod-Ladestationen und superschnelles Breitband haben.«

»Gute Idee … Aber glaubst du wirklich, wir könnten Sachen aus dem Haus benutzen? Manches davon ist schon uralt.«

»Ach, ich denke, wir würden genug finden. Wenn wir die Sachen sauber machen und ein bisschen aufpolieren, wird es toll aussehen.«

»Du glaubst wirklich an dieses Projekt, oder?« Cal klingt erstaunt.

»Warum denn auch nicht?«

Er zuckt die Achseln. »Keine Ahnung. Vielleicht, weil das anscheinend sonst niemand tut. Luke und Onkel Rory haben mir gesagt, sie halten es für eine ›echte Herausforderung‹, und Polly hält mich einfach für verrückt.«

»Nein, sie macht sich nur Sorgen um dich.«

Offensichtlich wundert er sich, dass ich Polly verteidige. »Sie ist gar nicht so ein Unmensch, wenn man sie erst einmal besser kennenlernt«, erkläre ich.

»Nein … Aber ich bin trotzdem froh, dass jemand in dieser Sache hinter mir steht. Ich möchte, dass du so daran glaubst wie ich. Ich möchte, dass du glaubst, dass wir diesen Ort verändern und neu erschaffen können. Nicht wie Polly, die denkt, ich bin durchgeknallt oder zumindest kurz davor. Du bist jung, dich hat das Leben noch nicht zerstört. Ich möchte, dass du daran glaubst für den Fall, dass ich aufhöre, daran zu glauben, und ich möchte, dass du mich anschreist und es mir sagst, wenn ich zynisch und schlecht gelaunt bin.«

»Du? Schlecht gelaunt und zynisch? Niemals … Außerdem kannst sogar du dich ändern.«

Dieser Kommentar war als Scherz gemeint, aber Cal nimmt ihn ernst. »Vielleicht hast du zu viel Vertrauen in mich«, murmelt er.

»Das Risiko nehm ich in Kauf.«

Auf einmal ziehen so viele Emotionen über sein Gesicht, schnell wie die Wolken über dem Meer. Freude, Verwirrung, Schmerz. Ich glaube, ich werde Cal nie ganz begreifen.

Als wir wieder in der Küche des Farmhauses ankommen, macht Cal mir Frühstück. Wir sitzen am Tisch, sprechen über seine Geschäftsideen und essen Sandwiches mit Speck. Polly verdreht jedes Mal die Augen, wenn sie glaubt, dass Cal es nicht mitkriegt, während er mir die Jurten zeigt, die er bestellen will und die wirklich cool aussehen, auch wenn ich »den Zauber, unter dem Sternenzelt zu schlafen«, schon auf andere Art und Weise kennenlernen durfte.

Die Erdwärmepumpe ist für mich in etwa so spannend, wie Polly beim Ausnehmen eines Fischs zuzusehen, aber ich könnte Cals Stimme den ganzen Tag lang lauschen. Es fühlt sich gut an, in seine Pläne eingeweiht und nach meiner Meinung gefragt zu werden, auch wenn ich seine Aufforderung, ich solle ihn vom Zynismus abhalten, nicht ganz ernst nehme. Ich glaube nicht, dass irgendjemand das schaffen würde.

Polly stapft davon und murmelt, sie habe »richtige Arbeit zu erledigen«, während Cal im Internet surft. Ich beende allmählich mein Frühstück und tue so, als wäre ich in eins seiner *Green-Living*-Magazine vertieft, aber immer, wenn ich mich traue, riskiere ich einen verstohlenen Blick zu ihm. Es gefällt mir, wie sich seine Augenbrauen berühren, wenn er die Stirn runzelt – übrigens könnten sie mal gestutzt werden –, und wie sich an seinen Augenwinkeln Fältchen bilden, wenn er sich mal zu einem Lächeln durchringt. Er hat allgemein mehr Falten im Gesicht, als man es erwarten würde bei jemandem, der nur neun Jahre älter ist als ich. Ich vermute, Hautpflege und Sonnenschutz haben in letzter Zeit nicht zu seinen höchsten Prioritäten gehört.

Ich lecke mir braune Soße von den Fingern, während Cal in sein Sandwich beißt. Seine Augen haben dieselbe Farbe wie die Soße, denke ich und bereue es sofort, denn nun muss ich kichern.

»Was ist denn so lustig?«, fragt er.

»Nix.«

»Oh doch. Lachst du über mich? Findest du es so witzig, wie ich mein Sandwich esse?«

»Das würde ich niemals wagen.«

»Tust du aber. Na los, sag's mir.«

»Auf keinen Fall.«

Er legt das Kinn in seine Hand, beugt sich vor und sieht mir in die Augen, bis ich wegschauen muss. »Na los, sag mir, was du denkst.«

»Das willst du gar nicht wissen.«

»Doch.«

Er lehnt sich zurück und verschränkt die Arme.

»Okay. Selbst schuld. Ich hab darüber nachgedacht, wie du klingst«, sage ich.

»Wie klinge ich denn, Demi?«

»Keine Ahnung. Vornehm. Ein bisschen wie Prinz Harry.«

Er schnappt erschrocken nach Luft. »Hoffentlich nicht!«

»Na ja, vielleicht nicht ganz so vornehm. Eher wie die BBC-Moderatoren, wenn sie versuchen, weniger vornehm zu klingen, als sie eigentlich sind.«

Er verschränkt wieder die Arme. »Und du bist eine Expertin für Sprachwissenschaft, oder was?«

»Ich hab dir doch gesagt, ich hatte viel Zeit, um Leute zu … ähm … *beobachten.*«

»Verbringst du viel Zeit damit, mich zu beobachten?«

Mein Gesicht wird augenblicklich glühend heiß, und die Röte wandert meinen Hals hinunter. Man könnte meinen, Cal würde mit mir flirten, und ich bin mir nicht sicher, ob mir das gefällt. Es ist verwirrend, denn er kann unmöglich Gefühle für mich haben, solange er noch Prinzessin Isla verfallen ist. Er macht sich bestimmt über mich lustig. »Natürlich nicht«, antworte ich und stehe vom Tisch auf. »Als hätte ich sonst nichts zu tun.«

»Hallo Cal.« Eine Stimme unterbricht unser Gespräch.

Cals Gesicht hellt sich auf, als er Robyn sieht, die gerade in die Küche gekommen ist.

»Hi Demi.« Robyn lächelt mir unter ihrem schrägen Pony zu und lässt sich auf einen Küchenstuhl fallen. »Ich hoffe, Cal zwingt dich nicht zu hart zu arbeiten.«

Er macht ein abfälliges Geräusch. »Wie du siehst, habe ich Demi gerade gezwungen zu frühstücken. Und das Frühstück habe *ich* gemacht, möchte ich betonen.«

»Du hast Cal das Frühstück machen lassen?« Sie verzieht das Gesicht und ignoriert ihn.

»Es war ganz okay für einen Anfänger. Also, ich hab noch eine Menge zu tun. Ihr könnt euch ruhig zu zweit unterhalten.«

»Ach nein, du musst nicht gehen. Ich habe sogar gehofft, dich zu treffen«, sagt Robyn und reibt sich nervös die Hände, sodass ich mich frage, was jetzt wohl kommt. »Ich hoffe, es macht dir nichts aus, und bitte sag Nein, wenn du nicht willst, aber … Cal hat dir vielleicht erzählt, dass meine Freundin Emma am Samstagabend einen Wohltätigkeitsball im Country Club organisiert. Um Obdachlosen zu helfen – ach Mist, jetzt bin ich schon wieder ins Fettnäpfchen getreten, oder? Luke sagt, wenn man für Taktlosigkeit Geld bekommen würde, dann wäre ich Millionärin.« Sie schießt sich mit einer imaginären Pistole in den Kopf.

Ich muss lächeln. »Nein, du hast mich nicht verletzt, und ich habe schon von Cal und Polly von dem Ball gehört. Sein Outfit ist sogar schon fertig«, sage ich und wage damit eine Anspielung auf den Smoking.

Cal rümpft die Nase, um zu zeigen, wie sehr er sich auf den Ball freut. »Ich habe immer noch nicht entschieden, ob ich hingehe.«

»Du musst aber!«, quengelt Robyn.

Cal schenkt ihr ein Lächeln.

»Manchmal hasse ich dich«, sagt sie und dreht sich dann zu mir. »Er ist unmöglich, oder?«

»Kann man wohl sagen.«

Sie lacht. »Also, die Sache ist die ... Meine Freundin Emma hat mir heute Morgen eine panische Mail geschickt, weil das halbe Personal des Clubs Magen-Darm hat, du weißt schon, richtig übel mit Erbrechen und so weiter, das volle Programm.«

»Oh nein.«

Cal hat sich wieder seinem Laptop zugewandt oder tut zumindest so.

»Na ja«, fährt Robyn fort und tippt mit ihren Stiefelspitzen nervös auf die Küchenfliesen. »Hier unten ist es oft extrem schwierig, Personal zu finden, erst recht auf die Schnelle, und du hast viel Gastronomieerfahrung, und ich habe Emma von dir erzählt, und sie war total begeistert, also dachte ich ...«

Cal klappt seinen Laptop zu. »Ich hoffe, du versuchst nicht, Demi von mir abzuwerben?«

»Nur, wenn sie die zusätzliche Arbeit machen will. Weil es so kurzfristig ist, würde der Club auch einen Bonus zahlen, wenn sie aushelfen kann.« Sie sieht mich flehend an. »Cal geht sowieso auf den Ball, und ich dachte, er könnte dich mit dem Auto mitnehmen?«

»Demi hat genug zu tun. Sie will den Abend bestimmt lieber frei haben«, sagt er barsch, was mich ärgert.

»Mir macht es nichts aus. Ich bin dann bestimmt nicht zu müde und kann das zusätzliche Geld gebrauchen.«

Cal hat es die Sprache verschlagen.

Robyn grinst. »Super! Du würdest dem Club und der Wohltätigkeitsorganisation einen Riesengefallen tun. Wenn sie nicht genug Personal zusammenkriegen, müssen sie den Ball sonst vielleicht sogar absagen.«

»Für dich und Emma mache ich es sehr gerne.«

»Viiielen Dank.«

Sie umarmt mich. Ich bin es nicht gewohnt, dass mir andere, mal abgesehen von Mitch, so nahe kommen. Mich hat schon lange niemand mehr so umarmt. Oma Jones muss die Letzte gewesen sein.

Cal schweigt weiter. Er neigt auch nicht dazu, andere zu umarmen, obwohl er bei Robyn wahrscheinlich nichts dagegen hätte.

»Ich glaube, Cal ist sauer auf mich«, sagt sie, klingt dabei jedoch kein bisschen besorgt.

Er steht vom Tisch auf. »Nein, bin ich nicht. Demi kann tun und lassen, was sie will. Ich bin nicht ihr Vormund.«

»Oh, da ist jetzt aber jemand zickig.« Robyn lacht und wendet ihre Aufmerksamkeit mir zu. »Ich ruf dich an, wenn ich Genaueres weiß, oder ich schreib dir eine Mail. Danke, das werde ich dir nicht vergessen. Cal, könntest du mal nach meinem Pferd schauen? Ich glaube, Roxy hat vielleicht einen Stein im Huf.«

Damit verlassen sie mich, denn egal, was Robyn gesagt hat, sie und Cal wollen sich doch allein unterhalten. Das macht mir nichts aus – für sie bin ich eine Fremde, und ich habe wirklich noch viel zu erledigen. Ich habe zwar ein neues Zuhause, aber ich gehöre nicht ganz dazu, noch lange nicht.

Seither sind Stunden vergangen. Die Nachmittagssonne brennt mir auf den Nacken, während ich Cal helfe, einen Teil des Gerümpels aus den anderen Mitarbeitercottages hinauszuwerfen. Jetzt weiß ich, was er damit gemeint hat, ich müsse alle möglichen Aufgaben übernehmen, aber es gefällt mir, draußen an der frischen Luft zu arbeiten. Er trägt eine Teppichrolle auf den Schultern und schmeißt sie schwer atmend in den Container. Als ich einen kaputten Holzstuhl auf den Teppich schleudere, steigt Staub auf und bringt mich zum Husten. Cal weicht zurück. Sein ausgebleichtes marineblaues T-Shirt hat ein feuchtes Dreieck auf dem Rücken und Löcher unter den Armen. Unter seiner abgewetzten alten Jeans kann ich seine muskulösen Schenkel und Waden erahnen, seine Füße stecken in abgetragenen Desert Boots.

»Du siehst heiß aus.« Die Worte rutschen mir heraus, bevor mir klar wird, was ich da gesagt habe.

Er wirft mir einen schiefen Blick zu und zieht die Augenbrauen hoch.

»So hab ich das nicht gemeint!«, behaupte ich, wobei mir die Hitze in die Wangen steigt. »Ich wollte sagen, du siehst aus, als wäre dir heiß. Sollen wir eine Cola trinken?«

Sein Blick bleibt an mir haften, bis mein ganzer Körper brutzelt. Erst dann lässt er von mir ab. »Eigentlich hätte ich mehr Lust auf ein Bier.«

Die Dunkelheit in der Küche hilft mir nicht, mich abzukühlen, vielmehr wirkt Cal im Schatten nur noch attraktiver. Er lehnt sich mit dem Hintern gegen die Arbeitsplatte, während ich zwei Dosen aus dem Kühlschrank nehme und ihm das Bier reiche. Seine Hände sind schmutzig, er hat sich mal wieder nicht rasiert, und ehrlich gesagt müsste er unter die Dusche, aber trotzdem kribbelt mein Körper so sehr, dass ich es kaum aushalte. Da ich es nicht schaffe, Cal in die Augen zu sehen, schaue ich auf den Küchenboden. Erdklümpchen von seinen matschigen Arbeitsstiefeln sprenkeln die Fliesen. Mir ist noch nie aufgefallen, wie groß seine Füße sind.

»Tut mir leid, dass ich den Boden dreckig gemacht habe.«

Ich zucke mit den Schultern und riskiere einen schnellen Blick zu ihm. Er denkt bestimmt, ich bin sauer wegen des Fußbodens, obwohl ich eigentlich nur sauer auf mich selbst bin, weil ich Cal so anziehend finde. »Ich vergebe dir.«

»Nein. Ich hab die Sauerei gemacht. Dann wisch ich das auch wieder weg.«

»Schon okay«, entgegne ich und versuche verzweifelt, mich zusammenzureißen. »Bist du mit den Fortschritten denn zufrieden?«

»Na ja, ich bin froh, dass wir mit dem Ausräumen der Cottages fast fertig sind, weil das keine schöne Arbeit ist, aber dringend nötig war. Manche Dinge stehen hier schon jahrzehntelang rum, und die Tatsache, dass die Krähen in einem der Häuser eindeutig eine Party gefeiert haben, macht es nicht besser. Ich habe Tom Fallon um Hilfe gebeten. Er braucht Arbeit, und du bist schon genug damit beschäftigt, mein Business-Imperium zu planen.«

»Klingt gut.« Es ist mir unmöglich, nicht auf die dunklen, krausen Härchen im V-Ausschnitt seines T-Shirts oder den verlockenden Streifen nussbrauner Haut unter dem aufgerissenen Knie seiner Levi's zu starren. Ich schenke mir ein Glas Wasser ein und tue ein paar Sekunden lang so, als fände ich den Hof der Farm unheimlich interessant.

»Demi? Ist alles in Ordnung? Du ärgerst dich doch nicht wirklich wegen der Erde auf dem Fußboden, oder?«

»Doch, ich bin wütend. Du solltest hier mal gründlich durchwischen. Am besten mit der Zunge.«

Ein Lächeln zuckt in seinem Mundwinkel. »Ich bin nicht sicher, ob ich das mit der Zunge schaffen würde.«

»Ich habe da keine Zweifel.« Weil ich befürchte, ich könnte mich jeden Moment auf ihn stürzen, und deshalb noch wütender auf mich werde, trinke ich das Wasser in großen Schlucken aus und wechsle das Thema.

»Ähm. Wann fangen die Bauarbeiter richtig an?«

»Nächste Woche, hoffe ich, da nun die Gerüste stehen. Es wird jedenfalls Zeit. Ich will, dass wir spätestens gegen Ende der Urlaubssaison fertig sind. Die Reiseagentur will anfangen, für die Cottages zu werben.«

»Jetzt schon?«

»Je früher, desto besser. Die Anlage muss so bald wie möglich Geld einbringen.«

Er wischt sich mit dem Handrücken über den Mund, und seine Fingerknöchel glänzen. »Du musst am Samstagabend nicht bei diesem blöden Wohltätigkeits-Ding aushelfen, wenn du keine Lust hast, weißt du.«

Ich bin überrascht, freue mich aber, dass er sich um mich sorgt. »Mir macht das nichts aus. Es ist eine nette Abwechslung.«

»Wenn du mehr Geld brauchst, kann ich mich darum kümmern.«

»Ich brauche keine Almosen, und du hast gerade selbst gesagt, dass die Anlage was abwerfen muss. Du schwimmst auch nicht im Geld.«

»Ich will nicht, dass du dich Robyn gegenüber verpflichtet fühlst.«

»Ich tue es gerne. Es könnte Spaß machen.«

Er atmet hörbar aus. »Das bezweifle ich, denn die Country-Club-Leute werden dich die ganze Nacht über auf Trab halten. Sie verdienen es nicht, dass du für sie arbeitest.«

»Im Gegensatz zu dir?«

Er trinkt das Bier aus und stellt die Dose auf den Tisch. »Der Punkt geht an dich.«

»Mit ein paar komischen Käuzen und Snobs komme ich schon klar, wenn du das meinst, und es hat mir Spaß gemacht, die Leute im Café zu bedienen. Das am Samstag wird nicht viel anders werden.«

»Ich würde dir jedenfalls raten, keine Getränke über sie zu kippen«, sagt er grinsend.

»So was mache ich normalerweise nicht!«

»Denn sonst ...« Er streicht sich mit dem Zeigefinger quer über die Kehle.

»Robyn hat recht. Du *bist* unmöglich.«

»Ich versuch's. Aber im Ernst, lass dich von den Leuten hier nicht schikanieren, Demi.«

Ich bin dankbar für Cals Hilfe und den Job und meine Unterkunft, aber ich will möglichst auf eigenen Beinen stehen. Die Tatsache, dass Cal so viel finanzielle Macht über mein Leben hat, auch wenn er es gut meint, gibt mir das Gefühl, ich könnte immer nur eins sein: seine Angestellte. Wobei ich natürlich nicht vorhabe, je irgendwas anderes zu sein.

»Wie ist es dazu gekommen, dass du auf der Straße gelandet bist?«, fragt er aus heiterem Himmel.

Als ich vom Mülleimer zurückkehre, beobachtet er mich aufmerksam aus seinen verführerisch braunen Augen. Ich stelle das Geschirr, das Polly in ihrer Kaffeepause benutzt hat, ins Spülbecken. Ich könnte es auch in die Spülmaschine räumen, aber ich brauche eine Beschäftigung.

»Ich habe dich bisher nicht nach den Details gefragt, und du musst mir nichts sagen.«

Ich drehe mich zu ihm. Weil meine Hände voller Seife sind, fallen Tropfen auf die Fliesen und bilden winzige Pfützen.

Er reicht mir ein Geschirrtuch. »Entschuldige, dass ich meine große Nase in deine privaten Angelegenheiten stecke.«

»So groß ist sie nun auch wieder nicht.«

Er runzelt die Stirn. »Was?«

»Deine Nase. Sie ist ziemlich durchschnittlich, im Vergleich zu anderen Nasen.« Im Gegensatz zum Rest von ihm, der so weit über dem Durchschnitt aller Männer liegt, die ich kenne, dass es kaum zu glauben ist.

Er reibt sich eben diese Nase und hinterlässt eine schmutzige Spur an der Spitze. »Ich sollte meine Nase aus Dingen raushalten, die mich nichts angehen.«

»Wenn du's wirklich wissen willst: Mein Dad und ich haben uns eigentlich nie besonders gut verstanden. Keine Ahnung, warum. Er war nicht gewalttätig oder so, aber er schien immer irgendwie enttäuscht von mir. Als dann Mum gestorben ist, hat er komplett das Interesse an mir verloren. Meine Oma meinte, er hätte Depressionen gehabt, aber das hätte er garantiert nie zugegeben. Er hat dafür gesorgt, dass ich Geld für Schulsachen hatte, aber es hat ihn nicht interessiert, was ich mache.«

»Das tut mir leid.«

Ich zucke die Achseln. »Nicht dein Problem. Du kannst nichts dafür. Sondern wahrscheinlich eher ich selbst. Meine Oma ist gestorben, als ich sechzehn war, und zur selben Zeit hat Dad eine Freundin gefunden.«

»Ah. Und ihr wart nicht auf einer Wellenlänge?«

»Kann man so sagen. Sie war deutlich jünger als er, nicht sehr viel älter als ich, und es hat andauernd gekracht zwischen uns, also bin ich gegangen.«

»Hast du deinen Dad seither wiedergesehen? Hat er eine Ahnung, wo du jetzt bist?«

»Ich will weder ihn noch sie wiedersehen, also versuch bloß nicht, mich dazu zu überreden.«

»Das werde ich nicht … Aber weiß er wenigstens, dass es dir

gut geht? Denn das ist ihm bestimmt wichtig, glaub mir. Demi, ich zum Beispiel hab gar nicht gemerkt, wie krank mein Dad war, weil ich mich so auf meine Arbeit mit anderen Leuten konzentriert habe. Zum Glück war ich hier, als er gestorben ist.«

»Dad weiß, dass es mir gut geht. Ich habe ihn vor Kurzem vom Strandhäuschen aus angerufen, weil Sheila mir auch damit in den Ohren gelegen hat, aber am Ende haben wir uns wieder gezofft. Ich gehe auf keinen Fall zu ihm zurück. Er hat jetzt sein eigenes Leben mit seiner neuen Partnerin.«

»Du kannst ihm nicht vorwerfen, dass er jemanden braucht.«

»Tue ich nicht, aber ich muss sie ja nicht mögen, oder?«

»Nein.«

Ich seufze. »Du hast recht. Ich kann Dad nicht an allem die Schuld geben. Ich hab's ihm nicht leicht gemacht, und nachdem Mum gestorben war, habe ich in der Schule Probleme gekriegt. Ich hatte mich auf Tourismus und Ernährungswissenschaft spezialisiert … Ich hab dir ja gesagt, ich kann kochen.«

Er lächelt ermutigend.

»Nachdem ich von zu Hause ausgezogen bin, habe ich im Teeladen in Truro gearbeitet und bei Freunden auf dem Sofa übernachtet, aber ich konnte mich nicht ewig dort einnisten. Mein Bruder war damals schon zur Army gegangen, und wir haben nichts mehr von ihm gehört. Ich hab's bei ein paar anderen Freunden versucht, aber irgendwann sind mir die Sofas ausgegangen.«

»Warum hast du im Teeladen wieder aufgehört?«

»Außerhalb der Stadt wurde ein großer Supermarkt gebaut. Deshalb konnte sich der Markt nicht halten, und so ist das Stadtzentrum mitsamt dem Teeladen den Bach runtergegangen. Damals war ich schon auf der Straße. Ich hab mich nach anderen Jobs umgeschaut, hier und da mal Tellerwaschen und so. Ich will mich nicht beklagen, andere Leute hat's viel schlimmer erwischt als mich. Ich hab's geschafft, in Sheilas Strandhäuschen Arbeit zu finden, und dann ist die Sache mit Mawgan Cade passiert … Jetzt bin ich hier, und hey – alles paletti.«

Er schaut mich wieder so an wie vor Robyns Besuch und ganz und gar nicht so, wie er sie angeschaut hat. Nicht auf eine freundliche, fröhliche Art, sondern fast so, als wäre er nicht sicher, *wie* genau er mich anschauen oder was er über mich denken soll. Ich weiß nicht, ob mir das gefällt, es macht mich weder glücklich noch traurig, sondern unruhig, aber nicht auf eine unangenehme Weise. Polly redet eine Menge Unsinn, aber eins glaube ich ihr: Sie hat gesagt, Cals Vater habe in ganz Cornwall gebrochene Herzen hinterlassen und Cal werde das auch tun.

10

Und so ging Aschenputtel auf den Ball. Aber die Märchen-Cinderella hat dabei immerhin nicht so ausgesehen, als käme sie aus der Spülküche von Downton Abbey. Ich wusste, dass ich wahrscheinlich eine Art Uniform tragen müsste, und Robyn hat mir einen schwarzen Rock und schicke hohe Schuhe ausgeliehen, aber ich komme mir total bescheuert vor in der weißen Rüschenschürze, die die Catering-Chefin allen Bedienungen aufgedrückt hat. Die Gäste haben sich im Gegensatz dazu alle in Schale geworfen, einschließlich Cal.

Er hat mich in seinem Secondhand-Smoking und seinen dunkelgrünen Gummistiefeln von meinem Cottage abgeholt, weil es geregnet hatte und der Hof matschig war. Er trägt eine schmale, schwarze Krawatte statt einer Fliege und sieht umwerfend aus. Um meine Verlegenheit zu überspielen, habe ich einen Scherz über seine Gummistiefel gemacht und dann die ganzen fünf Meilen bis zum Country Club so getan, als würde ich die Landschaft bewundern, während ich sein Spiegelbild im Autofenster angestarrt habe.

Er grinst, als ich mit einem vollen Tablett für den »Champagner«-Empfang an ihm vorbei durch die Bar laufe.

»Was ist so lustig?«, frage ich.

»Nichts. Tolles Outfit.«

»Blödsinn. Ich sehe albern aus, und diese Schuhe sind eigentlich ein bisschen zu hoch zum Kellnern.«

»Du bewegst dich etwas unsicher, aber du siehst gut aus, auch wenn es mir nicht gefällt, dass du uns bedienst. Du hättest als Gast kommen können, wenn du das wirklich gewollt hättest.«

»Danke, aber erstens kann ich mir den Eintritt nicht leisten und zweitens würde es mich wahnsinnig machen, wenn ich mit einem Haufen aufgetakelter, vermutlich angeheiterter Fremder Small Talk führen müsste. So werde ich wenigstens dafür bezahlt, dass ich nett zu ihnen bin.«

Ich bin nicht sicher, ob ihn das überzeugt, aber ich weiß, dass es ihm unangenehm ist, wenn ich ihn bediene, also werde ich ihn noch ein bisschen mehr ärgern. Ich knickse, was in diesen Schuhen ein echtes Kunststück ist. Die Gläser schwanken noch mehr als ich und kippen fast aufs Tablett.

»Darf ich Ihnen ein Glas Champagner anbieten, Sir?«, frage ich spöttisch und senke dann die Stimme. »Eigentlich ist es billiger Sekt. Sie wollen Kosten einsparen.«

»Na ja, es ist ja für einen guten Zweck.«

»Bedienung! Bekommen wir hier auch was zu trinken?« Ich

beiße die Zähne zusammen und bewege mich in Richtung der schrillen Stimme, wobei ich merke, dass Cal mir folgt. Mir ist ganz genau bewusst, wie mein Hintern in Robyns etwas zu kleinem Rock wackelt. Hoffentlich schaut Cal nicht hin … oder vielleicht hoffentlich doch.

»Hey, Sie da! Kriegen wir hier auch was?«

Ich drehe mich um.

»*Sie …*«

Mir rutscht das Herz in meinen zu engen Rock. Mawgan Cade starrt mich an, als wäre ich ein Alien. Wegen der Extensions und der zusätzlichen Schicht Selbstbräuner habe ich sie zuerst nicht erkannt. Sie ist so orange, dass ich, so ohne Sonnenbrille, kaum hinschauen kann. Mir bleibt nur die Flucht nach vorn.

»Kann ich Ihnen helfen, Madam?«, frage ich honigsüß.

Sie mustert die Gläser auf meinem Tablett skeptisch und erkundigt sich dann mit samtweicher Stimme: »Dann haben Sie es also geschafft, hier einen Job zu kriegen? Ich hoffe, Sie haben diesmal Ihren Köter nicht dabei.«

Ich verspüre Mordgelüste, aber *diesen* Job werde ich auf keinen Fall vermasseln. Sie will mich bestimmt provozieren, und ich weigere mich, darauf einzugehen. »Heute Abend nicht, *Madam.*«

Sie zieht eine Schnute. »Gut. Also, da Sie ja sicher eine Expertin sind, wenn Sie an der Bar arbeiten, können Sie mir sagen, ob das hier Moët oder Lanson ist?«

»Da bin ich mir nicht sicher, Madam. Aber ich kann gern nachfragen.«

Sie schnappt sich ein Glas, riecht daran und rümpft die Nase. »Nicht nötig. Es muss wohl reichen, aber bei den Eintrittspreisen hätte ich was Besseres erwartet. Ich habe schließlich mehrere Karten gekauft.«

Ohne mir zu danken, dreht sie sich weg und setzt ihr Gespräch mit ihren Freunden fort. Meine Blicke durchbohren sie, aber ich behalte mein gelassenes Lächeln.

Cal kommt zu mir herüber, als ich zurück zur Bar gehe.

»Du hättest mir sagen können, dass *sie* hier sein würde!«, zische ich ihm zu, als er näher bei mir ist.

Er verzieht das Gesicht. »Ich war mir nicht sicher, und du wolltest ja unbedingt kommen. Ich habe dich gewarnt. Mit einigen dieser Leute verschwendest du nur deine Zeit.«

»Na, vielen Dank auch!«

Da ich befürchte, womöglich doch noch eine Dummheit zu begehen, bitte ich einen anderen Kellner, Mawgan zu bedienen, und sammele ein paar leere Gläser von den Tischen und Fenstersimsen ein. Als ich mit einer neuen Getränkebestellung auf dem Weg zurück zu den Tischen bin, habe ich das Gefühl, dass mir irgendein verschwitzter Perversling mit der Hand über den Po streicht, aber ich halte mich zurück und kippe nicht das Tablett Schampus über ihn. Das wäre nur eine Verschwendung von Alkohol, wenn auch von billigem, und ich will meinen Lohn für heute Abend bekommen. Es ist mir wichtig, Geld zu verdienen, das nicht von Cal kommt, um unabhängiger zu sein.

Ich versuche, mich auf meinen Job zu konzentrieren, und sammele leere Gläser und angebissene Kanapees ein, bis Robyn zu mir eilt. Sie sieht großartig aus in einem Herren-Smoking und spitzen Gummistiefeletten. »Demi! Danke, dass du hier bist. Hast du kurz Zeit? Ich möchte dir jemanden vorstellen.«

»Gerne, aber ich muss arbeiten.«

»Ach, du hast bestimmt eine oder zwei Minuten. Wenn jemand was sagt, werde ich Emma bitten, das zu klären.«

Ich lächle ergeben. Eigentlich will ich einfach meinen Job machen, aber Robyn ist fest entschlossen. »Komm, ich möchte, dass du Isla kennenlernst.«

Robyn deutet auf den Rücken einer Frau, die vor dem Wodkabrunnen in der Mitte der Bar steht. Es ist Isla. Ich erkenne sie sogar von hinten, obwohl ich sie nur einmal aus der Ferne am anderen Ende eines vollen Marktplatzes gesehen habe. Ich weiß, dass meine Theorie stimmt. Sie *ist* ein Glamourgirl. Sie trägt ein langes Kleid aus austernfarbener Seide, das im Licht der Kronleuchter schimmert und sich um ihre schlanke Taille und ihren perfekten Pfirsichpo schmiegt.

Ich stelle mein Tablett auf einem Tisch ab und folge Robyn. Isla wirft ihre Haare zurück, und wahrscheinlich lächelt sie und sagt etwas Witziges oder Charmantes oder beides, denn Cal ist bezaubert von ihr. Er lacht, und in seinen Augen leuchtet eine tiefe Freude, die ich noch nie gesehen habe.

Ich denke unwillkürlich, dass er heute Abend hätte zu Hause bleiben sollen.

»Komm schon. Sei nicht so schüchtern!« Robyn zerrt an meinem Ellbogen.

»Bin ich nicht. Ich kenne die alle nur nicht.«

»Keine Sorge. Sie werden dich mögen, und Isla ist ein Schatz.«

Erst sind es noch Meter, dann Schritte, bis ich Isla schließlich zum ersten Mal gegenüberstehe und den Schock spüre.

Sie ist doch nicht hübsch. Sie ist wunderschön.

So schön, dass ich wegschauen möchte in der Hoffnung, wenn ich wieder hinsehe, wäre sie weniger perfekt als zuvor. Aber das ist sie nicht.

»Demi, stimmt's?«, sagt sie, als ich sie erreiche. »Ich wollte dich unbedingt kennenlernen.«

»Unbedingt?« Ich bemühe mich um einen witzigen und kultivierten Ton, aber es klingt sarkastisch, obwohl ich das wirklich nicht wollte.

»Ja. Robyn hat mir gesagt, dass du so nett warst und dich bereit erklärt hast, hier heute Abend auszuhelfen. Die Organisatoren sind sehr dankbar, und du musst todmüde sein, nachdem du schon den ganzen Tag für Cal gearbeitet hast. Ich hoffe, er lässt dich nicht zu schwer schuften?«

Cal verdreht die Augen. »Natürlich nicht. Du kennst mich doch, Isla. Zumindest kanntest du mich mal.«

»Du lässt dir von Cal bestimmt nichts gefallen«, sagt Robyn schnell.

Isla hebt ihr Glas an die Lippen, wobei ihr Verlobungsring im Licht des Kronleuchters glitzert. Es ist ein kunstvoller, mit Saphiren besetzter keltischer Liebesknoten. Cal ist ganz gebannt von ihr, die Spannung zwischen ihnen ist so greifbar, dass ich sie körperlich spüren kann. Ich bereue, dass ich herübergekommen bin. »Tut mir leid, aber ich muss weiterarbeiten. Hat mich gefreut, Isla.«

»Mich auch. Vielleicht können wir uns mal mit Robyn auf einen Kaffee treffen, solange ich hier unten bin. Das heißt, wenn du Lust hast?«

»Das wäre toll«, sagt Robyn strahlend. Sie freut sich offensichtlich, schwesterliche Liebe verbreitet zu haben.

»Würde Cal dir freigeben?«, fragt Isla.

Cals Gesicht ist versteinert. Ich bin nicht sicher, ob ihm der Gedanke gefällt, dass wir drei uns verbünden könnten.

»Ach, das kann ich nicht sagen. Er ist ein strenger Chef.«

»Bin ich gar nicht. Natürlich hat Demi Freizeit wie jede andere Angestellte.«

»Ich glaube, sie will dich nur ärgern.« Robyn kichert und Isla lächelt.

»Sie kennt dich schon zu gut, Cal.«

»Wie ihr alle offenbar«, sagt er genervt, aber mit der Andeutung eines Lächelns.

Mir fällt wirklich nichts mehr ein außer: »Ich muss weitermachen, bevor ich Ärger bekomme.«

Ich sehe aus dem Augenwinkel, wie Mawgan Cade geradewegs auf uns zukommt. Genauer gesagt: auf uns zutrippelt, denn anders kann sie sich nicht fortbewegen in ihrem Fishtail-Kleid aus smaragdgrüner Seide. Sie hat wirklich eine gute Figur, und das Kleid sieht unheimlich teuer aus, nur ist es hauteng und hat eine Art Schleppe, die sie beim Gehen behindert. Sie erinnert mich an einen grünen Pinguin. Ich habe keinen Schimmer, wie das Oberteil des Kleides hält. Mawgan begrüßt Isla mit Luftküsschen links und rechts. Cals Lippen sind fest zusammengepresst.

»Isla! Ich habe dich überall gesucht.« Mawgan dreht sich gerade lange genug zu mir, um einen Befehl hervorzustoßen. »Holen Sie mir einen großen Gin Tonic. Mit nicht zu viel Eis und auf *keinen* Fall mit Zitrone.«

Cals Gesicht verfinstert sich, aber Isla kommt ihm zuvor. »Das ist Demi, Mawgan, sie arbeitet für Cal und hilft heute hier aus.«

Mawgans Augenbrauen schießen auf ihrer Stirn nach oben. »Was? Oh, dann sind *Sie* also die Kleine, die er in St Trenyan aufgelesen hat? Ich wette, Sie können Ihr Glück kaum fassen, nachdem Sie aus dem Café gefeuert wurden.«

»Nein, vor allem jetzt gerade nicht«, sage ich und kämpfe gegen den Drang an, ihr zu sagen, wo sie sich ihre Zitrone hinstecken kann. Gott, diese Augenbrauen sind wirklich erstaunlich. Sie sollten einen eigenen Twitter-Account haben.

Sie spitzt die Lippen. »Warum starren Sie mich so an, stimmt irgendwas nicht?«

»Nein, Madam.«

»Ich bin übrigens eine Miss. Miss Cade.«

»Dabei fand ich immer, du bist eine richtige kleine Madam, Mawgan«, sagt Cal, bevor er einen Schluck Whisky nimmt.

»Und da kennst du dich wohl aus, was?«, schießt Mawgan zurück

»Wir dürfen Demi keinen Ärger machen«, sagt Robyn mit einem nervösen Lachen.

»Nein, dürfen wir nicht«, stimmt Cal ihr düster zu, »deshalb hole ich dir deinen Drink von der Bar, Mawgan.«

Mawgans Augenbrauen gehen wieder nach oben. Es ist schwer, den Blick davon loszureißen. Sie lächelt Cal an. »Tja, wenn ein Penwith mir was ausgeben will, sage ich nicht Nein.«

11

Ich hätte wissen müssen, dass Mawgan Cade sich nie ändern würde, und ja, vielleicht sollte ich ihre kleinkarierte Versnobtheit ignorieren, aber ich dulde nicht, dass Demi wie ein Dienstmädchen behandelt wird. Ich wünschte, Robyn hätte sie nicht gebeten, heute Abend hier zu arbeiten. Ich fühle mich für Demi verantwortlich, und das macht alles nur noch komplizierter. Ich wusste schon, dass diese Veranstaltung anstrengend werden würde – mein erster öffentlicher »Auftritt« vor allen, die in dieser Gegend Rang und Namen haben (was aber nicht heißen muss, dass sie sich um etwas verdient gemacht hätten).

Wo zur Hölle steckt Luke? Isla hat gesagt, er müsse »netzwerken«, aber wir sind jetzt schon seit fast einer Stunde hier, und er ist immer noch nicht aufgekreuzt. Wie kann er Isla hier allein lassen, in diesem Raum voller Männer, die alles dafür geben würden, mit ihr ins Bett zu gehen? Wie kann er sie allein mit mir lassen, der jeden, der das auch nur versucht, umbringen würde? Und wie kann ich mir die Folter antun, so nah neben ihr zu stehen, ihre Stimme zu hören und ihren Duft einzuatmen, während ich mich danach sehne, sie auszuziehen und ihren Körper noch einmal an meinem zu spüren …

Wenn Luke meine Gedanken lesen könnte, würde er mich wahrscheinlich auch umbringen.

»Cal. Ist alles in Ordnung?«

»Was?«

Isla ist direkt an meiner Seite, gegenüber Mawgan, die mich mit Argusaugen beobachtet. »Du hast ausgesehen, als wärst du ganz woanders.«

Islas Lipgloss glänzt im Schein der Lichter, und es wäre so leicht, sich vorzubeugen und davon zu kosten.

»Wirklich? Mir geht's gut.«

»Ich habe Mawgan gerade von deinen Plänen für Kilhallon Park erzählt. Luke sagt, du hast vor, den alten Campingplatz in ein nachhaltiges Öko-Resort zu verwandeln.«

»Ein Öko-Resort? Bei dir klingt es nach viel mehr, als es ist, Isla.«

Ich *weiß*, dass Isla mir eine Freude machen will, weil sie Schuldgefühle oder Mitleid oder beides hat, und meine Antwort ist schroffer als beabsichtigt. Oder vielleicht auch nicht.

»Du bist zu bescheiden, Cal.«

Ich trinke noch einen Schluck Whisky. »Das bezweifle ich.«

Mawgan schaltet sich mit honigsüßer Stimme ins Gespräch ein: »Das klingt nach sehr teuren Umbaumaßnahmen, aber ich kenne mich in der Freizeitindustrie *natürlich* nicht aus. Und glaubst du wirklich, Leute mit Geld werden hierherkommen wollen? Kilhallon ist sehr weit ab vom Schuss, und man muss extrem viel Arbeit reinstecken, wenn es noch so aussieht wie beim letzten Mal, als ich dort war.«

»Ich lasse mich von harter Arbeit nicht abschrecken.«

Sie lacht abfällig. »Ich kann mir nicht vorstellen, dass Kilhallon die *richtige* Art von Leuten anziehen wird.«

»Mir geht es nicht darum, ›die richtige Art von Leuten‹ anzuziehen.«

»Aber du brauchst einkommensstarke Familien. Ich nehme an, du wirst die marktüblichen Preise ansetzen?«

»Für die, die so viel zahlen können, ja, aber es wird auch einen Zeltplatz geben, den sich jeder leisten kann, und ich habe vor, die Anlage außerhalb der Saison vergünstigt für Schulklassen und andere Gruppen zu öffnen. Ich will Kilhallon so vielen Leuten wie möglich zugänglich machen.«

»Wie unheimlich nobel von dir, Cal, aber es muss auch rentabel sein, sonst gehst du pleite.« Mawgan nippt vorsichtig an ihrem Drink. »Wie es deinem Vater passiert wäre, wenn er nicht bedauerlicherweise das Zeitliche gesegnet hätte, natürlich.«

Isla muss meinen Gesichtsausdruck gesehen haben, denn ich spüre ihre Hand auf meinem Arm. Ich ertrage es kaum, von ihr berührt zu werden, so sehr will ich sie.

»Ich finde, es ist eine tolle Idee«, sagt sie mit dem Lächeln, an das ich jeden Tag gedacht habe, als ich in der Wüste war. »Ich kenne eine Menge Leute, die sehr gerne an einem so naturbelassenen und malerischen Ort wie Kilhallon Urlaub machen würden. Solange es einen Supermarkt um die Ecke gibt, natürlich«, scherzt sie.

»Wenn die Gewinnspannen groß sind, könnten sich die ganzen Investitionen lohnen, schätze ich«, gibt Mawgan widerwillig zu.

»Ich will einfach ein nachhaltiges Unternehmen führen, von dem ich leben kann, sodass ich nicht von anderen abhängig bin.«

Isla packt mich fester am Arm. »Mach es. Ich werde allen meinen Freunden und Kollegen von dem Resort erzählen.«

Sie bemüht sich zu sehr, und ich will sie auf keinen Fall verletzen. »Danke für das Angebot«, sage ich vorsichtig. »Aber ich muss das Ganze erst mal auf die Beine stellen. Mawgan hat in einer Sache recht: Es gibt noch viel zu tun, bevor ich dafür Werbung machen kann, aber die Arbeit läuft.«

»So. Und wie finanzierst du den ganzen Spaß?«, fragt Mawgan.

»Das ist schon alles geplant«, sage ich nachdrücklich.

»Selbstverständlich. Ich gebe dir einen Rat, Cal, was auch immer du tust, komm bloß nicht auf die Idee, Kilhallon bis zum Gehtnichtmehr mit Hypotheken zu belasten, wie es dein Vater getan hat. Ich weiß, dass der Kredit mit seiner Lebensversicherung abgezahlt wurde, aber es war von Anfang an keine kluge Strategie.«

»Ich weiß, was ich tue.« Oh Gott, die Frau ist wie ein Raubvogel, der ein Kaninchen entdeckt hat, aber ich werde mich nicht einschüchtern lassen. Zum Glück weiß sie nicht, dass ich mich schon darüber informiert habe, wie ich wieder eine Hypothek auf das Haus aufnehmen kann.

»Ich glaube trotzdem, dass du besser damit fahren würdest, Kilhallon Park als Baugrund zu verkaufen. Ich weiß, dass man eine Baugenehmigung kriegen würde, um dort ein paar Luxus-Immobilien hinzustellen. Du könntest richtig abkassieren und müsstest nie wieder arbeiten.«

»Ich will nicht abkassieren. Ich hab dir doch gesagt, ich will auf meinem eigenen Land arbeiten und etwas Nachhaltiges für die Gemeinschaft aufbauen.« Die Cades werden die Anlage niemals in die Finger kriegen – nur über meine Leiche!

»Dann willst du also die Umwelt schützen? Ich wusste gar nicht, dass du so ein Romantiker bist, Cal.«

Mawgan zwinkert mir verschwörerisch zu, aber Isla wirkt verwirrt. Ich hätte mir denken können, dass Mawgan mich immer wieder an jene Nacht erinnern würde, aber ich bereue nicht, dass ich mich geweigert habe, mit ihr zu schlafen. Ich war damals in den Ferien vor meinen Abschlussprüfungen in der Uni nach Hause gekommen, und Mawgan hatte gerade hier am College einen BWL-Studiengang absolviert. Wir waren jung, sie war betrunken, und es wäre für uns beide ein Fehler gewesen, wenn wir zusammen im Bett gelandet wären. Ich habe versucht, ihr das zu erklären, aber ich weiß, dass sie verletzt und wütend war. Mir war nur nicht klar, *wie* wütend … Verdammt, ich verbocke anscheinend alles, was ich anfasse, weshalb ich fest entschlossen bin, Kilhallon nicht zu verbocken – oder die Sache mit Demi. Zum Glück sieht *sie* mich nur als mürrischen Chef. Ich würde lieber sterben, als ihr das Leben noch schwerer zu machen.

»Ich verkaufe nicht«, sage ich.

»Na ja, falls du's dir anders überlegst, Cade Developments steht bereit. Und darf ich dir noch einen Rat geben? Wenn du dich als Großunternehmer neu erfinden willst, dann solltest du etwas härter werden. In geschäftlicher Hinsicht, meine ich.«

Ich muss mir Mühe geben, mich nicht am Whisky zu verschlucken, als sie Cade Developments erwähnt, den Immobilienzweig des »Imperiums«, das die Cades in West-Cornwall aufgebaut haben. »Willst du damit sagen, ich soll verzweifelten Menschen ihre

Grundstücke abluchsen, ihnen nur ein paar Peanuts dafür geben und dann Villen hinklotzen, die sich kein Einheimischer leisten kann? Einen Londoner Anwalt einstellen, um die Steuer zu umgehen?«

Mawgan lacht. »Du bist so naiv, Cal, aber du weißt doch, dass ich dir für Kilhallon ein faires Angebot machen würde. Genug, dass du dich zur Ruhe setzen und Cornwall verlassen kannst.«

Luke taucht auf.

»Was höre ich da? Cal verlässt Cornwall?«, fragt er und klopft mir auf die Schulter, als hätte er mir nicht die Frau ausgespannt, die ich liebe.

»Ich gehe nirgends hin, Luke. Wo warst du?«

Er legt einen Arm um Islas Rücken. »Hab mich mit ein paar Geschäftspartnern getroffen.«

»Wir dachten schon, du hättest die Gelegenheit genutzt und wärst geflüchtet«, sagt Isla leichthin.

»Geflüchtet vor dir? Warum sollte ein Mann das tun? Ich liebe dich.« Er drückt ihr einen Kuss auf die Lippen.

Ich leere den Whisky und knalle das Glas auf den Tisch. »Will noch jemand ein Bier?«

»Ich nehme eins, danke, Kumpel«, sagt Luke.

Isla schüttelt den Kopf. »Ich muss fahren.«

Mawgan hält die Hand über ihr Glas. »Danke, aber ich muss weiter und mich mit anderen Leuten unterhalten. Wir haben grünes Licht bekommen, um die Zimmer des alten Headland Hotels zu Apartments umzubauen, und einige meiner Investoren sind heute Abend hier. Du weißt ja, wo du mich findest, Cal, wenn du mit mir reden willst.«

Sie winkt zum Abschied.

Irgendwie bringe ich auf meinem Platz zwischen Robyn und

Isla die Vorspeise und das Hauptgericht hinter mich, obwohl ich kaum wahrnehme, was wir essen. Es bereitet mir körperliche Schmerzen, Isla so nah zu sein, aber Luke scheint nicht zu bemerken, was in mir vorgeht, oder er will es nicht wahrhaben. Nach dem Hauptgang bin ich dran, noch eine Runde von der Bar zu holen.

Am anderen Ende des Raums teilt Demi weiter Getränke aus, lächelt die Gäste an und lässt sich, ihrem eingefrorenen Gesichtsausdruck nach zu urteilen, wahrscheinlich die Witze und sexistischen Kommentare der Männer gefallen. Ein Typ betatscht ihren Hintern, und ich würde ihm am liebsten eine reinhauen. Kein Mann darf eine Frau so behandeln. Demi sagt etwas zu ihm, und seine Frau wirft ihm einen tödlichen Blick zu. Demi hat recht: Sie kann selbst auf sich aufpassen, aber sie ist viel zu gut, um sich mit Idioten wie ihm – oder mir – abzugeben. Ich glaube nicht, dass sie noch lange in Kilhallon bleiben wird, wenn sie wieder Fuß gefasst hat.

Ich drehe mich um, als mich jemand am Arm berührt.

Ein hübsches Mädchen, gut einen Kopf kleiner als ich, grinst zu mir hoch. »Na, Sie haben sich aber schick gemacht, Mr Penwith.«

Ich muss lächeln. »Tamsin Penrose. Wie geht es dir?«

»Gut, danke. Schön, dass du wieder in Cornwall bist. Du siehst gut aus, Cal, wenn man bedenkt, was du durchgemacht hast.«

»Aber du weißt doch gar nicht, was ich durchgemacht habe, Tamsin.«

»Irgendwas muss passiert sein, sonst wärst du nicht so lange von uns allen fortgeblieben, besonders von Isla.«

Ich lächle, da ich ihre Direktheit bewundere, bin aber entschlossen, nichts preiszugeben. »Das ist Schnee von gestern, wie du sicher weißt. Ich konzentriere mich jetzt darauf, aus Kilhallon ein Öko-Resort zu machen.«

»Hab ich schon gehört. Falls du irgendwann ein Spa hinzufügen willst, weißt du ja, an wen du dich wenden kannst. Warte, ich geb dir meine Karte.«

Sie will ihre Handtasche öffnen, aber ich halte sie auf. »Gute Idee, aber um diesen Teil des Geschäfts kümmert sich meine Assistentin.«

Tamsin kichert. Sie ist ein tolles Mädchen, und ich verstehe, warum die Hälfte der Typen in der Gegend auf sie abfährt, aber wir waren immer nur Freunde, was mir recht ist. Ich will nicht noch mehr Komplikationen in meinem Leben.

»Deine Assistentin?«

»Ja. Sie ist übrigens heute Abend hier. Robyn hat sie gebeten, der Wohltätigkeitsorganisation einen Gefallen zu tun und als Bedienung auszuhelfen, und sie wollte sich was dazuverdienen. Sie ist dort drüben.«

Ich zeige auf Demi, die sich mit einem Tablett voller Getränke geschickt zwischen den Leuten durchschlängelt.

»Ah, verstehe. Sie wirkt ziemlich jung für eine Assistentin, und ich dachte, in Kilhallon führt Polly das Kommando.«

»Ich hab noch mehr Hilfe gebraucht, und Demi legt sich richtig ins Zeug. Wenn du willst, gebe ich ihr deine Karte, aber am besten schreibst du uns eine Mail. Schick sie an Polly oder mich, und ich leite sie an Demi weiter.«

»Okay. Mach ich. Ich freue mich sehr, dass du zurück bist und Kilhallon renovierst. Ich fand es dort immer wunderschön.« Sie berührt meine Hand. »Aber das mit Isla und Luke muss ein Schock für dich gewesen sein, oder? Wart ihr beide euch früher nicht sehr nahe?«

»Früher, aber so was passiert nun mal. Ich werd's überleben.« Sie wirft noch einen längeren Blick zu Demi. »Demi ist auch ein sehr hübsches Mädchen. Du weißt ja, dass die Leute gern voreilige Schlüsse ziehen.«

»Ja, das ist sie«, sage ich, innerlich schäumend vor Wut, aber nicht über Tamsin, sondern über die örtliche Gerüchteküche. »Sie ist sehr hübsch, aber sie kann noch viel mehr. Sie ist intelligent, eigenwillig und ehrgeizig und wird sich nicht lange mit Kilhallon zufriedengeben.«

Tamsin zieht bei meinem leidenschaftlichen Plädoyer für Demi eine Augenbraue hoch. Das kann ich verstehen: Ich habe mich selbst damit überrascht. »Zwischen uns läuft nichts. Ich bin ihr Arbeitgeber. Das ist alles.«

In dem Augenblick kommt Demi zu uns.

»Entschuldigen Sie, Sir, kann ich bitte die leeren Gläser mitnehmen?«

»Natürlich.« Ich lächle über ihre förmliche Anrede. »Demi, das ist Tamsin. Sie betreibt einen Schönheitssalon im Ort. Sie wollte sich ins Spiel bringen, falls wir den Gästen Wellness-Behandlungen anbieten möchten, und ich habe ihr gesagt, dass du für diesen Teil des Geschäfts zuständig bist.«

»Das ist eine großartige Idee, wenn der Laden einmal läuft. Kannst du mir eine Mail dazu schreiben?«, fragt Demi erfreut.

»Natürlich. Ich schick dir alle Infos, und wenn die Eröffnung näher rückt, können wir uns vielleicht mal treffen, dann zeige ich dir, was wir im Angebot haben. Du kannst auch eine kostenlose Behandlung bekommen.«

»Das wäre toll.«

»Ich könnte sogar Cal einen Gratistermin anbieten. Für ein Brust-Waxing oder eine Gesichtsbehandlung, du weißt schon.«

Mich schaudert, aber die Mädchen prusten los, und dann muss auch ich lächeln. Wenn sie mich zur Zielscheibe ihres Spotts machen wollen, bitte sehr. »Kommt nicht infrage, das klingt nach Folter«, protestiere ich, und sie lachen beide.

Die Gläser klirren laut, als Demi sie einsammelt. »Tja, ich muss weiter. Wir servieren gleich das Dessert«, sagt sie.

Tamsins Augen blitzen amüsiert. »Bis später, und ich melde mich, Demi. War toll, dich kennenzulernen.«

12

Töpfe und Geschirr klappern, Leute schreien, um das Dröhnen der Spülmaschinen zu übertönen, und der Dunstabzug klingt wie ein startendes Flugzeug. Als Robyn gesagt hat, der Caterer hätte zu wenig Personal, war das fast untertrieben, aber ich würde mich natürlich niemals bei ihr beschweren.

Ich habe gerade wieder ein Tablett mit schmutzigen Schüsseln neben dem Spülbereich abgestellt, als mir die Catering-Chefin Abby zuruft: »Demi. Tisch zehn hat immer noch kein Dessert bekommen, und Gill muss im Barbereich aufwischen, weil sich jemand übergeben hat. Kannst du bitte die Desserts servieren?«

Das ist Cals Tisch – und Mawgans. Bisher habe ich es vermieden, sie zu bedienen.

»Ähm …«

»Demi?«

»Klar. Bin schon dabei.«

Sich in Robyns Stilettos mit einem Arm voll Mini-Erdbeer-Pavlovas zwischen Tischen mit angetrunkenen Gästen hindurchzuschlängeln, hat das Potenzial zur olympischen Disziplin. Ich wusste, ich hätte meine Turnschuhe anziehen sollen. Cals Platz ist leer, wahrscheinlich ist er auf die Toilette oder wieder an die Bar gegangen.

Als ich den Tisch erreiche, stolpere ich leicht, und die Teller wackeln. Für einen Sekundenbruchteil habe ich eine Vision von einer Pavlova, die direkt auf Mawgan Cades Schoß landet, aber zum Glück fange ich mich wieder. Mawgan ignoriert mich, während ich die Desserts serviere, und ich eile mit einem erleichterten Seufzer zurück in die Küche, um die nächste Ladung zu holen.

Nachdem ich Tee und Kaffee ausgeschenkt habe, muss ich nur noch ein bisschen aufräumen, dann bin ich fertig. Einige der Mädchen, die mit mir gekellnert haben, wollen morgen Abend ein Taxi nach St Trenyan nehmen und feiern gehen, und vielleicht schließe ich mich ihnen an.

Abby schenkt mir ein Lächeln, als ich mit einem Tablett in der Hand an ihr vorbeikomme. »Danke, dass du so gut mitgearbeitet hast, das war eine große Hilfe.«

»Kein Problem«, sage ich, trage mein Tablett wieder in den Ballsaal und nehme unterwegs ein paar Gläser mit. Das Licht ist nun gedämpft, und der DJ hat gerade angefangen. Die Gäste haben sich auf die Tanzfläche begeben und vollführen ein paar Verrenkungen, über die ich lächeln muss. Ich lege das Tablett auf einen Tisch und sammele ein paar Gläser vom Fenstersims hinter den Vorhängen ein. Aus irgendeinem Grund macht es den Leuten Spaß, sie dort zu verstecken. Ich drehe mich um und stoße gegen etwas – oder eher jemanden.

»Sie schon wieder!«

»Oh …«

Mawgan funkelt mich an, ich murmele eine Entschuldigung und entferne mich, da höre ich plötzlich, sogar trotz der lauten Musik, wie etwas reißt.

Es kann nur ihr Pinguinkleid sein.

»Verschwinden Sie!«, kreischt Mawgan.

»Bleib stehen, sonst wird es noch schlimmer!« Auf einmal ist Isla da, sie kniet sich hin und zieht den Absatz meines Schuhs aus Mawgans Schleppe, aber es ist zu spät. Der Stoff hat einen fünfzehn Zentimeter langen Riss. Alle meine – aufrichtigen – Entschuldigungen gehen in einer Schimpftirade unter.

»Es tut mir *wahnsinnig* leid. Das war ein Versehen. Ich wusste nicht, dass Sie direkt hinter mir waren.«

»Denken Sie etwa, ich glaube Ihnen? Sie haben das mit Absicht gemacht.«

»Es war *wirklich* ein Versehen.«

»Mir egal. Haben Sie *irgendeinen* Schimmer, was dieses Kleid gekostet hat?«

»Wahrscheinlich viel mehr, als wonach es aussieht.« Oh nein, hab ich das wirklich gesagt?

»Was haben Sie gesagt?«, zischt sie.

»Ich habe gesagt, wahrscheinlich sieht es viel schlimmer aus, als es ist. Es tut mir schrecklich leid.«

»Mawgan, das reicht! Es war ein Versehen.« Ich bin erstaunt, dass Isla mir zu Hilfe eilt, aber ich kann mich selbst verteidigen.

»Nein, es reicht nicht. Ich will, dass sie gefeuert wird. Sie hat so was schon mal gemacht.«

Aber mir reicht's. »Ich kann nicht gefeuert werden. Ich mache diesen Job nur, um Robyns Freundin zu helfen.«

Mawgan schnaubt. »Das wundert mich nicht. Sie sind inkompetent. Ich kann nicht fassen, dass Cal Sie in sein Haus lässt, aber es hat ihm ja schon immer Spaß gemacht, sich um verwahrloste Herumstreuner zu kümmern.«

»Stimmt, nur mit dir wollte er dann doch nichts anfangen.«

Mawgan spuckt Gift und Galle. »Wer hat dir das gesagt, du unverschämter Trampel?«

»Hab ich mir nur so gedacht«, antworte ich und bereue bereits, dass ich verraten habe, was vorhin in der Küche getuschelt wurde.

Islas Gesicht ist blass, diese Geschichte ist ihr eindeutig neu. Ich und meine riesengroße Klappe.

Sie versucht, Mawgan zu beruhigen. »Kommt schon, ihr zwei. Es war wirklich ein Versehen.«

Die Leute gaffen: Wir sind das Highlight des Abends, obwohl die Wohltätigkeitsauktion noch nicht mal angefangen hat.

Cal eilt herbei, gefolgt von Robyn und Abby. »Was ist hier los?«, fragt Abby.

Mawgan zeigt auf mich. »Ich will, dass diese dumme Kuh gefeuert und mein Kleid ersetzt wird.«

»Warum? Was hat sie getan?«, fragt Cal.

»Sie hat mein Kleid ruiniert, dieses unfähige Miststück!«

»Werden Sie bitte nicht beleidigend, Miss Cade«, sagt Abby ruhig. »Die Versicherung der Catering-Firma wird Ihr Kleid bezahlen, da es offensichtlich ein Unfall war.«

»Stell dich nicht so an, Mawgan«, wirft Cal ein. »Beruhige dich. Demi hat das nicht mit Absicht gemacht.«

Sie lacht ihn aus. »Ach, halt die Klappe. Jeder weiß, warum du dich auf ihre Seite stellst.«

Das reicht endgültig! »Halt ihn da raus!«

Mawgan beugt sich zu mir, die Augen zu Schlitzen zusammengekniffen wie eine in die Enge getriebene Katze. »Jetzt verteidigst du ihn auch noch, was? Logisch. Jeder weiß, dass du den Job nur gekriegt hast, weil du mit ihm vögelst. Ich hätte nie gedacht, dass er sich aus der Gosse bedienen würde. Im wahrsten Sinne des Wortes.«

»Mawgan …«, beginnt Cal.

»Ja? Was willst du machen? Auf deinem weißen Ross herbeireiten und mich zu einem Duell herausfordern? Du glaubst, du kannst den Gutsherrn spielen, aber du bist nichts als ein ruinierter Loser. Kriech doch mit deiner billigen Schlampe zurück zu der Müllkippe, die du Kilhallon nennst.«

Cal bricht in Gelächter aus, aber ich schäume vor Wut und Demütigung. *Billige Schlampe?* Ich wollte mich wie eine Erwachsene verhalten, ich hab's ehrlich versucht, aber es juckt mich in den Fingern. Ich muss Mawgan eine scheuern …

Cals Hand schließt sich um meine. »Demi. Komm schon. Das ist lächerlich. Sie ist es wirklich nicht wert.«

Sein Griff wird fester, und ich versuche, meine Hand loszureißen. »Ich kann meine Kämpfe selbst austragen!«

»Genau das macht mir Sorgen.«

Mawgan verschränkt triumphierend die Arme. »Was hab ich gesagt? Ich wusste, dass er sie nicht nur aus Philatelie bei sich aufgenommen hat.«

»Ich glaube, du meinst Philanthropie«, sagt Isla gelassen. »Philatelie nennt man das Sammeln von Briefmarken, und ich finde wirklich, alle sollten sich beruhigen.«

»Isla hat recht«, sagt Cal und tauscht einen Blick mit ihr. »Komm schon.« Er zieht mich über die Tanzfläche.

»Lass mich los.«

»Nein. Ich versuche, dich vor einer Festnahme wegen Körperverletzung zu bewahren.«

Er lässt meine Hand los und scheucht mich aus dem Saal und vor das Gebäude. Frost glitzert in der Einfahrt, und der Wind pfeift über den Parkplatz. Ich merke, dass ich zittere.

»Alles in Ordnung?«, fragt Cal. Ich sehe seinen Atem in der Luft.

»Ja«, murmele ich, noch immer vor Wut kochend. »Es ist nur ein bisschen kalt hier draußen, nach der Arbeit in der Küche.«

Er zieht sein Jackett aus.

»Das brauch ich nicht, danke«, sage ich schnippisch.

Er zieht es wieder an. »Okay. Wie du willst.«

»Ich kann selbst auf mich aufpassen.« Ich schlinge die Arme um meine Brust.

»Das ist das Problem. Wenn du Mawgan geohrfeigt hättest, und ja, ich weiß, dass die meisten Leute dort darauf gehofft haben, hättest du richtig Ärger bekommen. Genau das hat sie gewollt.«

Tief im Inneren weiß ich, dass er recht hat, aber ich bin zu sauer, um es zuzugeben. Ich reiße mir die blöde Rüschenschürze runter, schleudere sie in eine Pfütze und stürme davon.

Cal läuft mir nach und packt mich am Arm, aber ich schüttle ihn ab.

»Wie zur Hölle willst du nach Hause kommen?«

»Geht dich nichts an.« Ich marschiere los. Mir doch egal, ob ich bezahlt werde. Als ich im Café gearbeitet habe, musste ich mir einigen Mist anhören, aber *niemand* redet so mit mir. In einer Sache stimme ich dieser dummen Kuh Mawgan jedoch zu: Cal muss für mich nicht den edlen Ritter spielen.

Am Tor des Country Clubs bleibe ich schließlich stehen und riskiere einen Blick zurück, aber Cal folgt mir nicht. Die feuchte Luft klebt an mir und scheint bis in meine Knochen zu dringen.

Natürlich bereue ich es schon jetzt, dass ich davongestürmt bin und mich von Mawgan habe provozieren lassen und dass ich mit Cal gestritten habe, weil er mich vor einer Dummheit bewahrt hat. Ich hatte das Gefühl, wie ein Kind behandelt zu werden, aber das könnte wohl daran liegen, dass ich mich kindisch benommen habe.

Werde ich je aus meinen Fehlern lernen?

Ich habe viele Nächte draußen in der Kälte verbracht, aber ich habe mich noch nie so allein gefühlt wie jetzt, so ohne Unterschlupf, ohne Mantel und ohne Mitch. Zum ersten Mal, seit ich Cal kenne, wünschte ich, ich würde wieder auf der Schwelle eines Ladens übernachten. Ich wünschte, ich hätte ihn und Mawgan und Isla nie getroffen. Vor allem nicht Isla, denn dieser eine Blick zwischen ihnen hat mir alles gesagt: Sie lieben sich noch immer.

13

Ich hätte Demi weiter nachlaufen können, aber ich kann sie ja schlecht zwingen, in den Club zurückzugehen, und ich verstehe, dass sie wütend auf Mawgan ist, die wirklich noch viel verbitterter und reizbarer ist als vor meiner Abreise. Die vergangenen zwei Jahre haben ihre schlechtesten Eigenschaften nur verstärkt, statt sie abzumildern.

Ich eile die Einfahrt runter, entdecke aber keine Spur von Demi, die also nicht versucht, in den Club zurückzuschleichen. Wenn sie *ernsthaft* vorhat, zu Fuß nach Kilhallon zu gehen, ist das eine Fünf-Meilen-Wanderung, und sie kann entlang der unbeleuchteten Straßen unmöglich so weit laufen. Und dann noch in diesen Klamotten und Schuhen …

Was ist, wenn sie beschließt, ein Auto anzuhalten? Ich bezweifle, dass ihr hier in der Gegend etwas passieren würde, aber ich bin nicht bereit, das Risiko einzugehen.

Ein paar Minuten später, während ich immer noch überlege, ob ich auch nach Hause oder zurück in den Club gehen soll, kommt Isla zu mir heraus. Sie zittert in der kühlen Nachtluft, und ich muss mich beherrschen, um sie nicht in die Arme zu schließen.

»Cal? Ist alles in Ordnung? Wo ist Demi?«

»Sie ist gegangen.«

»Allein?« Isla wirkt entsetzt.

»Sie hat behauptet, dass sie nach Hause laufen will, aber ich habe Sandra Tremayne vom Taxiunternehmen angerufen und ihr gesagt, wohin Demi unterwegs ist. Sie müsste in fünf Minuten bei ihr sein.«

»Da bin ich aber froh. Tut mir leid, dass Mawgan ausgerastet ist.«

Ich seufze. »Ja …«

»Ich wusste gar nicht, dass zwischen dir und Mawgan was gelaufen ist.«

»Es ist auch nichts gelaufen, und das ist einer der Gründe, weshalb sie mich nicht besonders mag.«

»Oh, ich dachte …«

»Ich wäre nie mit Mawgan oder sonst jemandem ins Bett gegangen, solange wir beide zusammen waren. Das schwöre ich.«

»Ich glaube dir«, sagt sie leise.

»Gut. Dann ist ja wenigstens eine Sache zwischen uns geklärt. Ich gehe jetzt.«

»So früh? Die Musik hat gerade angefangen.«

»Ich bin nicht in Stimmung, um zu tanzen.«

Sie berührt mich am Arm. »Nicht mal mit mir?«

»Ist das eine Drohung oder ein Versprechen?«, entgegne ich und frage mich, ob sie wohl weiß, wie sie mich jedes Mal foltert, wenn sie mich berührt.

»Was immer du möchtest. Wenigstens einen einzigen Tanz um der alten Zeiten willen?«

»Hat Luke nichts dagegen?« Ich bemühe mich, nicht verbittert zu klingen.

»Er ist im Casino und hat schon zu viel getrunken. Er wird es gar nicht mitkriegen, außerdem will ich mit dir reden.«

Sie ist so nah, so sinnlich, und ich rieche ihr Parfüm. Mein Körper reagiert schmerzlich beim Gedanken an ihre weiche, warme Haut unter meinen Fingerspitzen und die einladende Hitze ihres Körpers.

»Cal …« Ihre Stimme umfängt mich lockend, köstlich, verführerisch.

Ich reiße mich zusammen. Ich weiß nicht, welches Spiel Isla spielt, aber ich traue mich nicht mitzumachen. »Du kannst hier draußen mit mir reden«, sage ich.

»Es ist eiskalt, und ich glaube nicht, dass das eine gute Idee wäre.«

»Warum nicht? Machst du dir Sorgen, dass andere uns hier draußen sehen und einen falschen Eindruck bekommen könnten?«

»Nein!«

Ich kann mich nicht zurückhalten, und es ist mir egal, ob meine Frage ihr wehtut. Ich muss die Antwort hören, wie sehr sie auch schmerzen mag. »Verdammt noch mal, Isla, warum heiratest du Luke?«

Sie schaut mich an, als hätte ich sie gefragt, warum zweimal am Tag die Flut kommt. »Weil ich die Hoffnung aufgegeben hatte«, antwortet sie. »Weil ich … einsam war. Weil er mich zum Lachen bringt. Weil du mir nie einen Heiratsantrag gemacht hast. Weil du mir nie auch nur gesagt hast, dass du mich liebst. Willst du noch mehr Gründe hören?«

Mir wird bewusst, dass ich sie an den Oberarmen festhalte, meine Finger liegen auf ihrem perfekten Körper. Sie schiebt mich nicht weg. Dieser Augenblick ist so gefährlich, ich müsste nur einen Schritt weitergehen, vom Weg abkommen, und alles könnte vor uns in die Luft fliegen und uns zerstören.

»Würde es etwas ändern, wenn ich jetzt ›Ich liebe dich‹ sage?«

Sie schüttelt den Kopf. »Würdest du es *wirklich* ernst meinen? Sei ehrlich zu dir selbst. Wir sind jetzt andere Menschen. Ich will etwas anderes, und ich glaube, du auch.«

»Nein.«

Sie weicht zurück. »Doch, du hast dich verändert. Vor deiner Abreise war dir Kilhallon egal, nichts hier war dir genug. Dir ging es nur darum, deinem Vater – und allen anderen – zu beweisen, wie wenig du ihn oder uns brauchst. Und jetzt plötzlich bedeutet dir Kilhallon alles? Du willst die Zeit zurückdrehen und all das haben, was du von dir weggestoßen hast? Das ist unmöglich.«

»Aber ich habe mich gebessert, und ich werde hierbleiben.«

Sie schüttelt den Kopf, Tränen schimmern in ihren Augen. »Ich hoffe, du machst dir diese ganze Arbeit auf der Farm nicht, um mir etwas zu beweisen, denn ich habe vergessen, dir den wichtigsten Grund zu nennen, weshalb ich Luke heirate. Ich liebe ihn.« Sie entfernt sich weiter von mir. »Finde dich damit ab, Cal, sonst wird der Kummer dich kaputtmachen, und das will ich auf keinen Fall.«

Auch als sie schon lange weggegangen ist, sehnt sich mein Körper mit einem Schmerz nach ihr, der fast schlimmer ist als das, was ich im Gefängnis erlitten habe.

»Ich liebe ihn.«

Ich glaube ihr nicht, ich will ihr nicht glauben. Hätte sie mich zum Tanzen aufgefordert, wenn sie Luke wirklich liebt? Hätte sie mich dann in Versuchung gebracht?

»Finde dich damit ab, Cal.«

Wie kann ich das?

Das Verlangen, alles zu vergessen, überwältigt mich. Aber bevor ich mich im Club mit einer Flasche Whisky tröste, kann ich genauso gut nach Hause gehen und dort eine leeren. Damit spare ich ein Vermögen. Ich klappe den Kragen meiner Jacke hoch und gehe die Einfahrt hinunter, weg von den Lichtern des Clubs. Hoffentlich werde ich auf dem Nachhauseweg nicht zu nüchtern. Ich will nicht über Islas Worte nachdenken oder darüber, wie sie mich angesehen hat, als sie flehte, ich solle sie in Ruhe lassen.

14

Eigentlich hatte ich vor, heute Morgen das Fairings-Rezept an Cal zu testen, aber stattdessen habe ich auf dem Sofa herumgegammelt, Cornflakes aus einer Tasse gegessen, weil alles Geschirr schmutzig ist, und zwischen Kochshows, Immobilien- und Gerichtssendungen hin und her gezappt.

Später wollte ich mich mit Nina, Shami und Holly treffen, einigen der Bedienungen und Küchenhilfen, mit denen ich gestern Abend zusammengearbeitet habe. Nina leitet mit ihrer Mum ein

Tierheim und hat vorgeschlagen, dass wir heute Nachmittag mit Mitch und ein paar herrenlosen Hunden einen Spaziergang machen. Ich wollte Cal fragen, ob ich heute Abend mit dem Land Rover nach Penzance fahren kann, um mit ihr und den anderen Mädchen einen Film zu sehen.

Wahrscheinlich würde Cal mir das Auto nach gestern Abend sowieso nicht geben. Ich bin echt ausgerastet, und jetzt bereue ich es. Ich habe Robyn und ihre Freundin enttäuscht, und schlimmer noch, ich habe Cal merken lassen, dass ich wütend war, auch wenn er nicht genau weiß, warum.

Mitch stupst mich mit seiner feuchten Schnauze an.

»Es hat ihn einen Dreck gekümmert, was?«, sage ich zu Mitch und lade ihn sehr zu seiner Verwunderung aufs Sofa ein. »Er ist mir nicht nachgekommen. Ich hatte nicht mal mein Handy oder einen Mantel, und er hat gesehen, dass ich in den Schuhen nicht laufen konnte, aber es war ihm egal.«

Mitch legt sich auf meinen Schoß und sabbert auf meine nackten Beine.

Wie hätte ich zurück in den Club schleichen können, nachdem ich eine solche Szene gemacht hatte? Ich wusste, dass ich per Anhalter fahren musste, und hatte ehrlich gesagt keine große Lust dazu. Zum Glück ist mir dann zum ersten Mal an dem Abend etwas Gutes passiert: Am Dorfrand ist ein freies Taxi an mir vorbeigefahren, und ich habe es angehalten. Darin saß eine nette Frau namens Sandra, die mich an meine Mum erinnert hat, und sie war bereit, mich nach Hause zu bringen, und hat angeboten, Cal die Rechnung zu schicken. Angeblich hat sein Unternehmen bei ihr ein Kundenkonto. Sie hat sogar von sich aus beim Country Club angerufen, um Robyn zu bitten, meine Tasche und meinen Mantel mitzunehmen.

»Was habe ich nur getan?«, frage ich Mitch, der mich wahrscheinlich zu Recht ignoriert. Ich habe Robyn und ihre Freundin blamiert, und Cal ist bestimmt stocksauer. Was ist, wenn er mich feuert? Ich bin immer noch in der Probezeit. Wie konnte ich nur so dumm sein, in Mawgans Falle zu tappen?

»Hey! Demi, bist du da?«

Polly klopft ans Fenster. Ich überlege, die Vorhänge zuzuziehen und sie zu ignorieren, aber stattdessen schiebe ich Mitch von meinem Schoß und öffne die Tür.

Die Haushälterin baut sich vor mir auf. »Ihr habt einen Anruf erhalten, gnädige Frau.«

»Ich?«

»Na ja, dich gibt es hier Gott sei Dank ja nur einmal.«

»Von wem?« Bestimmt von Abby, der Catering-Chefin, die mir mit einer Klage droht, weil ich den Ruf ihres Unternehmens geschädigt habe.

»Ich bin nicht Eure Privatsekretärin, Madam.«

»Tja, tut mir leid, dass du meinetwegen vom Sofa aufstehen musstest, aber ich hab mein Handy gestern Abend beim Ball liegen lassen.«

Polly macht ein missbilligendes Geräusch. »Hab ich schon gehört. Es war Robyn. Ich hab ihr gesagt, dass du sie zurückrufst.«

»Okay.«

»Quatsch nicht zu lange. Das geht alles auf Cals Telefonrechnung.«

»Ich würde nie auf die Idee kommen, das auszunutzen.«

»Hmmpf.«

Sie trottet davon. Gerade als ich dachte, wir würden allmählich warm werden, verwandelt sie sich wieder in eine Giftspritze.

Man könnte meinen, sie würde sich für Cals Mutter halten und ich hätte ein Auge auf ihn geworfen oder so. Ich unterdrücke einen Seufzer und folge Polly, um Robyn zurückzurufen.

Nachdem ich aufgelegt habe, fühle ich mich noch schlechter, falls das überhaupt geht. Robyn war nett, viel netter, als ich es verdient habe. Sie hat mich gefragt, ob alles in Ordnung ist, und sich andauernd entschuldigt, weil Mawgan durchgedreht ist, als könnte sie irgendwas dafür. Sie hat gesagt, sie habe meine Sachen mitgenommen und werde später damit herüberreiten, »wenn das passt«. Sie ist so verdammt nett, und ich mag sie sehr, aber ich glaube, sie lässt sich von anderen Leuten auf der Nase herumtanzen – von Leuten wie ihrem Dad und manchmal sogar Cal.

»Wo ist Cal?« Polly hat sich an mich herangeschlichen, was eine beachtliche Leistung ist, muss ich sagen.

»Woher soll ich das wissen? Ich bin mit einem Taxi nach Hause gefahren. Ich habe keine Ahnung, wie er zurückgekommen ist.«

»Er ist gar nicht zurückgekommen. Er hat nicht in seinem Bett geschlafen.«

»Nicht?«

»Nein.« Sie beäugt mich misstrauisch, als wüsste ich, wo er ist. »Tja, er hat wohl beschlossen, woanders zu übernachten. Vielleicht ist er mit Luke, Robyn und Isla mit nach Bosinney gefahren.«

Das ist mir neu. »Interessiert mich doch nicht, was er macht.«

»Natürlich nicht.« Polly lächelt, als würde sie mich besser kennen als ich selbst, was mich nur noch mehr reizt.

»Ich gehe jetzt zurück in mein Cottage. Robyn kommt später vorbei«, teile ich ihr mit, fest entschlossen, mich nicht provozieren zu lassen, aber unterwegs verkrampft sich mein Magen, auch wenn ich nicht weiß, warum. Wahrscheinlich hat Cal wirklich in Bosinney House übernachtet. Robyn gehört schließlich zu seiner

Familie … Aber ich weiß, dass Luke und Isla auch dort geschlafen haben.

Mitch sitzt hinter der Tür und wirft mir böse Blicke zu, was bedeuten muss, dass er hinauswill.

Ich laufe schnaufend den Weg von der Kilhallon-Bucht zur verfallenen Zinnmine hinauf in der Hoffnung, je schneller ich gehe, desto erfolgreicher könnte ich das Desaster von gestern Abend ausblenden, aber heute ist nicht mein Glückstag. Cal kommt über den Küstenpfad auf mich zu und streicht mit einem alten Stock an den Ginsterbüschen zu beiden Seiten des Wegs entlang. Ich kann mich unmöglich vor ihm verstecken, und warum sollte ich auch? Die Wahrheit ist, dass ich mich für mein Verhalten gestern Abend schäme und mich die Erkenntnis schmerzt, dass er Isla immer noch liebt, obwohl das vollkommen verständlich ist.

Trotzdem verlässt mich der Mut, als Mitch vorausrennt und bellend um Cals Füße herumspringt, als wäre er ein Held oder so was. Cal bückt sich und streichelt ihn, und Mitch rollt sich auf den Rücken und streckt ihm den Bauch entgegen, um sich kraulen zu lassen. Männer sind doch alle gleich. Wie auch immer … Egal, wie langsam ich gehe, irgendwann muss ich bei Cal ankommen.

An einer Stelle, wo der Pfad zwischen einem großen Felsen und einem Ginsterbusch hindurchführt, stehen wir uns schließlich gegenüber.

»Morgen«, sagt Cal.

»Morgen.« Ich will an ihm vorbei, aber da ist kein Platz, was bedeutet, dass ich ihn berühren müsste.

Mitch quetscht sich zwischen unseren Beinen hindurch, um einen Kaninchenbau zu inspizieren.

»Polly hat dich gesucht«, sage ich und stecke die Hände in die Taschen meiner Jeans-Shorts.

»Ach ja?«

»Ja.«

»Bist du gut nach Hause gekommen?«, fragt er und schwingt seinen Stock über das Gras.

»Klar.« Aus der Nähe sehe ich, dass seine Augen ein bisschen rot und von dunklen Schatten umgeben sind.

»Es ist ein langer Weg«, murmelt Cal.

Ich zucke die Achseln. »Und?«

»Und er ist unbeleuchtet.«

»Ich hab ein Taxi genommen.«

»Oh. Gut. Das habe ich gehofft.«

»Ich hatte Glück, dass eins vorbeigekommen ist«, sage ich. »Die Fahrerin kannte dich sogar. Sandra irgendwas. Sie meinte, sie werde die Rechnung an deine Geschäftsadresse schicken. Ich hoffe, das ist in Ordnung für dich.«

»Muss es ja wohl«, brummt er.

Wir stehen schweigend da. Ich weiß nicht, warum ich den Eindruck habe, in jedem Knochen einen stechenden Schmerz zu spüren. Ich hasse es und kann es mir nicht erklären.

»Ich gehe besser wieder nach Hause. Ich hab noch eine Menge zu erledigen, und dann kommt Robyn mit meinen Sachen vorbei. Hat sie gestern Nacht in Bosinney nichts davon gesagt?«

Er mustert seine Stiefel. »Bosinney?«

»Ja, ich dachte, du hättest dort übernachtet. Das hat Polly zumindest vermutet …«

»Nein. Ich habe nicht in Bosinney übernachtet. Ich war bis jetzt unterwegs. Sozusagen.«

»Was meinst du mit ›sozusagen‹?«

»Ich bin beim Tinner's vorbeigekommen. Da gab es auch nach der offiziellen Sperrstunde noch was.«

Ich schnaube. »Kein Wunder, dass du heute Morgen wie eine wandelnde Leiche aussiehst, wenn du die ganze Nacht im Tinner's verbracht hast.«

»Danke! Es war nicht die *ganze* Nacht.«

»Du solltest aufpassen, wie viel du trinkst.«

»Jetzt klingst du schon wie Polly, verdammt noch mal!«

»Sie will nur, dass es dir gut geht. Wir beide …« Ich unterbreche mich gerade noch rechtzeitig. »Mach, was du willst, mir doch egal.«

»Demi, bist du *immer noch* sauer auf mich, weil ich dich von Mawgan weggezerrt habe?«

»Sauer auf dich? Hör mal, Cal, das alles ist mir so was von schnuppe. Ehrlich. *Mitch!*« Ich laufe zu ihm und packe ihn heftiger am Halsband als beabsichtigt. Er jault auf, aber ich befehle: »Komm schon, du verdammter, trotteliger Hund!«

»Demi! Warte!«

Cals Stimme ist ein Fetzen, der vom Wind fortgetragen wird und mir um den Kopf wirbelt. Ich drücke mich an ihm vorbei und schlage einen Haken durch den Ginster, stolpere über Grasbüschel, Brombeergestrüpp zerkratzt meine nackten Beine, meine Brust ist zusammengeschnürt wie in einem Korsett. Mitch bleibt immer wieder stehen, dreht sich um und sieht mich verwirrt an. Aber ich bin *nicht* verwirrt – ich war mir noch nie einer Sache so sicher: Es lohnt sich nicht, für Cal Penwith auch nur eine einzige Träne zu vergießen.

15

Jetzt sind seit dem Ball schon mehr als zwei Wochen vergangen, und Demi hat mir *immer noch* nicht verziehen. Ich weiß nicht, ob sie verärgert ist, weil ich sie von Mawgan weggezerrt habe oder weil ich die halbe Nacht im Tinner's verbracht habe oder sonst was, aber wir haben kaum ein Wort gewechselt, das nicht mit der Arbeit zu tun hatte, und sie ist nicht mehr zum Abendessen ins Farmhaus gekommen.

Ich habe noch nie jemanden sich so anstrengen sehen – nicht nur mit der Arbeit, sondern auch damit, mich zu ignorieren –, aber so ist Demi nun mal: Sie macht keine halben Sachen.

Ich komme gerade von der Bank zurück, als sie mit ihrem neuen iPad den Fortschritt der Cottages fotografiert. Sie ist in ihre Arbeit vertieft, aber hin und wieder lächelt sie, als wäre sie mit etwas zufrieden. Irgendwann bemerkt sie mich und geht in die entgegengesetzte Richtung davon. Sie hat so eine stolze Haltung, und ihr schlanker Körper ist kräftiger, als ich gedacht hätte. Sie erinnert mich an die jungen Frauen in der Wüste, die das Land bewirtschaften und ihre Häuser reparieren, während ihre Männer fort sind, um zu kämpfen – oder tot. Demis Haar wirkt dichter und glänzender als bei unserer ersten Begegnung, und sie strahlt eine Selbstsicherheit aus, die ich vorher nicht wahrgenommen hatte. Man könnte fast sagen, sie wäre hier aufgeblüht, trotz unserer Schwierigkeiten in der letzten Zeit.

»Call!«, ruft Polly mit knallrotem Gesicht. Sie schleppt zwei prall gefüllte Taschen aus der Küche zu den Recyclingtonnen bei der Scheune. Mein Warnruf – der Boden der einen Tasche wölbt sich gefährlich – kommt zu spät, und sie platzt plötzlich. Flaschen fallen heraus, und eine landet auf Pollys Fuß.

»Aua.« Sie stellt die Taschen ab und reibt sich die Zehen, die aus ihren Sandalen herausschauen. Flaschen rollen über die Pflastersteine, während sie fluchend herumhüpft.

»Warte. Ich nehme die Taschen. Du solltest dieses Zeug nicht herumtragen.« Ich ärgere mich über mich selbst, nicht über sie.

Polly bückt sich, um ihren geröteten Fuß zu massieren, und schnaubt: »Einer muss es ja machen. Wusstest du, dass das Klo beim Büro schon wieder verstopft ist? Ich muss den Klempner rufen.«

»Tu das, und ich kümmere mich um die Flaschen«, sage ich, während sie irgendwas von gebrochenen Knochen murmelt. »Und dann kühle deinen Fuß und leg ihn hoch.«

Polly knurrt und richtet sich wieder auf. »Du weißt schon, dass diese ganzen Flaschen aus deinem Arbeitszimmer kommen, oder? Mein Gott, du siehst schrecklich aus. Du wirst noch enden wie dein Vater.«

Meine Schuldgefühle lassen nach, als sie anfängt, mich zurechtzuweisen. »Wäre das so schlimm?«

Sie stemmt die Hände in die Hüften. »Nein, wenn du keine sechzig werden willst.«

»Ich weiß, was ich tue.«

Sie zeigt auf die Taschen mit den Flaschen. »Auf dem Fußboden des Arbeitszimmers liegt noch mehr davon herum. Außerdem interessiert es dich vielleicht, dass du keinen Whisky mehr hast. Demi war schon beim Laden und hat keinen neuen mitgebracht.«

»Ich werd's überleben.«

»Vielleicht ja, vielleicht auch nicht, wenn du so weitermachst. Du bleibst die ganze Nacht wach, um zu trinken, und arbeitest den ganzen Tag lang an diesen alten Bruchbuden. Du jagst einem Traum hinterher.«

Pollys wohlgemeinte Strenge stellt meine Geduld ziemlich auf die Probe. »Wenn ich wirklich ins Gras beiße, kannst du dich freuen, dass du mir nicht mehr hinterherräumen musst, aber zu deiner Info: Ich will nicht, dass irgendjemand noch mehr Whisky kauft. Bist du jetzt glücklich?«

»Hmmpf.«

»Ich betrachte das als ein Ja. Hast du die Bauarbeiter schon wegen des begrünten Dachs kontaktiert?«

»Nein, ich habe Demi gebeten, das zu machen. Sie braucht Beschäftigung. Sie soll lieber arbeiten, als vor sich hinzuträumen und Trübsal zu blasen wie in letzter Zeit.«

»Trübsal? Ist sie krank?«

Polly schnaubt. »Natürlich nicht! Sie ist kerngesund, aber wie die meisten von uns braucht sie eine Aufgabe, sonst hat sie zu viel Zeit, über Dingen zu brüten, die ihr nicht guttun.«

»Über was für Dingen zu brüten?«

»Manchmal frage ich mich, warum dein Vater so viel Geld für deine Bildung verschwendet hat, Cal Penwith.«

Mit dieser rätselhaften Bemerkung humpelt Polly zurück ins Haus, und ich überlege, was sie wohl meint. Denkt Demi über ihre Familie nach und ob sie sie kontaktieren sollte? Fühlt sie sich in ihrem neuen Job hier unter Druck gesetzt? War sie *wirklich* so schlecht drauf? Ich habe sie vernachlässigt, während ich mich mit Arbeit und Alkohol betäubt habe. Ich habe sie jeden Tag gesehen. Die Abende hat sie entweder mit Mitch zu Hause verbracht oder sich den Land Rover ausgeliehen, um mit Robyn oder den Mädchen von der Catering-Firma auszugehen. Was natürlich toll ist, sie hat ihr eigenes Leben, und es freut mich, dass sie Freunde findet, aber ich habe sie vermisst, besonders ihre frechen Antworten und Mitchs Gesabber auf meinem Oberschenkel …

Als ich in die Küche gehe, rieche ich Gebäck. In der Mitte der sauber gewischten Eichenholzplatte stehen Blumen in einem Einmachglas und daneben eine offene Keksdose, aus der der köstliche Duft kommen muss. Sonnenlicht fällt in den Raum und lässt die kupferfarbenen Strähnchen in Demis Haar leuchten, während sie sich über ihr iPad beugt. Im Hintergrund läuft leise Radio Four, wofür ganz sicher Polly verantwortlich ist, denn Demi ist ein eingefleischter Pirate-FM-Fan. Eine vertraute Wärme erfüllt mich, und plötzlich schnürt sich mir die Brust zusammen. Was ich sehe, rieche und höre, erinnert mich so sehr an die Zeit, als meine Mum noch gelebt hat, dass ich fast damit rechne, sie jeden Augenblick zur Tür hereinkommen zu sehen, wobei sie sich mit einem Lappen die Hände abwischt und mich ermahnt, mir die matschigen Stiefel auszuziehen.

»Hallo.«

»Mmm.« Demi scrollt durch die Fotos auf ihrem Tablet und mampft dabei einen Keks.

Tja, ich glaube, das sollte »Hi« heißen, aber es könnte auch ein Knurren gewesen sein. Die Erinnerungen an meine Mutter verflüchtigen sich, und ich bin froh darüber. Ich will nicht daran denken, wie sehr ich sie vermisse.

»Wie geht's dir?«

Sie kaut ihren Keks fertig und antwortet dann: »Gut. Warum?«

»Nur so. Polly sagt, du bist in letzter Zeit ein bisschen still.«

Sie schnaubt, sodass ein paar Krümel vor ihr landen, und schaut auf. »Polly macht sich Gedanken über mein Wohlbefinden?«

»Ich glaube schon, in gewisser Weise.«

Ein Lächeln huscht über ihr Gesicht, dann konzentriert sie sich wieder auf den Bildschirm, als wäre es ihr peinlich, dass ich mitbekommen habe, dass es sie interessiert, was Polly denkt – und wie sie sich darüber freut, dass Polly sich um sie sorgt.

Mein Stuhl schabt über die Fliesen, als ich ihn heranziehe, um mich zu setzen. »Sind die Kekse selbst gebacken?«

»Ja.«

»Solche hab ich schon mal gesehen. Der Geruch hat mich an die Zeit erinnert, als meine Mum noch gelebt hat.«

Es folgt eine Pause, dann sagt sie: »Das sind Fairings. Nach dem Rezept meiner Oma.«

»Darf ich?«

Sie zuckt die Achseln. »Wenn du willst. Polly hat schon drei gegessen, also greif zu, solange noch welche da sind.«

Der Fairing schmeckt nach Ingwer und zergeht mir auf der Zunge. Demi beobachtet mich, um zu sehen, wie ich ihn finde. Bevor ich etwas Falsches sage und den Friedensprozess in dieser heiklen frühen Phase gefährde, nehme ich mir schnell noch einen Keks und hoffe, ihre Neugier damit zu befriedigen. »Willst du wissen, wie es bei der Bank gelaufen ist?«

Sie schaut auf. »Wenn du's mir erzählen willst.«

»Meine Bankberaterin hat der Krediterweiterung zugestimmt. Damit und mit dem Erbe von meinem Vater müssten wir die Arbeit an den neuen Gebäuden fortsetzen können.«

Sie strahlt. »Das sind großartige Neuigkeiten!«

Ihre Begeisterung rührt mich, und ich bin erleichtert, Demi wieder fröhlich zu sehen. Ich habe dieses freche Lächeln so sehr vermisst. »Auf jeden Fall. Komm, lass uns einen Blick auf unser Reich werfen.«

Demi und ich gehen hinaus, um die Anlage von unserem Aussichtspunkt am Ende des Hofs aus zu betrachten, von wo wir die zum Teil restaurierten Cottages und das halb wiederaufgebaute

Sanitärgebäude des Zeltplatzes sehen können. Wir haben schon so viel erreicht, offen gesagt entgegen meinen Erwartungen, aber es gibt noch so viel mehr zu tun.

»Es nimmt langsam Gestalt an«, sagt sie. »Ich kann's gar nicht glauben.«

»Ich auch nicht, aber wir müssen weiter Gas geben. Wir müssen mit dem Luxus-Camping-Geschäft starten, während wir die Farmcottages renovieren. Mit etwas Glück könnten wir es schaffen, bevor die Campingsaison vorbei ist, und mit den Cottages bis zu den Herbstferien fertig sein. Ich werde Kilhallon wieder zum Laufen bekommen, und wenn es das Letzte ist, was ich tue.«

Während ich mit Cal hier stehe, muss ich daran denken, was Polly neulich in einem ihrer düstereren Momente zu mir gesagt hat. Ihrer Meinung nach *wird* der Wiederaufbau von Kilhallon das Letzte sein, was Cal tut. Sie behauptet, er sei nur noch ein Schatten des Mannes, der er vor seinen Reisen war. Aber ich finde, er sieht inzwischen viel besser aus als bei unserer ersten Begegnung in St Trenyan. Er ist kräftiger und fitter, und er ächzt nicht mehr so sehr beim Arbeiten. Er versucht zu verbergen, wie viel sein Körper mitgemacht hat, aber ich merke es trotzdem.

Ich hatte mir geschworen, keine übermäßige Begeisterung mehr für seine Pläne zu zeigen, aber das Problem ist, dass sie sich inzwischen auch wie *meine* Pläne anfühlen.

Letzten Donnerstagabend war Cal wieder unterwegs und ist erst um drei Uhr morgens zurückgekommen. Sein Taxi hat mich geweckt und Mitch zum Bellen gebracht. Polly vermutet, dass Cal im Tinner's war und zu viel getrunken hat.

Trotzdem hat mein Herz angefangen heftig zu klopfen, als ich den Land Rover heute Vormittag nach Cals Besuch in St Trenyan habe den Weg heraufkeuchen hören. Ich gebe es zwar ungern zu, aber ich habe nicht nur den Job und das Cottage lieb gewonnen. Ich fühle mich allmählich so, als wären Cal, Robyn, sogar Polly – und ich zusammen eine, na ja, merkwürdige Familie.

Manchmal glaube ich, wir haben mehr als Kilhallon gemeinsam. Auch ich weiß, wie es ist, ein Außenseiter zu sein, ausgeschlossen aus dem Leben anderer Leute.

Mitch trottet herbei und drückt seine feuchte Schnauze in Cals Schritt.

»Demi …«

»Ja?«

Er dreht sich zu mir. »Könntest du mir helfen, einen Teil von dem Schrott aus den alten Cottages in den Container zu werfen? Ich trage die Fensterrahmen und die schweren Sachen, wenn du mich bei dem Rest unterstützen kannst.«

»Ich werd schon nicht zusammenbrechen. Ich bin stärker, als ich aussehe.«

»Aber die Rahmen sind auch schwerer, als sie aussehen, und ich will nicht, dass du mich verklagst, weil ich gegen die Arbeitsschutzvorschriften verstoße.«

»Und ich dachte schon, du würdest dir wirklich Gedanken um mich machen.«

Er lächelt. »Das tue ich doch. Dann also rein in die Arbeitsklamotten und los.«

Als wir uns beide in Arbeitskleidung wieder draußen treffen, um die Fensterrahmen wegzubringen, bittet mich Cal, ihm seinen Werkzeugkasten aus der Werkstatt zu holen.

»Er müsste hinten bei den Holzresten stehen. Und sei bitte vorsichtig«, warnt er mich.

Ich habe keine Ahnung, wie irgendjemand in dieser »Werkstatt« tatsächlich arbeiten soll, denn sie ist fast so vollgestopft wie früher die Scheune. Die Drehbank und die anderen Maschinen sieht man kaum zwischen all den ausrangierten Gerätschaften. Da stehen eine alte Nähmaschine (so eine wie die meiner lieben Oma), ein kaputter Mixer, ein Set schwerer Eisentöpfe und -pfannen, ein alter AGA-Herd, der zur Aufbewahrung für weiteren Kram benutzt wird, und eine neue Spülmaschine, noch nicht ausgepackt und angeschlossen, weil niemand Zeit dafür hatte.

Vom Werkzeugkasten fehlt jede Spur. Aber das ein oder andere von dem Krempel ist gar nicht mal so uninteressant, zum Beispiel die alten Cider-Tonkrüge, die Tonschüsseln und ein angerostetes Straßenschild, auf dem »Kilhallon 1, Land's End 7« steht. Ich habe solche Sachen schon in den Antiquitätenläden in St Trenyan und Truro gesehen, wo sie den Touristen zu Wucherpreisen angeboten wurden.

Cal könnte die schöneren Stücke verkaufen, oder – noch besser – wir könnten sie restaurieren und für die Cottages verwenden. Ich greife nach einer der Tonschüsseln und reibe mit dem Finger den Schmutz herunter. Die meeresgrüne Glasur glänzt wie ein Edelstein im trüben Licht, und die Schüssel fühlt sich in meinen klebrigen Händen kühl und glatt an. Anständig abgeschrubbt würde sie richtig hübsch aussehen. Als ich die Keramik in die Sonnenstrahlen halte, die durch die dreckigen Scheiben hereindringen, kommt mir ein Gedanke. Diese Sachen würden sich nicht nur in den Cottages großartig machen, sondern auch als Deko für »mein« Café. Bei unserem Rundblick über die Anlage vorhin habe ich das Lagerhaus erspäht und hätte Cal in jenem Moment fast von meiner Idee erzählt. Ich muss den Mut finden, ihm meine Pläne anzuvertrauen. Sonst wird das Café immer ein Traum bleiben.

Ein dumpfes Krachen ertönt vom Hof der Farm, und ich lasse fast die Schüssel fallen.

Ich laufe wieder hinaus und finde Cal schwer atmend inmitten einer Staubwolke neben dem Container. Verdammt, ich habe da in der Werkstatt vor mich hin geträumt, und Cal hat währenddessen die schwersten Holzteile weggebracht. Er wedelt den Staub weg, hustet und tritt zur Seite ins Sonnenlicht. Sein T-Shirt ist schweißnass, und er kann ein Stöhnen nicht unterdrücken, als er ein Stück zerbrochenen Fensterrahmen aufhebt.

»Ich hab den Werkzeugkasten überall gesucht, aber ich konnte ihn nicht finden«, sage ich und fühle mich schuldig, weil ich so lange in der Werkstatt geblieben bin.

Cal scheint das jedoch nichts auszumachen. Nachdem er das Holz in den Container geworfen hat, wischt er sich mit dem Handrücken über die Stirn. »Echt? Ich ... hätte schwören können, dass er dort ist.«

»Du siehst total fertig aus.«

»Danke.«

»Du hättest auf mich warten sollen.«

»Ich muss hier fertig werden«, sagt er schroff.

»Also, ich helfe jetzt bei den restlichen Sachen.«

Ich laufe in die Scheune, versuche, ein Stück Fensterrahmen anzuheben, und falle fast um vor Anstrengung. Cal flucht, aber ich schleife den Rahmen durch den Staub und hinaus auf den Hof. Er kommt zu mir, und zusammen hieven wir das Ding über den Rand des Containers. Bevor Cal mich aufhalten kann, marschiere ich direkt wieder in die Scheune und schnappe mir einen Karton mit Türknäufen und Fenstergriffen.

Als ich sie in den Container werfen will, tippt Cal mich am Arm an. »Die nicht. Die können wir noch verwenden.«

Das Messing und Eisenmetall glänzt matt in der Schachtel. Schweiß rinnt mir ins Auge, brennt und zwingt mich zum Blinzeln. »Da hast du recht. Die sind zu hübsch zum Wegwerfen.«

»Wir können viel Geld sparen, indem wir sie aufheben. Sie passen perfekt in die Cottages. Ich stell sie so lange in die Werkstatt«, sagt er nun mit ruhigerer Stimme.

»Vielleicht findest du ja den Werkzeugkasten da drin.«

»Vielleicht …«

Ich warte im Schatten der Scheune auf ihn und bin froh über die Pause von der Sonne. Mir tun die Arme weh, meine Fingerknöchel sind aufgerieben und meine Nägel dreckverkrustet. Ich denke an Islas French Manicure, Tamsins perfekte Nägel und Mawgans Glitzerkrallen. Gestern hat Tamsin mir eine Mail mit ihrem Behandlungsangebot geschickt. Sie hat mich zu einer Probe-Maniküre und -Gesichtsbehandlung in ihr Mini-Spa im Dorf eingeladen, sobald ich es einrichten kann, wobei ich meine Zeit natürlich viel lieber damit verbringe, einen Tag lang mit Cal Fensterrahmen zu schleppen.

»Gefunden!« Cal kommt mit dem Werkzeugkasten in der Hand zu mir zurück.

»Wie? Ich habe überall geschaut.«

»Ich hab ihn im Führerhaus des Traktors stehen lassen. Das hatte ich wohl vergessen.«

Mir drängt sich ein Verdacht auf. Hat Cal mich auf eine falsche Fährte geschickt, damit ich den Werkzeugkasten suche, während er die schwereren Sperrmüll-Teile wegbringt? Ich weiß nicht, ob ich mich darüber ärgern oder freuen soll. Wohl eher freuen … Und die Idee, die mir in der Werkstatt gekommen ist, lässt mir keine Ruhe, obwohl ich noch nicht weiß, ob ich mich traue, ihm davon zu erzählen.

»Willst du was trinken? Ich glaube, das haben wir uns verdient.« Er lächelt mich an und wirkt wieder gut gelaunt.

»Ja, gerne.«

In der Küche des Farmhauses reicht er mir eine gekühlte Flasche Cider. »Prost.«

Wir trinken den Cider und essen dazu eine Tüte Tortillachips mit den Resten eines Salsa-Dips, den ich zum Chili gestern Abend gemacht habe.

Cal wischt sich mit der Hand über den Mund und stellt die leere Flasche auf die Arbeitsplatte. »Mann, das hab ich jetzt gebraucht.«

»Ich auch.« Ich reiche ihm die Chipstüte. »Willst du den letzten?«

»Okay, dann räum ich aber weiter den Hof frei.«

»Ich gehe zurück in die Scheune. Cal, während wir die ganzen Sachen rausgeworfen haben, dachte ich mir …«

Er nimmt sich den letzten Chip und den Rest der Salsa. »Denken ist immer gefährlich, wenn du mich fragst.«

»Ich weiß, dass es vielleicht eine Schnapsidee ist, aber mir ist für das alte Lagerhaus beim Zeltplatz was eingefallen. Du weißt doch, dass der Küstenpfad daran vorbeigeht?«

»Ja.« Er hält mit dem Tortillachip auf halbem Weg zu seinem Mund inne. Offensichtlich habe ich sein Interesse geweckt.

Ich hole tief Luft. »Also, hast du mal darüber nachgedacht, das Gebäude zu einem Café umzubauen, statt es als Lagerhaus zu benutzen? Sobald die Scheune hier ausgeräumt ist, könnten wir darin die Geräte und Ersatzteile aufbewahren. Dann wäre das Lagerhaus frei. Es hat wirklich Charakter, und wenn es einmal instand gesetzt und eingerichtet ist, wäre es der perfekte Ort für ein Café. Ich habe es mir auf meinen Spaziergängen mit Mitch genauer angesehen. Ich glaube, es hat genau die richtige Größe. Drinnen ist genug Platz für eine professionelle Küche und eine Menge Tische, und wir könnten draußen auf einer Seite eine Terrasse mit Meerblick bauen und das Tor durch eine große Glaswand ersetzen. Da bewirten wir dann die Küstenpfad-Spaziergänger und die Familien, die zur Kilhallon-Bucht kommen, und unsere eigenen Gäste.«

Seine Mundwinkel zucken.

»Lachst du mich aus?«, frage ich misstrauisch.

»Das würde mir nicht im Traum einfallen.«

»Denn wenn du dich über mich lustig machst, rede ich nicht weiter.«

Er hält die Hände hoch. »Demi! Ich mach mich nicht über dich lustig. Ich lache höchstens über mich selbst, weil ich nicht früher draufgekommen bin.«

»Ich hab so eine Art Businessplan erstellt, falls das hilft«, murmele ich.

»Einen Businessplan für das Café? Schon?« Er atmet hörbar aus.

»Tu nicht so überrascht.«

»Nein, ich bin beeindruckt, dass du so schnell so weit gekommen bist. Willst du ihn mir heute Abend ins Büro bringen?«

Er bemerkt offenbar meine Enttäuschung. »Oder wollen wir jetzt zu dir gehen? Dann kann ich ihn mir gleich ansehen.«

Während des »Meetings« in meinem Cottage hat Cal sich meine Ideen in Ruhe angehört und sie ernst genommen. Was bedeutet – tief Luft holen –, dass ich sie auch ernst nehmen muss, und darüber bin ich fast genauso erschrocken wie begeistert.

Seit dem Gespräch über das Café heute Nachmittag habe ich

meine freie Zeit dafür genutzt, ein paar detailliertere Vorschläge zu erstellen, und bin heute Abend damit in Cals Arbeitszimmer gegangen. Er hat mir so viele Fragen gestellt, dass sich mir schon der Kopf dreht. Er kann sehr brüsk sein, und manchmal frage ich mich, für was für eine Wohltätigkeitsorganisation er eigentlich gearbeitet hat. Polly hat mir erzählt, dass er für die Logistik zuständig gewesen sei, um Flüchtlinge mit Medikamenten und Essen zu versorgen. Sie hat mir den Namen genannt, aber ich konnte keine Internetseite finden, also hat sie ihn wohl entweder verwechselt oder es war ein kleiner Verein direkt vor Ort. Ich will Cal nicht fragen, erst recht nicht jetzt.

»Ich hatte die Idee auf dem Feinkostmarkt in Truro. Hast du irgendeine Vorstellung davon, wie viele regionale Produzenten es gibt? Man kann fast alles aus Cornwall bekommen. Also sollten wir so viel Obst und Gemüse wie möglich aus der direkten Umgebung beziehen.«

Ich zeige ihm die Flyer, die ich vom Feinkostmarkt und einem beliebten Biobauernhof bei St Ives mitgenommen habe.

»Du warst fleißig. Erzähl weiter.«

»Zusätzlich zum Café könnten wir für die Leute, die unterwegs zur Bucht sind, noch einen mobilen Fahrradstand oder einen kleinen Van an den Küstenpfad stellen und dort richtiges Eis aus Cornwall und hausgemachtes Gebäck verkaufen. Ich könnte Pasteten, Fairings, Figgy 'obbin und Cornish Splits backen.«

Er verschränkt die Arme, und seine prächtigen Muskeln treten hervor. Mein Körper erhitzt sich, und es kribbelt in meinem Magen, aber ich werde mich nicht ablenken lassen. »Figgy 'obbin … Das hab ich nicht mehr gehört, seit ich ein kleiner Junge war.«

»Das war eine Spezialität meiner Oma. Ich hätte gar nicht gedacht, dass das sonst noch jemand kennt.«

»Ich erinnere mich, dass die Urgroßtante von Robyn und mir das auch immer gebacken hat, als ich noch im Kindergarten war. Aber ich fand den Namen so komisch, dass ich es nicht anrühren wollte. Ich glaube, ich habe mal geheult, nachdem man mich gezwungen hat, ein Stück davon zu essen.«

»Ich kann mir gar nicht vorstellen, wie du in Tränen ausbrichst.« Er lächelt wehmütig. »Na los, erzähl mir mehr von unserer zukünftigen Goldgrube.«

»Meinst du das ironisch?«

»Nein.«

»Wir könnten die Eier von Pollys Hühnern und selbst angebautes Gemüse und so was verwenden. Mitch würde vor dem Café sitzen und süß gucken, und alle Leute mit Hunden würden stehen bleiben. Hundenarren sind leicht zu ködern …«

»Das klingt alles großartig, Demi, aber wie willst du das allein hinkriegen?«

»Darüber hab ich auch schon nachgedacht. Wir werden Personal brauchen, aber ich *weiß*, dass ich es schaffen kann. Ich habe keine Angst vor harter Arbeit, und wenn besonders viel los ist, könnte jemand im Laden aushelfen. Nina und die Mädels würden sich gern noch was dazuverdienen, und Robyn hätte bestimmt auch lieber mehr eigenes Geld. In der Hochsaison bräuchte ich wahrscheinlich mindestens zwei zusätzliche Leute, vielleicht auch mehr, wenn es richtig losgeht …«

Er beobachtet mich aufmerksam aus seinen dunkelbraunen Augen, und ich habe das Gefühl zu verglühen. Meine Hände zittern, als ich die Flyer wieder einsammele. Er lächelt ganz leicht, und seine Lippen öffnen sich, als wollte er etwas sagen.

»Cal, warum siehst du mich so an?«

»Wie denn? Sei nicht albern, ich denke nur nach.« Sein Lächeln verfliegt, und sein Ton wird ernst. »Also jetzt lass uns mal einen genaueren Blick auf die Kostenaufstellungen werfen, die du vorbereitet hast. Wenn das hier je etwas werden soll, muss alles bis ins letzte Detail geplant sein.«

Er schaut von seinem Notebook auf und mustert mich. Es ist schwer, seinen Gesichtsausdruck zu deuten, unmöglich zu wissen, was er empfindet.

»Ich habe in den letzten Wochen jeden Tag rund um die Uhr darüber nachgedacht, und wenn du für die Finanzierung sorgen kannst, werde ich alles tun, damit es funktioniert.«

In diesem Moment merke ich, dass sich unsere Fingerspitzen fast berühren, und es fühlt sich an, als wären wir plötzlich durch eine Art elektrischer Spannung miteinander verbunden.

Für eine Sekunde denke ich, unsere Finger könnten sich treffen, und er könnte sich vorbeugen und mich küssen, oder ich könnte mich vorbeugen und *ihn* küssen. Aber wir bleiben, wo wir sind, seine und meine Haut immer noch Millimeter voneinander entfernt.

»Cal, ich habe mir noch nie in meinem Leben irgendwas so sehr gewünscht.«

»Das sehe ich, Demi.« Er setzt sich gerade hin, und die Verbindung bricht ab. »Dann werde ich wohl besser versuchen, irgendwo das Geld dafür aufzutreiben.«

16

Aus dem Frühling wird Sommer in Kilhallon. Als ich heute Morgen mit Mitch draußen war, hatte sich im Wäldchen hinter dem Haus ein Teppich von Hasenglöckchen ausgebreitet, und in den Dünen über der Bucht waren Hunderte Grasnelken herausgekommen und neigten in der Brise ihre zarten Köpfchen.

Ich habe kaum gemerkt, wie schnell die Zeit vergangen ist, weil ich so viel zu tun hatte. Cal war von morgens bis abends mit den Renovierungen beschäftigt und hat mich beauftragt, Pläne für das Café zu entwerfen und mit Polly im Garten zu arbeiten. Wenn ich nicht gerade im Baumarkt bin, recherchiere oder Verwaltungskram erledige, helfe ich Polly. Sie hat mir gezeigt, wie man die Kartoffeln häufelt, um sie vor spätem Frost zu schützen, obwohl das so spät im Mai nicht gerade wahrscheinlich ist, aber sie geht gern auf Nummer sicher. Wir haben Herbst-Rhabarber angepflanzt und die Erdbeeren mit Stroh unterlegt, was mir sogar fast Spaß gemacht hat – und tonnenweise Unkraut gejätet, was keine besonders tolle Aufgabe ist.

Ich bezweifle, dass wir für die Marmelade zum Cream Tea im Café genug Erdbeeren haben werden. Bis nächsten Frühling muss ich ein paar Lieferanten ausfindig machen.

Polly wirkt ganz anders, wenn sie in ihrem Garten ist: vielleicht nicht gerade glücklich, aber doch viel weniger griesgrämig. Die Beete gehören zu den Dingen, die sie auch in Cals Abwesenheit gepflegt hat. Ich glaube, auf eine seltsame Weise liebt sie ihn wirklich wie einen Sohn, und heute Morgen hat sie mir aus heiterem Himmel erzählt, sie habe immer gewusst, dass Cal schließlich nach Hause zurückkehren würde – dass es ihn wieder nach Kilhallon ziehen würde.

Ich frage mich, weshalb Isla und Luke nicht ebenso darauf vertraut haben.

Die Sonne brennt mir auf den Rücken, als ich einen Löwenzahn aus dem Karottenbeet ausgrabe. Da lässt mich das Klappern von Hufen aufschauen. Robyn reitet aus dem Moor, das mit rot und lila leuchtendem Heidekraut übersät ist, in den Hof.

Ich habe sie nicht mehr gesehen, seit wir vor ein paar Tagen in St Trenyan shoppen waren. Dort habe ich mir von dem Geld, das ich von meinem Gehalt gespart hatte, im Ausverkauf bei Primark einen tollen neuen Rock und ein Top gekauft.

Ich gehe auf sie zu.

»Wirst du hier jetzt zu einer Küchenfee oder doch eher zu einer Erdgöttin?«, fragt sie.

»Weder noch, hoffe ich.« Ich wische mir die erdverkrusteten Hände an meinen Arbeitsklamotten ab.

»Jedenfalls steht es dir«, sagt Robyn und steigt vom Pferd. Wir umarmen einander und gehen dann zum Stall, wo sie Roxy in der Box neben Cals Wallach Dexter anbindet.

»Falls du Cal suchst: Er ist heute Morgen zu den Architekten nach Truro gefahren.« Cal bespricht mit ihnen, ob es möglich ist, aus dem Lagerhaus ein Café zu machen, und wie teuer das wäre. Die harte Arbeit, die das mit sich bringt, schreckt mich nicht ab, aber der Gedanke, dass meine Ideen echtes Geld kosten werden, macht mir Angst.

»Ich wollte nicht unbedingt zu Cal. Ich dachte nur, vielleicht hast du Lust auf einen Kaffee, aber wie es aussieht, bist du beschäftigt.«

»Ich bin nicht zu beschäftigt, um nicht ein bisschen quatschen zu können. Ich racker mich schon den ganzen Vormittag im Garten ab und muss was trinken. Geht's dir gut? Ist alles in Ordnung?«

Sie tritt gegen das Heu. »Eigentlich schon, aber mich stresst diese Verlobungsparty.«

»Warum?«, frage ich, während wir zum Farmhaus laufen.

»Ach, keine Ahnung. Dad meckert andauernd wegen irgendwas an mir rum, ich glaube, er macht sich Sorgen ums Geschäft, und Isla hat mich gebeten, Brautjungfer zu sein.«

»Das klingt doch gar nicht schlecht, oder? Und die Feier ist ja noch ewig lang hin.«

»Schon, aber ich bin zu alt, um irgendein Prinzessinnenkleid zu tragen. Das ist überhaupt nicht mein Ding.«

»Tja, aber wenn sie dich gefragt hat, kannst du wohl schlecht Nein sagen.«

»Mein Dad wäre stocksauer.«

Ich lache. »Robyn, es gibt noch nicht mal ein Datum für die Hochzeit, jetzt kommt erst mal die Verlobungsparty.«

Sie seufzt. »Ich weiß. Dad dreht durch, weil die Party so teuer wird. Er hat darauf bestanden, dass sie in seinem Haus stattfindet, weil er sagt, Luke wäre für ihn wie ein Sohn, aber ich glaube, Dad übernimmt auch einen großen Teil der Rechnung. Isla fragt immer wieder nach, ob er es sich leisten kann, und bietet an, mehr beizusteuern, aber davon will er nichts wissen.«

»Dann wird es wohl sehr vornehm.«

»Auf jeden Fall. Sie haben professionelle Caterer beauftragt.«

»Wow. Ich war mit vierzehn Brautjungfer bei der Hochzeit meiner Tante«, erzähle ich. »Ich musste ein schreckliches enges Glitzerkleid tragen und habe vier Gläser Sekt getrunken und vor allen gekotzt. Dad ist ausgerastet, und wir mussten sofort gehen. Das Kleid war ruiniert, und meine Tante war wütend, weil sie es eigentlich noch bei eBay verkaufen wollte. Sie hat nie wieder mit uns geredet.«

»Was hat deine Mum dazu gesagt?«

»Die war nicht mehr dabei. Es war in dem Jahr, nachdem sie gestorben war.«

»Das tut mir leid. Ich weiß, dass es nicht dasselbe ist, aber ich vermisse meine Mum auch.«

»Was ist mit ihr passiert?«

Robyn seufzt. »Sie wohnt in Sydney.«

»Oh … ich dachte, sie …«

»Sie wäre tot? Für meinen Dad ist sie das. Er geht an die Decke, wenn wir sie auch nur erwähnen. Sie ist mit einem Surflehrer aus Newquay abgehauen, der nicht viel älter war, als ich es jetzt bin. Die Beziehung hat nicht gehalten, aber Mum führt jetzt eine Personalagentur dort und hat einen neuen Partner.«

»Siehst du sie überhaupt noch?«

»Ich hab sie zweimal besucht, seit sie uns vor fünf Jahren verlassen hat. Ich würde gern an Weihnachten wieder hinfliegen – ich habe genug gespart und könnte bei Mum wohnen, aber Dad wird durchdrehen.«

»Dein Dad kann dich nicht von deiner Mutter fernhalten.«

»Ich weiß, aber so einfach ist das nicht.« Sie lässt sich auf einen Stuhl am Tisch des Farmhauses fallen. Ich ahne, dass das hier noch eine Weile dauern könnte. Nachdem ich meine Nägel so gut wie möglich gereinigt habe, hole ich zwei Dosen Cola. Robyn öffnet sie.

»Ich würde gern von Bosinney wegziehen, aber ich kann mir keine eigene Wohnung leisten.«

»Wie wär's, wenn du dir mit deinen Freundinnen eine teilst?«

»Fast alle meine Freundinnen wohnen mit ihren Freunden zusammen, und mit den anderen würde ich mir keine Tüte Popcorn teilen wollen, geschweige denn eine Wohnung. Die sind im Grunde nicht mal stubenrein. Aber ehrlich gesagt gibt es da noch jemand anders, mit dem ich zusammenziehen würde, aber ich glaube nicht, dass Dad begeistert wäre.«

»Ist der Typ ein Serienmörder oder so was?«

Sie zögert. »Nein. Ganz so schlimm ist es nicht … Aber Dad wäre definitiv dagegen. Ich bin von ihm abhängig, weil er meine Studiengebühren bezahlt, und will ihn nicht verärgern. Das klingt jetzt vielleicht blöd, und ich erwarte nicht, dass du es verstehst.«

»Doch, ich verstehe das. Total.«

»Wirklich?«

»Ja. Mit meinem Dad ist es auch kompliziert. Ich hab ihn seit Ewigkeiten nicht gesehen. Er hatte Alkoholprobleme, und die sind schlimmer geworden, nachdem meine Mum gestorben war. Er war nicht besonders nett zu ihr, solange sie noch gelebt hat, aber ich glaube, nach ihrem Tod hat er sich schuldig gefühlt. Ich habe ihn irgendwie daran erinnert, wie viel er verloren hat und was er alles nicht getan hat, um ihr zu zeigen, dass er sie liebte. Als er dann eine neue Partnerin gefunden hatte, hab ich es nicht mehr ausgehalten und bin gegangen.«

Robyn umarmt mich. »Vielleicht war dein Dad einfach mies«, sagt sie mit einem bitteren Lächeln und seufzt dann. »Ich schätze, mein Dad will, dass ich heirate oder Bosinney übernehme – auch wenn es, so wie seine Geschäfte laufen, sowieso nicht mehr lange uns gehören wird –, aber ich will mein eigenes Leben führen, nicht das, das er für sich und Mum geplant hatte.«

»Da hast du recht. Es ist ganz allein dein Leben!«

»Aber wenn ich Dad sage, dass ich mit einem Mädchen zusammenziehen will, kriegt er einen Anfall.«

Ich brauche eine Sekunde, um zu kapieren, was sie meint. »Ah. Also ist der Junge, den du liebst, ein Mädchen.«

»Wusstest du etwa nicht, dass ich lesbisch bin?«

»Nein, wusste ich nicht. Ich hab gar nicht darüber nachgedacht.«

»Kein Problem. Eigentlich bin ich bi, aber mein Dad würde das weder verstehen noch sich überhaupt dafür interessieren«, sagt sie düster. Sie tippt mit der Spitze ihres Reitstiefels gegen eine lockere Fliese.

»Bist du sicher, dass er es nicht schon ahnt? Einer meiner Kumpels im Café war schwul. Er hatte unheimlich Angst vor seinem Coming-out, und als er sich schließlich getraut hat, meinten seine Mum und sein Bruder nur: ›Und hast du auch echte Neuigkeiten?‹ Sie hatten es längst gewusst und nur darauf gewartet, dass er es ihnen sagt, sobald er selbst bereit dazu ist.«

Sie schüttelt den Kopf. »Ausgeschlossen. Dad hat keine Ahnung, und er wird ganz sicher nicht entspannt reagieren, glaub mir. Und das liegt nicht nur an seinen altmodischen Ansichten. Andi ist nicht einfach irgendein Mädchen.«

»Komm schon. Solange sie keine Serienmörderin ist … Und keine Cade …«

Robyn starrt auf die kaputte Fliese und schluckt. Als sie mich wieder ansieht, ist ihr bleiches Gesicht noch einen Ton blasser geworden.

»Oh …«

»Sie ist Mawgan Cades jüngere Schwester.«

Ah. Das Emo-Mädchen, das mit den Cades in Sheilas Café war. Ach. Du. Meine. Güte. »Na ja, deshalb muss sie nicht wie Mawgan oder ihr Vater sein.«

»Nein, ist sie auch nicht!« Robyn wird schlagartig wieder lebendig und beugt sich mit strahlenden Augen zu mir. »Andi ist das genaue Gegenteil von *denen.* Sie ist freundlich, humorvoll, talentiert … Sie ist toll.«

Ich habe Mühe, die finstere Emo-Schwester im Café mit dieser Beschreibung zusammenzubringen, aber, na ja, wo die Liebe hinfällt … »Dein Dad und Luke verstehen sich doch mit den Cades, oder? Nur Cal und Mawgan kommen nicht miteinander klar.«

Robyn sinkt wieder auf ihrem Stuhl zusammen. »Ich glaube, Luke mag Mawgan – aus irgendwelchen unerfindlichen Gründen. Sie ist eine hinterhältige Kuh, und Isla hat auch nicht gerade viel für sie übrig … Mein Dad toleriert die Cades, aber er hat keine andere Wahl, denn Mawgan und ihr Vater besitzen das Gebäude, in dem sich sein Büro befindet. Ja, mein Dad hat zwar Ansichten aus dem 19. Jahrhundert, aber die Cades sind in der Steinzeit stehen geblieben. Wenn sie wüssten, dass Andi lesbisch ist und mit mir zusammenleben will, würden sie sie wahrscheinlich rausschmeißen und enterben. Das kann ich ihr nicht antun.«

»Glaubst du, es wäre etwas anderes, wenn dein Vater Andi mögen würde und sie keine Cade wäre?«

»Nein. Vielleicht. Keine Ahnung.« Sie seufzt tief. »Ich kann kein Risiko eingehen. Was ist, wenn Mawgan und ihr Vater meinen Dad und Luke wegen der Sache mit Andi und mir in Schwierigkeiten bringen?«

»Das können sie doch nicht machen!« Ich glaube selbst nicht, was ich da sage.

»Träum weiter, Demi.«

»Da muss man doch was tun können, es muss eine Lösung geben. Zwei Menschen, die sich lieben, gehören zusammen. Niemand sollte seine Gefühle verleugnen müssen.«

»Die Realität sieht anders aus.« Sie macht eine Pause. »Ich hasse es, dass Andi zu Islas Verlobungsparty kommt und ich so tun muss, als wären wir nur befreundet …« Sie verstummt und wechselt dann das Thema. »Hey, nächstes Wochenende spielt im College eine echt gute Indie-Band, und danach übernachten wir bei einer Freundin. Willst du zum Konzert mitkommen und Andi kennenlernen?«

Ich würde Robyn so gern helfen. Ich weiß, wie man sich fühlt, wenn man anders ist, und sie war von Anfang an unheimlich nett zu mir. Andererseits habe ich kein gutes Gefühl dabei, etwas so Wichtiges vor ihrer Familie und Cal geheim zu halten, obwohl es ja eigentlich nur Robyn etwas angeht.

»Hast du schon mal darüber nachgedacht, Cal von der Sache zu erzählen?«, frage ich ein wenig niedergeschlagen. »Er kennt euch alle viel besser als ich. Vielleicht kann er etwas für dich tun.«

»Er hat mit der Renovierung schon genug am Hals und muss erst mal Islas Verlobung verdauen, außerdem vermisst er seinen Dad immer noch sehr. Ich kann ihn nicht auch noch mit meinen Problemen belasten.«

»Glaubst du, er kommt irgendwann darüber hinweg?«

»Über den Tod seines Vaters oder Isla? Keine Ahnung. Er war schon immer sehr emotional und neigt zu Extremen. Wenn er dich mag, tut er alles für dich, aber wenn du ihn verletzt, vergisst er das nie.«

Mein Magen krampft sich zusammen, aber Robyn scheint nicht zu bemerken, was ihre Worte in mir bewirken.

»Los, komm schon, sag, dass du mit mir zum Konzert gehst, um Andi kennenzulernen. Du findest sie bestimmt toll; sie ist kein bisschen wie die anderen Cades.«

Wie könnte ich ihr eine solche Bitte abschlagen? Mir würde es guttun, mal hier rauszukommen und neue Freunde zu finden, und das Geheimnis ist Robyns Sache, nicht meine.

»Gerne. Ich frag Cal, ob ich den Land Rover nehmen kann.«

17

In den letzten Tagen nach Robyns Besuch habe ich die alte Werkstatt der Anlage ausgeräumt und alle Sachen in Kisten sortiert, um sie wegzuschmeißen, zum Secondhandladen zu bringen oder zu recyceln. Mitch hat »geholfen«, indem er unter die Werkbank gekrochen ist, Dinge umgeworfen und an Cals Rasenmäher gepinkelt hat, der aus dem »Café«-Gebäude in die Werkstatt gebracht worden war. Viele der alten Ersatzteile und -ausstattungsgegenstände für die Wohnwagen sind schon im Müll gelandet, aber der Krimskrams aus dem Farmhaus ist noch mal eine andere Liga. Einen Teil des Geschirrs und der Dosen habe ich in mein Cottage gebracht und die restlichen Sachen in Kartons verpackt, um damit die anderen Cottages zu dekorieren, wenn sie fertig renoviert sind.

»Ist das hier noch dasselbe Gebäude, oder wurde ich in eine andere Werkstatt gebeamt?«, fragt Cal, als er am Ende eines langen Aufräumtags hereinkommt, um den Rasenmäher zu holen. Zum Glück habe ich ihn vorher noch abgewischt. »Ich erkenne sie kaum wieder. Ich hatte keine Ahnung, dass wir dieses ganze Zeug besitzen.«

»Polly sagt, dein Vater konnte nichts wegwerfen.«

»Das stimmt, aber als ich klein war, hab ich das nie als Problem gesehen. Ich hab gerne hier herumgekramt.«

»Polly hat mir aufgetragen, alles, was wir nicht mehr brauchen, zum Secondhandladen in St Trenyan zu bringen, aber ich dachte, vielleicht stelle ich auch was bei eBay rein.«

Cal sieht sich in der Werkstatt um. »Gute Idee. Jetzt, nachdem du aufgeräumt hast, kann ich tatsächlich hier drin arbeiten, und es wirkt heller.«

»Ich hab die Fenster geputzt.«

»Großartig. Wir könnten später was zu essen bestellen und ein Bier trinken, wenn du Lust hast?«

»Ähm ... Danke, aber ich bin heute Abend schon verabredet.«

»Oh. Okay. Kein Problem.«

Er scheint wirklich enttäuscht zu sein, was mich freut, obwohl es wahrscheinlich nichts bedeutet. »Robyn hat mich zu einem Konzert eingeladen. Es ist ja Freitagabend.«

»Schön. Dann hast du dort bestimmt mehr Spaß als hier mit mir und einem Asia-Ismbiss.«

Da bin ich mir nicht so sicher, und während ich noch darüber nachdenke, trage ich die letzte Kiste Porzellan »zum Behalten« hinüber in mein Cottage. Die besten Sachen will ich im Café benutzen. Ich denke, die bunt zusammengewürfelten Tassen und Untertassen und Teller werden dem Lokal einen gewissen Retro-Charme verleihen. Meine Ideen sind weiter gereift, seit ich mit Cal über das Café gesprochen habe. Ich mache mir sogar mittlerweile so viele Gedanken darüber, dass ich in manchen Nächten kaum schlafen kann, weil ich immer weiter plane und recherchiere.

Cal hat mich gebeten, für das Café eine detaillierte Kostenaufstellung auszuarbeiten und den Markt genauer zu untersuchen. Da ich dafür zu den besten Cafés fahren und auf Firmenkosten Cream Tea und Karottenkuchen probieren musste, hatte ich nichts dagegen. Mitch auch nicht. Ich war mit ihm in einigen Lokalen mit Terrasse und habe beschlossen, ein Hundemenü anzubieten. Jetzt brauche ich nur noch ein williges Opfer, um ein paar Rezepte zu testen.

In der letzten Nacht bin ich erst um zwei vom Konzert zurückgekommen, weil wir danach alle noch zu Nina gegangen sind. Schließlich hat ihre Mum uns nach Hause gefahren, denn sie musste sowieso wegen ein paar neugeborener Welpen wach bleiben. Die Band war gar nicht schlecht dafür, dass sie nur eine College-Gruppe ist, und ich hatte viel mehr Spaß als erwartet. Andi war mir gegenüber erst vorsichtig, aber dann hat sie zugegeben, dass ihr Mawgans zickiges Verhalten im Café peinlich war. Sie hat sich andauernd entschuldigt, weil ich wegen ihrer Schwester gefeuert wurde, aber ich habe ihr gesagt, dass ich letztendlich froh darüber bin, weil es jetzt viel besser für mich läuft. Andi und Robyn sind ein total süßes Paar. Ich habe das blasse, schüchterne Mädchen, das ich mit Mawgan und ihrem Vater in Sheilas Café gesehen hatte, kaum wiedererkannt. Eigentlich wollte ich die beiden zu einem Coming-out vor ihren Familien überreden, aber jetzt bin ich mir nicht mehr so sicher, ob das eine gute Idee ist, auch wenn das vielleicht nicht so richtig konsequent ist.

Ich habe meinen pochenden Schädel ignoriert und mich um halb acht aus dem Bett gequält, um die Rezepte für das Hundemenü auszuprobieren. Ich hätte auch die Küche im Farmhaus benutzen können, aber ich hatte keine Lust, mir Pollys bissige Kommentare anzuhören. Sie hält mich sowieso schon für völlig verrückt, auch ohne dass ich Hundekuchen backe. Hey, das ist es: *Ein bissiges Hundemenü … Hundemenü mit Biss …* So kann ich es nennen!

»Bin ich komplett durchgedreht, seit ich Cal Penwith kennengelernt habe?«

Mitch wirft mir einen kurzen Blick zu und inspiziert dann weiter sein Hinterteil. Ich wette, eine Starköchin wie Mary Berry muss sich ein solches Verhalten von ihrem Partner nicht gefallen lassen. Eine Weile später ist jede Ablagefläche der winzigen Küche mit Mehl, Speckschwarten, Eierschalen und schmutzigen Schüsseln und Töpfen bedeckt. Ich hole eine Backform, deren Inhalt viel besser riecht, als er aussieht, aus dem nicht ganz vertrauenerweckenden Ofen des Cottages.

»Au!« Ich lasse die Backform auf die Arbeitsplatte fallen und puste auf meine verbrannten Finger. Jetzt weiß ich, warum Polly diese Ofenhandschuhe aussortiert hatte. Mitch trottet in die Küche und schnuppert. In der Luft liegt Fleischgeruch.

»Eine Speck-Hähnchen-Torte für den Herrn?« Ich knickse, aber Mitch zeigt sich nicht beeindruckt.

Mithilfe von zwei Geschirrtüchern stülpe ich den Kuchen auf einen Teller, dann schneide ich ein Stück ab und puste, damit es abkühlt. Mitch stupst mich am Bein an. Er schnuppert an dem noch warmen Stück saftiger »Torte«, das ich in seine Schüssel gelegt habe. Ich hoffe, sie kommt besser an als der Fleisch-Hundekuchen, bei dem er die Nase gerümpft hat.

Er leckt an dem Stück Torte, schlingt es dann hinunter und hebt den Kopf, wie um zu fragen: »Und wo bleibt der Rest?« Ich bin mir sicher, die Torte wird ein Renner, also mache ich beruhigt weiter mit den gluten- und laktosefreien Karotten-Hundemuffins.

Gegen fünf Uhr, als die Sonne zum Fenster hereinscheint, nachdem der Ofen fast den ganzen Tag in Betrieb war, wird es in der Küche brütend heiß. Eine Biene summt an der offenen Tür vorbei, und der Himmel ist so saphirblau wie Islas Verlobungsring. Vor meinem Experiment mit den Karottenmuffins habe ich mir zwar meinen neuen Primark-Rock und ein Trägertop angezogen, aber trotzdem rinnt mir der Schweiß über den Rücken. Die Haare habe ich zu einem unordentlichen Zopf geflochten –

passend zum Aussehen meiner neusten Kreation –, und ich bin von der Hitze garantiert knallrot.

»Okay, Mitch, du hast heute sehr brav alle Rezepte getestet. Wie wär's mit einem Spaziergang? Sonst landest du bald in so einer Sendung, wo fette Haustiere abspecken müssen.«

Mitch schaut von seinem einigermaßen kühlen Plätzchen auf den Terrakottafliesen auf, wie um zu fragen: »Bei diesen Temperaturen? Bist du völlig übergeschnappt?«

»Ich muss hier raus, ob du mitkommst oder nicht. Na los, lass uns zur Bucht runterlaufen und ins Wasser gehen. Das gefällt dir.«

Ich rassle mit seinem Halsband und seiner Leine, und er rafft sich mühsam auf und folgt mir zur Tür hinaus. Die Sonne steht noch hoch über dem tintenblauen Meer. Ich liebe Kilhallon um diese Tageszeit, wenn es nicht mehr ganz Nachmittag, aber auch noch nicht Abend ist. Mitch läuft voraus und hinterlässt an den Zauntritten auf dem Weg zur Bucht seine Duftmarke. Das Sanitärgebäude auf der Jurtenwiese nimmt langsam Gestalt an; das Dach ist mit Plastikplanen bedeckt.

Ein paar Spaziergänger schlendern über den Küstenpfad, aber die meisten sind schon in ihre Cottages und Pensionen zurückgekehrt. Es fühlt sich an, als wären Mitch und ich die Einzigen, die noch übrig sind, allein am Ende der Welt. Von ganz oben auf dem Zauntritt ist der Ausblick nach Westen über den Atlantik unfassbar schön. Danach kommt nichts mehr bis Amerika, und plötzlich fühle ich mich sehr klein.

Ich beschließe, mir das zukünftige Café-Gebäude noch einmal genauer anzusehen, biege um eine Ecke und entdecke Cal. Er schwingt einen Vorschlaghammer und zielt damit auf die verfallene Wand des Gemeinschaftshauses. Es stammt aus den Sechzigern, und wir behalten es nicht, aber ich bin verblüfft, dass er glaubt, er könnte es von Hand niederreißen.

Krach. Vögel fliegen kreischend vom Dach auf, und sogar Mitch unterbricht sein Herumschnüffeln und schaut, woher der Lärm kommt. Ich gehe auf Cal zu und zucke jedes Mal zusammen, wenn er die Wand trifft. Die Backsteine bröckeln, Mauerstücke schießen durch die Luft. Cal verschwindet fast ganz im Staub, aber ich bin ihm bereits so nahe, dass ich auf seinen nackten Schenkeln unter der abgeschnittenen Jeans den Schweiß glitzern sehe. Er war schon von seinem »Wüstenurlaub« – wie er seinen Aufenthalt gern nennt – braun, aber in den letzten Monaten ist seine Bräune von der Arbeit im Freien noch dunkler geworden. Ich will ihn nicht anstarren, aber ich kann die Augen nicht von seinen kräftigen Armen lassen. Das gute Essen, die frische Luft und die harte Arbeit der vergangenen Monate haben an seinem mageren Körper Muskeln wachsen lassen, sodass er nun schlank und durchtrainiert und ziemlich attraktiv ist.

Eine Krähe flattert krächzend aus der Hecke auf, und Mitch bellt.

Cal sieht mich durch den Staubnebel direkt an. Meine Wangen brennen wie Feuer, weil er mich erwischt hat, aber ich winke ihm fröhlich zu. Zum Glück trägt er eine Schutzbrille, sodass er nicht erkennen kann, wie rot ich tatsächlich bin.

»Hallo, Arnold Schwarzenegger«, rufe ich.

Er schiebt die Schutzbrille nach oben über die Stirn.

»Solltest du das nicht besser den Bauarbeitern überlassen? Man könnte meinen, du willst mit dem Vorschlaghammer jemanden umbringen.«

»Ja, heute Nachmittag hätte ich schon Lust dazu.« Der Staub legt sich langsam und bleibt an seinem Körper kleben. Ich kriege fast weiche Knie vor Verlangen. Er lässt den Hammer auf den Boden fallen.

»Warum? Was ist los?«

Er wischt sich mit dem Handrücken den Schweiß von der Stirn. »Hat Polly dir nichts gesagt? Die Baubehörde hat den Antrag abgelehnt, Kilhallon Park umzubauen. Wir sind hier fertig.«

18

»Was? Das können sie doch nicht machen!«

»Tja, wie du siehst …«

Wut kocht in mir hoch. »Warum? Ich verstehe das nicht. Du hast doch gesagt, die Genehmigung wäre nur eine Formsache.«

»Scheinbar gab es ›eine Reihe von Beschwerden aufgrund von Lärm und erhöhtem Verkehrsaufkommen, und das Bauprojekt würde die Erhaltung einer ruhigen, naturbelassenen Umwelt beeinträchtigen‹.« Er schnaubt abfällig.

»Schwachsinn, wenn du mich fragst.«

»Absolut.«

»Hier stand schon vor Jahren eine größere, lautere Anlage, und genau das willst du doch jetzt nicht mehr. Du möchtest einen friedlichen Ort erschaffen, der den Leuten hier Geld und Arbeitsplätze bringt. Wie kann denn irgendjemand etwas dagegen haben, dass du die Situation für alle in der Region verbessern willst? Spinnen diese Leute von der Baubehörde?«

»Keine Ahnung, aber das werd ich schon noch rausfinden.«

»Auf jeden Fall. Wir dürfen nicht aufgeben. Denn das wirst du doch nicht, oder?« Ich sehe Cals Träume wie Wasser im Sand versickern. Und meine Träume. Ich wünsche mir genauso wie er, dass Kilhallon ein Erfolg wird.

»Ich gebe nicht auf, aber ich könnte Ärger kriegen, weil ich ohne Baugenehmigung Land gerodet und ein paar Fundamente gelegt habe. Ich dachte, es wäre ausgemachte Sache. Mein Bekannter bei der Behörde hat gesagt, er sieht keine größeren Hindernisse, und den Plänen nach ist es genau die Art von Projekt, das die Region braucht.«

»Dann verstehe ich nicht, weshalb sie abgelehnt wurden.«

»Es *gibt* keinen Grund«, murmelt er.

»Warum *dann?*«

Er lächelt bitter. »Ich hab da so meine Vermutungen.«

Ich glaube – nein, ich *weiß* –, dass er meint, die Schwierigkeiten könnten etwas mit den Cades zu tun haben, aber ich gieße lieber kein Öl ins Feuer, indem ich diesen Namen jetzt erwähne. Cal scheint schon wütend genug, auch ohne dass ich ihn ermutige, sich über Mawgan und ihren Vater auszulassen. Aber wenn das hier ihnen zu verdanken ist, wird Cal doch sicher nicht einfach klein beigeben?

»Und was machst du jetzt?«

»Ich lege natürlich Berufung ein! Aber im schlimmsten Fall müsste ich die Bauarbeiten stoppen und könnte gezwungen werden, den Neubau ganz oder teilweise abzureißen. Außerdem brauche ich jetzt noch mehr Geld, um vor Gericht zu gehen und für mein Vorhaben zu kämpfen.«

Er greift wieder nach dem Vorschlaghammer, verzieht dann das Gesicht und blickt auf seine Handflächen. Seine Hände sind mit weißen Blasen übersät, aus denen teilweise Blut sickert.

»Das sieht übel aus.«

»Sind nur ein paar Blasen.«

»Was ist mit den Arbeitshandschuhen?«

»Die hab ich vergessen.«

Um ihn nicht noch zusätzlich zu reizen, frage ich nicht, ob er vielleicht ein bisschen durch den Wind ist. »Soll ich dir helfen, sie überzuziehen?«

»Nein, danke. Ich will diese Mauer heute noch niederreißen.«

Ich folge seinem Blick. Die eine Seite der Mauer ist zertrümmert, aber er kann sie unmöglich ganz zum Einsturz bringen, bevor es dunkel wird. Durch das Loch ist ein neuer Blick aufs Meer frei geworden, das ebenso blau ist wie die neue Jeans, die ich mir von meinem Gehalt gekauft habe. Es kommt mir so vor, als würde ich die Landschaft jetzt mit anderen Augen sehen, mit den Augen der Familien, die hier Urlaub machen werden.

»Vorsicht!«

Er schlägt wieder mit dem Hammer zu. Die Mauer bekommt einen Riss, stürzt aber nicht ein.

»Verdammt.«

Er lässt den Hammer sinken. Blut rinnt über seine Handflächen. »Ich muss mich wohl erst mal um meine Hände kümmern, damit ich weitermachen kann.«

»Komm mit ins Farmhaus. Ich hol den Erste-Hilfe-Kasten.«

Mitch legt sich auf die Küchenfliesen und kaut auf einem alten Gummiknochen herum, während Cal sich schweigend an den Tisch setzt. Ich halte den Blick gesenkt und konzentriere mich darauf, die Blasen mit Desinfektionssalbe zu betupfen. Es wäre eine Lüge, wenn ich behaupten würde, dass in seiner Nähe nicht diverse Teile meines Körpers verrücktspielen.

Ich schneide etwas Mull zurecht und suche eine Bandage. »Es wäre viel besser, wenn du deine Hände ein paar Tage lang schonen würdest, statt weiterzumachen.«

»Kommt nicht infrage. Ich muss heute Abend fertig werden.«

Er zuckt nicht mal mit der Wimper, als ich die Blasen verarzte. »Das sollte helfen, aber ich denke trotzdem, du musst deinen Händen Ruhe gönnen, sonst platzt die Haut ganz auf.«

Er lächelt. »Ich bin Schlimmeres gewohnt.«

Ich begehe den Fehler aufzuschauen und begegne dem Blick aus seinen dunklen Augen. Ich drücke mit einem Finger auf den Verband. Er zuckt zusammen.

»Was hab ich gesagt? Wenn du weitermachst, kannst du bald nicht mal mehr Auto fahren oder pinkeln und erst recht keine Wand niederreißen. Lass es mich an deiner Stelle versuchen, oder hol die Bauarbeiter.«

»Ich kann es mir nicht leisten, jemanden damit zu beauftragen, und dir erlaube ich es auf keinen Fall.«

»Traust du mir das etwa nicht zu?«

»Ich trau dir alles zu, aber es wird keine fünf Minuten dauern, bis deine Hände so aussehen wie meine.«

»Bis dahin kann ich eine Menge schaffen.«

Letztendlich halte ich eine Stunde durch, bis meine Arme sich anfühlen, als würden sie brennen, und die Schmerzen in meinem Rücken mich zum Aufhören zwingen. Obwohl ich ein Paar Gartenhandschuhe anhabe, sind meine Hände mit Blasen übersät, aber sie sind nichts im Vergleich zu Cals. Als wir Schluss machen, sind seine Bandagen tiefrot und dreckverschmiert. Ich verbinde meine Blasen nicht, damit sie Luft bekommen, aber seine müssen noch einmal behandelt werden.

»Ich muss dringend unter die Dusche. Das müssen wir beide.« Da war mein Mund wohl schneller als mein Verstand. Ich lasse Cals Hand fallen wie ein Stück glühende Kohle. »Das dürfte reichen.«

Cal beobachtet mich aufmerksam. »Du hast recht, ich werde gleich duschen gehen. Willst du mit mir zu Abend essen?«, fragt er.

»Okay. Wenn du kochst.«

Er winkt mit seinen verbundenen Händen. »Ich versuch's.«

»Mach den Verband nicht nass«, ermahne ich ihn.

Er lässt den Kopf sinken und stöhnt.

Später gehe ich in sauberen Shorts und einem T-Shirt, die frisch gewaschene Mähne mit einem Haargummi gebändigt, zurück ins Farmhaus.

Noch bevor ich an der Tür ankomme, steigt mir der Geruch von Zwiebeln, Chili und Knoblauch in die Nase.

»Hmm, das wird lecker. Ich kann's gar nicht erwarten. Oh …«

Cal schlendert in die Küche. Er trägt ein weißes Handtuch um die Hüften, das auf der einen Seite gefährlich tief sitzt. Eine feine Haarlinie führt von seinem Nabel zu seinem Becken, und ich bin nicht sicher, ob ich mir den schwachen Schatten von weiteren Härchen am Ansatz seines Schenkels einbilde oder nicht. Aber wenn das Handtuch noch einen Millimeter tiefer rutscht, sehe ich alles. Hitze schießt von meiner Brust bis zu meinem Haaransatz. Ich bin bestimmt rot wie eine Ampel. Meine Kehle ist trocken, meine Stimme krächzend.

»Ähm. Sorry. Ich dachte, du wärst schon angezogen. Ich meine, ich dachte, du wärst bereit. Zum Essen, meine ich … Soll ich später wiederkommen?«

»Warum denn?« Er runzelt die Stirn über meine offenbar dumme Frage und geht hinüber zum Tisch, wo noch Zwiebelschalen und Chilikerne auf dem Hackbrett liegen. Cal hat seine Verbände abgenommen – ich werde sie nicht erneuern. Jetzt muss er leiden, aber ich hoffe, dass kein Chili an seine wunden Hände gekommen ist.

Nicht, dass ich mich wirklich mit dem Chili oder Cals Blasen beschäftigen würde. Ich habe *keinen* blassen Schimmer, wie dieses Handtuch hält.

Als er sich umdreht, um die Abfälle auf dem Brett einzusammeln, legt sich das dünne Handtuch eng um seinen Hintern und lässt seine Muskeln hervortreten. Meine Hormone hüpfen wild herum wie Popcorn, mein Körper brutzelt, und ich weiß gar nicht mehr, wo ich hinschauen soll. Er drückt mit dem Fuß aufs Pedal des Mülleimers und bückt sich, um die Gemüsereste vom Brett zu schieben. Das Handtuch spannt sich noch enger über seinem Po. Was stimmt nicht mit mir? Ich schmelze dahin wie Butter in der Sonne.

Er dreht sich zu mir um. Wie durch ein Wunder rutscht das Handtuch immer noch nicht. »Demi, was ist los mit dir? Du siehst aus, als würdest du gleich einen Herzinfarkt kriegen.«

»Nichts. Es ist heiß hier. Vom Ofen und was weiß ich. Ich hab wohl zu heiß geduscht.«

Er nickt. »Das Thermostat ist auch hinüber. Es ist warm heute Abend, also dachte ich, wir können draußen essen. Im Kühlschrank steht kalter Cider. Nimm dir schon mal einen, während ich mir was anziehe.«

Entweder hat er wirklich keine Ahnung, was er mit mir anstellt, oder er weiß es ganz genau, und es ist ihm egal – oder er versucht absichtlich, mein Hirn und meine Hormone gleichzeitig zum Kochen zu bringen. Aber ich glaube nicht, dass er so gemein wäre. Was bedeutet, dass er *wirklich* keine Ahnung hat, und das wiederum heißt, dass ich aus seiner Sicht in keiner Weise irgendeine Art Bedrohung für ihn darstelle. Ich bin nur eine Angestellte, höchstens eine Freundin: ein Teil des Inventars wie der Tisch oder die Hühner.

Ich laufe hinaus und schnappe nach Luft, obwohl sie so lau und staubig ist, dass das kaum hilft, aber wenigstens muss ich ihn nicht mehr ansehen.

Aber was ist das denn?

Cal hat den alten eisernen Gartentisch neben der Hintertür für zwei Personen gedeckt und zwei Stühle aus dem Farmhaus in den Hof getragen. In der Mitte des Tisches stecken ein paar Wildblumen von der Wiese in einer alten Bierflasche.

Mit kaltem Cider in meinen Adern und größter Konzentration auf einen Flyer über die Begrünung von Dächern, den ich im Altpapier gefunden habe, schaffe ich es, mich ein bisschen abzukühlen. Die quietschende Tür des AGA und das Klappern der Teller sagen mir, dass Cal zurück ist, aber ich biete ihm keine Hilfe an.

Kurz darauf bringt er zwei Teller mit Curry heraus. Zu meiner Erleichterung hat er sich eine Jeans und ein T-Shirt angezogen. Seine Haare sind noch feucht und seine Haut duftet nach Kiefern-Duschgel – mir wird schon wieder ganz anders.

»Wow, das sieht echt gut aus.«

Er grinst. »Ich bin ein Mann mit vielen Talenten. Darf ich die Dame nun zu Tisch bitten?«

Das Curry war köstlich, und in den vergangenen Stunden haben wir einige Flaschen Cider geleert. Okay, ich drei und er vier – glaube ich –, und plötzlich fällt mir auf, dass es kaum noch hell genug ist, um die Etiketten zu lesen, und dass meine Schenkel mit Gänsehaut überzogen sind.

»Man glaubt gar nicht, dass es so kalt werden kann nach einem so heißen Tag«, sage ich.

»In der Wüste war es nachts auch immer eiskalt.«

Dies ist eins der ersten Male, dass er seinen Aufenthalt im Nahen Osten erwähnt, und ich zögere, bevor ich antworte. Ich will mehr über sein Leben vor seiner Abreise erfahren und darüber, was passiert ist, während er weg war, aber ich fürchte mich beinahe davor.

»Wirklich?«

»Das liegt am Verlust der Wärmestrahlung unter klarem Himmel. Die Temperatur kann buchstäblich bis zum Gefrierpunkt sinken.«

»Das wusste ich gar nicht. Du bist bestimmt froh, wieder zu Hause zu sein.«

Statt zu antworten, trinkt er noch einen Schluck Cider.

»Was hat dich dazu gebracht, dein Zuhause für einen so gefährlichen Ort zu verlassen, obwohl du auch in Kilhallon hättest bleiben können?« *Bei Isla,* füge ich in Gedanken hinzu.

»Manchmal bereue ich, dass ich gegangen bin.«

»Warum hast du es dann gemacht?«

»Meine Mutter ist gestorben, als ich ein Teenager war, und auch schon vorher war mein Vater viel zu sehr mit seinen Affären und dem Herunterwirtschaften von Kilhallon Park beschäftigt, um zu merken, dass ich nicht mehr klargekommen bin. An einem Abend, kurz nachdem Dad wieder eine neue Frau mit nach Hause gebracht hatte, hab ich betrunken mit einem Traktor eine Spritztour durchs Dorf gemacht und bin schließlich in einer Ausnüchterungszelle gelandet.« Er lacht bitter, aber ich spüre, dass das hier etwas ist, was er mir erzählen will – oder muss.

Nach einem weiteren Schluck Cider fährt er fort: »Jedenfalls hatte ich Glück, dass die Sache keine ernsthaften Konsequenzen für mich hatte. Aber noch eine Chance hätte ich wohl nicht bekommen. Isla hat mich dazu gebracht, dass ich das College durchgezogen und meinen Abschluss nachgeholt habe, und irgendwie haben meine Noten sogar für einen Studienplatz gereicht.«

»Polly hat mir erzählt, dass du Medizin studiert hast.«

»Ja, aber ich hab keinen Abschluss darin. Ich hab das Studium angefangen, aber nach zwei Jahren abgebrochen.«

»Warum?«

»Ich glaube, eigentlich wollte ich nie Arzt werden, aber mein Dad hat darauf bestanden, dass ich einen Beruf erlerne, weil ich ja nicht mit ihm Kilhallon führen wollte, und Isla hat mir zugeredet. Aber der Prüfungsdruck war zu viel für mich; irgendwann musste ich Pillen schlucken, um mit allem fertigzuwerden. Letztendlich habe ich die Prüfungen nach dem zweiten Jahr noch geschafft, aber ich hab trotzdem aufgegeben. Das war für Dad das Schlimmste: dass ich aufgehört habe, obwohl ich bestanden hatte. Jedenfalls hab ich mich nicht gerade mit Ruhm bekleckert. Ich bin dann zurück nach Hause gekommen und habe ein paar Monate lang mit meinen Kumpels rumgehangen.«

»Und Luke?«

»Na ja, wir waren mal gute Freunde, aber damals hatte er sich schon verändert. Er hat seinen BWL-Abschluss gemacht und ist erwachsen geworden. Im Gegensatz zu mir«, fügt er hinzu. »Isla war noch hier, und ich fand es einfach schön, Zeit mit ihr zu verbringen. Sie hat in Falmouth Fernsehproduktion studiert. Irgendwann ist mir langweilig geworden, und ein Freund hat mir vorgeschlagen, mich bei einer Wohltätigkeitsorganisation zu engagieren, die Notunterkünfte baut und verschickt. Ich hätte nie gedacht, dass mir das mal so wichtig werden würde. Zuerst war es nur ein Zeitvertreib, aber die Arbeit hat mich immer mehr begeistert, bis ich mir gar nicht mehr vorstellen konnte, irgendwas anderes zu machen. Ich hatte endlich das Gefühl, auch ein Loser wie ich könnte auf der Welt tatsächlich etwas bewirken. In den nächsten Jahren habe ich dann für die Organisation gearbeitet und bin immer für ein paar Wochen oder auch Monate ins Ausland gegangen, wenn ich dort gebraucht wurde. Irgendwann haben sie mir ein Projekt für ein Jahr angeboten.«

»War das dieselbe Organisation, für die du zuletzt gearbeitet hast?«

Er zögert. »Nein. Das war eine andere. Eine direkt vor Ort«, erklärt er knapp und sammelt die schmutzigen Teller ein. »Ich hab im Kühlschrank Scones und Clotted Cream gesehen. Hast du Lust darauf?«

»Wenn du auch welche isst? Ich habe sie heute Morgen gebacken.«

»Wie könnte ich da widerstehen?« Er wirft mir ein Lächeln zu, das mir einen Schauer über den Rücken jagt. »Ich hole sie.«

Es gibt keine elegante Art, Scones mit Marmelade und Clotted Cream zu essen. Man muss da einfach durch und die Tatsache akzeptieren, dass alles herausquillt und einem als klebrige, cremige Wonne über die Hände rinnt. Und dass man sich nachher die Soße von den Fingern lecken muss. Ich bin immer noch überglücklich, dass ich essen kann, wann und was ich will, und nicht mal Cal, der so verstörend nah neben mir sitzt, wird mich davon abhalten.

Er beugt sich über den Tisch und sieht mir direkt ins Gesicht.

Ich fasse mir unwillkürlich an die Nase. »Was ist los? Ist meine Nase verbrannt? Ich hab die Sonnencreme vergessen, als wir die Wiese gemäht haben. Ich hab bestimmt wieder jede Menge Sommersprossen bekommen.«

»Deine Nase ist ziemlich rot, aber die Sommersprossen sind süß.« *Süß? Flirtet* er etwa schon wieder mit mir? Will er mich ablenken, damit ich ihm nicht noch mehr Fragen über seine Zeit im Nahen Osten stelle? Oder interpretiere ich da zu viel hinein?

Ich strecke die Zunge raus. »Igitt. Ich will nicht süß sein.«

»Wie du meinst. Ehrlich gesagt würde ich dich auch eher als unverschämt bezeichnen.«

»Na danke«, murmele ich. Dann war »süß« wohl doch nicht so schlecht.

»Und zickig«, fügt er selbstzufrieden grinsend hinzu.

Ich schnappe nach Luft. »Das sagt ja gerade der Richtige, Mr Oberlaunisch.«

Seine Augenbrauen gehen hoch und ziehen sich zusammen. »Ich und launisch?«

»Ja. Und griesgrämig.«

Er schnaubt. »Wann bitte war ich jemals griesgrämig?«

»Die ganze Zeit über, und gereizt, aber vor allem unberechenbar …«

»Tja, und Sie sind pampig, Ms Jones, und überempfindlich, und Sie sehen aus wie Rudolph mit der roten Nase.«

»Du bist so blöd, Cal … hey!«

Er taucht blitzschnell einen Finger in die Clotted Cream und schnippt sie mir ins Gesicht. Das gelbliche Zeug spritzt über meine Wangen, und ich schiele auf einen Klecks auf meiner Nasenspitze. Ich strecke die Zunge nach oben, um ihn zu erreichen. Cal stützt das Kinn in eine Hand und beugt sich über den Tisch. Dieses attraktive Gesicht, das mich komplett aus der Bahn wirft, kommt mir bedrohlich nahe. Mein Körper glüht innerlich, und ich wage kaum zu atmen. »Du hast eine sehr beeindruckende Zunge.«

Seine raue und vom Alkohol leicht undeutliche Stimme umhüllt mich, und ich richte den Blick wieder auf ihn. Er hält mir einen halben, dick mit Marmelade und Clotted Cream bestrichenen Scone vor die Nase.

»Na los, jetzt kannst du den Rest auch noch essen. ›Wenn schon, denn schon‹, wie Polly sagen würde.«

»Aber das hier ist … mmmmm.«

Er schiebt mir das krümelige Gebäck zwischen die Lippen. Gar nicht so einfach, gleichzeitig zu lachen, einen Scone zu essen und sich zu bemühen, nicht vor Sehnsucht dahinzuschmelzen. Die Tatsache, dass ich kein Interesse an Cal haben sollte, erscheint mir nun absurd, und dass ich nichts für ihn fühle, wie die größte Lüge, die ich mir je weismachen wollte. Er weiß garantiert, dass ich bis über beide Ohren in ihn verknallt bin.

»Und?«, fragt er mit diesem gewissen Lächeln auf den Lippen. Er *muss* wissen, was ich für ihn empfinde.

»Mmm, lecker«, murmele ich mit geschlossenen Augen.

»Cal? Bist du da?«

Ich öffne die Augen gerade rechtzeitig, um zu sehen, wie Cal vom Tisch aufspringt, sich mit der Hand den Mund abwischt und dabei Marmelade und Clotted Cream in seinem Gesicht verschmiert – schuldbewusst wie ein kleiner Junge, den man mit der Hand in der Keksdose erwischt hat.

19

Isla steht in der Küchentür. Sie trägt ein schlichtes, rotes Etuikleid und hat ihr glänzendes strohblondes Haar zu einem lässigen Pferdeschwanz zusammengebunden, wobei sie bestimmt ewig gebraucht hat, um ihn so stylisch aussehen zu lassen. Sie lächelt uns an, als hätte sie zwei Kinder bei einem Streich erwischt, wäre aber bereit, sie noch mal davonkommen zu lassen.

»Als ich geklopft habe, hat niemand geantwortet, und die Haustür war offen, also bin ich reingegangen. Ich hoffe, das war in Ordnung?« Sie kommt herunter in den Hof. Ich habe keine Ahnung, wie lange sie schon da ist oder was sie von unserer Scone-Schlacht gesehen oder gehört hat.

»Wenn ich euch beim Abendessen störe, kann ich auch ein anderes Mal wiederkommen. Cal, ich wollte fragen, ob du bei der Party dabei bist. Ich habe noch keine Zusage von dir, und ich muss den Caterern übermorgen die genaue Anzahl der Gäste durchgeben. Oder ist deine Antwort in der Post verloren gegangen?«

»Ich war zu beschäftigt.« Cal sammelt die leeren Flaschen ein. Eine rutscht ihm aus der Hand und zerspringt auf dem Boden, sodass Glassplitter über die Pflastersteine fliegen. Er flucht.

»Oh nein, ich wusste, ich hätte vorher anrufen sollen. Ich konnte mir bei meinem aktuellen Dreh ein paar Tage freischaufeln und bin einfach spontan zum Ausspannen hergeflogen.«

»Schon okay. Wir waren gerade fertig«, sagt Cal schroff.

Waren wir das? Hatten wir überhaupt angefangen? Wir waren angeheitert. Es ist nichts passiert. Es wird auch nichts passieren, jetzt, wo sie da ist. Isla. So schön und so verdammt *nett*.

Als mir auffällt, dass ich die beiden in der letzten Minute nur stumm beobachtet und nichts zum Gespräch beigetragen habe, stehe ich auf und wische mir die Marmeladenfinger an meinen Shorts ab. »Ich fege das Glas zusammen.«

Cal bückt sich. »Nein. Das ist meine Schuld. Ich mach das gleich weg.«

Isla geht zu ihm. »Was ist mit deinen Händen passiert? Sie sehen wund aus.«

»Ich habe eine Wand eingerissen.«

»Mit einem Vorschlaghammer«, füge ich hinzu.

Sie schüttelt den Kopf. »Mann, Cal.«

»Ich hole eine alte Zeitung, um das Glas einzuwickeln«, sage ich, aber niemand hört mir zu, was mir nur recht ist. Gut, dass Isla aufgetaucht ist, sonst wäre womöglich etwas passiert, was ich bereut hätte. Was Cal vielleicht bereut hätte. *Hätten* wir es bereut? Während ich die Zeitung aus dem Altpapier fische, drehe ich die Möglichkeiten in Gedanken hin und her und verheddere mich dabei. Als ich wieder draußen bin, hat Isla schon die größten Scherben eingesammelt, und wir wickeln sie gemeinsam in Zeitungspapier, während Cal missmutig zuschaut. Islas Gesicht ist starr und angespannt.

»Danke. Ich werf das auf dem Nachhauseweg in die Mülltonne.«

»Bitte geh nicht meinetwegen. Es sah so aus, als hättet ihr beide einen schönen Abend.«

Ich zwinge mich zu einem Lächeln, denn ich bin nicht sicher, was genau sie meint. Wahrscheinlich will sie nur nett sein. Glaube ich.

»Wir haben nur herumgealbert, und mir ist sowieso langsam kalt geworden. Außerdem sollte ich noch mal mit Mitch Gassi gehen.«

Als Mitch seinen Namen hört, hebt er den Kopf von den Pfoten. Ich greife nach dem Bündel Zeitungspapier.

»Du musst wirklich nicht gehen«, sagt Isla entschieden. »Cal kann dir bestimmt einen Pulli oder so was geben, damit dir wieder warm wird.«

»Demi kann sich ein Sweatshirt aus ihrem Haus holen«, entgegnet Cal.

»Sicher, aber ich wollte auch mit Demi sprechen. Ich möchte sie um einen Gefallen bitten.« Sie schenkt mir ein Lächeln, ein warmes und freundliches Lächeln, das mich völlig durcheinanderbringt.

»Mich?«

»Das ist jetzt ziemlich kurzfristig, aber ich wollte fragen, ob du vielleicht Zeit hättest, beim Catering auf der Verlobungsparty in Bosinney zu helfen. Am selben Abend steigt ein großes Event im Country Club, deshalb hat die Catering-Firma nicht genug Leute.« Sie lächelt. »Mal wieder.«

»Ich … ähm … Bist du sicher, nach dem … äh … letzten Mal?«

»Das war nicht deine Schuld.« Sie wirkt verlegen. Gott, ich glaube, sie ist *wirklich* so nett. »Abby hat gesagt, du hättest dich unheimlich ins Zeug gelegt, bevor Mawgan dich ins Visier genommen hat. Ich verspreche dir, dass ich sie von dir fernhalten werde.«

»Du hast *Mawgan* eingeladen?«

»Selbstverständlich, Cal.« Isla klingt resigniert, als hätte sie schon damit gerechnet, dass ihr Besuch mit einem Streit enden würde. »Du weißt doch ganz genau, dass die Cades Geschäftspartner von Rory sind. Robyn ist mit Andi befreundet, und Luke ist außerdem auch an einigen von Mawgans Projekten beteiligt.«

Cal schüttelt den Kopf. »Das klingt ja ganz so, als wärt ihr eine große, glückliche Familie.«

»Es ist, wie es ist, und damit basta. Ich kann die Gästeliste nicht nach deinen Wünschen ändern, Cal«, sagt Isla frustriert.

»Das erwarte ich auch nicht«, knurrt er zurück. »Aber nach dem, wie Demi von Mawgan auf dem Ball behandelt wurde, kannst du nicht verlangen, dass sie deine Gäste bedient.«

»Schon okay. Ich hab's überlebt.« Ich schleiche mit dem Bündel Zeitungspapier in Richtung Tür. Ich habe keine Lust, mir einen Pärchenstreit anzuhören. Denn das hier *ist* ein Pärchenstreit, ob Isla nun mit Luke verlobt ist oder nicht.

»Also machst du's? Wir zahlen dir doppelt so viel, wie du beim Ball verdient hast«, sagt Isla hoffnungsvoll.

Bevor ich antworten kann, erwidert Cal brüsk: »Du zahlst ihr gar nichts, denn Demi kommt sowieso mit zur Party.«

Mir klappt die Kinnlade runter.

»Auf der Einladung stand doch Cal Penwith und Begleitung, oder?«

»Ähm ... na ja ...« Islas perfekte Augenbrauen ziehen sich zusammen. Ich schleiche näher zur Tür. Ich könnte vor Scham im Boden versinken.

»Demi ist meine Begleitung, also kann sie nicht bedienen«, erklärt Cal.

Der Schock hat mir die Sprache verschlagen, und Isla scheint es ebenso zu gehen. Anscheinend bin ich die Einzige, die in dieser Sache nichts zu sagen hat, aber ich weiß sowieso nicht, was ich sagen soll oder wie ich mich überhaupt mit der Rolle fühle, die sie mir in ihrem Spiel zugeteilt haben.

»S-selbstverständlich stand das da, und Demi ist natürlich willkommen, aber ich dachte ...«

»Dass ich allein kommen würde?« Cal lächelt triumphierend.

»Du hast noch nicht geantwortet. Woher hätte ich das wissen sollen?«, fragt Isla kühl.

»Dann entschuldige ich mich dafür. Aber danke, ja, wir nehmen die Einladung beide sehr gerne an.«

»Also gut. Ich freue mich auf dich. Auf euch beide natürlich, und es tut mir *wahnsinnig* leid, dass ich mit der Einladung einen Fehler gemacht habe«, sagt sie mit einem gewissen Unterton zu Cal.

»Demi freut sich schon darauf, stimmt's?«, fragt er mich. Ich könnte ihn umbringen, weil er mich da reinzieht, aber gleichzeitig tanze ich innerlich vor Freude.

»Danke, dass du mich gefragt hast«, murmele ich. »Jetzt muss ich aber raus mit Mitch. Er kriegt schon X-Beine.«

Warum bin ich wütend auf Isla, obwohl sie so höflich ist? Weil sie reingeplatzt ist und mich – und Cal – von einer Dummheit abgehalten hat? Weil er sie jetzt auf diese bestimmte Weise ansieht? Weil ich einen verrückten Moment lang dachte, er würde mich vielleicht küssen und aus dem Kuss könnte vielleicht noch mehr werden?

Ich schlüpfe an ihr vorbei und drücke das Bündel Zeitungspapier eng an meinen Körper.

»Demi. Warte …« Sie lächelt mich an, als wäre ich ein kleines Mädchen, dann holt sie ein Taschentuch heraus und reicht es mir. »Du hast Marmelade auf der Nase.«

20

Nachdem Demi sich verabschiedet hat, will Isla auch nicht mehr bleiben. Ich gehe mit ihr zum Stall, weil sie meinte, dass sie Dexter sehen will. Ich tue so, als würde ich ihr glauben. Es ist warm im Stall, und der erdige Geruch von Heu und Pferd wirkt beruhigend.

Dexter wiehert erfreut, als wir seine Box betreten.

»Er erkennt dich«, sage ich.

Sie streichelt ihm über die Mähne. »Das will ich auch hoffen. Ich habe ihn oft genug geritten, während du weg warst.«

»Wirklich?«

»Jedes Mal, wenn ich zu Hause oder in Bosinney war, habe ich mit ihm einen Ausritt gemacht, entweder mit Robyn oder allein. Er musste ab und zu mal raus, Cal, und es hat mich irgendwie getröstet, mich um ihn zu kümmern. Argh. Hab ich das gerade laut gesagt?«

»Ich fürchte, ja.«

Sie schaut zu mir auf. Mit ihren vor Scham leicht geröteten Wangen wirkt sie schöner denn je, aber da ist auch etwas Zerbrechliches an ihr. Sie ist noch dünner geworden und stärker geschminkt, als ich es von ihr gewohnt bin. Oder bilde ich mir das ein? Wünsche ich mir, dass Isla mit Luke unglücklich ist? Wenn ich ehrlich bin, ja. Bedeutet das, dass ich ein Dreckskerl bin oder sie nicht richtig lieben kann? Aber Liebe ist nicht gütig und selbstlos, zumindest nicht meine Art.

»Ist alles in Ordnung? Bist du wirklich hergekommen, um Demi zu bitten, dass sie bei der Party aushilft? Ich hätte früher auf die Einladung antworten sollen, aber ich musste einiges erledigen.«

Ich merke, dass sie mir nicht glaubt. »Freut mich, dass Demi auch kommt«, sagt sie. »Ich war nicht sicher, ob ich dich überhaupt einladen soll. Ich wollte dich nicht verletzen, aber Luke wünscht sich, dass du dabei bist. Und *ich* wünsche mir, dass du dabei bist. Ist das egoistisch von mir?«

Ich lasse diese Frage unbeantwortet. »Wie geht's Luke? Ich habe ihn fast gar nicht gesehen, seit ich zurück bin. Ich war zu beschäftigt, und Robyn hat mir erzählt, dass Luke auch oft nicht da war.«

»Nein, er war geschäftlich viel unterwegs, und ehrlich gesagt habe ich ihn selbst kaum gesehen. Weil ich immer in London bin und er mit dem Unternehmen zu tun hat. Und mit anderen Dingen.«

»Was für andere Dinge können ihn denn von dir fernhalten?«

Sie lacht bitter. »Wenn du wüsstest … Zuerst einmal die Cades. Er verbringt viel Zeit mit Mawgan und Clive.«

»Warum das denn?«

»Sie sind wichtige Kunden der Firma. Luke und dein Onkel wollen sie bei Laune halten. Wahrscheinlich dürfte ich das nicht so eng sehen. Tja, wenn ich mitten in den Dreharbeiten stecke, bin ich ja auch wochenlang nicht da. Also« – sie lächelt und berührt mich am Arm – »reden wir nicht über mich. Wie geht's dir? Luke hat mir erzählt, dass dein Bauantrag abgelehnt wurde. Du musst Berufung einlegen.«

»Auf jeden Fall! Wie lange bist du noch hier?«

»Natürlich bis zur Verlobungsparty, und dann verbringen wir ein paar Tage auf den Scilly-Inseln, bevor ich zurück nach London muss. Aber für die Drehvorbereitungen und den Dreh selbst werde ich immer mal wieder hier sein.«

»Also bist du nicht mit einem Schauspieler durchgebrannt. Das war immer meine größte Sorge, wenn ich weg war.«

»Wirklich?«

»Nein. Ich hab mir alles Mögliche vorgestellt.« *Nur nicht, dass du mal meinen besten Kumpel heiraten würdest.*

»Ich hab mir viel schlimmere Sachen vorgestellt. Warum hast du dich nie gemeldet?«

Mein Kiefer verspannt sich. »Das wollte ich. Ich hab's versucht, aber es war oft schwierig. Wir waren an abgelegenen Orten, und die Zeit ist rasend schnell vergangen, weißt du, da waren so viele Leute, die mich gebraucht haben.« Von der Lüge verkrampfen sich mir die Eingeweide, aber ich kann Isla nicht die Wahrheit sagen.

Egal, wie sehr es ihr und mir wehtut, ich werde ihr nie die ganze Wahrheit sagen können.

»Okay. Ich verstehe, dass du nicht darüber reden willst, aber wenn es so schrecklich war, solltest du vielleicht darüber nachdenken, eine Therapie zu machen«, sagt sie vorsichtig, was mich nur noch mehr ärgert.

»Das ist es nicht! Es ist nicht, was du denkst.«

»Du weißt nicht, was ich denke, und wenn du mir nicht sagen kannst oder willst, was da draußen passiert ist, dann hat es keinen Sinn, dass ich dich dazu dränge. Lassen wir das.«

»In Ordnung.« Ich balle die Faust, weil jeder Knochen und jede Sehne meines Körpers danach verlangt, dass ich ihr sagen soll, wie sehr ich mir in jener Zeit ein Gespräch mit ihr gewünscht habe, wie der Gedanke an sie das Einzige war, was mich am Leben erhalten hat, und wie sehr ich bereue, dass ich sie verlassen habe.

»Ich muss los. Ich sollte früh schlafen gehen. Diese Party und die Planung der Dreharbeiten haben mich schon einige Nächte gekostet. Mir fehlt mein Schönheitsschlaf.«

»Ich finde dich trotzdem schön.«

»Blödsinn. Du siehst ganz genau, dass ich todmüde bin. Sogar Luke sagt mir das. Übrigens ist Demi viel hübscher als ich. So erfrischend. Sie ist echt was Besonders. Es war gut, dass du sie eingestellt hast.«

»Ich hab eine Assistentin gebraucht. Sie einen Job. Mir war klar, dass sie intelligent ist und anpacken kann. Sie hat ihre Chance genutzt und mich nicht enttäuscht. Ich kann's mir nicht leisten, Leute aus reiner Nächstenliebe zu beschäftigen …«

Isla lächelt vielsagend und streichelt Dexter noch einmal. »Du wirst immer alles geben, um Leuten zu helfen. Vergiss bei allem Engagement nur nicht die, die dir am nächsten stehen.«

»Ich bin kein Heiliger, Isla.«

»Das weiß ich.«

Meine Finger umschließen ihre, die immer noch auf Dexters Hals liegen. Sie bewegt die Hand nicht, bis das Pferd wiehert und seine Flanke schüttelt, sodass der Kontakt abbricht.

»Wahrscheinlich sehe ich dich nicht mehr vor der Party. Jedenfalls freue ich mich, dass du kommst. Und dass Demi dich begleitet.«

»Bis dann«, sage ich und streiche mit den Lippen flüchtig über ihre, strecke noch einmal die Hand ins Feuer, um zu prüfen, ob ich die Hitze ertragen kann.

Islas Augen werden groß vor Überraschung, vielleicht auch dunkler, weil sie es heimlich doch genießt, aber ich verlasse den Stall, so schnell ich kann, ihr und mir selbst zuliebe.

»Cal«, ruft sie mir nach, aber ich drehe mich nicht um, sondern richte meine Antwort an das Meer und den Himmel.

Ich will sie an den Schultern packen und fragen: »*Warum?*« Warum freut sie sich, dass ich dabei bin, wenn sie allen zeigt, wie sehr sie *ihn* liebt? Will sie, dass ich ihr beweise, dass ich klarkomme und froh bin, sie mit ihm zu sehen? Will sie, dass ich Luke und unseren Freunden und Verwandten beweise, dass ich über sie hinweg bin? Will sie sich davon überzeugen, damit sie ohne schlechtes Gewissen mit ihm in den Sonnenuntergang spazieren kann? Soll das mein Verlobungsgeschenk für sie sein – dass ich sie gehen lasse?

»Nur zu deiner Info: Übers Wochenende musst du selbst auf dich aufpassen, *Boss*«, erklärt Polly ein paar Tage nach Islas Besuch, während ich gerade im Hof eine weitere Ladung Schieferdachplatten von einem der Cottages stapele. Wir werden die Platten wieder brauchen, wenn der neue Dachstuhl errichtet ist.

Ich sehe Pollys Schatten. Sie hat die Hände in die Hüften gestemmt. Ich vergewissere mich, dass der Schieferplattenstapel gerade und stabil ist, bevor ich zu ihr aufschaue.

»Ich habe dieses Wochenende frei. Ich besuche meinen neugeborenen Enkel in Plymouth, falls du das vergessen hast.«

»Geht in Ordnung«, sage ich, richte mich auf und nehme einen Schluck aus einer Wasserflasche.

»Tja, ich dachte, ich erinnere dich lieber noch mal daran, damit du weißt, dass du dich selbst versorgen musst. Aber du kommst bestimmt auch allein zurecht und hast ja noch Demi als Gesellschaft«, fügt sie mit Unschuldsmiene hinzu. Da Polly in ihrem Leben noch nie irgendwas ohne Hintergedanken getan hat, werde ich hellhörig.

»Ja, keine Sorge. Sie kommt mit mir auf die Party.«

»Was?«

»Demi begleitet mich.«

Polly schnappt nach Luft. »Ist *sie* etwa eingeladen?«

»Hat sie dir das nicht erzählt?«

»Nein. Ich dachte, du weißt selbst noch nicht, ob du hingehst.«

»Warum sollte ich nicht hingehen?«

Polly schnalzt missbilligend. »Du weißt ganz genau, *warum*, aber tu, was du für richtig hältst. Dann amüsiert euch gut.«

»Ja, das werden wir. Ich weiß, dass es dir nicht gepasst hat, als ich Demi hergebracht habe. Vielleicht dachtest du, sie würde deine Autorität infrage stellen. Aber sie ist clever und fleißig – was du sicherlich bemerkt hast –, und ich bestehe darauf, dass sie mit Respekt behandelt wird. Dad hat sich auf dich verlassen, solange er gelebt hat, und ich weiß es zu schätzen, dass du hier geblieben bist, während ich weg war, obwohl du nicht geglaubt hast, dass ich zurückkomme.«

Polly schnaubt. »Ich habe dich nie aufgegeben, im Gegensatz zu manch anderen hier. Ich meine nur, du solltest Demi keine falschen Hoffnungen machen.«

»Inwiefern? Entspricht die Party etwa nicht ihrem Standard?«

Polly schüttelt den Kopf. »Du hast wirklich keine Ahnung, Cal Penwith. Na ja, wenn du nicht auf mich hören willst …«

»Was Demi angeht, nicht. Ich bin dankbar für deine Hilfe und Unterstützung, sogar mehr, als du dir je vorstellen kannst, aber seit Demi hier ist, haben sich die Dinge geändert. Ich will, dass sie anständig behandelt wird. Ist das klar?«

»Anständig behandelt? Von mir? Ich will nur das Beste für das Mädchen. Pass du nur besser auf«, entgegnet sie.

»Auf mich oder auf sie?«

»Auf sie. Was du machst, ist mir schnuppe. Aber die Leute werden reden, wenn du mit ihr bei der Party auftauchst«, erklärt sie.

»Das ist mir egal. Dir auch ein schönes Wochenende«, sage ich sarkastisch.

Polly sieht mich finster an, und ich bekomme den Eindruck, dass ich sie wirklich verletzt habe.

»Hör mal, Polly, ich hab das nicht böse gemeint.«

»Mach doch, was du willst. Ich gehe jetzt. Ich muss meinen Zug kriegen.«

»Ich fahr dich zum Bahnhof.«

Sie schnaubt wieder. »Nein, tust du nicht. Ich werde abgeholt.«

»Wirklich?«

»Ja. Ich habe auch noch ein Leben außerhalb meiner Arbeit hier.« Sie dreht mir den Rücken zu, und ich könnte mir in den Hintern beißen. Verdammt noch mal!

»Polly, warte!«

Aber sie ist weg, stürmt über den Hof in Richtung Rezeption. Warum kann ich nie die Klappe halten? Ich wollte Demi nur verteidigen und beschützen. Ich hätte wissen müssen, dass Polly empfindlich ist. Habe ich es so sehr verlernt, die Beweggründe und Absichten anderer Leute einzuschätzen? Mir fällt Demis Gesichtsausdruck ein, als ich Isla gesagt habe, dass ich sie mitnehme. Ich weiß nicht, wer von beiden verblüffter war.

Ich warte nicht mehr auf eine Reaktion von Polly, sondern mache mich mit der Schubkarre über den holprigen Weg zu den Gästecottages auf, um die restlichen Schieferplatten zu holen. Alles, was ich selbst erledigen kann, spart Personalkosten, und ich muss so viel wie möglich sparen, um Demis Café zu finanzieren. Aber wenn ich wirklich keine Baugenehmigung kriege, bin ich verdammt noch mal ruiniert, zusammen mit Polly, Demi und allen Leuten, die für mich arbeiten oder die ich einstellen wollte, denn einigen von ihnen schulde ich jetzt schon Geld. Kilhallon wird zugrunde gehen oder an die Bank verkauft werden, und dann wird Mawgan Cade es endgültig in die Finger kriegen.

Schweiß rinnt mir in die Augen, meine Schultern tun weh. Ich ignoriere beides und schiebe die Schubkarre mit den Schieferplatten zurück auf den Hof, immer wieder hin und her, bis ich kaum noch etwas sehen kann, weil meine Augen brennen und jeder Muskel nach einer Pause verlangt. Gegen den Schmerz und die Müdigkeit anzukämpfen hilft mir, die Realität auszublenden, dass Isla, falls – wenn – sie Luke heiratet, für immer unerreichbar sein wird.

21

Es dauert eine Weile, bis sich meine Augen an die Dunkelheit in Cals Arbeitszimmer gewöhnt haben. Dies ist die erste Gelegenheit, mich hier allein reinzuschleichen, seit Isla neulich am Abend vorbeigekommen ist. Jetzt gerade ist Cal damit beschäftigt, die Schieferplatten vom letzten Cottagedach zu holen. Obwohl ich selbstverständlich hier sein darf und, falls nötig, auch eine Ausrede parat hätte, fühle ich mich schlecht dabei, aber ich *muss* es wissen.

Auf dem Schreibtisch türmt sich das übliche Chaos aus Briefen, Rechnungen, ausgedruckten Kalkulationsbögen und Flyern über Wärmepumpen und Solarplatten. Eigentlich wollte Polly hier etwas Ordnung schaffen, aber Cal lässt sie fast nie irgendwas anfassen. Ich durchsuche zunächst die oberste Schicht des Zettelchaos und entdecke dann unter einem Heimwerker-Magazin die Ecke eines cremefarbenen Umschlags.

Die schmuddeligen Fingerabdrücke auf dem Umschlag zeigen mir, dass Cal ihn oft in der Hand hatte. Nachdem ich die Einladung herausgenommen habe, streiche ich mit den Fingern über den steifen Karton, der fast so dick ist wie mein T-Shirt. Ich spüre sogar die gedruckten Buchstaben als winzige Erhöhungen unter meinen Fingerspitzen. Islas Handschrift – es wird doch ihre sein? – ist geschwungen und schön. An ein paar Stellen ist die Tinte ihres Füllers auf der Karte verlaufen. Es ist alles sehr geschmackvoll und edel, aber ich sehe nirgends irgendwas von *Begleitung* stehen. Auch nicht, als ich alles noch mal lese und die Worte in der Stille des Arbeitszimmers vor mich hin flüstere:

WIR SIND VERLOBT!
Einladung
für
Mr Calvin Penwith
zur Verlobungsfeier
von Isla und Luke
am Samstag, den 25. Juni,
ab 19 Uhr
in Bosinney House, St Trenyan
Antwort erbeten an Isla Channing

Also hatte ich recht.

Cal hat Isla neulich am Abend tatsächlich angelogen, und sie *weiß,* dass er gelogen hat. Sie hat nichts vergessen; wie denn auch? Warum sollte sie schließlich eine »Begleitung« einladen? Sie weiß, dass es in seinem Leben niemanden außer ihr gibt. Nur ich habe mich zunächst täuschen lassen. Ich dachte, sie hätte vielleicht noch eine Person hinzugefügt, die ihn trösten kann, während er zusehen muss, wie seine Ex und sein früherer bester Freund vor allen Leuten feierlich ihre Liebe bekunden.

Ich weiß auch nicht, ob ich sauer oder froh bin, dass er mich gefragt hat. Wollte er Isla eifersüchtig machen? Oder ihr eins auswischen? Tat ich ihm leid, und er wollte mich und sich selbst damit trösten? Ich hoffe, nichts davon ist der Grund. Ich verdiene es genau wie alle anderen auch, dabei zu sein.

»Demi?«

Cal steht in der Tür und trocknet sich mit einem Geschirrtuch die Hände ab. Ich verstecke die Einladung mit klopfendem Herzen hinter meinem Rücken. Cal kommt herein, sein Oberkörper ist nackt – hab ich das schon erwähnt? –, und seine gebräunte

Haut schimmert. Ich werde ganz kribbelig, und mein Puls schießt in die Höhe.

»Erschreck mich doch nicht so!«

Er lächelt. »Schlechtes Gewissen?«

»Ja, ich hatte vor, dein Passwort zu knacken, um dann dein Konto leer zu räumen.«

»Dafür müsstest du erst mal was einzahlen.«

»Haha. Eigentlich wollte ich ein paar Kalkulationen für das Café ausdrucken, solange ich Zeit habe und Polly mich nicht andauernd unterbrechen kann.«

Er wirft das Geschirrtuch auf den Stuhl. »Kein Problem, ich hab doch gesagt, du kannst den Drucker benutzen, wann immer du willst.«

»Danke.« Schieferstaub klebt an Cals Brust, sein Oberarm ist mit Dreck beschmiert. Ich könnte jeden Moment dahinschmelzen und wie eine Pfütze zwischen den Dielenbrettern versickern, wenn ich nicht vorher vor Schuldgefühlen in Ohnmacht falle. Der Umschlag liegt immer noch in meiner Hand. Inzwischen ist er bestimmt voll mit Fingerabdrücken von mir.

»Wie läuft's mit dem Dach?«, frage ich.

»Ich habe alle Schieferplatten im Hof gestapelt und eine Plane darübergelegt. Die Bauarbeiter haben das Cottagedach zugedeckt, bevor sie gegangen sind, aber ich muss noch mal nachschauen, ob alles gesichert ist. Der Wetterbericht für morgen sieht nicht gut aus. Ich glaube, es könnte einen Sturm geben.«

»Ach, das ist aber blöd für die Party. Robyn hat mir erzählt, dass die Drinks draußen im Garten serviert werden sollen.«

Er zuckt die Achseln. »Darüber hab ich noch gar nicht nachgedacht, aber Bosinney ist groß genug, dass dort auch bei schlechtem Wetter eine Menge Leute Platz haben.«

Er hebt einen Brief vom Fußboden auf und betrachtet ihn finster. Ich nutze die Gelegenheit, um den Umschlag auf den Schreibtisch hinter mir gleiten zu lassen, in der Hoffnung, dass ich ihn wieder an seinen Platz legen kann, wenn Cal geht.

Er verzieht das Gesicht und wirft den Brief neben sich auf die Kommode.

»Cal, bist du sicher, dass ich dich auf diese Party begleiten soll?«, frage ich.

Er runzelt die Stirn. »Warum denn nicht? Hast du keine Lust?«

»Ich habe nichts dagegen mitzukommen, aber ich kenne da fast niemanden bis auf Robyn, und wenn Mawgan auch kommt, könnte es Spannungen zwischen uns geben.«

»Machst du dir deswegen Sorgen?«, fragt er mit dieser tiefen, ernsten Stimme, die mir wahnsinnig auf die Nerven geht, vor allem, weil sie mein Herz zum Stolpern bringt.

»Nein, Mawgan ist mir völlig egal.«

»Was ist dann los?«

Ich zucke mit den Schultern. »Eigentlich nichts. Ich verstehe nur nicht ganz, warum du mich gefragt hast.«

Er macht ein Gesicht, als wäre ich irgendwie verrückt. »Weil ich mich freuen würde, wenn du mitkommst. Reicht das etwa nicht als Grund?«

Weil ich mich freuen würde, wenn du mitkommst.

Ich habe versucht, diesen Gedanken für den Rest des Tages festzuhalten, während ich ein paar neue Rezepte fürs Café ausprobiert habe. Außerdem habe ich beschlossen, das Basilikum und den Koriander auszupflanzen, die ich in einem alten Schuppen im Küchengarten gezüchtet hatte. Ich habe auch wild wuchernde Minze und Rosmarin in einer vernachlässigten Ecke des Gartens gefunden, und wenn die Kräuter einmal von Nesseln und

Unkraut befreit sind, kann man sie bestimmt für Lammbraten verwenden. Ich habe neulich schon eine Lamm-Minz-Pastete damit gebacken, die sogar Polly »ganz annehmbar« fand.

Cal steht mit amüsiertem Gesichtsausdruck am Rand des Beets. »Ich hätte gar nicht gedacht, dass du einen grünen Daumen hast.«

»Meine Mum hat gern im Garten gearbeitet, aber damals fand ich das uninteressant. Polly hat mir ein paar Tipps gegeben.«

Ich drücke die letzte Basilikumpflanze fest, stehe auf und klopfe mir die Erde von den Händen. Cal schraubt den Deckel einer Wasserflasche auf.

»Das mit den Kräutern hast du echt gut gemacht.«

»Ich war nicht sicher, ob es sich lohnt, sie jetzt einzupflanzen, wegen der Sturmwarnung.«

»Wenn sie ein bisschen Wind und Regen nicht aushalten, werden sie in Kilhallon sowieso nicht lange überleben«, sagt er und sieht mir zu, wie ich die leeren Plastiktöpfe einsammele, die die Brise zwischen den Kräutersetzlingen hin und her rollen lässt. Wir stürzen uns gleichzeitig auf einen davonfliegenden Blumentopf und stoßen fast zusammen.

Cal reicht mir den Topf. »Willst du mit mir zu Abend essen? Ich hab in St Trenyan Seebarsch geholt und wollte ihn im Ofen backen. Dein Rosmarin würde gut dazu passen.«

Ich nehme den Topf. »Möchtest du etwa schon wieder kochen?«

»Tu nicht so erstaunt. An deiner Stelle würde ich die Gelegenheit nutzen.« Seine Augen funkeln im Sonnenlicht, dann sieht er mich ernst an. Ich wische mir die erdverkrusteten Handflächen an den nackten Schenkeln ab und frage mich, was er wohl denkt. Meine Haare sehen aus wie wildes Gestrüpp, meine Hände sind schmutzig, und meine Shorts werden von einer Sicherheitsnadel zusammengehalten, weil der Reißverschluss kaputt ist.

»Stimmt irgendwas nicht?«

Er deutet ein Lächeln an. »Nein. Also sehen wir uns später?«

Cal würde lieber sterben, als jemanden um irgendwas bitten, aber da ist noch ein Unterton in seiner Stimme, der mich berührt. Das mit der Party muss schwierig für ihn sein. Bestimmt empfindet er die Verlobungsfeier als letzten Sargnagel für seine Beziehung. Wahrscheinlich trinkt er wieder zu viel, wenn ich nicht hingehe, also ist es wohl meine Pflicht, den Abend mit ihm zu verbringen.

»Okay. Ich pflanze noch den Majoran ein, dann ziehe ich mich um und komm rüber.«

Er bedankt sich nicht, sagt nicht »Schön« oder lächelt wenigstens, sondern nickt nur und geht weg, aber ich glaube, er freut sich.

Zehn Minuten später werfe ich die Blumentöpfe in die Recyclingtonne und frage mich, wie ich bis zur Party morgen Abend den ganzen Dreck unter meinen Nägeln wegbekommen soll. Es wird bestimmt sehr schick. Angeblich haben Luke und Rory Penwith ein Festzelt gemietet, weil Isla so viele Leute aus der Gegend, aber auch Fernsehkollegen aus London eingeladen hat.

Soll ich mir eine Maniküre gönnen? Ich habe mir neulich in einer Drogerie einen günstigen Nagellack gekauft. Ich könnte mir auch die Zehennägel lackieren. Am besten jetzt, wenn ich aus dem Bad komme, bevor ich rüber ins Farmhaus gehe. Denn während ich mir die Haare wasche, fällt mir ein, dass ich morgen keine Zeit haben werde. Ich muss früh aufstehen, weil ich zum Feinkostmarkt will.

Es hat natürlich nichts damit zu tun, dass ich bei der Party weniger verwildert und mehr wie ein normaler Mensch aussehen will. Und es hat erst recht nichts damit zu tun, dass ich für Cal gut aussehen will – auch wenn er sowieso nur für eine einzige Person Augen haben wird.

Ein rotes Gesicht mit einer noch röteren Nase blickt mir aus dem Spiegel entgegen, aber ich kann jetzt nichts dagegen tun. Ich binde meine feuchte Mähne zusammen und ziehe mir ein sauberes T-Shirt und eine Jeans an, aber bevor ich hinunterlaufe, hole ich noch mein Partyoutfit aus dem Schrank. Das blassblaue T-Shirt-Kleid hat im Schlussverkauf einen Fünfer gekostet, weil ein Fleck drauf war. Ich hatte es schon ein paarmal an, wenn ich mit Robyn im Pub war, und es muss für morgen reichen. Robyn hat mir die hohen Schuhe geschenkt, die sie mir zum Kellnern geliehen hatte, weil sie sowieso nur Doc Martens und personalisierte Vans trägt. Ich kann für den Weg zur Party Turnschuhe anziehen, dort in die Stilettos schlüpfen und dann hoffen, dass ich nicht stolpere. Und wenn doch, wird es niemandem auffallen. Morgen ist Islas und Lukes Tag, und so soll es auch sein.

»Das wird übel.« Cal schiebt die ausgeblichenen Brokatvorhänge auseinander und schaut aus dem Fenster des Farmhauses. Es ist schon fast dunkel draußen, obwohl es gerade mal neun Uhr ist. Viel mehr als diesen Kommentar zum Wetter hat er heute Abend noch nicht von sich gegeben.

»Ich habe auf der Straße ein paar solche Nächte verbracht, aber dazu war es auch noch kalt.«

Cal lässt den Vorhang los. »Das muss hart gewesen sein.«

»Ich hab's überlebt.«

Er stochert in der Glut des Feuers herum, das er vor dem Abendessen angezündet hat. Wolken, grau wie Eisen, sind vom

Meer herangerollt, und die Temperatur ist so stark abgefallen, dass aus dem Sommer innerhalb von einer halben Stunde Herbst geworden ist.

Cal sinkt wieder in den Lehnstuhl, sodass ich vom Sofa aus nur noch eine Hand sehe, die ein Glas hält. Manchmal wirkt er viel älter, als er ist. Ich stelle mir vor, wie sein Vater dort saß, eine runzelige, mürrischere Version von Cal. Er hat bestimmt gewartet und sich gefragt, wann er seinen Sohn wiedersehen würde, während Cal für seine humanitären Hilfsprojekte unterwegs war. »In der Wüste habe ich von solchen Nächten geträumt. Vom Regen, vom Sturm …«, sagt Cal leise.

Ein Windstoß lässt die Flammen wild auf der Feuerstelle tanzen. Mitch hebt den Kopf und winselt.

»Na ja, vielleicht würde *etwas* weniger stürmisch auch reichen«, entgegne ich, umklammere das Kissen und bin dankbar, dass Mitch auf meinen nackten Füßen liegt.

Der Wind heult noch lauter durchs Farmhaus und rüttelt an den verriegelten Türen. Immer wieder prasseln Regentropfen an die Fenster, als würde jemand von draußen Kieselsteine gegen die Scheiben werfen. Die schmutzigen Teller mit den Seebarschgräten verbreiten Fischaroma im Raum, und eine leere Weinflasche rollt bei jedem Windstoß, der unter der Tür hereinkommt, auf den Terrakottafliesen hin und her. Cal hat keine Lust abzuräumen, und ich bin zu müde. Ich habe mich gefreut, dass er mich zum Essen eingeladen hat, aber ich bin nicht sicher, ob er meine Anwesenheit überhaupt richtig bemerkt hat. Er hat den ganzen Abend über getrunken, und ich habe auch mehr Wein und Bier intus, als ich beabsichtigt hatte. Vielleicht sollte ich gehen. Ich will den Feinkostmarkt morgen Vormittag nicht verschlafen.

»Lust auf einen Absacker? Ich hab irgendwo noch eine volle

Flasche Whisky.« Cals Stimme aus den Tiefen des Lehnsessels am Feuer lässt mich aufschrecken.

»Ich dachte, du hättest allen Whisky aus dem Haus verbannt?«

»Dieser ist für Notfälle.«

Ich könnte ihn ermahnen, dass er schon genug hatte; ich könnte »Gute Nacht« sagen und ihn allein lassen, aber irgendwas hält mich hier fest, sodass ich ihn nicht verlassen kann oder will. »Ein Bier wär mir lieber«, sage ich schließlich.

»Okay.«

Er reicht mir ein Bier, und ich rolle mich auf dem Sofa zusammen, wobei Mitch mir als Decke dient, wie schon so oft. Cal setzt sich mit einem Glas Whisky wieder in den Sessel seines Vaters. Der Wind ist ein dumpfes Fauchen, das ich kaum noch wahrnehme, nur ab und zu stößt das alte Haus ein Stöhnen aus, und eine Bö schlägt Hagelkörner gegen die Fenster. Isla macht sich bestimmt Sorgen wegen des Festzelts in Bosinney, was ich verstehen kann. Und ich bin jetzt hier bei Cal. Ob sie wohl mit mir tauschen würde?

»Worüber lächelst du?« Seine Stimme unterbricht meine vom Alkohol angeregten Gedanken an mein »Vorstellungsgespräch« mit ihm und daran, wie er mich an diesen heißen Vampir aus dem Fernsehen erinnert hat.

Ich höre augenblicklich auf zu lächeln und werde stattdessen rot.

»Nichts.«

»Oh doch. Du hast wieder diesen Blick.«

»Welchen Blick?« Ich sehe ihn an und lächle nun wieder, weil ich jetzt diejenige mit einem Geheimnis bin, was zur Abwechslung mal ganz nett ist.

»Es gibt da etwas, was du mir verschweigst.« Er stellt sein Glas auf den Tisch und beugt sich leicht vor.

»Nein, das stimmt nicht … nicht ganz.«

Wenn er Ohren wie Mitch hätte, würden sie sich jetzt aufstellen, und ich bereue sofort, was ich gesagt habe.

»Nicht *ganz?*«

»Es ist nur was Dummes. Ein alberner Name, den ich mal für dich hatte.«

»Ein alberner *Name?* Komm schon, raus damit.«

»Nein. Es war eigentlich kein Spitzname, nur ein blöder Gedanke.«

Er droht mir mit dem Zeigefinger. »Du kannst nicht so was sagen und ihn mir dann nicht verraten.«

Ich zwinkere ihm zu und genieße das Geplänkel, schwöre mir aber, lieber zu sterben, als den Spitznamen preiszugeben. »Ich werde ihn dir nie verraten, ganz egal, was du mit mir machst.«

Er beugt sich vor. »Ach, *wirklich?* Du kannst froh sein, wenn du meine Spezialbehandlung zehn Sekunden durchhältst.«

Mein ganzer Körper prickelt und bebt. Irgendwie rutschen mir die Worte heraus.

»Versuch's doch.«

Er mustert mich mit diesem finsteren und zugleich glühenden Gesichtsausdruck, dann zuckt er die Achseln und greift wieder nach seinem Whiskyglas. Er hätte mich genauso gut mit einem Eimer Eiswasser übergießen können, aber ich würde ihm niemals zeigen, wie enttäuscht ich bin, also greife ich nach meinem Bier, um meine Verlegenheit und meinen Frust zu überspielen. Sobald ich ausgetrunken habe, werde ich ins Bett verschwinden; es wird hier gefährlich, und zwar in jeder Hinsicht.

Die Flasche gleitet mir aus den Fingern. Zwei Hände zerren mich übers Sofa in Richtung Boden. Ich lande mit dem Po auf dem Teppich.

»Aua! Was soll das denn?«

Cal sagt nichts, aber sein Blick ist unnachgiebig, entschlossen. Was habe ich da angezettelt? Ich winde mich und versuche, ihm zu entkommen, aber es ist zwecklos.

»Lass mich los!«

Mein Herz rast wie wild, und mein Po schmerzt vom Sturz auf den Teppich. Cal drückt mich zu Boden, setzt sich rücklings auf meine Schenkel und kitzelt mich gnadenlos an den Füßen.

»Argh! Nein. Nein!« Ich versuche, mich mit den Ellbogen hochzustemmen, und falle wieder auf den Teppich. Cals Finger tanzen über meine nackten Sohlen.

Ich kreische und krümme mich. »Nein, stopp!«

»Erst, wenn du mir den Namen sagst.«

»Nein, das geht nicht. Das geeeeeht nicht!«

Seine Fingerspitzen tanzen weiter über meine Sohlen. Es ist absolut die Hölle. Ich schlage mit den Fäusten auf seinen Rücken ein, aber er ignoriert mich und streicht mit einem Finger von meinen Zehen zu meinen Fersen, bis ich um Gnade winsele.

Mitch fängt an zu bellen.

»Mitch wird dich beißen!«

»Ruhig, Junge!«, befiehlt Cal. »Demi und ich spielen nur.«

»Tun wir nicht! Tun wir überhaupt nicht. Mitch! Hilfe!«

Mitch, dieser Verräter, schnüffelt an meinen Füßen und fängt an, sie abzulecken.

»Okay! Ich sag's dir. Ich sag's dir!«

Cal umschließt meine Zehen mit den Fingern. »Also los.«

»Es war ›der heiße Vampir‹«, murmele ich und werde knallrot.

Cal hält meine Füße weiter fest. »Der *was?*«

»›Der heiße Vampir‹. Okay, zufrieden? Jetzt lass mich los!«

Er legt die Hände um meine Knöchel, dann befreit er mich und steht auf.

Ich drehe mich um und vergrabe das Gesicht im Teppich.

»*Der heiße Vampir?*«, wiederholt er.

»Hau ab, Cal«, nuschele ich in den Teppich.

»Steh auf.«

»Nein.«

»Sei nicht albern. Steh auf.«

Ich drehe mich um und öffne die Augen. Cal ist gut einen Meter achtzig über mir und streckt mir eine Hand entgegen. Ich greife danach, und er zieht mich hoch. Er hat die Stirn so tief gerunzelt, dass sich seine Augenbrauen treffen.

»Das mit ›heiß‹ verstehe ich ja …«, sagt er.

Ich schnappe nach Luft. »Du selbstverliebter …«

Er grinst. »Aber *Vampir?* Wie um alles in der Welt bist du denn darauf gekommen?«

»Das war ein *Scherz,* nur so ein Blödsinn wegen dieser Fernsehserie.« Ich schnappe mir meine Flipflops vom Sofa. Der Sturm fegt ums Haus, und der Regen rauscht so laut, als befände sich das Gebäude unter einem Wasserfall.

»Ich gehe besser zurück in mein Cottage. Mal sehen, ob das Dach noch da ist.«

»Kommt nicht infrage. Der Regen spült dich fort, und außerdem kann ich dich nicht mehr gehen lassen … *Denn jetzt habe ich dich in meinem Schloss* …«, fügt er mit Horrorfilm-Stimme hinzu.

Ich starre ihn an. »Du bist betrunken.«

»Nein, ich bin durstig … durstig nach *dir.*« Er hebt die Arme und kommt wie ein Zombie auf mich zu. Ich schüttele den Kopf und weiche zurück in Richtung der Tür zum Flur. Mitch beobachtet uns und neigt den Kopf von einer Seite zur anderen.

»Du spinnst.«

»Ich komme dich holen«, poltert Cal, der jetzt noch einen Meter von mir entfernt ist. Wie auf Befehl scheint ein Donnerschlag die Dachbalken zu erschüttern, und Mitch winselt schwach.

»Du kriegst mich nicht«, flüstere ich und entwische in den Flur. Cal folgt mir. Ich lache ihn aus. »Du bist ein armseliger Vampir. *Arm-se-lig.*«

Ich kichere unkontrolliert, aber mein Herz schlägt heftig, als ich auf die Treppe zulaufe.

»Es gibt keinen Ausweg«, sagt er mit furchteinflößender Stimme, während er sich mir nähert. »Ich komme ...«

Ich eile die Treppe hinauf, mit dem vagen Plan, mich im Bad einzuschließen, um der Bedrohung zu entkommen. Nicht, dass er eine echte Bedrohung wäre, sondern nur für alle Fälle, denn ich bin außer Atem, mein Puls rast, und ich könnte tatsächlich einen Herzinfarkt kriegen, noch bevor der Vampir mich überhaupt erreicht. Die Treppe knarrt laut, und ich stolpere über die oberste Stufe und stoße mir den Zeh am Holz.

»Aua!« Die Hand des Vampirs umklammert meinen Knöchel. »Argh!«

Bei meinem Aufschrei fängt Mitch am unteren Ende der Treppe an zu bellen. Er weiß nicht, dass das hier nur eine dumme Kabbelei zwischen zwei betrunkenen Spinnern ist.

»Lass mich los!« Ich befreie meinen Fuß aus Cals Griff und torkele auf den Treppenabsatz, aber ich komme nur ein paar Schritte weit, bevor er mich einholt. Er packt mich am Arm, zieht mich an sich und reißt den Mund auf, um mir seine Eckzähne zu zeigen.

»Weißt du etwa nicht, dass es vor dem heißen Vampir kein Entrinnen gibt?«

Ich gebe mir Mühe, unbeeindruckt zu wirken. »Kannst du bitte aufhören, das zu wiederholen? Ich hab dir doch gesagt, das war ein *Scherz.*«

Er schüttelt den Kopf. »Ich scherze nicht, Demi.« Er kickt die Schlafzimmertür auf, sodass sie gegen die Wand knallt. Dann zerrt er mich in sein Zimmer und hält mich an den Oberarmen fest.

»Komm in mein Versteck.«

»Du bist total durchgeknallt. Und besoffen.«

»Ich bin vollkommen nüchtern. Aber *durstig.*«

Er fletscht wieder die Zähne und zischt wie Hannibal Lecter. Ich kichere, aber in meinem Bauch kribbelt es wie verrückt. Wir taumeln aufs Bett, und Cal beugt sich im Dämmerlicht über mich, das aus dem Flur unten heraufdringt. Unsere Gesichter sind nur Zentimeter voneinander entfernt. Seine Augen brennen, aber nicht vor Blutdurst, sondern vor Verlangen nach etwas anderem, jemand anderem: mir. Mein Körper ist lebendig, glühend, und mein Herz klopft kräftig und schnell.

»Das ist ein Scherz, oder?«, flüstere ich.

»Nein, ich meine es todernst.« Er berührt meine Wange, und jede Zelle und jeder Nerv in mir entflammt.

Das Ziehen in meiner Magengrube wird so heftig, dass es wehtut.

»Wenn du's auf eine Jungfrau abgesehen hast, muss ich dich enttäuschen.«

Er lächelt. »Gut. Das wäre auch eine zu große Verantwortung für mich.«

Als wir ein Winseln von der Tür her vernehmen, schauen wir beide auf. Mitch hat den Kopf schief gelegt und beobachtet uns.

Cal macht sich von mir los und krault Mitch die Ohren. »Sorry, Junge, aber hierbei können wir keine Zuschauer gebrauchen.«

Dann schließt er die Tür und verriegelt sie.

Er zieht mit rauen Fingerspitzen die Linie meines Kiefers nach, von meinem Ohrläppchen bis zu meinem Kinn. Er tippt mein Kinn an und hält es fest, während er mich so tief küsst, dass ich fürchte zu ertrinken. Das hier kann nicht real sein …

Meine Glieder fühlen sich an wie Pudding. Ich habe keine Knochen mehr, also gebe ich nach, ersticke jeden vernünftigen Grund, weshalb es die schlechteste Idee der Welt ist, mit meinem Chef betrunken Sex zu haben. Mein Körper sagt mir, dass es die beste Idee und das Einzige ist, was ich in diesem Moment brauche. Mein kribbelnder, heißer, vor Begierde pulsierender Körper will nur eins: Cal Penwith, so nah bei mir wie nur möglich.

Er ist eine Schattengestalt in der Finsternis, nur kurz von einem Strahl Mondlicht erleuchtet, bevor das Zimmer wieder in Dunkelheit getaucht wird. Vielleicht ist er wirklich ein Vampir, ein Fantasie-Mann.

Sein Körper fühlt sich real an. Fest und schlank unter meinen Händen, als ich sein T-Shirt nach oben schiebe und die Finger in seinen Rücken drücke. Seine Zunge ist heiß und erforscht meinen Mund, sucht meine Geheimnisse, verlangt nach einer Antwort. Er schmeckt nach Whisky, bitter und süß zugleich. Ich dachte immer, wenn ich die Wahl zwischen Männern und Essen hätte, würde ich mich fürs Essen entscheiden. Aber ab jetzt würde ich hungern, wenn ich für den Rest meines Lebens mit Cal zusammen sein könnte.

»Oh …«

Ich schäme mich für mein genussvolles Stöhnen, als seine Handfläche meine Brust umschließt, aber ich kann es nicht zurückhalten. Mit einem Ruck öffnet er den Reißverschluss meiner Jeans. Der Wind heult wild und rüttelt an den Fenstern. Es fühlt sich an, als würde der Sturm Kilhallon erdrücken, und das ganze Haus scheint zu beben.

Cal schiebt eine Hand in mein Höschen und berührt mich. Ich stöhne und wimmere. Er streichelt mich mit der Fingerspitze. Das ist zu viel, ich halte das nicht aus, aber ich will ihn so sehr.

Ich packe ihn am Handgelenk und stoppe seine Hand. »Cal …«

Sein Gesicht wird einen Augenblick lang vom Mondlicht erhellt; er wirkt verwirrt, nervös. »Was ist los? Ich dachte, du willst das hier?«

»Ja, ich will es. Ich will es *wirklich*. Aber mein letztes Mal ist schon länger her.«

Sein Gesicht entspannt sich. »Demi, das ist mir egal. Genieß es einfach.«

Er öffnet die Knöpfe seiner Jeans. Blitze leuchten auf, ich sehe ihn über mir, wie er seine Hose und seine Boxershorts an seinen Beinen hinunterschiebt. Ein gewaltiger Donnerschlag erschüttert das Haus. Mitch fängt auf dem Treppenabsatz an zu bellen. Das Haus ächzt und stöhnt, Glas splittert, und ich schreie auf.

»Was zur Hölle …?« Cal bleibt der Mund offen stehen, ein schwarzes Loch im Mondlicht.

Als ich aufschaue, sehe ich, wie eine große, schwarze Masse auf uns herabstürzt.

22

Ich kann mich nicht bewegen. Nichts sehen. Kaum atmen. Der Sturm dröhnt mir in den Ohren und der Brust, zehnmal lauter als einen Augenblick zuvor. Mein Gesicht ist nass, aber ich weiß nicht, ob von Regen oder Tränen oder Blut, meinem oder Cals. Ich bin unter mehreren dunklen Schichten begraben: Cal, das Himmelbett und etwas Spitzes, Scharfes drücken auf mich. Ich will ihn von mir wegschieben, aber ich kann nicht mal meine Arme befreien.

»Cal. Du. Musst. Aufstehen.«

Er stöhnt und regt sich in der Dunkelheit. Blitze zucken und zeigen eine gewaltige Menge schwarzer Äste, die den Raum ausfüllen wie ein böser Riese.

Der Druck lässt nach. »Cal! Ich glaube, ein Baum ist durchs Fenster gestürzt. Das Himmelbett liegt auf uns. Ich kann mich nicht bewegen.«

»Moment«, sagt er und erhebt sich. Ich atme tief ein. Cal gelingt es, einen Haufen Holzstücke, Äste und Vorhänge von uns wegzuschieben, und wieder leuchtet ein Blitz auf. Auch der Fußboden ist mit Ästen, kleineren Zweigen und Glassplittern übersät, Blätter fegen durchs Zimmer. Außer dem Tosen des Windes höre ich Bellen.

»Mitch!«

»Ihm ist nichts passiert. Zum Glück habe ich ihn aus dem Zimmer ausgesperrt.«

»Ich muss zu ihm. Er hat bestimmt schreckliche Angst.«

Wir kämpfen uns durch das Gewirr aus Bett und Baum. Mir tut das Bein weh, aber ich mache mir mehr Sorgen um Mitch. Cal hilft mir unter dem Bett hervor und zieht sich die Jeans hoch. Wir ducken uns unter den Ästen hindurch und öffnen mit vereinten Kräften die Tür.

Ein Fellknäuel stürzt auf mich zu und schleckt mich ab wie verrückt. »Ich bin doch hier, du dummer Hund. Alles okay. Bleib da draußen. Ich muss Cal helfen.« Ich schließe schweren Herzens die Tür. Die Wolken haben sich geteilt, Mondlicht scheint durch die Äste. Cal greift sich verzweifelt an den Kopf.

Ich drücke auf einen Lichtschalter, aber ich weiß schon, dass es zwecklos ist. »Der Strom ist aus.«

»Ein solcher Blitzeinschlag sorgt meilenweit für Stromausfall. Ist mit Mitch alles in Ordnung?«, fragt er.

»Ja. Was können wir tun?«

»Nicht viel heute Nacht. Der Fensterrahmen ist kaputt und muss ersetzt werden, zusammen mit einem Teil der Mauer. Ich schaue mal, ob ich das Loch zunageln kann, aber vielleicht müssen wir bis zum Morgen warten. Bleib du lieber drinnen.«

Mein Bein pocht. Ich glaube, ich habe mich geschnitten. »Ich helfe dir.«

»Nein.«

»Du brauchst jede Hilfe, die du kriegen kannst, um den Baum zu bewegen.«

Unten zieht Cal sich seine Barbourjacke und Stiefel an und geht mit der Taschenlampe hinaus, während ich eine alte Laterne mit einem Kerzenstummel darin finde. Im flackernden Licht entdecke ich einen Schnitt an meinem Schienbein, der zwar nicht so lang ist, dass er genäht werden müsste, aber blutet und schmerzt. Bevor ich wieder in meine Jeans schlüpfe, wasche ich die Wunde schnell aus und klebe ein Pflaster drauf, dann ziehe ich mich fertig an und gehe hinunter, um mir einen alten Mantel und Pollys Gummistiefel von der Veranda zu holen. Der Wind nimmt mir den Atem und bläst mir die Kapuze vom Kopf. Regen peitscht mir ins Gesicht, herumwirbelnde Zweige kratzen mir über die Haut.

Cal hat schnell eine Lampe an den Generator angeschlossen. Ich entdecke seinen Kopf zwischen den Ästen des Baums. »Diese Eiche stand seit Jahrhunderten da. Ich wusste, dass sie gefällt werden muss, aber ich habe es aus Kostengründen aufgeschoben.«

»Sollen wir Hilfe rufen?«

»Das bringt nichts. Die Feuerwehr hat bestimmt alle Hände voll zu tun, und es ist zu stürmisch, um mit dem Aufräumen anzufangen. Es muss wohl bis zum Morgen so bleiben.«

»So was hat uns gerade noch gefehlt.«

»Es hätte schlimmer kommen können. Zum Glück ist nicht das ganze Haus eingestürzt.«

Cal schüttelt den Kopf und betrachtet den zersplitterten Baumstamm, der an der Mauer des Farmhauses lehnt. »Die Bausubstanz des Hauses könnte beschädigt sein. Ich muss die Bauarbeiter morgen bitten, danach zu schauen. Was ist mit deinem Bein?«

Trotz des Pflasters rinnt mir Blut übers Schienbein. »Nur ein Kratzer.«

»Wie du meinst. Komm schon, wir können hier nichts tun. Das alte Haus steht schon seit vierhundert Jahren. Es wird auch noch bis zum Morgen stehen. Wir müssen nach dem neuen Gebäude schauen. Ich hoffe, die Dachplane hat gehalten.«

Wir kämpfen uns über die Wiese und werden dabei fast vom Wind umgeworfen. Zweige und Blätter fliegen durch die Luft, und ich schmecke das Salz, das vom Meer herüberweht. Die Plane auf dem Sanitärgebäude ist noch an ihrem Platz, aber das eine Ende flattert wild gegen die Steinmauer.

»Wir müssen es festschnüren!« Cal greift nach der Metallleiter auf dem Boden.

»Sei vorsichtig!«

Vor ein paar Minuten waren wir noch im Bett. Jetzt sind wir beide stocknüchtern und haben keine Zeit mehr, darüber zu reden, was passiert ist, sondern müssen gemeinsam versuchen, die Dachplane zu befestigen. Die Haare wehen mir ums Gesicht und in die Augen. Cal steht oben auf der wackeligen Leiter. Ich halte sie unten fest, während die Plane weiter flattert wie ein riesiges, geflügeltes Monster, aber schließlich gelingt es uns, das Loch zu verschließen. Weiß der Himmel, was es kosten wird, das Dach zu reparieren. Cal hat für so was kein Geld übrig, aber es hätte wohl schlimmer kommen können.

Und wir sind alle am Leben: Cal, Mitch und ich. Ich schätze, das hat auch schon was für sich.

23

»Demi!«

Ich werde von Cals Rufen und Klopfen an der Tür geweckt. Ich reibe mir die Augen, raffe mich vom Sofa auf und drehe am Türknauf. Mein Bein ist wund, und mir tun die Arme weh. Cal deutet auf die dicke Uhr an seinem Handgelenk.

»Ich bin eingeschlafen. Ich hab noch nicht mal geduscht.«

»Wir müssen los zum Feinkostmarkt, und danach muss ich mit dem Bauunternehmer über die Reparatur des Fensters sprechen. Du hast zehn Minuten, um dich fertig zu machen. Wir sehen uns im Haus«, brummt er und stapft wieder davon.

Mir ist sofort klar, dass der Funke zwischen uns erloschen ist. Wir waren beide betrunken, und wahrscheinlich ist es gut, dass uns was dazwischengekommen ist. Cal würde offensichtlich am liebsten vergessen, was zwischen uns passiert ist. Nachdem ich unter die Dusche gehüpft bin, trockne ich mir mit einem Handtuch die Haare ab und gehe ins Schlafzimmer, und meine Stimmung sinkt noch weiter.

»Oh nein …«

Mein Party-Outfit liegt auf dem Teppich in einer Wasserlache, unter einem dunkelbraunen Fleck an der Decke. Ich muss mich später darum kümmern. Jetzt ziehe ich mein am wenigsten schäbiges T-Shirt und eine alte Jeans an, dann umarme ich Mitch zum Abschied und sage ihm noch mal, dass Nina vorbeikommen wird, um ihn zu füttern und mit ihm Gassi zu gehen, während wir auf dem Feinkostmarkt sind. Er weiß nicht, dass er auch hundegesittet wird, wenn wir auf die Party gehen.

Wir sind am frühen Nachmittag vom Markt in Helston zurückgekommen. Cal und ich haben den restlichen Tag damit verbracht, die nötigsten Reparaturen durchzuführen, bis die Handwerker für uns Zeit haben, denn viele Leute wurden vom Sturm noch weit schlimmer getroffen als wir. Nina hat erzählt, dass einige Hundezwinger im Tierheim beschädigt wurden, und Robyn hat auf Instagram ein Bild von einem Pavillon in Bosinney gepostet, der während des Sturms eingestürzt ist.

Der Feinkostmarkt war nicht abgesagt worden, wie wir befürchtet hatten, sondern proppenvoll. Zum Glück ist die Südküste von den heftigsten Windböen verschont geblieben. Cal und ich haben uns auf dem Markt umgesehen, uns mögliche Lieferanten notiert und Treffen vereinbart. Die Sonne kam zwischen den Wolken hervor, der Wind ließ nach, und es strömten massenweise Leute herbei.

Es gab auch einen Flohmarkt mit Trödel und Vintage-Klamotten – und einem Kleid. Während ich an den Ständen herumstöberte und mich beglückwünschte, weil meine Fundstücke aus der Scheune hier ein paar Hunderter eingebracht hätten, entdeckte ich DAS Kleid. Ich glaube, es ist ein Cocktailkleid aus den Fünfzigern, und es ist in ganz passablem Zustand, bis auf ein Stück aufgetrennten Saum und einen fehlenden Verschlusshaken. Ich wollte nicht zu viel Interesse zeigen und habe es geschafft, noch mal wegzugehen, weil ich mir eingeredet hatte, zwanzig Pfund seien zu viel, aber ich habe mir andauernd vorgestellt, wie ich es bei Islas Verlobungsparty tragen würde.

Es ist die Art Kleid, in das man nur in einem Seidentanga und BH hineinschlüpft und dabei aufpassen muss, nicht sein Make-up zu verschmieren. Die Art Kleid, zu dem man silberne Stilettos trägt, in denen man nicht laufen kann, aber das spielt keine Rolle, denn man fährt sowieso in einer Limousine bei der Filmpremiere vor und trinkt den ganzen Abend nur Champagner und isst Kanapees, von denen nicht mal eine Fliege satt werden würde.

Während Cal sich auf dem Trödelmarkt nach ein paar Sachen für die Cottages umsah, bin ich noch mal zum Stand mit den Vintage-Klamotten gegangen und habe den Verkäufer auf fünfzehn Pfund für das Kleid runtergehandelt. Ich hatte eigentlich keine Zeit zum Shoppen und kann es mir eigentlich auch nicht leisten, aber da mein anderes Outfit ruiniert ist, habe ich etwas Neues gebraucht. Diese ganzen Fernsehleute werden da sein, und wenn das Café eröffnet – *falls* es eröffnet –, brauche ich etwas Schickes, auch wenn ich jetzt noch nicht weiß, ob es wohl jemals so weit kommen wird. Wir haben keine Baugenehmigung und kein Personal.

Egal. Die Verlobungsparty könnte eine tolle Gelegenheit sein, um Kontakte zu knüpfen, wenn Cal nüchtern genug bleibt und nett ist zu all den Geschäftsleuten aus der Gegend, die vielleicht auftauchen. Hoffentlich erinnern sie sich nicht an meinen Auftritt auf dem Wohltätigkeitsball. Noch ein Grund mehr, das Kleid zu kaufen.

Als wir wieder in Kilhallon ankamen, war die Zeit knapp. Cal und ich haben die letzten paar Stunden damit verbracht, die zerbrochene Fensterscheibe mit einem Brett abzudecken und Äste kleinzuschneiden. Zum Glück hatten wir viel zu tun, denn wir haben den ganzen Tag über kaum ein Wort miteinander gewechselt. Ich jedenfalls war nach dieser vermurksten, klatschnassen Nacht etwas schnippisch vor Müdigkeit und sauer wegen seines mangelnden Mitgefühls und der Erkenntnis, dass wir wieder bei null angelangt sind. Nach allem, was zwischen uns passiert ist.

Irgendwann waren wir endlich fertig. Cal ist duschen gegangen, und ich konnte zurück ins Cottage. Ich hatte gerade noch Zeit, mit Pollys Nähzeug den Saum zu flicken und einen neuen Verschlusshaken anzunähen. Ich glaube, die ausgebesserten Stellen fallen nicht auf, wenn man nicht nach einem Makel sucht.

Der Stoff gleitet mir wellengleich durch die Finger. Oh Gott, das Kleid ist so schön. Bitte, bitte mach, dass es passt. Als ich es schüttele, fällt das seidige Material wie ein Wasserfall auf die Dielenbretter. Im Sonnenlicht schimmert das weiße Kleid in vielen Farben, in Meeresgrün, Lila, Blau und sanftem Rosa. Mit den Spaghettiträgern und dem tiefen Ausschnitt erinnert es an die Outfits der Stars in Klatschzeitschriften – nicht, dass ich mich mit denen vergleichen würde, aber ich *liebe* es. Ich mache mich kurz frisch und schlüpfe in das Kleid, aber bevor ich den Reißverschluss schließen kann, piept mein Handy.

DEMI. BIST DU FERTIG? WIR MÜSSEN JETZT LOS.

Großbuchstaben. Kein gutes Zeichen.

Cal zu antworten hat keinen Sinn.

Zu meiner großen Erleichterung geht der Reißverschluss zu, aber es ist an Po und Brust ein bisschen eng. Ich drehe mich zum Fenster. Das Kleid glänzt wie die Innenseite einer Auster. Mein feuchtes Haar kitzelt mich am Rücken, weil der V-Ausschnitt so tief ist. Aber ich habe keine Zeit, es zu trocknen oder hochzustecken, und was Make-up anbelangt: Fehlanzeige. Ich kriege Gänsehaut auf den nackten Armen. Der Wind hat zwar nachgelassen, aber nach dem Sturm wird es ein kühler Abend werden. Wahrscheinlich erfriere ich draußen, aber dieses Kleid nicht zu tragen ist *keine* Option.

Ich schnüre mir die Turnschuhe zu und schnappe mir die Clutch, die ich für fünfzig Pence in einem Secondhandladen gefunden habe, einen Lipgloss und Robyns hochhackige Schuhe. Als ich eine Minute später in die Küche komme, geht Cal schon ungeduldig auf und ab und klimpert mit den Autoschlüsseln.

»Wurde auch Zeit. Noch eine Sekunde später, und ich wäre ohne dich gefahren.« Mein Handy piept, und er starrt mich durchdringend an.

Mein Handy piept noch mal. Eine neue Nachricht.

DEMI. ICH FAHR OHNE DICH. WO STECKST DU?!

»Ich hab mich umgezogen«, sage ich.

»Das sehe ich. Schicke Turnschuhe.«

»Ich dachte, sie ergänzen das Ensemble.«

Ein Lächeln zuckt um seine Lippen, aber ich habe keinen Schimmer, was es bedeutet oder was sonst irgendwas von dem, was Cal

Penwith sagt oder tut, bedeuten soll. Letzte Nacht hat er mich halb nackt gesehen, meine Brüste berührt …

»Ist das hier okay? Mein anderes Kleid ist nass geworden, also hab ich mir in Helston das hier gekauft.«

Er beißt sich auf die Lippe und weiß anscheinend nicht, was er sagen soll. Ich zittere, weil ich die letzte Nacht nicht vergessen kann und mich mehr nach ihm sehne als je zuvor. Das weiße Hemd, die schwarze Jeans, die feuchten Haare. Mich hat's übel erwischt, wie sehr ich es auch leugnen mag. »Es wird schon gehen. Hast du eine Jacke oder so? Später könnte es draußen kalt werden, nach dem Sturm«, fügt er mürrisch hinzu.

»Vielleicht im Cottage, aber ich hab nicht daran gedacht. Du hast doch gesagt, wir haben's eilig.«

»Stimmt. Warte.«

Er holt sein Smokingjackett vom Haken auf der Veranda. Er muss es dort aufgehängt haben, als er am Morgen nach dem Ball nach Hause gekommen ist.

»Geht das hier?«

»Muss wohl. Danke.«

Er legt mir das Jackett um die Schultern. »Besser?« Er sollte jetzt weggehen. Wir haben es eilig, wie er gesagt hat, aber er bleibt hinter mir stehen und lässt die Hände auf meinen Schultern liegen. Er riecht nach sauberem, gestärktem Hemd, Duschgel und dem scharfen Zitrus-Aftershave, das ich im Bad gesehen habe.

»Es ist perfekt.«

»Gut. Du siehst übrigens toll aus. Das Kleid steht dir.«

Sein Atem ist warm, und ich kriege kaum noch Luft. Er hat die letzte Nacht nicht vergessen, wie könnte er auch? Was ist, wenn er mich hinten auf den Hals küsst? Die winzigen Härchen in meinem Nacken prickeln erwartungsvoll. Wenn er mich berührt, weiß ich, dass wir da weitermachen werden, wo wir letzte Nacht aufgehört haben. Stattdessen nimmt er die Hände von meinen Schultern. Der Druck war nur leicht, und als er weg ist, fühle ich mich leer.

»Komm schon«, sagt er und greift wieder nach seinen Schlüsseln. »Lass uns losfahren und diese verdammte Party hinter uns bringen.«

24

»Tja, das war's also.« Onkel Rory kommt zu mir, als ich auf der Terrasse von Bosinney stehe und auf die Barockgärten blicke. Er klopft mir auf die Schulter. »Pech gehabt, Cal, mein Junge. Tut mir leid.«

»Was tut dir leid? Luke hat Isla bekommen. Wolltest du das etwa nicht?«

»Du verstehst mich falsch. Luke ist wie ein Sohn für mich, seit sein Vater gestorben ist – genau wie du es bist, und natürlich freue ich mich für ihn, aber ich weiß, dass heute ein schwerer Tag für dich sein muss.«

»Nicht so schwer, wie du denkst.« Wenn ich das oft genug sage, stimmt es vielleicht irgendwann.

Unter mir erstreckt sich der gepflegte Park. Auf dem hinteren Teil des Rasens wurde ein schicker Pavillon mit einer provisorischen Bar aufgestellt. Bis auf ein paar vereinzelte Blätter und Zweige auf den Kieswegen lässt nichts darauf schließen, dass die Natur heute Nacht hier gewütet hat. Die Party muss Rory und

Luke – und Isla – viel Geld gekostet haben, aber sie bewegen sich nun mal in glamourösen Kreisen, also wollten sie den Gästen wohl etwas bieten.

Rory winkt einen Kellner heran und lehnt ab, als dieser ihm Champagner anbietet. »Können Sie mir von irgendwo ein Bier besorgen?«

»Selbstverständlich, Sir.« Der Kellner nickt.

Rory lockert seinen Kragen. »Ich ersticke noch in diesem Anzug und der Krawatte. Du siehst übrigens inzwischen besser aus, mein Junge.«

»Danke.«

Er tätschelt mir den Arm. »Niemand hätte mit dieser Sache rechnen können, weißt du, und wenn du nicht weggegangen wärst …«

»Bin ich aber, und vielleicht war es besser so.« Wenn ich es oft genug wiederhole, glaube ich es vielleicht irgendwann. Die letzte Nacht mit Demi und dieser Moment heute in der Küche haben mir gezeigt, dass ich zumindest wieder etwas für eine andere Frau empfinden kann, auch wenn ich noch nicht weiß, was genau dieses Etwas ist.

»Wir können die Vergangenheit nicht ändern. Es freut mich zu hören, dass du die Anlage wieder eröffnen willst. Dein Vater wäre stolz auf dich«, sagt Rory zu mir. Er ist ganz rot im Gesicht. Meiner Meinung nach sollte er auf die Krawatte verzichten.

»Er würde aus dem Staunen nicht mehr herauskommen. Er hatte die Anlage schon vor Jahren aufgegeben.«

»Hmm. Ich hab versucht, mit ihm zu reden, und hab ihm Hilfe angeboten, aber er wollte nichts davon hören. Ist das da deine neue Freundin?« Er schielt zu Demi, die allein dasteht, mit meinem Jackett um die Schultern wie ein Cape.

»Demi *arbeitet* für mich«, präzisiere ich.

»Natürlich. Für einen Augenblick hätte ich schwören können …«, sagt er und klopft seine Hosentasche ab. »Wo ist meine Brille? Das Mädchen sieht aus wie Hannah, Cal.«

»Nein! Meine Mutter hatte viel dunklere Haare.«

»Ich meine nicht die Haare. Ich meine ihre ganze Art. Sie wirkt ein bisschen wild, ist aber trotzdem ein echter Hingucker wie deine Mutter, und …«

»Was?«

Seine Augen verschwinden zwischen den Hautfältchen, und er runzelt die Stirn, während er zu Demi hinüberblinzelt. »Da ist noch was anderes an dem Mädchen. Aber ich komm nicht drauf.«

Ich lache. »Ich hätte nie gedacht, dass dir so etwas auffällt, und im Übrigen sehe ich absolut keine Ähnlichkeit mit meiner Mutter«, entgegne ich.

Er mustert mich konzentriert, als würde er überlegen, ob er die Diskussion fortführen soll, und brummt dann: »Vielleicht hast du recht. Na ja, ich muss mich wohl mal unter die Leute mischen. Wo bleibt denn dieser Kellner mit meinem Bier?«

Ich gehe die Stufen zum Rasen hinunter und weiter zum Pavillon, vorbei an Frauen, deren Absätze im Gras versinken, und Männern, die den Champagner hinunterkippen, als wäre er Limonade, während sie sich eigentlich nach einem Bier sehnen. Ab und zu trifft mich ein mitleidiger Blick von jemandem aus der Gegend, der Islas und meine Geschichte kennt, obwohl natürlich alle zu höflich sind, um das heute Abend zu erwähnen. Die Leute, die ich nicht kenne, vor allem die gut aussehenden, müssen Kollegen von Isla sein.

Rory hat mir erzählt, dass das Veranstaltungsteam die halbe Nacht über auf den Beinen war, um alles zu sichern, die Gärten freizuräumen und den Pavillon wieder aufzustellen. Ich versuche, nicht an das Chaos zu denken, das auch bei mir in Kilhallon Park noch beseitigt werden muss. Das wird noch Konsequenzen haben, und damit meine ich nicht die Reparaturen. Demi und ich haben nicht darüber gesprochen, was fast passiert wäre. Vielleicht ist es besser so. Ich muss wieder daran denken, wie sie letzte Nacht unter mir auf dem Bett ausgesehen hat, und heute, in diesem Kleid. Sie ist aber auch zum Anbeißen, hätte mein Vater gesagt, ein flottes Mädchen. Er hätte wahrscheinlich versucht, sie zu verführen. Trotz all dieser »Ablenkungen« hat er meine Mutter angebetet, das weiß ich. Sie auf einen Sockel zu stellen war vielleicht seine seltsame Art, seine Affären zu rechtfertigen: Mum war eine Klasse für sich.

Aus Schuldgefühlen wegen meines »Techtelmechtels« mit Demi, vor allem, weil ich es so sehr genossen habe, schnappe ich mir von einem vorbeikommenden Kellner noch ein Glas Schampus. Wenn Onkel Rory zahlt, kann ich die Gelegenheit nutzen und mich auf seine Kosten volllaufen lassen. Ich habe nach meinem ersten Drink beschlossen, dass ich nicht mehr fahre.

Isla, oder eine Version von ihr, schwebt in mein Blickfeld. Sie wirkt ein bisschen steif und förmlich mit ihrem schwarzen Cocktailkleid aus Seide und dem makellosen Make-up. Umwerfend, auf jeden Fall, aber auch unnahbar auf ihre Art.

»Hallo, Cal.«

Wir berühren einander flüchtig mit den Lippen, und es ist, als ob ich ein Foto auf einem Bildschirm küssen würde; vielleicht ist es aber auch was anderes. Vielleicht ist keiner von uns beiden richtig hier. Manchmal fühlt es sich an, als wäre ich wieder in jener Hölle, würde wieder die Schüsse und die Schreie der Kinder hören und von zu Hause träumen.

»Alles in Ordnung?« Sie löst sich sanft von mir. Ihre Wangen sind gerötet, und ich glaube, das liegt nicht am Rouge.

»Mir geht's gut. Glückwunsch. Heißt du dann Mrs Wilton, wenn du verheiratet bist?«

»Nein. Ich behalte meinen Namen aus beruflichen Gründen. Es ist einfacher, und außerdem leben wir jetzt im einundzwanzigsten Jahrhundert, oder?«

»Ja. Macht es Luke was aus, dass du nicht seinen Namen annimmst?«

Sie hebt stolz das Kinn. »Luke will, dass ich glücklich bin, Cal.«

»Das will ich auch. Das *wollte* ich auch.«

»Jetzt fang *bitte* nicht damit an.«

»Womit? Dir zu sagen, dass ich dich noch immer liebe? Dir zu sagen, dass ich bereue, dass ich weggegangen bin?«

»Es ist zu spät …«

»Es ist nie zu spät. Damit kenne ich mich aus.«

»Du hast dich ja anscheinend ziemlich schnell getröstet.« Sie blickt zu Demi, die von einer Gruppe von Männern umringt ist. Sie umschwärmen sie wie Motten das Licht. »Demi sieht sehr hübsch aus. Ist das nicht dein Smoking?«

Mein Jackett rutscht von ihren cremeweißen Schultern auf den Boden. Sie sieht wirklich *sehr* hübsch aus. Mehr als hübsch, so schön wie Isla, aber auf eine andere Art. Als würde man eine perfekte Rose mit einer perfekten Kornblume vergleichen.

»Versteh mich nicht falsch, aber ich hoffe, du weißt, was du tust, in jeder Beziehung …«, sagt sie.

Ich nippe an meinem Champagner und schaue weiter zu Demi. Sie lacht, als ihr ein Mann – Jack Kincaid – mein Jackett wieder um die Schultern legt. Seine Frau wirft ihm giftige Blicke zu.

»Ich hoffe, *du* weißt, was du tust«, entgegne ich und drehe mich wieder zu Isla.

»Cal!« Luke stürmt herbei wie ein aufgeregter Golden Retriever und legt einen Arm um Islas Schultern. »Wie geht's dir? Wir haben dich kaum gesehen, seit du nach Hause gekommen bist.«

»Ich war mit der Arbeit in Kilhallon beschäftigt. Glückwunsch übrigens.«

»Danke. Beschäftigt, wem sagst du das? Ich konnte auch keine Sekunde verschnaufen durch den Stress mit der Arbeit und der Party – und dem Chaos letzte Nacht. Wir müssen uns auf ein Bier treffen. Unser letzter Abend im Tinner's ist schon zu lange her.«

»Auf jeden Fall«, erwidere ich und fühle mich ein bisschen schlecht wegen der Drinks nach der Sperrstunde, die ich mir am Anfang des Sommers gegönnt habe.

»Allerdings ist das Tinner's auch nicht mehr das, was es mal war. Robyn sollte sich eigentlich zu schade sein, um an der Theke eines so schäbigen Pubs zu arbeiten.«

Ich sehe ihn stirnrunzelnd an. Seit wann glaubt er, er habe Robyns Entscheidungen zu kommentieren? »Vielleicht macht es ihr Spaß.«

»Sie macht das nur, um ihren Dad und mich zu ärgern.«

»Ach, das glaube ich nicht«, schaltet Isla sich ein.

Luke legt den Arm enger um ihren Rücken. »Komm mit, du kannst dich nicht nur mit einem einzigen Gast unterhalten, auch wenn es Cal ist.«

Ich verabschiede Isla mit einer kurzen Verbeugung, und sie wirft mir einen verwunderten Blick zu, dann zieht ihr Verlobter, mein alter Freund, sie mit sich fort.

Demi ist leicht zu finden mit ihrem kastanienbraunen Haar und diesem großartigen Kleid. Sie steht etwas abseits. Ihre wilden Locken sind nun von einer glitzernden Spange gebändigt, die ihr wirklich gut steht.

»Woher hast du die denn?«, frage ich.

»Robyn hat sie für mich gemacht. Sie ist nicht zu auffällig, oder?«

»Da fragst du den Falschen. Ich bin kein Modeexperte.« Verdammt, warum schaffe ich es nicht mal, ihr noch ein Kompliment zu machen? Wahrscheinlich fürchte ich mich davor, die Ereignisse der letzten Nacht wieder aufleben zu lassen.

Ihr Lächeln verschwindet, und ich könnte mir in den Hintern beißen. »Ich finde, du siehst toll aus, und Robyn ist eine talentierte Künstlerin«, sage ich, um sie zu besänftigen und weil sie wirklich toll aussieht.

»Danke, aber eigentlich ist mir egal, was du denkst.«

»Warum hast du mich dann gefragt?«

»Vielleicht dachte ich einen Moment lang, du wärst doch kein launischer, blöder Idiot.«

»Da hast du dich offensichtlich getäuscht.« Ich trinke den Rest des Champagners auf ex. »Ich brauche einen richtigen Drink.«

Ich hätte heute nicht kommen sollen. Diese Party – dieses Leben – vergiftet mich. Kilhallon verfällt ebenso schnell, wie ich versuche, es wieder aufzubauen. Isla zerstört mich mit einem einzigen Blick, obwohl ich gerade dachte, ich könnte über sie hinwegkommen. Jetzt habe ich Demi verletzt. Ausgerechnet sie, der ich nie wehtun wollte. Letzte Nacht im Bett … war ihr Körper so verführerisch, … ich dachte …, ich wollte sie und sie wollte mich.

Wir waren betrunken.

So betrunken nun auch wieder nicht.

Ich habe mich getäuscht. Keine Frau, die mir etwas bedeutet, sollte sich mir auf hundert Meilen nähern.

»Können Sie mir einen Whisky bringen?« Ein vorbeieilender Kellner nimmt mir den Zehner aus der Hand, den ich ihm entgegenstrecke. Die Drinks gehen zwar auf Onkel Rory, aber ich erwarte nicht, dass ich gratis bedient werde.

»Selbstverständlich, *Sir*. Darf es sonst noch was sein?«

»Nein, danke.«

»Na ja, Sie wissen, wo Sie mich finden, *Sir*.« Er zwinkert mir zu.

Ich schüttele lächelnd den Kopf. Besser gesagt sollten sich mir weder Frau noch Mann auf hundert Meilen nähern. »Das Angebot schmeichelt mir, aber ich möchte nur einen Drink.«

»Schade«, antwortet der Kellner, und ich bleibe amüsiert und beeindruckt zurück, weil er sich traut, mich bei einer Party anzumachen.

Als die Sonne hinter Bosinneys stattlicher Fassade versinkt, hat der Whisky mein Feuer bis auf etwas schwach glimmende Glut gelöscht. Lichterketten funkeln in den Bäumen, und das Streichquartett wurde von einer Jazzband abgelöst. Es sind noch mehr Leute angekommen, um Bosinneys Pracht und seine sanft erleuchteten Gärten zu bestaunen, die sich von ihrer besten Seite zeigen. Onkel Rory beschäftigt sicher einen Vollzeit-Gärtner, damit diese Rosenbeete so perfekt aussehen. Weitere Freunde von Isla strömen herbei; manche Leute kenne ich noch aus der Schule, andere sind Schauspieler, Crew-Mitglieder, Geschäftspartner von Luke oder Verwandte. Demi muss drinnen im Haus sein.

»Cal. Freut mich, dass du wieder unter den Lebenden weilst.« Dave Patterson klopft mir auf den Rücken, während er mir mit seiner Pranke die Knochen zermalmt. Er ist Stürmer im Rugby-Club von St Trenyan, und unsere Väter waren Schulfreunde.

»Danke, Dave.« Ich nicke ganz selig vom Whisky. Er merkt bestimmt, dass ich ein bisschen angeheitert bin.

»Wer ist die heiße Brünette, mit der ich dich vorhin gesehen habe? Ist sie der Grund dafür, dass du so gut aussiehst? Ich bin froh, dass du Isla nicht hinterhertrauerst.«

»Sie heißt Demi.«

»Tolle Frau.«

»Sie ist meine Assistentin.«

»Dann entschuldige! Aus dir wird nie ein Heiliger, Cal, also versuch's gar nicht erst. Wenn sie dich in Kilhallon bei Laune hält, genieß es doch. Wie sieht's aus dort? Ich hab gehört, du willst die Anlage wie einen Phönix aus der Asche auferstehen lassen. Keine leichte Aufgabe, Respekt!«

Ich erzähle ihm nicht, dass Kilhallon letzte Nacht fast wirklich zu Asche geworden wäre. »Harte Arbeit macht mir nichts aus«, sage ich. »Aber es regt mich auf, wenn mir Leute Steine in den Weg legen.«

»Ach ja? Was für Steine? Und welche Leute?«, fragt er.

»Die Baubehörde hat meinen Antrag abgelehnt.«

Er zieht die Augenbrauen hoch. »Warum das denn? Ich hab gehört, dass du dort eine Art Öko-Paradies bauen willst. Ich hätte gedacht, was Besseres könnte sich dieser verdammte Gemeinderat gar nicht wünschen.«

»Ich auch, aber es gab Einspruch aufgrund von Lärm, erhöhtem Verkehrsaufkommen und anderen Störungen.«

Er seufzt. »Von wem?«

»Von Nachbarn. Anderen Interessenten.«

»Irgendein Verdacht?«

»Möglich, aber Tatsache ist, ich kann's nicht beweisen, und selbst wenn, haben die Leute ein Recht auf ihren Standpunkt.«

»Aber du bist nicht einverstanden.«

Ich lächele.

»Hmm. Du wirst natürlich Berufung einlegen.«

»Auf jeden Fall.«

»Gut. So kenne ich dich. Ich persönlich halte es für einen guten Plan und vor allem für eine gute Investition. Es könnte genau das sein, was diese Gegend braucht, und ich schätze es, wenn hinter einem Projekt echte Leidenschaft und Erfolgswille stecken. Weiß der Geier, wahrscheinlich hat kaum jemand einen besseren Überlebensinstinkt als du.«

»Zumindest bevor ich es mit der örtlichen Mafia zu tun hatte.«

Er lacht laut. »Wenn du einen Verbündeten brauchst, wäre ich interessiert. Meine Frau macht mir die Hölle heiß, wenn ich mich jetzt nicht unter die Leute mische, aber hier ist meine Karte. Melde dich, wenn du mit mir was auf die Beine stellen willst.«

Er klopft mir noch mal auf den Rücken, bevor er zu einer zierlichen Blondine schlendert, ihr einen Klaps auf den Po gibt und dafür einen auf den Arm kassiert. Die Rasenflächen sind jetzt dunkel, so dunkelgraugrün wie ein aufgewühltes Meer. In der Mitte dieses Meeres steht eine schlanke, weiße Geistergestalt mit kastanienbraunem Haar. Sie streckt mir die Hände entgegen, scheint mich zu rufen.

Die Meerjungfrau von Zennor ist gekommen, um ihren Geliebten von den Lebenden fortzulocken … Ich *muss* mehr getrunken haben, als ich dachte.

25

Cal ist schon wieder betrunken. Besoffener als gestern oder an sonst einem Abend, seit ich ihn kenne, und das will was heißen.

Und, oh, welche Freude. Da ist Mawgan.

Mit meinen Schuhen in der Hand tapse ich über den feuchten Rasen zu Cal, der gerade auf ein Gebüsch zugeht, wahrscheinlich, um zu pinkeln. Ich hoffe, er will pinkeln und sich nicht an irgendeinem geheimen Whiskyvorrat bedienen, den er dort versteckt hat.

»Demi!«

Mawgan kommt direkt auf mich zu, wobei sie den Rock ihres Minikleids nach unten schiebt und ihre Absätze tief im Gras versinken. Ich versuche, schneller zu gehen, aber auch meine Schritte werden von meinem Kleid behindert.

»Warte!«

Bis ich mich befreit habe, ist Cal verschwunden.

»Diese verdammten Louboutins. Andi hat mir gesagt, sie sind zu hoch, aber ich konnte nicht widerstehen.«

Sie hebt einen Fuß, damit ich die rote Sohle sehen kann, und schielt dann auf mein Kleid. »Hübsches Teil. Hat Cal dir das gekauft?«

»Ich kann mir meine Klamotten selbst kaufen.«

»Tatsächlich? Ich muss schon sagen, ich war erstaunt, dich hier zu sehen. Ich wusste gar nicht, dass du mit der Familie befreundet bist.«

»Ich bin Cals Begleitung.«

Sie schnaubt. »Seine Begleitung? Hmm. So kann man's auch nennen.«

»Immerhin wurde ich nicht von ihm abgewiesen.«

Ich war entschlossen, mich nicht von ihr provozieren zu lassen, aber die Worte rutschen mir heraus, bevor ich sie zurückhalten kann.

»Du wirst bestimmt auch bald ausgemustert«, sagt sie zuckersüß. »Aber im Gegensatz zu mir wirst du keine Alternativen mehr haben. Du hältst ihn vielleicht für einen Helden, aber Cal ist ein abgebrannter Loser, der keinen Schimmer hat, wie man ein erfolgreiches Geschäft führt. Wenn er genug von dir hat, fliegst du schneller aus Kilhallon raus, als du gucken kannst, und landest wieder auf der Straße. Im wahrsten Sinne des Wortes.«

»Ich würde lieber auf der Straße landen, als so wie du zu werden.«

»Wenn du damit meinst, eine erfolgreiche Geschäftsfrau, dann wird dir das sowieso nicht gelingen. Siehst du, im Gegensatz zu dir weiß ich, wer ich bin. Du täuschst dich, wenn du glaubst, Cal würde auf seinem weißen Ross mit dir davonreiten. Er hat nur eine Frau geliebt und *wird* auch immer nur eine lieben: Isla Channing. Und egal, was du tust, verglichen mit ihrem Stammbaum bleibst du die räudige Promenadenmischung. Die zweite Wahl für die Gelegenheiten, wenn er betrunken ist und eigentlich jede nehmen würde.«

»Weißt du, was? Es muss dich ein Vermögen gekostet haben, so billig auszusehen.«

Sie grinst. »Du wirst schon sehen. Cal spielt zwar den Mann des Volkes, aber vergiss nie, dass er ein Penwith ist. Letzten Endes wird er jemanden wie Isla heiraten.«

Sie dreht sich um und trippelt davon, wobei sie wieder ihren Rock hinunterschiebt.

Ich hasse sie. Nicht, weil sie eine blöde Kuh ist – hätte mich auch gewundert, wenn ich keinen Ärger mit ihr gehabt hätte. Nicht, weil sie recht hat in Bezug auf Cal. Ich will ihn nicht heiraten. Ich will es in meinem Leben allein zu etwas bringen. Aber ich würde lügen, wenn ich behaupten würde, ihre Sticheleien hätten mich nicht getroffen. Cals Verhalten letzte Nacht – und heute – hat mir gezeigt, dass er mich vielleicht für eine kleine Nummer zwischendurch will, aber er ist immer noch verrückt nach Isla. So verrückt, dass er sich zudröhnen muss, um den Schmerz zu betäuben.

Robyn steht am anderen Ende des Gartens und nickt einem Paar auf identischen, mit Bändern geschmückten Elektromobilen zu. Sie entdeckt mich und läuft übers Gras zu mir herüber. Sie sieht so besonders und wirklich fantastisch aus in ihrem smaragdgrünen Kleid im Guinevere-Stil.

»Gut, dass du da bist. So hatte ich eine Ausrede, um Tante Alison und Onkel Trevor zu entkommen. Sie fragen mich andauernd, wann ich mir denn ›einen netten jungen Mann‹ suche.« Sie steckt sich demonstrativ zwei Finger in den Hals.

»Willkommen im Club. Ich war nahe dran, Mawgan Cade etwas anzutun.«

Robyn lacht. »Hör mir bloß auf mit Mawgan. Ich bin sicher, dass sie Andi absichtlich von mir fernhält. Sie hat bestimmt einen Verdacht, dass zwischen uns was läuft.«

»Ist das das Kleid, das du in der Boho-Boutique in St Just entdeckt hast?«

»Ja. Ich bin doch noch mal hingegangen und hab es mir geholt. Gefällt's dir?«

»Es steht dir super.«

»Danke.« Sie berührt mein Kleid. »Du siehst umwerfend aus. Wo hast du das her? Von Ghost?«

»Nein, es ist ein Vintage-Kleid. Von einem Stand auf dem Markt in Helston. Es hat letzte Nacht ins Cottage hereingeregnet, und mein T-Shirt-Kleid ist nass geworden, also hab ich mir das hier gegönnt.«

»Du siehst toll aus darin und mit dem Smoking. Ist das Cals?«

Ich nicke. »Er hat ihn mir geliehen, weil ich keine Zeit hatte und alles andere schmutzig war. Wir waren fast die ganze Nacht über wach. Im Sturm ist ein Baum aufs Haus gestürzt, und wir mussten rausgehen und die Abdeckplane auf dem neuen Gebäude befestigen. Das hat Cal gerade noch gefehlt, nachdem das Bauprojekt abgelehnt wurde.«

»Das hab ich schon gehört. Armer Cal. Weiß er schon, wer widersprochen hat?«

»Ein paar Nachbarn aus dem Dorf. Er hat auf der Website des Gemeinderats gesehen, dass einige der Leute, die sich beschwert haben, alte Freunde seines Vaters waren.«

»Jetzt wohl ehemalige Freunde.«

»Er war richtig wütend, aber auch verletzt. Ich glaube, er versteht nicht, warum sie sich gegen ihn gestellt haben. Er hat gedroht, hinzugehen und mit jedem persönlich zu reden, aber ich hab ihm gesagt, dass das keine gute Idee ist.«

»Nein. Sonst könnte man ihm womöglich noch vorwerfen, er würde Leute unter Druck setzen. Was macht ihr jetzt?«

»Er wird Berufung einlegen, obwohl er es sich nicht leisten kann, aber wir geben nicht auf. Auf keinen Fall.«

Robyn zieht die Augenbrauen hoch. »Puh. Das verstehe ich. Cal hat Glück, dass er dich hat.«

»Ich weiß nicht, ob er dir da zustimmen würde.« Ich denke zurück an letzte Nacht, als wir beinahe miteinander geschlafen hätten. Wir waren betrunken und albern, und es war vermutlich eine sehr schlechte Idee, aber es war definitiv nicht nur Kuscheln. Er wollte mich wirklich.

Ich entdecke ihn in einer Gruppe recht glamourös wirkender Leute, die zu Islas Filmteam gehören müssen. Cal sieht so heiß aus, dass er sogar das nasse Gras in Brand setzen könnte. Ein kühler Windstoß lässt mich frösteln, sodass ich den Smoking enger um mich ziehe. Ich könnte schwören, dass er noch nach Cals Aftershave riecht, und nach Pferd.

»Deine Augen strahlen plötzlich so. *Du* strahlst plötzlich so. Du bist in ihn verknallt, stimmt's?« Robyn sieht mich prüfend an.

Ich schüttele entsetzt den Kopf. »Nein. So dumm wäre ich niemals. Er liebt Isla immer noch.«

»Kann sein. Vielleicht wird er das auch immer tun, aber das heißt nicht, dass er sonst niemanden lieben kann. Es heißt nicht, dass es keinen Platz für jemand anderen gibt.«

»Ich will nicht die Lücke ausfüllen, die jemand anderes hinterlassen hat. Auch wenn es jemand so Tolles ist wie Isla.«

»Dann bleibst du vielleicht immer allein, wenn du nicht jemanden findest, der noch nie zuvor verliebt war. Woher willst du sonst wissen, dass du nicht die Zweitbeste bist? Cal weiß, dass Isla weg ist, und ich bin mir sowieso nicht sicher, ob er sie jetzt noch zurückhaben will. Ja, vielleicht liebt er sie, aber er liebt die Isla, die er kannte, bevor er fortgegangen ist. Die, die ihn nicht aufgegeben und Luke gewählt hat. Isla hat für ihn jetzt ihren Glanz verloren, und ich glaube, er war immer mehr in die Vorstellung von ihr verliebt als in sie selbst. Jetzt ist sie nicht mehr makellos, sondern menschlich.«

»Nicht makellos?« Ich lache. »Im Gegensatz zu mir.« Sie umarmt mich.

»Du musst nicht jemand anderes sein, du bist gut genug für Cal, einfach so, wie du bist. Zu gut.«

Robyn beißt sich auf die Lippe, als sie sieht, wie Andi Mawgan zum Pavillon folgt. Andi blickt sich immer wieder nervös um, offensichtlich auf der Suche nach Robyn.

»Wie geht's Andi?«

»Ich traue mich gar nicht, mit ihr zu reden«, erzählt Robyn traurig. »Ich habe Angst davor, was ich tun könnte, und sie redet nicht mit mir, weil sie sauer ist auf unsere Familien – und mich. Sie findet, wir sind beide Feiglinge.«

»Zwei Menschen, die einander lieben, sollten nicht getrennt werden.«

»Ich weiß, aber wir haben beide kein Geld. Wenn wir uns zu einem Coming-out entschließen und zusammenziehen, würde Dad mir das Taschengeld streichen, und ich will mir gar nicht ausmalen, was die Cades Andi antun würden.«

»Vielleicht könnte Cal euch helfen.«

»Cal? Der wird sich nicht einmischen wollen, und das will ich auch nicht. Er hat so schon genug Ärger mit dem Projekt und Mawgan. Sie hasst ihn.«

»Das hab ich schon mitbekommen. Aber ich kann den Gedanken nicht ertragen, dass du unglücklich bist, weil ein paar Leute so dumm sind und kein Verständnis haben. Gib Andi nicht auf. Komm doch mal mit ihr nach Kilhallon. Cal hat bestimmt nichts dagegen, und ich bin sicher, er könnte auch eine Unterkunft für euch finden, wenn wir ihn fragen.«

»Ja. Vielleicht. Aber Mawgan und mein Dad könnten uns immer noch das Leben zur Hölle machen, vor allem Andi. Ich wünsche mir so sehr, mit ihr zusammen zu sein. Ich weiß nur nicht, ob ich den Mut habe, noch nicht. Aber ich *will* eigentlich alles für sie riskieren. Das ist doch wahre Liebe, oder?«

Andi entdeckt uns, und auf ihrem blassen Gesicht erscheint ein Lächeln.

Ich habe keine Ahnung, was ich Robyn antworten soll, denn ich glaube, ich weiß gar nicht, was wahre Liebe ist. Ehrlich gesagt habe ich nicht die geringste Idee, was ich für die beiden tun könnte. »Ich bin für dich da, wenn du reden willst«, sage ich schließlich, um ihr zumindest auf diese Weise zu helfen. »Komm wenigstens mal zum Abendessen mit Andi nach Kilhallon oder zu mir. Niemand wird das mitkriegen.«

»Danke. Ich denk darüber nach.«

Wie kann ich ihr zureden, ehrlich und mutig zu sein, denke ich, obwohl ich nicht mal vor ihr oder mir selbst zugebe, was ich für Cal empfinde? Er steht am Springbrunnen und unterhält sich mit jemandem, dann sieht er mich und kommt herüber. Ich überlege, in die entgegengesetzte Richtung wegzugehen, beschließe aber, mich nicht einschüchtern zu lassen.

»Hat dich jemand geärgert?« Er runzelt besorgt die Stirn.

»Ein paar Leute waren blöd zu mir, aber so ein wenig bissiger Dorfklatsch macht mir nichts aus.«

»Ein paar? Wer denn?«, fragt er gereizt.

Ich zucke die Achseln, aber er bemerkt, wie ich zu Mawgan hinüberschiele, die sich mit einem Typen aus dem Gemeinderat einen Cocktail teilt.

Er lacht. »Ich dachte, du wüsstest es besser, als dich von Mawgan ärgern zu lassen.«

»Sie ist ein fieses Miststück. Ich halte einiges aus, aber irgendwann reißt mir der Geduldsfaden. Das ist ja wohl erlaubt? Du bist auch nicht gerade die Ruhe in Person.«

»Ach, mir geht's gut.« Er kippt seinen Whisky hinunter. »Mehr als gut sogar.«

»Warum? Was ist passiert?«

Er kratzt sich an der Nase. »Als ob ich das verraten würde.«

»Cal Penwith. Wenn du mir jetzt nicht sofort sagst, warum du so eingebildet grinst, haue ich dir hier mitten auf dieser Party eine runter, und dann freuen sich alle, weil ich mich so verhalte, wie sie es von mir erwarten. Von einer, die du von der Straße geholt hast.«

»Mir geht's sonst wo vorbei, was sie sagen, aber wenn ich irgendjemanden so reden höre, dann hat derjenige das mit mir zu klären.« Er schwankt ein bisschen, sodass ich ihm keine großen Chancen ausrechne, jemandem in diesem Zustand auch nur ein Haar zu krümmen.

»Dann sag's mir.«

»Patterson …«, flüstert er mir mit breitem Grinsen ins Ohr. »Dave Patterson sagt, er will in Kilhallon investieren. Er übernimmt natürlich nicht die Hälfte, aber er ist bereit, mich zu unterstützen. Mit seiner Hilfe können die weiteren Umbauten, die ich geplant habe, losgehen.«

»Vorausgesetzt, wir gewinnen den Berufungsprozess.«

Er winkt lässig ab. »Das werden wir.«

Ich lächele, aber innerlich bin ich besorgt. Sein Blick ist nicht sehr klar. »Soll ich dir bei den Caterern einen Kaffee bestellen?«

»Warum denn einen Kaffee?«

»Wenn du noch mehr trinkst, muss ich dich nach Hause rollen wie ein Fass, und wir müssen morgen arbeiten. Kilhallon braucht uns, schon vergessen?«

Er zögert und nickt dann. »Stimmt.«

Mawgan beobachtet uns von der Terrasse aus. Sie fängt meinen Blick auf und hebt ihr Glas, aber mich beschleicht das ungute Gefühl, dass sie nicht auf unser Wohl trinken will.

26

»Cal. Es ist fast dunkel. Wir sollten jetzt *nach Hause* gehen.«

Cal ignoriert mein Drängen. Er hängt an meinem Arm, während wir uns von Luke und Isla verabschieden. Die meisten Leute haben sich inzwischen nach drinnen verzogen, und ich versuche schon seit einer halben Stunde, ihn zum Gehen zu bewegen. Ich hätte kein Problem damit, allein zurückzulaufen, aber er würde es in seinem Zustand niemals ohne mich nach Kilhallon schaffen.

Isla kaut besorgt auf ihrer Lippe herum. »Sollen wir euch ein Taxi rufen?«

»Nee. Wossu brauchichdenn ein Taxi? Ich kann laufen. Demi kenntden Weg nach Hause, und wennsseinmuss, kann sie mich tragen.«

Luke schüttelt lächelnd den Kopf. »Mann, wir rufen euch ein Taxi. In diesem Zustand kommst du nie zu Hause an.«

Cal holt mit einem Arm aus, aber Luke duckt sich. »Mir gehssgut. Kümmertihreuch heute Nacht malumeuch, ja? Ihr wisstschon, wasichmeine.«

»Ich werde jemanden von den Cateringleuten bitten, beim Taxiunternehmen anzurufen«, sagt Isla entschlossen.

»Nicht nötig. Ich gehschon. Tschüsss.« Er wirft Luke und Isla einen dicken Kuss zu und ruft: »Komm schon, Demi. Zeit, die Turteltäubchen allein zu lassen.« Er will sich an die Nase tippen, verfehlt sie aber und piekst sich fast ins Auge. »Wir wollenjanich den Anstandswauwau spielen.«

»Cal, warte! Du kannst kaum noch laufen«, ruft Isla und macht einen Schritt auf ihn zu, aber Luke hält sie fest.

»Lass ihn. Er schafft das schon. Cal hat neun Leben, schon vergessen?«

»Nein, aber acht davon hat er schon verbraucht!«

»Ich pass auf ihn auf«, sage ich, während Cal zwischen den Gästen und den antiken Möbeln in der Eingangshalle hindurchwankt und sich lallend verabschiedet. »Ich hole den Land Rover morgen Nachmittag ab, wenn Cal wieder nüchtern ist.«

»Seid vorsichtig an den Klippen«, sagt Isla.

Luke schmunzelt. »Na komm, das sind erwachsene Menschen, Isla, und wir müssen uns auch noch von den anderen verabschieden.«

»Luke hat für uns ein Zimmer in einem Hotel am Land's End reserviert, bevor wir morgen auf die Scilly-Inseln fliegen. Das war eine tolle Überraschung.«

»Sie arbeitet zu viel, und wir haben beide eine Auszeit gebraucht.« Luke gibt ihr einen Kuss. »Ich kann's gar nicht erwarten, sie ein paar Tage lang für mich allein zu haben.«

»Klingt super«, sage ich und bin froh, dass Cal die letzte Bemerkung nicht gehört hat.

Luke führt Isla weg, während ich mir wieder die Turnschuhe anziehe und Cal zur Tür hinaus nachlaufe. Ich muss mein Kleid bis über die Knöchel anheben, damit es nicht über die Kieselsteine schleift. Für einen Betrunkenen ist er ganz schön schnell. Mit dem Auto ist Kilhallon zehn Minuten von Bosinney entfernt, aber über den Küstenpfad um Mitternacht wird es viermal so lang dauern, und ich habe nicht gerade das ideale Wanderoutfit an. Zum Glück wird es zu dieser Jahreszeit nie ganz dunkel, der Himmel ist klar und der Vollmond leuchtet uns den Weg.

Kurz nachdem wir Bosinney und seine Außenanlagen zurückgelassen haben, sind wir in der offenen Moorlandschaft oben auf den Klippen, und der kaputte Schornstein der Zinnmine ist in Sichtweite. Heute Nacht ist er ein unheimlicher schwarzer Stumpf vor dem dunkelblauen Himmel, und eine Eule schreit von irgendwo aus der Ruine des Maschinenhauses. Cal läuft den Klippenpfad zur Kilhallon-Bucht hinunter. Es ist ein Wunder, dass er noch nicht gestolpert ist.

»Nicht so schnell!«, rufe ich. Ich halte mein Kleid mit einer Hand fest, die Stilettos habe ich im Land Rover gelassen.

Er dreht sich um. »Mach schon, Demi. In diesem Tempo kommen wir nie zu Hause an!«

»Ich bemühe mich seit einer Stunde, dich zum Gehen zu bewegen. Versuch du mal, in diesem Kleid hier runterzuklettern.«

»Ich habdirdoch gesagt, das Kleid würde mir nicht stehen«, lallt er und torkelt dann weiter.

Der Pfad führt uns hinunter an den schmalen Streifen Strand, der bei Flut noch übrig ist. Der Sand und das Meer glänzen silbern im Mondlicht, und der Geruch von Seetang liegt in der Luft. Die Brandung donnert über den Kies und den Sand, sodass die Gischt spritzt. Das Meer ist immer noch aufgewühlt nach dem Sturm, und in der Bucht liegt Treibgut, das der Ozean angespült hat.

Ich klappe den Kragen des Smokings hoch und ziehe ihn fest zusammen.

Cal stellt sich leicht schwankend auf einen Felsen und blickt aufs Meer. Die Kieselsteine leuchten weiß im Mondlicht, Sterne stehen am Himmel.

Er zieht sich einen Schuh aus.

»Was soll das denn werden?«

»Ich geh schwimmen.«

»Du spinnst doch. Es ist eiskalt.«

Er breitet die Arme aus, wie um den Himmel und die Bucht zu umfangen. »Komm doch mit. Weichei.«

»Nein. Der Wellengang ist zu stark, und du weißt, dass es Strömungen gibt, wenn die Gezeiten wechseln.«

»Ich kenndiese Bucht. Ich weißwasichtue.«

»Ja. Du bringst dich um.«

Er springt vom Felsen herunter, öffnet seine Jeans und streift sie zusammen mit den Boxershorts ab. Sein Po ist fast so weiß wie die Kiesel im Mondlicht.

Ich raufe mir vor Verzweiflung die Haare, während er ins Wasser watet. Dann höre ich ein Geräusch, das klar durch die Bucht hallt.

»Mitch?«

Das Bellen wird lauter, und ein dunkles Etwas saust den Pfad herunter und springt auf den Sand.

»Das ist Mitch! Was machst du denn hier? Du solltest doch mit Nina im Cottage bleiben!«

Cal ist hüfttief im Wasser und springt johlend und lachend über die Wellen. Mitch jagt wild bellend über den Strand.

»Stopp, Junge!«

Er hört natürlich nicht auf mich, sondern stürzt sich in die Wellen.

Cal hört auf zu schwimmen und ruft übers Wasser: »Mitch?«

»Er muss aus dem Cottage abgehauen sein!«

Mitch schwimmt auf Cal zu und ignoriert mich. Für ihn ist das alles ein Spiel.

»Demi!«, ruft Cal, bevor eine Welle ihn verschluckt.

»Kommt zurück, alle beide! Ihr verdammten Vollidioten!«

Einen Moment lang, als eine große Welle sich an den Felsen am Rand der Bucht bricht, denke ich, ich habe sie beide verloren, aber dann tauchen sie wieder auf. Cal prustend und Mitch winselnd.

Ich treffe eine Entscheidung. Ich reiße mir den Smoking vom Leib und renne in die Brandung.

Es hat etwa eine Minute gedauert, bis ich mich gefragt habe, wie ich das hier jemals für eine gute Idee halten konnte. Die Kälte hat mich umfangen und mich immer fester umklammert, den Atem aus meinem Körper gesogen. Ich erinnere mich, wie meine Surflehrer mir als Junge gesagt haben, dass das Meer bei Cornwall im Juni fast so kalt sei wie im Dezember. Aber es hat zumindest den Vorteil, dass ich wieder nüchtern sein werde, wenn ich ertrinke.

Ich wollte umdrehen und zurück ans Ufer schwimmen, aber dann habe ich Gebell gehört, lautes Gebell, und habe diesen unfassbar dämlichen Köter hinter mir ins Wasser springen sehen. Ich wollte ihm zurufen, dass er wieder rausgehen soll, aber dabei habe ich Salzwasser geschluckt, und nun brennt mir die Kehle.

Demi schreit auch. Ich höre sie, als mich gerade die nächste Welle hochhebt und nach vorne schleudert, näher an die Felsen am Rand der Bucht.

Und Mitch paddelt immer noch wie besessen auf mich zu.

Ich will zu ihm schwimmen, aber meine Arme fühlen sich an, als wären sie aus Watte. Das kommt davon, wenn man sich besäuft und davor die halbe Nacht wach war, um ein Dach zu reparieren. Ich bin schwach, erbärmlich, das hier geschieht mir recht. Demi hat es nicht verdient, wie ich mich auf der Party verhalten habe: meine miese Laune, die sarkastischen Bemerkungen. Ich war ein Arsch – ich bin einer.

»Cal!«

»Nein! Geh wieder raus!«

Mein Schrei wird von einem weiteren Schwall Meereswasser erstickt. Mitch schwimmt auf mich zu, aber eine Welle erwischt mich von der Seite. Ich schlage im Wasser um mich, mit zusammengepresstem Mund und brennenden Augen, während der dunkle Strudel an mir zerrt. Ich bin oft vom Brett gefallen, vor Jahren, wenn ich surfen war. Ich war sogar ein paarmal surfen, als ich high und völlig besoffen war, aber das ist lange her.

Jetzt bin ich schwach und verbraucht. Gescheitert.

»Mitch!«

Als ich prustend und keuchend wieder auftauche, steht Demi hüfttief im Wasser und ruft mir etwas zu. Eine Welle hat Mitch näher an die Felsen getragen, er schaukelt auf und ab wie ein haariger Korken.

»Cal! Pass auf!«

Eine große, weiße Wand aus Schaum hängt über mir. Ich tauche ab und rolle mich zusammen, als die Welle sich tosend bricht. Ich bin in einem riesigen, gewaltigen Betonmischer. Ich weiß nicht mehr, wo oben und unten ist, und das Wasser ist schwarz und grün und wütend auf mich. Dann tauche ich wieder auf und schnappe nach Luft, schlucke aber nur beißendes Salzwasser, als sich eine weitere Welle über mir bricht und mich in Richtung der Felsen schleudert.

Ich glaube, Demi schreit. Ich glaube, Mitch bellt. Ich weiß, dass ich untergehe.

Das Wasser ist jetzt eine eiserne Falle, die mir die Brust zerquetscht, die Glieder betäubt. Ich schlage um mich, stoße gegen etwas Schleimiges und höre Demi wieder schreien.

»Hier drüben!«

Demi steht auf den Felsen ein paar Meter entfernt, ihr weißes Kleid strahlt im Mondlicht. Sie ist die Meerjungfrau, die mich ins Wasser lockt.

»Halt dich daran fest!«

Sie wirft mir einen roten Schwimmring zu. Wahrscheinlich hat sie ihn bei der Hütte der Rettungsschwimmer am Strand gefunden. Neben dem Schild, das vor den Rippströmungen warnt und verbietet, allein oder betrunken schwimmen zu gehen.

»Geh zurück. Du rutschst aus …«

Meine Worte werden von noch mehr Wasser verschluckt, und ich knalle gegen die Felsen. Schmerz durchzuckt meine Beine und Arme.

»Nimm den verdammten Rettungsring!«

Ich schwimme wie ein Wahnsinniger auf den roten Ring zu, stürze mich drauf, verfehle ihn und erwische ihn schließlich mit einer Hand am Rand, als eine weitere weiße Wand auf mich zurollt. Ich klammere mich an den Rettungsring, und die Welle hebt mich hoch hinauf.

Demi ist auf den Felsen unter mir. So nah, dass ich sie berühren könnte. Nur die scharfen, schwarzen Zähne aus Stein sind zwischen uns. Mitch steht zitternd und bellend neben ihr.

»Ich zieh dich raus!«

Das Grollen der Brandung verschluckt ihren Schrei. Wieder trifft mich eine Welle von der Seite, und ich fliege durchs Wasser und hinunter auf die Felsen.

»Cal!«

Ich habe keine Zeit, den Schmerz wahrzunehmen, als ich auf die Felsen geschleudert werde. Ich weiß nur, dass ich lebe und über den Schleim hinaufklettere, während das Meer versucht, mich wieder nach unten zu ziehen. Meine Füße scharren über Algen, aber Demi hält das Seil des Rettungsrings fest und zieht mich die Felsen hoch. Eine Welle bricht sich über ihr. Mitch rastet aus.

»Geh da weg!«

»Nimm meine Hand. Komm schon, Cal. Die Wellen – ich kann nicht mehr lange stehen.«

Sie ist klatschnass, ihr Kleid, ihre Haare. Ich kann sie nicht verlieren, nicht sie und Isla. Ich denke daran, was ich in der Wüste überlebt habe, sammele meine letzten Kräfte und hieve mich auf dem Bauch heraus, während sie am Seil zieht.

»Komm schon! Bevor wir beide fortgespült werden.«

Sie nimmt mir den Rettungsring ab und hilft mir auf die Beine. Hustend und spuckend stolpere ich über die Felsen zum Strand. Mitch tanzt um uns herum, schon ganz heiser vom Bellen.

»Ihm ist nichts passiert«, murmele ich, als Demi mich hinunter auf den Sand führt.

»Er ist allein rausgeklettert. Was hast du dir denn bei dieser Aktion gedacht?«

»Ich wollte ihn retten. Wonach hat es denn ausgesehen?«

»Dein Bein.«

Meine Schienbeine sind blutüberströmt.

»Ich werd's überleben. Dein Kleid …«

Liegt wie eine zweite Haut am Körper. An jeder Linie, jeder Kurve. Im Mondlicht bleibt nichts verborgen. Ihre kleinen, festen Brüste, ihre Brustwarzen, die so hart wie Kieselsteine aussehen, das »V« zwischen ihren Schenkeln. Sie fängt an zu zittern und hört gar nicht mehr auf.

Sie schlingt die Arme um ihren Körper.

»Wie konntest du nur ins Meer gehen, obwohl du völlig besoffen warst?! Mitch ist nur deinetwegen reingesprungen.«

»Wir leben beide noch, und ja, ich war total dicht, aber jetzt bin ich das nicht mehr. Was macht er überhaupt hier? Ich dachte, Nina passt auf ihn auf.«

»Das hat sie – tut sie. Er m-muss abgehauen s-sein. Es ist deine Schuld, dass er ins Wasser gegangen ist, du Vollidiot.«

»Du zitterst.«

»Mir g-geht's gut.«

»Das glaube ich nicht.« Ich nehme sie in die Arme. Ihr Mund ist heiß und trocken, schmeckt nach Salz, erdig. Ich verliere mich darin, in der Tiefe, will in ihr verschwinden. Meine Hände berühren ihren Po durch die nasse Seide des Kleides. Sie drängt mich nicht zurück. Mitch bellt. Plötzlich, nach dem Kummer, der Todesgefahr und dem fast sicheren Ruin, habe ich auch mal Glück.

Ohne Vorwarnung fliege ich rücklings in den Sand. Demi bleibt über mir stehen und hüllt ihren klatschnassen Körper in meinen Smoking.

»Du bist immer noch besoffen, Cal. Werd endlich erwachsen, und zieh dir was an.«

27

Es poltert über mir, die Dielenbretter ächzen, und Flüche hallen durchs Haus. Ich nehme zwei Paracetamol und spüle sie mit kaltem, schwarzem Kaffee hinunter. Mein Kater nach der letzten Nacht ist schon schlimm. Ich will gar nicht wissen, wie Cal sich fühlt. Obwohl, nein, ich hoffe, er hat den schlimmsten Kater der Menschheitsgeschichte, denn er verdient es. Es war seine Entscheidung, sich bis zum Umfallen volllaufen zu lassen, und seine Entscheidung, ins Meer zu springen und beinahe Mitch zu töten.

Ich habe mir zwar einen Toast gemacht, aber ich bin nicht sicher, ob ich ihn runterkriege, und er fällt mir aus den Händen auf die Arbeitsplatte, als die Küchentür so heftig auffliegt, dass sie in ihren Angeln zittert.

Cal steht in der Tür und sieht aus wie der Tod. Ich habe *kein* Mitleid.

»Hast du mein Handy gesehen?«, knurrt er und schlurft hinüber zur Spüle.

»Ich wünsche dir ebenfalls einen guten Morgen, Boss.«

Er dreht den Wasserhahn auf und hält den Mund darunter, dann schnappt er sich ein Geschirrtuch und wischt sich das Gesicht ab, das so grau ist wie der Lappen.

»Wo ist Mitch?«, fragt er.

»Schläft in seinem Korb. Ich war schon mit ihm draußen. Nina hat gesagt, es tut ihr sooo leid, dass er abgehauen ist. Bestimmt fünfzig Mal.«

»Gut«, brummt er. Er zieht die Küchenschubladen heraus, durchsucht ihren Inhalt und flucht. Mir pocht der Schädel, als er sie einzeln zuknallt.

»Willst du mir sagen, was passiert ist?«, frage ich schließlich.

Alles hat sich verändert.

»Ich brauche Dave Pattersons Nummer. Sie ist in meinem Handy, aber ich finde es nicht.«

»War es in deiner Hosentasche?«

»Kann sein.«

»Dann ist es wahrscheinlich rausgefallen, als du dir die Klamotten vom Leib gerissen und beschlossen hast, schwimmen zu gehen.«

Er dreht sich abrupt zu mir um, als ob er gleich losbrüllen würde, stößt dann aber nur ein kurzes Fauchen aus.

Ich spiele mit dem Toast herum. »Vielleicht hat Polly seine Nummer in dem kleinen, grünen Adressbuch im Vorraum.«

Seine Miene hellt sich ein wenig auf. »Hoffentlich.«

»Ist es denn so dringend? Wahrscheinlich hat er nach der Party einen Kater, wie die meisten Leute.«

»Ich würde eher darauf tippen, dass er verrückt geworden ist. Er hat seine Meinung geändert und will nicht mehr mein Geschäftspartner werden.«

»Wann?«

»Irgendwann nach gestern Abend.«

»Aber ich dachte, er war gestern wirklich interessiert daran, uns zu helfen.«

Cal verteilt einen Stapel Briefe und Zeitschriften auf dem Tisch und flucht wieder vor sich hin. »Das war er, aber er hat mir eine Mail geschickt. Er behauptet, er hätte über Nacht noch mal darüber nachgedacht und wäre wegen eines anderen Bauprojekts finanziell schon zu sehr gebunden.«

»Das tut mir leid. Er schien echt begeistert. Er hat mir sogar gesagt, dass er das Café für eine gute Idee hält und glaubt, ich würde das ganz toll machen. Vielleicht wollte er nur höflich sein …«

»Ich bezweifle, dass er nur höflich sein wollte.« Cal sieht mich zum ersten Mal seit letzter Nacht an. Er weiß noch genau, was zwischen uns passiert ist. Ich schlucke und blicke hinunter auf den Tisch, als müsste ich auf der Suche nach Daves Nummer ein paar Umschläge umsortieren.

»Was ist mit den anderen Leuten, die interessiert waren, dich zu unterstützen?«, frage ich.

»Patterson war der Einzige, der es ernst gemeint hat. Die anderen haben mich auf der Party gemieden wie die Pest, was einer der Gründe war, weshalb ich mich so habe volllaufen lassen. Jemand muss sie beeinflusst haben, und ich kann mir schon denken, wer das war. Na ja, sie können mich alle mal. Ich gebe mich nicht geschlagen.«

Er schiebt einen Stapel Broschüren vom Tisch und stößt dabei eine Tasse um. Der Rest des Kaffees rinnt über die Papiere. Mitch knurrt aus seinem Korb.

Cal schnappt sich ein Geschirrtuch, um den Kaffee wegzuwischen. »Tut mir leid, Demi.«

Mein Herz zieht sich zusammen. »Was tut dir leid?«

»Das Chaos. Dieses Chaos.« Er deutet mit einer Hand um sich herum und fährt sich dann durch die Haare.

»Gehöre ich auch zu dem Chaos?«

»Nein …«

Aber. Er sagt das Wort nicht, aber ich spüre es, sehe es in seinen Augen. Die Sturmnacht war wundervoll, heiß – ich habe so etwas noch nie erlebt, und vielleicht werde ich das jetzt auch nie mehr. Er wollte sich mit mir trösten; das wusste ich, und ich dachte, es würde mir reichen. Neulich hat es gereicht, als ich ein bisschen und Cal sehr betrunken war. Es hat gereicht, aber jetzt ist es viel zu wenig. Deshalb war ich letzte Nacht am Strand auch so wütend auf ihn. Wenn er glaubt, er muss mich nur ansehen, und ich schmelze dahin, wann immer es ihm passt oder er Trost braucht, dann hat er sich geschnitten.

Er stellt die Kaffeetasse in die Spüle und legt das nasse Geschirrtuch daneben.

»Und jetzt?«, frage ich.

»Ich mache weiter. Ich lass mich nicht unterkriegen, von niemandem. Irgendwie werde ich einen Weg finden, um Kilhallon zu retten, aber zuerst muss ich mich um diesen verfluchten Baum kümmern.«

Das ist nicht, was ich gemeint habe. Was ich *eigentlich* gemeint habe.

Das weiß Cal. Das weiß ich. Ich denke daran, was Mawgan bei der Party gesagt hat. Ich hasse sie und alles, wofür sie steht, aber ich glaube auch, dass sie recht hat: Cal wird Isla immer lieben, und ich werde immer nur die zweite Wahl sein. Die Frage ist: Kann ich damit leben?

Nach der Verlobungsparty ist in Kilhallon Park alles zur »Normalität« zurückgekehrt, sofern hier je irgendwas normal ist. Polly ist von ihrem Wochenendausflug zurückgekommen und beschwert sich über die zusätzliche Arbeit, die der Sturm verursacht hat. Cal ist ins Gästezimmer des Farmhauses umgezogen und hat den Bauarbeitern geholfen, den Baum zu entfernen sowie das Fenster und die beschädigte Wand zu reparieren. Ich bin ihm aus dem Weg gegangen und hatte sowieso eine Menge zu tun: nach dem Sturm mein Schlafzimmer trockenlegen, im Küchengarten arbeiten und weitere Pläne für das Café schmieden. Denn ich muss daran glauben, dass es klappt, trotz der Rückschläge in letzter Zeit.

Der Juli hat endlich begonnen, und mit den langen, warmen Tagen sind »Horden« von Touristen gekommen, wie Polly sagt, die die Strände und Cafés besetzen und die engen Wege rund um Kilhallon verstopfen. Ihren Akzenten nach stammen sie aus den Midlands, aus London oder von weiter weg – Holland, Frankreich und Deutschland. Das ist gut so und zeigt mir, dass es theoretisch einen großen Markt für Kilhallon Park und das Café gibt, obwohl die offiziellen Schulferien noch nicht angefangen haben.

Letzte Woche habe ich mir ein »Pop-up-Bistro« angesehen, das im Sommer einmal im Monat beliebte Grillabende am Strand veranstaltet. Nina und Robyn haben mich begleitet und Wodka, Cranberry- und Grapefruitsaft mitgebracht, um Sea Breezes zu mixen – superlecker, aber ich musste an dem Abend fahren, also bin ich bei Cola geblieben. Die Küche des Restaurants, das die Grillabende organisiert, befindet sich in einem Van, und der Andrang war riesig. Ich denke, nächsten Sommer sollten wir auch solche kulinarischen Events auf den Klippen über der Kilhallon-Bucht veranstalten. Die Sonnenuntergänge dort sind traumhaft. Wir könnten frischen Fisch, Meeresfrüchte-Curry und Lamm-Tajine anbieten. Stühle, Teller und Wein würden die Gäste mitbringen. Die neue Anlage hat so viel Potenzial, wenn wir es schaffen, sie zum Laufen zu bringen.

Ich habe so viele Ideen, dass ich kaum schlafen kann. Zumindest rede ich mir ein, dass ich deshalb keine Ruhe finde, seit die Nächte so warm und feucht geworden sind. Und was Cal anbelangt: Er tut so, als wäre zwischen uns überhaupt nichts gewesen, aber für mich kann es nie wieder so werden wie früher.

Er steckt den Kopf zur Tür herein, als ich nach dem Frühstück in meiner Küche Geschirr spüle.

»Nur zu deiner Info, ich repariere heute die kaputten Schieferplatten auf deinem Dach. Die Decke muss ich ein anderes Mal streichen«, sagt er kurz angebunden.

»Das kann ich auch machen. Ich hab meiner Mum früher beim Streichen geholfen.«

»Gut. Die Farbe steht in der Garage. Bedien dich einfach.«

Es poltert und kracht, als er die Leiter ansetzt und sie an die Dachrinne bindet. Ich ziehe das Abspülen nach einer weiteren Backsession in die Länge, damit ich ihn durch mein Fenster beobachten kann. Er trägt eine zerrissene, ausgebleichte Jeans, ein ausgefranstes graues T-Shirt und um die Hüften einen Werkzeuggürtel. Die Seifenblasen trocknen schon auf meinen Händen, als ein Schlag auf dem Dach mich aus meinen albernen Tagträumen reißt.

Ich trockne mir die Hände an einem Lappen ab und gehe hinaus, wütend auf ihn und auf mich, auch wenn ich nicht genau weiß, warum.

»Kann ich helfen?«

Er hält mit dem Hammer in der Hand inne. Schüttelt den Kopf. »Keine gute Idee.«

»Warum nicht? Glaubst du, ich kann das nicht, weil ich eine Frau bin?«

»Ich will nur nicht, dass du dir den Hals brichst.«

»Aber wenn du ihn dir brichst, ist das okay? Ich will helfen, außerdem können wir dann meine neuen Pläne für Kilhallon besprechen.«

Er nickt. »Du brauchst Handschuhe. Im Schuppen liegt noch ein Paar. Hol sie dir, während ich noch eine Leiter besorge.«

Als er zur Scheune geht, wische ich mir die schwitzigen Handflächen an meiner Jeans ab und frage mich, warum ich das hier mache. Um ihm etwas zu beweisen? Aber was? Irgendwie läuft alles falsch. Dass ich beinahe Sex mit Cal hatte, hat unsere Beziehung als Freunde, Kollegen und Geschäftspartner zerstört. Ich weiß nicht genau, welchen Platz ich in Cals Welt eingenommen habe, aber ich weiß, dass er sich verschoben hat – ich habe nur keine Ahnung, wohin.

Er sichert die zweite Leiter und hält sie fest, während ich hinaufsteige. Ich habe keine Höhenangst. Mum hat immer geschimpft, wenn ich als Kind überall hinaufgeklettert bin, aber das hier ist was anderes. Das Gleichgewicht zu halten, während man schwere Arbeit verrichtet, ist viel komplizierter, als ich erwartet hatte.

Ich bleibe oben auf der Leiter stehen, während Cal die andere heraufsteigt und sich neben mich stellt.

Die Sonne ist heiß, und ich bin froh, dass ich ein Basecap trage.

Er zeigt mir, wie man die Schieferplatte mit dem Nageleisen herausstemmt. »Pass auf, dass du nicht das Gleichgewicht verlierst, denn sie kommt mit ziemlicher Wucht heraus.«

»Whoa!« Ich schwanke, und mein Puls schießt in die Höhe. Cals Hand liegt auf meinem Rücken und stützt mich.

»Du hattest recht mit der Wucht.«

Er lässt seine Hand dort. »Du machst das gut. Jetzt zeige ich dir, wie man die Platte ersetzt.«

Zehn Minuten später habe ich es geschafft, zwei neue Schieferplatten festzuklopfen. Schweiß rinnt mir über den Rücken, und mir ist tierisch heiß. Das Dach bekommt die volle Kraft der Sommersonne ab, und es regt sich kaum der Hauch einer Brise. Ich lege den Hammer aufs Dach und wische mir mit der Oberseite des Handschuhs über die Stirn.

Cal lächelt. »Nicht schlecht für eine Anfängerin.«

»Ich weiß. Siehst du, ich hab dir doch gesagt, dass ich das kann.«

»Mir war schon klar, dass du es kannst.« Er ist so nah. »Du kannst alles, was du dir in den Kopf setzt.«

Ob dazu wohl auch gehört, einen Mann zu knutschen, während man auf einer wackeligen Leiter steht? Ich weiß nicht, was ich sagen soll, also lege ich einfach los.

»Na ja, ich hätte da noch eine Idee.«

»Interessantes Timing, aber erzähl weiter.«

»Mir ist zu den Jurten noch was eingefallen. Eigentlich hatte ich den Gedanken schon auf Islas Verlobungsparty.«

Er runzelt die Stirn. »Zu den Jurten?«

»Ja. Die Organisation der Party muss einige Tausender gekostet haben. Wie wär's, wenn wir Feiern wie runde Geburtstage, Hochzeiten und Firmenjubiläen auf der Jurtenwiese in Kilhallon veranstalten würden?«

»Daran hab ich noch nicht gedacht, aber es klingt gut, wenn die Pläne irgendwann genehmigt werden und wir das Geld zusammenkriegen.«

»Seien wir optimistisch. Das könnte eine zusätzliche Einnahmequelle sein. Das Café wird eine Lizenz für Getränke und Musik haben, und wir könnten Spanferkel braten, am Lagerfeuer singen und tanzen, du weißt schon, die Leute feiern gern in der freien Natur. Und wir haben immer noch die Cottages für die Omas und die Leute, die nicht campen können oder wollen. Für Feiern könnten wir eins von diesen riesigen Tipis aufstellen.«

»Hmm. Du hast recht. Ich schätze, heute will nicht mehr jeder das ganze Klimbim mit Hotel und piekfeinem Service.«

»Es ist schon okay, wenn man auf so was steht, aber wenn ich heiraten würde, hätte ich lieber so eine Party ...« Verdammt, ich sollte die Klappe halten. Ich konzentriere mich wieder auf die Schieferplatte. »Jedenfalls sollten wir darüber nachdenken. Wir müssten natürlich einen erfahrenen selbstständigen Eventmanager beauftragen. Das heißt, wir hätten die vier größeren Cottages, die gerade renoviert werden, plus die zwei kleinen, die wir nicht fürs Personal brauchen, die Jurtenkolonie, den Zeltplatz und das Café mitsamt seinen mobilen Absatzmöglichkeiten und Events. Wir brauchen ein vielfältiges Angebot, um zu verschiedenen Jahreszeiten Umsatz zu machen.«

Er lächelt. »Auf jeden Fall, und es ist eine tolle Idee. Wie es aussieht, kommen alle tollen Ideen für Kilhallon von dir.«

Er legt seine Hand auf meine. Handschuh auf Handschuh: kein

bisschen romantisch, aber trotzdem spüre ich das Brennen seiner Haut auf meiner.

»Weißt du, am Morgen nach der Verlobungsparty, als ich durchs Haus gepoltert bin, wollte ich nicht so …«

»Ein Arsch sein?«

Er lächelt. »Ja. Ein Arsch.«

»Dann erinnerst du dich also teilweise daran, was passiert ist?«

»*Teilweise?* Wie könnte ich das vergessen?«

»Tja, es hat nicht ganz so gewirkt, als wüsstest du es.«

»Ich hab dir doch gesagt, ich war nüchtern nach meinem Bad. Danke, dass du mich rausgezogen hast. Ich hätte in dem Zustand niemals reingehen sollen. Ich habe dich und Mitch in Gefahr gebracht.«

»Stimmt, aber danke, dass du ihm nachgeschwommen bist, auch wenn es völlig bescheuert war und er es allein rausgeschafft hat. Der gute Wille zählt.«

»Wie verständnisvoll von dir.«

»Ich weiß. Deshalb magst du mich. Weil du jemanden brauchst, der dich daran erinnert, dass du ein selbstgefälliger Dreckskerl bist, der glaubt, er hätte immer recht und die Welt würde sich nur um ihn, Cal Penwith, drehen.«

»Richtig. Du kennst mich wirklich, du kennst mich zu gut. So gut, dass es wehtut. Du siehst zu viel, zeigst mir zu viel von mir selbst … Hör mal, gib mir Zeit, Demi. Ich hab kein Talent für so was.«

»Ach, ich weiß nicht, du scheinst dich ganz gut auszukennen.«

»Ich meine aber nicht das Dach oder das Unternehmen. Ich will nur nicht, dass du denkst, ich würde deine Situation ausnutzen.«

»Warum sollte ich das denken?« Ich lache, aber ich bin gar nicht glücklich. »Du musst dich nicht entschuldigen oder dich schlecht fühlen. Ich bin erwachsen und stimme dir zu, dass es eine Katastrophe wäre, wenn wir was miteinander anfangen würden.«

»Stimmt. Ich war betrunken und konnte nicht klar denken. Wir haben uns beide hinreißen lassen.«

»Es war nur ein dummes Spiel.«

»Ja. Und dass der Baum auf uns gelandet ist, war wahrscheinlich das Beste, was uns passieren konnte.«

»Ganz sicher«, sage ich.

Mit jedem Wort, das ich ausspreche und dem er zustimmt, fühle ich mich noch mieser, obwohl ich weiß, dass er recht hat. Ich wünschte fast, ich wäre nie hier raufgekommen, aber ich kann die Worte nicht zurücknehmen.

»Trotzdem hat es mir gefallen. Sehr«, erwidert Cal leise. Er sieht mich aus seinen tiefgründigen braunen Augen an, und mein Magen macht einen Salto. Gerade als ich alle Hoffnung aufgegeben hatte, sagt er so was. »Aber das heißt nicht, dass wir es wiederholen sollten.«

»Ich hatte auch nicht vor, es zu wiederholen, Cal. Niemals.«

»Hallo-ooo!« Robyn ist gerade in den Hof geritten.

Ich weiß nicht, wer erleichterter ist, sie zu sehen, Cal oder ich. Ich schlucke den blöden Kloß in meiner Kehle hinunter, steige vom Dach und merke, dass meine Hände zittern. Ob das vom Adrenalin durch die Höhe kommt oder weil ich erschöpft davon bin, die Schieferplatten herauszuhieven – oder von etwas anderem –, kann ich nicht sagen.

Cal brummt ein »Hi« und fängt an, den letzten Nagel in die Schieferplatte zu hämmern, im Takt mit meinem klopfenden Herzen. Ich weiß nicht, ob ich lachen oder weinen soll.

»Ihr seht beschäftigt aus«, ruft Robyn fröhlich. »Hat Cal dich gezwungen, diese Leiter hochzuklettern?« Robyn zieht eine Augenbraue hoch, als ich auf sie zugehe.

»Ich wollte lernen, selbst mein Dach zu reparieren.«

»Ich würde nie im Leben da hochsteigen«, sagt sie.

»Und ich würde nie im Leben *da* hochsteigen.« Ich bin immer noch nicht besonders scharf auf Pferde, aber Robyns Stute Roxy ist ruhig und verlässlich, also macht es mir nichts aus, ihr kurz den Hals zu tätscheln, als Robyn auf dem Hof anhält und abspringt.

Roxy wiehert laut, sodass ich zusammenschrecke, und Robyn lacht. »Du solltest Cal bitten, dir das Reiten beizubringen.«

Ich verziehe das Gesicht. »Das ist wahrscheinlich keine gute Idee.«

»Es macht dir bestimmt Spaß, und Cal ist ein guter Lehrer. Er hat mir geholfen, als ich klein war – meine Mum war sauer, weil er mich immer zu allen möglichen Sachen angestachelt hat, aber ich habe es geliebt. Ich liebe es immer noch.«

»Was soll ich Demi beibringen?« Cal kommt auf uns zu und wischt sich die Hände an einem Lappen ab. Er streichelt Roxy, nennt sie »Liebling« und »Süße«, und sie wiehert leise.

»Ich habe vorgeschlagen, dass du Demi das Reiten beibringen könntest«, antwortet Robyn schelmisch.

»Es gibt kein Pferd für mich.«

»Wir haben noch ein Pony in Bosinney. Oder du könntest auf Dexter reiten.«

Sie will uns verkuppeln. In Anbetracht unserer peinlichen Unterhaltung gerade eben könnte ich im Erdboden versinken.

»Dexter ist zu groß«, entgegnet Cal ruhig.

»Siehst du. Cal weiß, dass ich ein hoffnungsloser Fall wäre.«

»Das hab ich nicht gesagt, und das wärst du auch nicht.«

Robyn lacht begeistert. »Na bitte! Cal traut es dir zu. Ich weiß, dass du es kannst. Ihr könnt beide nach Bosinney kommen und schauen, wie du mit meinem alten Pony Harry klarkommst. Es kann nicht schlimmer sein, als auf ein Dach zu steigen.«

Robyn bindet Roxy an eine alte Pferdestange beim Wassertrog und folgt uns in die Küche, um etwas zu trinken.

»Ich geh mir die Hände waschen.« Cal stürmt so beschämt davon wie ein Mann, den man gebeten hat, eine Packung Tampons in seinen Einkaufswagen zu legen.

»Wie läuft's?«, frage ich, als wir in der Küche sitzen und die Fairings essen, die ich zuvor gebacken habe.

Sie macht ein langes Gesicht. »Schlecht. Andi sagt, Mawgan und ihr Vater überwachen sie mit Argusaugen. Sie kann nicht mal das Haus verlassen, ohne zu sagen, wo sie hingeht, also gibt es ständig Zoff.«

»Das tut mir leid für Andi. Sie ist toll, und ich sehe, wie glücklich sie ist, wenn ihr beide zusammen seid.«

»Wirklich? Aber mit Cal ist hier alles in Ordnung, oder?«, fragt sie verschmitzt.

»Das kommt darauf an, ob es mit der Baugenehmigung klappt«, antworte ich und ignoriere ihre Anspielung.

»Hoffentlich. Deine Ideen klingen super. Cal hat erst neulich davon geschwärmt. Ich merke, wie er wieder auflebt, weil er sich jetzt auf Kilhallon konzentrieren kann, und du bist ihm eine so große Hilfe. Du hast ihn verwandelt, und ich glaube wirklich, dass er endlich über Isla hinwegkommen könnte.« Sie nimmt sich noch einen Fairing aus der Dose. »Mmm, sind die lecker.«

»Danke, Süße. Es freut mich, dass Cal meine Ideen gefallen, und ich würde alles tun, um ihm mit der Ferienanlage zu helfen, aber mehr ist nicht zwischen uns – wir machen nur unseren Job. Bitte denk nicht, da läuft irgendwas, du weißt schon, Romantisches, denn das stimmt nicht.« Vor allem *wird* nichts mehr laufen.

Sie kaut auf ihrem Keks herum und antwortet dann: »Okay. Wie du meinst. Ich wünsche dir und Cal nur, dass ihr so glücklich werdet wie Andi und ich, aber ich würde natürlich nicht im Traum daran denken, mich da einzumischen.«

Wir reden weiter über das Konzert und Andi, aber als ich ihr zum Abschied winke und sie auf Roxy davonreitet, bin ich sicher, dass sie nichts von dem, was ich gesagt habe, geglaubt hat.

»Cal …«, beginne ich, als er ein paar Tage nach Robyns Besuch Pollys Hühnerhof umbaut. Cal hatte das vorgeschlagen, um die Eierproduktion zu erhöhen. So kann Polly leichter ein und aus gehen, um die Hühner zu füttern und die Eier einzusammeln. Es ist ein milder Abend, und die Sonne bildet einen goldenen Streifen am Horizont unter einem orange-rosafarbenen Himmel.

»Hmm.« Er nimmt sich einen Nagel aus dem Mund, um den Draht am Zaun zu befestigen.

»Du weißt ja, dass Robyn neulich hier war.«

»Hmm.«

Ich muss eine Pause machen, während er den Nagel einschlägt, um das Gitter am Pfosten anzubringen.

Ich hole tief Luft. »Ich muss dir was sagen.«

Cals Gesicht verrät nichts, als ich ihm von Robyn und Andi erzähle. Ich habe schon seit einer Weile hin und her überlegt, ob ich ihr Geheimnis verraten soll, und beschlossen, dass ich Cal vertrauen kann. Er wird bestimmt nichts weitersagen. Ich dachte, er könnte ihnen vielleicht helfen.

»Also, jetzt weißt du, warum Robyn nicht ganz glücklich ist«, schließe ich und hoffe auf eine positive Reaktion.

Er atmet tief aus und unterbricht seine Arbeit. »Ich habe gemerkt, dass irgendwas sie belastet, und vermutet, dass es um ihr Liebesleben geht, aber ich hatte keine Ahnung, dass es was mit Andi Cade zu tun hat. Ich dachte, die beiden wären nur befreundet.« Er verzieht das Gesicht. »Nettes Mädchen, bis auf ihre Verwandtschaft, und du hast recht, Mawgan hätte *kein* Verständnis.«

»Trotzdem finde ich, dass sie nicht getrennt sein sollten, und ich habe mich gefragt, ob du ihr und Andi eins der Cottages hier vermieten könntest?«

Cal schüttelt den Kopf. »Das halte ich für keine gute Idee.«

»Du hast ja wohl keine Angst vor dem, was Mawgan dir antun wird, wenn du ihnen hilfst? Oder dein Onkel?«

Er schnaubt. »Natürlich habe ich keine Angst vor Mawgan. Wie Onkel Rory reagieren wird, wenn Robyn ihm die Wahrheit sagt, wissen wir nicht. Vielleicht überrascht er sie.«

»Aber die Cades werden sicher ausrasten. Bitte denk darüber nach. Ich kann den Gedanken nicht ertragen, dass Robyn und Andi getrennt sind.«

»So einfach ist das nicht. Ich habe nichts dagegen, sie für eine symbolische Miete hier wohnen zu lassen, obwohl ich eigentlich alle Cottages brauche, aber es wäre besser, wenn Robyn und Andi das mit ihren Familien klären und in eine eigene Wohnung ziehen würden. Ehrlich gesagt finde ich, sie sollten unabhängig werden und ihr eigenes Leben führen.«

»Aber sie studieren noch. Sie haben kein Geld, und Andi fürchtet sich vor Mawgans Reaktion, wenn sie die Wahrheit erfährt. Mawgan hat schon einen Verdacht …«

»Tatsächlich?« Er verzieht wieder das Gesicht. Der Wind zerzaust ihm die Haare, zupft sanft an seinen nun kürzer geschnittenen Locken. »Selbst *wenn* ich es für eine gute Idee halten würde, sie hier wohnen zu lassen, weiß ich nicht, wie lange ich ihnen ein Zuhause anbieten kann. Was ist, wenn alles in die Hose geht, was gut möglich ist, und ich verkaufen muss? Dann sind sie wieder genauso weit wie zuvor.«

»Ist es so ernst?«

»Das weißt du doch.« Das rosafarbene Glühen der untergehenden Sonne macht seine Gesichtszüge weicher.

»Aber das könnte erst in einigen Monaten oder auch nie passieren. Du liebst Robyn und willst, dass sie glücklich ist, aber anscheinend sind alle gegen sie und Andi. Wenn du etwas für die Gemeinschaft und die Leute tun willst, die sich nicht wehren können, fang bei den Menschen in deiner direkten Umgebung an.«

Er schüttelt wieder den Kopf. »Demi, hat dir schon mal jemand gesagt, dass du eine verdammte Nervensäge sein kannst?«

»Ja. Du. Schon oft. Also versprich mir, dass du noch mal darüber nachdenkst, sie hier wohnen zu lassen.«

Er seufzt tief. »Ich *denk* darüber nach. Jetzt lass mich mit diesem Hühnerhof fertig werden, bevor es dunkel wird.«

28

Manchmal steckt Cal voller Überraschungen. Nachdem ich ihm von Robyn erzählt habe, hat er sie angerufen, um ihr und Andi vorübergehend eins der Mitarbeitercottages anzubieten, wenn sie dafür bei der Renovierung helfen. Aber er macht sich Sorgen, dass Robyn Ärger bekommen könnte, wenn sie und Andi wirklich hier einziehen. Robyn hat mir zwar eine Nachricht geschickt, hat aber mein Gespräch mit Cal nicht erwähnt. Vielleicht glaubt sie, er sei von allein draufgekommen, ihr das Angebot zu machen.

Ich höre, wie sie jetzt mit ihrem alten Corsa auf den frisch gekiesten Parkplatz vor der Rezeption fährt. Ich bin gerade dabei, weiter das Gerümpel zu durchstöbern, das ich auf dem Dachboden der Scheune gefunden habe, aber ich laufe hinaus, um sie zu begrüßen und in die Arme zu nehmen.

»Wie geht's dir, Süße? Ich hoffe, es war richtig, dass ich Cal um Hilfe gebeten habe.«

Robyn hält inne und antwortet dann leise: »Danke, das war echt lieb von dir, und um ehrlich zu sein: Ich bin ich erleichtert, dass Cal es weiß. Aber ich habe Andi gesagt, dass wir doch nicht hier einziehen können.«

»Schade, aber vielleicht denkt ihr noch mal ein paar Tage drüber nach.«

»Da bringen ein paar Tage nichts, auch nicht ein paar Wochen …«, fährt Robyn fort. »Luke hat mich gebeten, es nicht zu machen. Er meinte, der Schock könnte zu viel für Dad sein.«

»Was? Aber dein Dad will doch sicher, dass du glücklich bist, und wie kann Luke es wagen, so was zu dir zu sagen?«

»Ich glaube, Luke hat Angst, dass Dad im Moment nicht noch mehr Stress verträgt. Die Party war sehr teuer, weil Dad darauf bestanden hat, sie in Bosinney auszurichten. Er ist sowieso schon knapp bei Kasse, weil er den Großteil seines Vermögens ins Unternehmen investiert hat. Und ich glaube, er ist sich außerdem nicht sicher, ob Isla und Luke wirklich so glücklich sind, wie es den Anschein macht.«

»Tatsächlich?« Meine Haut kribbelt.

»Dad befürchtet, Isla könnte das mit der Hochzeit nicht durchziehen, vor allem, wenn sie und Luke zu lange damit warten.«

»Glaubst du das auch?«

»Ich glaube, sie liebt Luke wirklich.« Robyn verstummt, als würde sie nachdenken. »Und ich weiß, dass ich nie aufhören werde, Andi zu lieben, egal, wie weit wir voneinander entfernt sind«, fährt sie nach einer Pause fort.

Ich frage mich, ob Robyn eigentlich sagen wollte, dass Isla Cal noch immer liebt und umgekehrt, aber geschwiegen hat, um mich nicht zu verletzen. Tief im Herzen weiß ich natürlich, dass es wahrscheinlich so ist. Und obwohl ich auch weiß, dass das nicht bedeutet, Cal könnte niemand anderen lieben, spüre ich einen brennenden Schmerz. Mir wird bewusst, dass ich gerade zu viel über mich selbst nachdenke, also konzentriere ich mich wieder auf Robyn.

»Hast du Cal schon gesagt, dass du nicht hier einziehen kannst?«

»Nein, noch nicht. Ich hatte gehofft, ihn hier zu treffen. Weißt du, wo er ist?«

»Er ist im Haus. Jemand vom Gemeinderat hat ihn angerufen. Es tut mir so leid für dich, Robyn. Es muss doch eine Lösung für euch geben.«

»Andi wird bestimmt traurig sein, aber vielleicht ist es besser so, bis Dad in einem stabileren Zustand ist.«

»Du und Andi, könnt ihr euch nicht Jobs suchen und nach dem College wegziehen?«

»Vielleicht, aber das dauert noch über ein Jahr, selbst wenn wir Jobs finden sollten und uns dann die Miete leisten könnten. Auch wenn Dad und Luke damit einverstanden wären und uns unterstützen würden, was extrem unwahrscheinlich ist, werden Mawgan und ihr Vater uns die Hölle heiß machen, wenn ich mit Andi zusammenziehe. Ich weiß doch, dass sie Cal aus irgendeinem Grund hassen …«

»Warum hassen Mawgan und ihr Vater ihn so sehr? Doch wohl nicht, weil er nicht mit ihr schlafen wollte. Ist sie wirklich so nachtragend?«

»Keine Ahnung, aber sie hat irgendwas gegen Luke und Dad in der Hand. Sie hat ihre Tentakel überall.«

Die Vorstellung von Mawgan als die Krakenhexe in *Arielle, die Meerjungfrau* bringt mich zum Lachen, aber Robyn tut mir unheimlich leid, und ich weiß nicht, wie ich ihr helfen kann. Und ich bin auch traurig: Wahrscheinlich wird Cal Kilhallon verlieren, Isla hat er schon verloren, und ich werde nie mit ihm zusammenkommen.

Aber ich habe einen Job und ein Zuhause, Mitch und neue Freundinnen wie Robyn, Nina und die anderen Mädchen. Ich habe Talente und eine Zukunft. Alles ist tausendmal besser als noch vor ein paar Monaten. Warum balle ich dann die Fäuste und versuche, nicht zu weinen?

In den folgenden Tagen gebe ich mir Mühe, mich ganz auf meine Arbeit zu konzentrieren, während Cal ein Seminar zum Thema Denkmalschutz besucht. Wir müssen weiter fest daran glauben, dass wir den Umbau fortsetzen dürfen, auch wenn die Chance noch so klein erscheinen mag. Ich rufe Robyn an und frage sie, ob sie uns helfen möchte, ein neues Logo für das Schild und die Speisekarten des Cafés zu entwerfen. Der Vorschlag scheint ihre Laune ein bisschen zu heben, wahrscheinlich, weil sie so einen Vorwand hat, um sich mit Andi zu treffen und mit ihr zusammen am Logo zu arbeiten. Ich kann sie leider nur mit Kuchen entlohnen, aber das scheint ihr nichts auszumachen.

Als Mitch und ich am Abend unsere Runde drehen, sehe ich vom Küstenpfad aus, dass Cal unten in der Bucht ist. Er lässt Steine übers Wasser hüpfen. Ich beobachte ihn für eine Weile und überlege, ob ich ihn stören soll oder nicht. Mitch nimmt mir die Entscheidung ab, als er Cal ebenfalls entdeckt – oder besser gesagt: seine Spur wittert – und wie ein Irrer den Pfad hinuntersaust. Als Cal Mitchs Bellen hört, dreht er sich um und lächelt kurz. Mitch springt um seine Füße herum, bereit, den nächsten Stein zu fangen. Ich laufe ihm nach.

»Guck mal, das hier ist besser, als Steinen nachzujagen«, sagt Cal und wirft ein krummes Stück Treibholz an den Rand der Wellen. Die Brise fegt die salzige Gischt durch die Luft. Mitch rast ins Wasser, schnappt sich den Stock und kommt zurück.

»Hi. Mitch hat dich entdeckt. Wie war das Seminar?«

»Ganz okay. Interessant, wenn man auf Kalkmörtel steht, schätze ich.«

»Du hast weißes Zeug in den Haaren.«

Er betastet seine dunklen Locken und lächelt schief. »Ach ja?«

Cal nimmt Mitch den Stock aus dem Maul und wirft ihn wieder ins Wasser. Mitch stürmt erneut davon.

»Er macht das noch den ganzen Abend, wenn du ihn lässt.«

Cal lächelt. »Dann ist wenigstens einer von uns zufrieden.«

»Ist alles in Ordnung?«

»Klar, bis auf die Tatsache, dass Andi und Robyn leiden und jemand eine Baugenehmigung für Kilhallon beantragt hat.«

Mein Magen verkrampft sich. Ich *wusste,* dass irgendwas nicht stimmt. »Was? Wie kann das sein, wenn du doch der Eigentümer bist?«

»Natürlich bin ich das, aber laut Bauordnung darf jeder die

Genehmigung für die Bebauung eines Grundstücks beantragen, unabhängig davon, ob er der Eigentümer ist oder nicht.«

»Aber das ist absurd. Wer tut so was? Ich wette, es sind die Cades.«

Er lächelt bitter. »Offiziell hat Parson Holdings den Antrag gestellt. Auf dem Rückweg vom Seminar habe ich meine Bankberaterin getroffen, und sie hat angedeutet, dass es sich bei Parson Holdings um eine Holdinggesellschaft der Cades handelt, was also bestätigt, dass sie dahinterstecken.«

»Du musst etwas tun. *Wir* müssen etwas tun.«

»Ohne Beweise kann ich überhaupt nichts tun. Nur wenn ich den Cades nachweisen könnte, dass sie das Genehmigungsverfahren mit illegalen Mitteln gestoppt haben, könnte ich vielleicht verhindern, dass sie damit durchkommen.«

Mitch zerrt am Stock in Cals Hand, weil er mit ihm Tauziehen spielen möchte.

»Ich wollte dir nichts davon erzählen, solange ich noch die Hoffnung hatte, eine Lösung zu finden, aber du verdienst es, die ganze Wahrheit zu erfahren«, fährt er fort, während er mit Mitch um den Stock ringt. »Wir werden alles an Mawgan verlieren, wenn wir den Berufungsprozess nicht gewinnen, und die Bauarbeiter verlangen ihr Geld für die Arbeit, die sie bisher geleistet haben.«

»Ich habe ein bisschen was gespart. Nur ein paar Hunderter, aber besser als nichts.«

»Nein!« Er unterbricht das Spiel und sieht mich entsetzt an. »Ist es schon so weit gekommen, dass du mir deine ganzen Ersparnisse anbietest?«

Seine dunklen Augen sind von Traurigkeit erfüllt. »Tut mir leid, dass ich dich da reingezogen habe. Du bereust bestimmt, dass du hergekommen bist.«

»Ich soll bereuen, dass ich hergekommen bin? Auf gar keinen Fall. Ich bereue gar nichts, außer dass ich mich deinen Launen aussetze natürlich.«

Er lächelt flüchtig.

»Du hast mir sehr geholfen, auch wenn du es nicht glaubst. Ich habe so viel mehr als noch vor ein paar Monaten«, füge ich hinzu.

»Nein. Das alles hast du dir selbst zu verdanken, deinem Talent, deiner Begeisterungsfähigkeit, deiner unerträglichen Art, in allem das Beste zu sehen. Und ich bereue nicht, dass ich dich hergeholt habe. Ich werde es nie bereuen, und ich würde alles dafür geben, die Dinge ändern zu können. Aber ich sollte anfangen, mich nach einem anderen Job und einem neuen Zuhause umzusehen, und das solltest du auch. Wenn wir den Berufungsprozess nächste Woche nicht gewinnen, können wir unsere Pläne nicht verwirklichen, und die Cades werden die Eigentümer von Kilhallon Park sein, noch bevor wir die Anlage zum Laufen gebracht haben.«

»Daumen drücken, ganz fest Daumen drücken. Wir dürfen die Hoffnung nicht aufgeben.«

Er lächelt. »Ja, die Hoffnung stirbt zuletzt.«

Meine Schritte hallen über die Dielenbretter. Eine dicke Staubschicht bedeckt die geschnitzte Truhe, die wahrscheinlich schon hier stand, als noch Schmuggler und Strandräuber ihr Unwesen trieben. Die Wände, an denen früher die Gemälde von toten Kaninchen und Fasanen hingen, sind vergilbt, und die Feuerstelle ist kalt. Keine Polly ruft aus der Küche: »Demi, willst du den ganzen Tag im Bad verbringen?« Kein Cal tippt in seinem Arbeitszimmer vor sich hin. Man hört kein Ping ankommender E-Mails. Keine gemurmelten Flüche …

So stelle ich es mir vor, wenn die Cades Kilhallon in die Finger bekommen. Der Berufungsprozess ist für heute Nachmittag angesetzt, und die Stimmung ist so düster wie ein Novemberabend im Moor. Polly hat mir gesagt, dass Cal die halbe Nacht wach gewesen sei und es strikt abgelehnt habe, dass ihn eine von uns beiden begleitet und bei der Anhörung unterstützt.

Es erscheint mir so sinnlos, das Porzellan abzustauben oder auch nur die Fenster zu öffnen, um frische Luft hereinzulassen. Ich greife nach einem Krug in Form eines Piraten und wische halbherzig über seine geschwärzten Zähne. Seine Augenbrauen erinnern mich an Mawgans.

Ich frage mich, ob die Cades alle Gebäude abreißen oder sie nur zu einer riesigen Luxusanlage umbauen werden, komplett mit Schwimmbad im Keller und Wohnungen fürs Personal. Zwar ist Kilhallon denkmalgeschützt, aber Cal meinte einmal, dass ein *zufälliges* Feuer die komplette Anlage innerhalb weniger Stunden vernichten könne. Das ist auch mit der Wassermühle in St Trenyan passiert, die die Cades später zu einem Wohnblock umgebaut haben.

»Demi?« Robyn lehnt in der Wohnzimmertür. Sie wirkt mager und schwach, Tränen laufen ihr über die Wangen.

Ich stelle den Krug wieder aufs Fensterbrett und eile zu ihr. »Was ist passiert? Geht es um Cal?«

»N-nein. Ihm geht's gut. Es geht um Andi und mich. Ich glaube, es ist aus zwischen uns.«

Ich kann es nicht fassen. »Was? Warum?«

Ich umarme sie fest, aber ihre Hände hängen schlaff herunter.

»Ich … ich hab beschlossen, die Beziehung zu beenden, weil es besser für uns ist.«

Ich starre sie an, denn für sie scheint es eindeutig nicht besser zu sein. »Es tut mir so leid für euch. Ich hatte wirklich gehofft, ihr würdet euch doch noch entschließen, hier einzuziehen und es gemeinsam euren Familien zu sagen.«

»Das *wollte* ich – das wollten wir beide … Ich habe es zuerst Luke erzählt, weil ich gehofft habe, er würde seine Meinung ändern und mir helfen, Dad die Neuigkeit schonend beizubringen. Aber ich habe mich getäuscht.«

»Hat er versucht, dich einzuschüchtern? Das darf er nicht!«

»Nein, er hat nicht geschrien. Im Gegenteil, er ist ganz still geworden. Es war seltsam. Ich habe schon befürchtet, er könnte anfangen zu weinen.«

»Es ist dein Leben!«

Robyn greift nach dem Taschentuch, das ich ihr reiche, und putzt sich die Nase. »Er hat gesagt, es wäre meine Entscheidung, mit Andi zusammenzuziehen. Aber er hat mich noch mal gewarnt, dass das eine Menge Ärger geben könnte.«

»Wir leben im einundzwanzigsten Jahrhundert! Das ist widerlich und gemein. Du musst ehrlich zu deinem Dad sein, jetzt erst recht.«

»Luke meint, ich soll das nicht. Er sagt, Dad hätte sich eh schon Sorgen gemacht, dass ich mit jemandem was angefangen habe und dass es dabei um Andi geht. Aber so richtig könnte er sich das auch nicht vorstellen.«

Ich halte sie an den Schultern fest und fühle mich plötzlich wie die große Schwester, die wir beide nie hatten, obwohl ich die Jüngere von uns bin. »Robyn, auch wenn es schwer ist, du musst stark sein und deine eigenen Entscheidungen treffen, egal, wen du damit ärgerst oder verletzt. Es ist falsch von Luke, dich emotional zu erpressen.«

»Aber so einfach ist das nicht! Du bist nicht in meiner Situation. Selbst wenn wir uns von unseren Familien unabhängig machen würden, was wäre dann mit Andi? Ich kann ihr das nicht antun, nicht jetzt. Es ist nicht der richtige Zeitpunkt. Und da ist noch eine Sache. Ich glaube, Luke hat was mit Mawgan. Ich vermute, das ist der eigentliche Grund, warum er nicht will, dass ich mit Andi zusammenziehe: Weil es die Cades fuchsteufelswild machen würde.«

»Hat Luke dir das gesagt?«

»Nein, aber ich habe ihn mit Mawgan telefonieren gehört. Ich hab's mir zusammengereimt. Ich bin mir sicher, dass Mawgan irgendwas gegen ihn in der Hand hat.«

»Er kann nicht von dir verlangen, dass du dein Glück für ihn opferst. Das kann er nicht.«

Tränen laufen Robyn übers Gesicht. »Ich weiß, und er ist mir auch egal, aber mein Vater nicht. Er und Luke sind doch Geschäftspartner.«

Ich habe ihr geschworen, nichts zu verraten, aber ich habe dabei hinter dem Rücken die Finger gekreuzt. Ich weiß nicht, was ich tun soll. Soll ich Cal von Robyns Verdacht erzählen? Wenn ja, was könnte er schon tun? Und habe ich überhaupt das Recht, ihn noch mehr zu belasten?

29

Heute Morgen haben wir erfahren, dass die Berufung gescheitert ist.

Seitdem ist Cal nicht mehr aus seinem Arbeitszimmer rausgekommen, und weder Polly noch ich haben es gewagt zu klopfen. Wir haben ihm ein Sandwich mit Speck und Kaffee vor die Tür gestellt, aber beides steht immer noch unangetastet auf der Schwelle. Eher um mich zu trösten, als im Glauben, dass es etwas ändern würde, habe ich Fly Pastry gebacken und ins Haus gebracht. Kurz nachdem wir das Sandwich durch den Kuchen und frischen Kaffee ersetzt hatten, hörten wir die Tür des Arbeitszimmers auf- und wieder zugehen. Ich habe einen schnellen Blick riskiert und gesehen, dass das Gebäck und die Tasse verschwunden waren, was wohl ein gutes Zeichen ist.

Jetzt ist es Nachmittag, und soweit ich weiß, verschanzt sich Cal immer noch in seinem Zimmer. Ich habe mich auf dem Sofa im Cottage zusammengerollt, kuschele mich an Mitch und schmiede Pläne, um Kilhallon zu retten, einer aussichtsloser und durchgeknallter als der andere. Ich denke gerade darüber nach, zu *Das große Backen* zu gehen, Cal heimlich bei *Rich List – Jede Antwort zählt* anzumelden, Polly zu *Deal or No Deal* zu überreden und Mitch bei irgendeiner Hunde-Realityshow einzuschleusen, als mich ein Klopfen an der Tür aufspringen lässt. Es könnte Cal sein. Ich nehme meinen Mut zusammen und mache auf.

»Isla?«

In ihrer Skinny-Jeans, den marineblauen Gummistiefeln und der Tweedjacke wirkt sie wie einer Modestrecke der *Vogue* entstiegen, gleichzeitig aber auch, als gehörte sie nirgendwo anders hin als auf ein Landgut. Es ist, als wäre sie dazu gemacht, Kilhallon zu leiten, auch wenn es jetzt kein Kilhallon mehr gibt, das man leiten könnte. »Darf ich reinkommen?«, fragt sie mit ihrer sanften Stimme.

»Klar, aber ich hatte keine Zeit zum Aufräumen. Ich hab gebacken, weißt du.«

»Ich rieche es. Tut mir leid, dass ich hier einfach so auftauche.«

»Cal ist drüben im Haus«, sage ich verwirrt.

»Nicht mehr. Er ist weggegangen. Meinte Polly gerade.«

»Das wusste ich nicht.«

»Ich wollte sehen, wie es Cal geht. Robyn hat mir vom Berufungsprozess erzählt.«

»Es geht ihm … Wir wissen nicht, wie es ihm geht, weil er sich im Arbeitszimmer verkrochen hat. Möchtest du dich setzen?« Ich scheuche Mitch vom Sofa und hoffe, dass sich nicht allzu viele Hundehaare auf ihrer Jacke festsetzen.

»Danke.«

Ich setze mich auf den Stuhl ihr gegenüber.

Sie wischt sich die Hände an der Jeans ab und ist offensichtlich nervös. »Ich wollte mit dir reden, und keine Sorge, ich versuche nicht, dich wieder als Kellnerin zu engagieren.« Sie lächelt.

»Selbst wenn, hätte ich nichts dagegen.«

»Ja, aber Cal würde mich wahrscheinlich umbringen.«

»Vermutlich brauche ich sowieso bald einen neuen Job.«

»Hmm …« Sie lächelt flüchtig über meinen »Scherz« und blickt sich im Cottage um. Meine Inneneinrichtung ist aber wohl nicht der Grund für ihren Besuch. »Es sieht echt schlecht aus für Kilhallon, was?«

»Nachdem die Berufung gescheitert ist und sich unsere finanzielle Situation auch nicht gebessert hat, ist das hier wahrscheinlich das Ende. Jemand anders hat schon beantragt, das Grundstück zu bebauen.«

Sie beißt sich auf die Lippe. »Das hab ich gehört. Ich sollte wirklich nicht hier sein, und ich sollte das hier definitiv nicht machen, aber ich kann nicht anders. Es ist illoyal, es ist falsch, aber ich bin hin- und hergerissen.«

»Hin- und hergerissen?«

»Zwischen zwei Menschen, die ich liebe. Ich weiß nicht, ob ich das Richtige tue, aber weil sie mir beide viel bedeuten, muss ich es dir sagen. Du weißt inzwischen sicher, dass Robyn und Andi ein Paar sind?«

»Soweit ich weiß, haben sie sich getrennt. Robyn ist am Boden zerstört«, antworte ich und werde wieder wütend.

»Ich weiß, und das ist einer der Gründe, warum ich hier bin. Einer von vielen. Ich schäme mich dafür, aber ich vermute, dass ihre Trennung etwas mit uns zu tun hat, auf jeden Fall mit Luke. Seine Finanzen sehen schon seit einer Weile nicht besonders gut aus, ohne Rorys Firma wäre er schon längst pleite. Aber ehrlich gesagt läuft das Geschäft nur noch, weil ich und jemand anders ihm finanziell unter die Arme greifen. Er hat bei einer riskanten Investition ein Vermögen verloren, und wir können es uns nicht leisten, die Unterstützung unserer Geldgeber zu verlieren.«

»Damit meinst du die Cades?«

Sie nickt, als wage sie es nicht, den Namen laut auszusprechen. »Luke hat mir gesagt, dass er pleitegehen und wir alles verlieren würden, wenn Robyn Mawgan und ihrem Vater Andi wegnähme. Auf Rorys letztes noch verbleibendes Bürogebäude hat Luke schon eine neue Hypothek aufgenommen, und das Geschäft wird nur noch mit Krediten von den Cades über Wasser gehalten.«

»Weiß Robyn davon?«

»Sie ahnt es, aber du musst mir schwören, dass du Cal nichts davon sagst.«

»Das verspreche ich dir, aber warum ist Mawgan so sehr gegen die Beziehung von Robyn und Andi?«

Isla zuckt mit den Schultern. »Das weiß ich nicht genau. Vielleicht, weil sie ein Kontrollfreak ist. Und Clive Cade gehorcht ihr sowieso aufs Wort. Er verlässt sich auf sie, seit Mrs Cade die Familie verlassen hat, und die arme Andi steht in Mawgans Schatten.« Isla zupft nervös an einem Kissen.

»Danke, dass du zu mir gekommen bist, aber mir ist nicht ganz klar, warum du mir das erzählt hast«, sage ich vorsichtig.

»Weil ich dachte, es könnte dir helfen, die Sache ins Lot zu bringen, für Robyn und Andi. Es gibt da so einiges, was die Cades lieber geheim halten würden. Ich habe natürlich keine Beweise, aber ich habe Gespräche zwischen Luke und Mawgan mitbekommen, und das kann ich nicht ignorieren.«

»Aber ich verstehe nicht, wie uns das helfen kann.«

Sie steht abrupt auf. »Du wirst schon sehen. Du bist ein kluges Mädchen, Demi, und ich habe schon zu viel gesagt. Ich muss gehen.«

»Warte! Ich bin dir wirklich dankbar, und ich tue mein Bestes.«

Sie sieht aus, als würde sie gleich weinen. »Tu, was du für richtig hältst, jedenfalls können die Dinge nicht so bleiben, wie sie sind. Lukes Verhalten ist falsch und widerspricht allem, woran ich glaube. Menschen, die einander lieben, sollten nicht getrennt werden, weil es jemand anderem nicht in den Kram passt, und ich schäme mich, dass Luke für Robyns Kummer mitverantwortlich ist, aber er ist nicht er selbst. Ich liebe ihn, und ich weiß, dass er so etwas nie tun würde, wenn er nicht so furchtbar unter Druck stehen würde.«

»Danke, dass du mich eingeweiht hast. Das war wirklich mutig von dir.«

»Es war das Beste, für Luke und alle anderen, auch wenn er es vielleicht nicht zu schätzen weiß. Außerdem ist mir dieser Ort so wichtig, seine Geschichte und sein Erbe und alle hier. Auf Wiedersehen.«

Nachdem die Tür hinter ihr zugefallen ist, bleibe ich noch eine

Ewigkeit in der Mitte des Zimmers stehen und frage mich, was ich mit Islas Enthüllungen anfangen soll. Alles, was mir einfällt, wirkt noch verrückter als mein Plan, Polly, Cal, Mitch und mich bei Realityshows anzumelden.

Eine Stunde später, als ich gerade Mitchs Leine holen und zu einem Spaziergang über die Klippen aufbrechen will, klopft Cal an die Cottagetür.

Er hat ganz rote Augen und sieht furchtbar aus. Ich glaube, er hat keine Ahnung von Islas Besuch, und obwohl ich versprochen habe, ihm nichts zu erzählen, fällt es mir schwer, die Informationen für mich zu behalten.

»Wie geht's dir?«, brummt er.

»Ging mir schon besser. Und dir?«

»Mies, um genau zu sein.«

»Was können wir jetzt noch machen?«

»Nicht viel. Wir könnten ein Untersuchungsverfahren beantragen. Oder im Lotto gewinnen. Oder alles abfackeln und die Versicherungsprämie kassieren.«

»Das würdest du doch nicht tun?«, frage ich nur halb im Spaß, weil er so verzweifelt aussieht. Das war auch eine meiner wahnsinnigeren Ideen.

»Nein. Würde ich nicht. Ich habe keine Ahnung, was ich jetzt machen soll, aber die Cades kriegen Kilhallon nur über meine Leiche in die Finger.«

Am nächsten Tag habe ich eine erste hoffentlich nicht verhängnisvolle Entscheidung getroffen. Ich habe mich mit Robyn und Andi im College Arts Centre verabredet, um Islas Enthüllungen an sie weiterzugeben. Ich finde, die beiden sollten die Wahrheit erfahren, auch wenn das mächtig Ärger gibt.

»Was? Wie konnte Luke sich auf so was einlassen? Ich wusste, dass die Cades dahinterstecken!« Robyn bricht fast in Tränen aus.

Andi wird so blass wie ihr Soja-Smoothie, während sie versucht, die Infos zu verarbeiten.

»Also haben meine Schwester und Luke versucht, uns auseinanderzubringen. Ich kann nicht fassen, dass sie etwas so Egoistisches und Gemeines tun konnten. Ich dachte, sie lieben uns.«

Mir ist ganz schlecht vor Wut und Mitgefühl. »Es tut mir so leid für euch, Süße.«

»Ich kann nicht glauben, dass Isla dir davon erzählt hat, aber ich bin froh, dass sie es getan hat. Sie ist okay, im Gegensatz zu Luke. Wie kann sie jetzt noch bei ihm bleiben?«

»Sie sagt, dass sie ihn liebt. Luke hat viele Probleme und ist verzweifelt, Robyn, sonst hätte er das bestimmt nie getan.«

»Aber Mawgan und mein Dad haben keine Entschuldigung. Was sie tun, ist illegal, oder? Das ist Erpressung! Und wer weiß, was sie noch alles auf dem Kerbholz haben«, sagt Andi.

Robyn umarmt sie. »Und jetzt müssen wir alle darunter leiden. Wir, du und Cal.«

»Isla schien zu glauben, dass es irgendwie helfen würde, mir die Wahrheit zu sagen, aber ich weiß nicht, wie das gehen soll, ohne deine Familie in Schwierigkeiten zu bringen.«

»Ich will nicht, dass sie im Gefängnis landen, auch wenn sie das vielleicht verdienen!«

»Niemand landet im Gefängnis«, entgegne ich, obwohl ich keine Ahnung habe, ob sich das vermeiden lässt, wenn die ganze Wahrheit über die Machenschaften der Cades rauskommt. »Wir wissen nicht genau, was deine Familie getan hat. Wir bräuchten konkrete Beweise, aber woher sollen wir die kriegen? Niemand wird etwas verraten.«

»Ich kann sie besorgen.«

Wir starren Andi beide an.

»Was?«, frage ich.

»Wie?«, fragt Robyn.

»Ich weiß, wo Mawgan ihre dunklen Geheimnisse aufbewahrt. Ich kenne den Sicherheitscode des Büros und ihren geheimen PIN-Code und weiß, wo sie ihre Passwörter versteckt. Im Gegensatz zu meiner Schwester kann ich mit Computern umgehen«, erklärt Andi, aber Robyn ist kreideweiß geworden.

»Du weißt schon, dass Mawgan dir nie im Leben verzeihen wird, wenn sie das rauskriegt? Und dein Dad auch nicht.«

»Sie wird es nicht rauskriegen, denn ich habe einen Plan ...« Ich sehe eine Entschlossenheit in ihrem Gesicht, die ich so nicht von ihr kenne. »Wisst ihr, sie haben mich wie ein altes Möbelstück behandelt, seit meine Mum uns verlassen hat. Niemand hat mich beachtet, aber ich habe *sie* beobachtet. Ich weiß viel mehr über Mawgan, als sie sich je vorstellen könnte, und jetzt ist die Zeit gekommen, dieses Wissen zu nutzen.«

»Nein. Das kannst du nicht machen. Wenn Mawgan das jemals rausfindet, kriegen wir alle den schlimmsten, übelsten Ärger der Welt. Weiß der Himmel, wozu sie fähig ist«, wende ich ein.

»Mir egal. Im Moment fühle ich nichts für sie außer Hass.«

Robyn umarmt Andi noch einmal. »Das verstehe ich, aber Demi hat recht. Es ist ein zu großes Risiko. Das wäre Diebstahl und Erpressung, und du könntest ernsthaft in Schwierigkeiten kommen.«

»Aber mir fällt keine andere Lösung ein!« Andi wirft fast ihr Getränk um.

»Überlass das mir«, erwidere ich. »Ich denk mir was anderes aus. Es muss einen Ausweg aus diesem Schlamassel geben.«

Die gute Polly, immer da, wenn man sie nicht braucht. Ich unterdrücke ein entnervtes Stöhnen. Sie nimmt mich ins Visier, als ich gerade in den Land Rover steigen will. Seit meinem Treffen mit Andi und Robyn zerbreche ich mir Tag und Nacht den Kopf, was ich in diesem Dilemma unternehmen soll – wenn überhaupt etwas. Verständlicherweise sind im Moment alle schlecht drauf. Cal redet kaum mit uns, und Polly trampelt durchs Haus, als würde sie Bleistiefel tragen.

»Demi? Hast du kurz Zeit?«, fragt sie und eilt zum Auto.

»Ähm, eigentlich nicht. Ich hab einen Termin.« Ich klimpere mit den Schlüsseln.

»Einen Termin? Was für Termine hast du denn jetzt noch?«

Ich unterdrücke das Bedürfnis, sie darauf hinzuweisen, dass sie das nichts angeht, und bemühe mich, geduldig zu antworten.

»Ich wollte zur Gärtnerei in St Just, um zu besprechen, ob sie das Café mit Gemüse beliefern können, und bin schon spät dran.«

»Was bringt es denn, dorthin zu fahren, wenn es gar kein Café geben wird und auch kein verdammtes Öko-Dingsbums oder sonst irgendwas.« Als ich gerade etwas erwidern will, das ich später bereut hätte, fängt Polly an zu weinen. Nicht nur zu schniefen, sondern laut und heftig zu schluchzen.

»Ach, Polly. Was ist denn los?«

»Verdammter Mist. Wahrscheinlich verweichliche ich langsam, aber ich kann den Gedanken nicht ertragen, dass hier alles den Bach runtergeht. Ich habe ja kein Geheimnis daraus gemacht, dass ich Cals Ideen am Anfang für Luftschlösser gehalten habe und dachte, wir würden es nie schaffen, aber dann habe ich auch angefangen, an den blöden Traum zu glauben. Ich bin mit den Penwiths durch dick und dünn gegangen, und Cal ist für mich wie ein Sohn.« Sie wischt sich mit einem Taschentuch über die

Augen. »Ich weiß nicht, was ihm im Ausland passiert ist, aber es war etwas Schlimmes. Ich glaube, er hatte einen Zusammenbruch und schämt sich, uns davon zu erzählen. Er verdient etwas Gutes. Und du auch. Wir haben zu hart gearbeitet, um diese Anlage wieder aufzubauen, es darf jetzt nicht einfach alles für die Katz gewesen sein.«

Ich ziehe Polly an mich und umarme sie, und sie stößt einen weiteren tiefen Schluchzer aus. Ich klopfe ihr auf den Rücken.

Nach ein paar Sekunden löst sie sich von mir und schnieft, ohne mir in die Augen zu sehen. »Du hältst mich bestimmt für eine verrückte alte Schrulle.«

»Nein, tue ich nicht. Ich weiß genau, wie du dich fühlst, und vielleicht ist es Zeitverschwendung, wenn ich weiterarbeite, aber was bleibt mir sonst übrig?«

Sie holt ihr Taschentuch wieder heraus und putzt sich die Nase. »Keine Ahnung. Uns hilft nur noch ein vermaledeites Wunder.«

»Man weiß ja nie«, sage ich. »Willst du ein bisschen die Füße hochlegen und dich entspannen? Soll ich dir einen Tee machen?« Ich kann Polly in diesem Zustand nicht einfach stehen lassen, aber ich fürchte, wenn ich nicht auf der Stelle losfahre, mache ich es nie.

Sie schüttelt den Kopf. »Ich kann nicht still sitzen.«

»Dann arbeite doch ein bisschen im Garten. Ich würde dir helfen, aber ich muss jetzt wirklich los.«

Sie schnieft noch mal. »Ich schätze, das Beet sollte mal gründlich gejätet werden. Der Regen hat den Löwenzahn und die Vogelmiere sprießen lassen.«

»Gute Idee. Überanstrenge dich nicht. Ich helfe dir, wenn ich zurück bin.«

Während Polly in ihrem Garten Trost sucht, gelingt es mir zu entkommen, und kurz darauf warte ich an der Ausfahrt von Kilhallon Park zur Hauptstraße. Rechts geht es zur Gärtnerei in St Just und links nach St Trenyan.

Ich hoffe, dass Polly nicht herschaut, und biege links ab.

30

»Demi. Wie schön, dich zu sehen. Setz dich doch.« Mawgan Cade führt mich lächelnd in ihr Büro.

Ehrlich gesagt hatte ich gar nicht erwartet, dass sie mich reinlassen würde. Schließlich bin ich unangekündigt vor der historischen Villa der Cades aufgetaucht. Ich hätte sie fast nicht erkannt, als sie selbst an die Haustür kam. Ohne Make-up und in ihrer »Freizeitkleidung« wirkt sie wie ungefähr sechzehn, wobei ihre Augenbrauen mich immer noch verblüffen.

Das Büro ist größer als die Grundfläche meines Cottages, und auf dem glänzenden Holzfußboden liegen dicke Perserteppiche, die ein Vermögen gekostet haben müssen. An der einen Wand hängen ein eingerahmtes Porträt von Mawgan in einem dunkelblauen, mit Strass besetzten Satinkleid in einem Fotostudio, ein weiteres von ihr am Steuer eines Ferrari in einem Showroom und eins von ihrem Dad in Golfklamotten, wie er von einem Lokalpolitiker einen Pokal erhält. Ich sehe keine Fotos von Andi oder ihrer Mutter.

Mawgan deutet auf den Stuhl vor ihrem riesigen Schreibtisch. Ihrem selbstgefälligen Lächeln nach zu urteilen ahnt sie, weshalb ich hier bin, und freut sich diebisch. Sie setzt sich auf den gepolsterten Drehsessel hinter dem Schreibtisch, sodass die ziemlich breite Mahagoni-Platte uns trennt, was wahrscheinlich besser so ist. »Danke, dass du mich an einem Sonntagmorgen empfängst«, sage ich und habe das Gefühl, auf meinem Stuhl zu verschwinden.

»Wie könnte ich dich wegschicken, wenn doch die Aussicht auf einen besonders unterhaltsamen Vormittag besteht? Allerdings hätte ich eher darauf gesetzt, dass Cal bei mir betteln kommt, nicht du.«

Mein Magen krampft sich zusammen, aber man kann doch *unmöglich* vor jemandem Angst haben, der einen Einteiler mit Leopardenprint trägt.

»Du weißt doch, dass Cal dich nie um irgendwas bitten würde.«

Sie zuckt die Achseln. »Nein, *noch* nicht. Also hat er keine Ahnung, dass du hier bist?«

»Nein.«

»Und du glaubst, er wäre nicht einverstanden?«

»Mir ist egal, was er denkt.«

Mawgan kichert. »Das ist schon die erste Lüge, die du mir erzählst, und du bist gerade mal zwei Minuten hier.«

»Okay. Es würde ihm nicht gefallen, aber was ich zu sagen habe, soll unter uns bleiben.«

Ihre Augenbrauen schaffen es fast, sich zu treffen. »Ich kann mir beim besten Willen nicht denken, was du mit mir besprechen willst, aber wie gesagt, ich habe nichts gegen ein bisschen Unterhaltung.« Sie lehnt sich in ihrem Sessel zurück. »Also, was kann ich für dich tun?«

»Du kannst deinen Widerstand gegen den Umbau von Kilhallon aufgeben«, antworte ich viel selbstbewusster, als ich mich fühle. Ich habe beschlossen, Andi und Robyn erst mal rauszuhalten. Aber ganz ehrlich, selbst wenn ich Mawgan durch irgendein

Wunder überreden würde, ihre Pläne für Kilhallon zurückzuziehen, weiß ich nicht, wie ich die Probleme der beiden lösen kann oder ob ich es überhaupt versuchen soll. Nur fürchte ich, dass Andi eine Dummheit begeht, wenn ich nicht handele.

»Meinen Widerstand? Ich habe keine Ahnung, wovon du redest.«

»Versuch nicht zu leugnen, dass du hinter den Beschwerden wegen Lärmbelästigung und dem Baustopp steckst.«

Sie lacht. »Du tust ja so, als wären wir die Mafia von St Trenyan. Und du irrst dich, wenn du meinst, es würde mich auch nur einen feuchten Dreck interessieren, was ihr macht. Ich war ja bereit, höflich zu sein und mir in Ruhe anzuhören, was du zu sagen hast, aber wie ich sehe, bist du nur hier, um mich zu beleidigen. Also wenn du noch irgendwas zu sagen hast, komm zum Punkt.«

Ich zwinge mich, die Hände ruhig in meinem Schoß zu halten. »Mawgan, haben Cal oder ich dir in irgendeinem früheren Leben etwas getan?«

Sie gähnt theatralisch. »Ach herrje, jetzt kommst du mir auch noch auf die Mitleidstour.«

Es juckt mich in den Fingern, sie mit ihrer Füllfeder aufzuspießen, aber es steht zu viel auf dem Spiel. »Okay, ich sehe ein, dass du mich nicht magst, und es tut mir leid, wenn du glaubst, ich hätte dich in Sheilas Café und auf dem Ball absichtlich attackiert, aber das waren wirklich Unfälle.«

Sie schnaubt. »Das interessiert mich nicht.«

»Was hast du dann? Anscheinend glaubst du, zwischen Cal und mir würde irgendwas laufen, aber ich schwöre dir, dass das nicht stimmt. Ich bin mit ihm befreundet und arbeite für ihn. Punkt.«

»Es interessiert mich nicht die Bohne, ob du mit ihm vögelst oder nicht, aber wenn, dann denk an das, was ich dir auf der Party gesagt habe: Cal spielt den fürsorglichen Helden, aber eigentlich ist ihm egal, welche Frau er benutzt. Das liegt bei den Penwiths in der Familie, wie du noch feststellen wirst.«

»Bei den Penwiths in der *Familie?* Ich kenne die Gerüchte über seinen Dad, aber du kannst doch nicht ernsthaft glauben, Cal hätte irgendein Fremdgeh-Gen geerbt?«

»So was wird nicht nur angeboren, sondern auch anerzogen.«

Ich zögere. »Wenn er dich verletzt hat, tut es mir leid.«

»Mich *verletzt?* Sei nicht albern.« Sie kneift die Augen zusammen. »Hast du das von ihm?«

»Nein, wenn mir Klatsch zu Ohren gekommen ist, dann nicht von Cal. Er würde nie mit mir darüber reden, was zwischen euch passiert ist oder nicht, und ich bin sicher, dass er sich nie gemein oder grausam dir gegenüber verhalten wollte. Ganz im Gegenteil.«

Sie lacht mich aus, spielt aber nervös mit den Händen. »Also du denkst, du kennst ihn in- und auswendig? Du hast doch keinen Schimmer. Das hier ist Zeitverschwendung. Bitte geh.«

»Okay. Leugne es, so viel du willst, aber ich glaube, du *bist* verletzt. Du täuschst dich in Bezug auf Cal. Bestrafe ihn nicht für etwas, das vor langer Zeit passiert ist. Er hatte nie die Absicht, dir wehzutun.«

Noch während ich die Worte ausspreche, wird mir bewusst, dass ich Cals Probleme wahrscheinlich gerade noch größer gemacht habe. Ich habe Mawgan daran erinnert, wie sehr sie ihn hasst und die Penwiths allesamt verabscheut. Warum bin ich hergekommen? »Ich sollte wirklich besser gehen«, murmele ich, und mir wird plötzlich ein bisschen schlecht.

»Warte.«

Ich bin schon halb aufgestanden und halte inne.

»Du findest Cal ganz toll, was?«, fragt sie mit gepresster Stimme. »Aber er ist ein arroganter Fiesling, und das war er schon immer. Er hat gesagt, er würde nicht mit mir schlafen, weil ich gerade erst achtzehn geworden sei und er Isla lieben würde. Er hat gesagt, es wäre« – sie macht Anführungszeichen in die Luft – »›eine bescheuerte Idee‹, weil meine Mutter uns gerade verlassen habe und ich ›verletzlich‹ sei. Ich erinnere mich an seine Worte. ›Ich würde dich ausnutzen, wenn ich mit dir ins Bett ginge.‹ Stattdessen hat er sich aufgeführt wie ein selbstgerechter Mistkerl.«

Mein Hintern landet wieder auf dem Sitz. »Selbst wenn du findest, dass er dich wie ein Kind behandelt hat, kannst du ihm das doch nicht immer noch vorwerfen und ihn deswegen so viele Jahre später in den Ruin treiben?«

Sie lacht. »Glaubst du etwa, was ich von Cal halte und was mein Vater von den Penwiths hält, beruht nur darauf, dass Cal nicht mit mir vögeln wollte?«

Mein Puls rast. »Ich sehe keinen anderen Grund.«

»Nein, das wundert mich auch nicht. Er hat dich ebenfalls mit seinem sogenannten Charme eingewickelt. Du glaubst, hinter seinem grummeligen, launischen Verhalten verbirgt sich so was wie ein Held, obwohl er eigentlich nur ein mieser Egoist ist. Cal ist genau wie sein Vater. Er ist ihm *so* ähnlich. Sein Vater dachte, er habe ein Recht auf alles und jede, die ihm über den Weg lief, einschließlich meiner Mum.« Sie beugt sich vor.

Mein Bauch zieht sich zusammen. »Meinst du damit, Cals Dad und deine Mum hatten eine Affäre?«

»Ja, das meine ich. Cals Vater fand es offensichtlich lustig, sie meinem Dad und Andi und mir wegzunehmen. Ach, damals wusste ich nicht, warum Mum uns verließ, sie hat das für sich behalten. Und Dad war zu stolz, um zuzugeben, dass er verloren hatte, vor allem, weil es um seine Frau und einen Penwith ging. Natürlich hat Penwith sie schließlich fallen lassen, aber es war zu spät. Sie wollte dann lieber mit einem neuen Mann ans andere Ende der Welt abhauen, als zu uns zurückzukommen. Nachdem sie einmal bereit war, eine Affäre anzufangen, war sie auch bereit, uns zu verlassen.«

Ich kann kaum glauben, was ich da höre. »Hat Cal davon irgendeine Ahnung?«

»Das bezweifle ich.« Sie grinst. »Wie du siehst, würde ich anderen Leuten gerne vertrauen und nichts Böses von ihnen denken wie du und Cal, aber mir ist vor langer Zeit klar geworden, dass man dabei nur verletzt wird. Man kann sich auf niemanden verlassen, denn am Ende wird man enttäuscht. Ich habe Mum vertraut, ich habe sie geliebt, und sie ist gegangen. Ich hätte alles für sie getan, aber ihr war das offensichtlich schnuppe. Weder ich noch Dad noch Andi haben sie interessiert. Den Rest kannst du dir denken.« Mawgans Mund klappt zu, aber ich höre sie schwer atmen, als hätte es sie erschöpft, mir all das zu sagen.

»Es tut mir ehrlich leid, dass dich das so belastet hat, und wenn Cal das wüsste, wäre er sicher entsetzt.«

»Jetzt bildest du dir schon wieder ein, du wüsstest was er fühlt«, zischt sie. »Schon möglich, dass Cal es nicht weiß. Eigentlich ist es sogar wahrscheinlich, aber das macht keinen Unterschied. Wie gesagt, er ist genau wie sein Vater. Er glaubt, er müsste nur mit den Fingern schnipsen und könnte jede haben, die er will. Das hat er gemacht, bevor er weg war, und jetzt macht er genau das mit dir. Isla hat Glück, dass sie davongekommen ist.«

»Was meinst du damit, Isla ist *davongekommen?*«

»Wenn Cal mit ihr zusammengeblieben wäre, hätte er ihr Leben vermurkst und noch vor Jahresende halb Cornwall gevögelt.

Ich war ehrlich gesagt sogar diejenige, die Luke geraten hat, er solle sie sich schnappen, sobald Cal außer Sichtweite war. Luke wollte schon immer was von ihr, aber solange Cal da war, war die Sache aussichtslos.«

»*Was* hast du getan?« Mir ist schlecht. Mir drängt sich der Gedanke auf, dass Mawgan Luke ermutigt hat, es bei Isla zu versuchen, nicht nur, um Cal zu verletzen, sondern auch, um ihn vielleicht irgendwann doch für sich zu haben, selbst wenn sie meiner Meinung nach nie eine Chance bei ihm hätte. Ich hatte keine Ahnung, wie weit Mawgan bereit sein würde zu gehen, aber sie freut sich offensichtlich, dass sie mich schockiert hat.

»Schade nur, dass Luke so lange gewartet hat, und eins rechne ich Isla hoch an: dass sie nicht zu Cal zurückgerannt ist, sobald er wieder aufgetaucht ist. Obwohl sie es sich natürlich immer noch anders überlegen könnte, denn Cal wird sie nie ganz loslassen. Er betrachtet sie als seinen rechtmäßigen Besitz.« Mawgan lächelt triumphierend.

Es kostet mich eine gewaltige Anstrengung, nicht loszukreischen oder sie anzubrüllen. Denn ich bin sicher, genau das bezweckt sie: mich aus der Fassung zu bringen. »Ich verstehe, dass du dich rächen willst, auch wenn es absurd ist, und ich kann nichts dagegen tun, dass du das Projekt blockierst. Aber wenn du uns schon nicht helfen willst, denk wenigstens an Andi und Robyn. Du hast die beiden total unglücklich gemacht. Was würde deine Mum dazu sagen, wenn sie wüsste, dass du deine eigene Schwester so leiden lässt?«

Mawgan sieht mich an, als hätte ich sie geohrfeigt. »Du hast keine Ahnung, was meine Mutter dazu sagen würde. Null!« Sie hebt die Stimme, klingt leicht hysterisch, aber sie schlägt mich nicht und wirft mich nicht raus.

»Trägt sie an der Sache nicht genauso viel Schuld wie Cals Vater? Und überhaupt: Andi hat mir gesagt, dass du sie fast nie besuchen, sogar verhindern würdest, dass Andi und sie sich wiedersehen. Weißt du, ich würde alles darum geben, meine Mutter wiederzutreffen, wenn ich könnte, aber sie ist tot.«

Sie zieht eine Schnute. »Ich leide mit dir.«

»Ich glaube tatsächlich, dass du leidest, aber du willst nicht, dass ich oder sonst jemand merkt, wie sehr. Du lässt dich vom Kummer auffressen, Mawgan. Du bist erfüllt von Hass auf die Penwiths, du nimmst deiner Mutter übel, dass sie gegangen ist, und du willst auch Andis Glück zerstören, weil du es einfach nicht ertragen kannst, dass sie gemocht und geliebt wird, im Gegensatz zu dir.«

Mawgan knallt die Füllfeder auf den Tisch. »Wie kannst du es wagen, so über meine Familie zu reden?«

»Ich rede, wie ich will. Einer muss es dir ja sagen. Ich habe keine Angst vor dir und würde dich auch nie um irgendwas anbetteln. Außerdem weiß ich, wovon ich spreche: Ich rede auch nicht mit meinem Dad, weil er eine neue Partnerin hat und mich das fertigmacht. Ich will ihn nicht sehen, ich nehme ihm übel, dass er sich zurückgezogen hat und nicht für mich da war, nachdem meine Mum gestorben war. Ich hasse ihn, weil er mit jemand anderem als ihr zusammen ist. Ich weiß nicht, ob ich ihn je richtig geliebt habe, aber du hast deine Mum offensichtlich vergöttert, warum würde es dir sonst so viel ausmachen, dass sie gegangen ist?«

Sie springt auf und kommt mit geballten Fäusten auf mich zu.

Ich mache hier wahrscheinlich gerade den größten Fehler meines Lebens, aber ich tue es trotzdem. Ich berühre sie am Arm. Sie starrt angewidert auf meine Hand, aber sie weicht nicht zurück.

»Du kannst nicht so mit mir sprechen …«, keift sie.

Ich nehme die Hand weg. »Es tut mir leid, wenn du eine miese Zeit hinter dir hast, wirklich, und ich kann – irgendwie – verstehen, warum du den Penwiths die Schuld daran gibst. Also bestraf uns, wie du willst, aber lass Andi in Ruhe. Ich weiß, dass du sie liebst und sie nicht auch noch verlieren willst, aber glaub mir, du *wirst* sie verlieren, wenn du versuchst, sie von Robyn zu trennen.«

Mawgan hat noch immer die Fäuste geballt, aber da ist noch was anderes. Ihre Augen glänzen, und ich könnte schwören, sie ist ganz blass geworden unter dem Selbstbräuner. Ich glaube, sie fängt gleich an zu weinen – oder sie stürzt sich auf mich. Ich habe zu viel gesagt. Ich habe Andi und Robyn ganz tief reingeritten.

»Raus«, sagt sie mit so dünner Stimme, dass es fast ein Piepsen ist.

»Tut mir leid, wenn ich dich verärgert habe.«

»Ich. Sagte. Raus.«

»Okay. Ich gehe ja schon. Aber wenn du Cal und deine Familie weiter so behandelst, zerstörst du auch dich selbst.«

»Lass mich endlich in Ruhe!«, kreischt sie.

Ich flüchte in den Flur, und die Tür knallt hinter mir zu. Meine Beine fühlen sich an wie Pudding. Meine Hände beben. Ich stolpere durch den Flur zur riesigen Eingangstür.

Hinter mir höre ich Mr Cade rufen: »Mawgan? Ist alles in Ordnung? Mawgan!«

Ich renne die Einfahrt entlang, zwischen den steinernen Pfosten hindurch und zurück zum Land Rover an der Straße. Sobald ich mich darin eingeschlossen habe und in Sicherheit bin, versuche ich, den Zündschlüssel zu drehen, aber meine Hände zittern noch zu sehr.

Ich glaube, ich habe gerade alles für alle noch tausendmal schlimmer gemacht.

31

»Demi? Bist du das?«

Polly steht in der offenen Tür des Gebäudes, das mein Café werden sollte, und ruft zu mir herüber. Das ganze Gerümpel wurde schon vor Wochen ausgeräumt, und eine Palette neue cornwalltypische Schieferplatten für das Dach und zwei Paletten Porenbetonsteine wurden geliefert. Regentropfen perlen von der blauen Plastikfolie ab, die sie schützt.

Nachdem ich das Haus der Cades verlassen hatte, bin ich eine Stunde lang ziellos durch die Gegend gefahren. Dann habe ich gemerkt, dass mir langsam der Diesel ausging, also habe ich das Auto auf den Klippen über dem Strand von Godrevy Towans geparkt und zugeschaut, wie sich die Spinner unten in die heftige Brandung gestürzt haben und die Wellen gegen die Felsen am Fuß des Godrevy-Leuchtturms gekracht sind. Ich habe Mawgan vor mir gesehen, wie sie Andi anschreit oder in Bosinney auftaucht, um Robyn und Rory Penwith zur Rede zu stellen. Wieso habe ich nur geglaubt, ich könnte sie davon überzeugen, nachzugeben?

Irgendwann bin ich dann zurück nach Kilhallon gefahren und direkt zum Café-Gebäude gerannt. Ich weiß nicht, warum. Oder vielleicht doch. Dieser halb fertige Rohbau erinnert mich daran, dass aus meinen Träumen niemals Wirklichkeit werden wird.

Polly bahnt sich einen Weg durch die Baumaterialien und beugt sich über mich. »Was machst du hier? Es schüttet.«

Ich sitze an der Wand des Gebäudes und hebe den Kopf. Hoffentlich merkt sie nicht, dass das in meinem Gesicht keine Regentropfen, sondern Tränen sind. »Es tut mir leid, Polly. Es tut mir so leid.«

»Was tut dir denn leid, Liebes?« Sie fängt an, sich die Regenjacke auszuziehen.

»Nein. Nicht! Du wirst nass.«

»Mir machen ein paar Tropfen Wasser nichts aus, aber du bist klatschnass bis auf die Haut und zitterst. Du holst dir noch eine Lungenentzündung, du dummes Ding.«

»Mir egal.«

»Was ist los?«

»Ich hab alles vermasselt.«

»Wie meinst du das?«

Ich kann es ihr nicht sagen. Ich schäme mich zu sehr. Und ich weiß, dass meine Tränen nicht nur mit Mawgans Reaktion auf meine Worte zu tun haben, sondern auch mit etwas ganz anderem. Was ich ihr über meinen Dad gesagt habe, habe ich noch nie jemandem gesagt. Warum habe ich es ihr gegenüber ausgesprochen?

Polly seufzt. »Du siehst völlig fertig aus, und das verstehe ich.«

Sie muss etwas wissen. Bestimmt hat Mawgan Cal angerufen, um sich über mich zu beschweren und den letzten Nagel in den Sarg zu hämmern.

»Falls du dir Sorgen machst, dein Zuhause zu verlieren und wieder auf der Straße zu landen, kannst du direkt damit aufhören. Ehe ich das zulasse, kannst du bei mir wohnen. Ich habe Geld gespart und besitze ein kleines Cottage in der Nähe von meiner Tochter.«

»Du hast ein Cottage außerhalb von Kilhallon?«

»Du glaubst ja wohl nicht, dass ich es den Penwiths überlasse, für ein Dach über meinem Kopf zu sorgen, oder? Ich habe es mit dem Geld gekauft, das ich bekommen habe, als mein Mann gestorben ist, und im Moment ist es vermietet, aber ich hatte immer vor, dort einzuziehen, wenn ich in Rente gehe. Ich bin nur Cal zuliebe hier geblieben, um die Anlage instand zu halten, nachdem sein Dad gestorben ist. Jemand musste sich um ihn kümmern.«

»Polly, ich hatte ja keine Ahnung.«

»Na ja, jetzt weißt du es, und du kannst bei mir unterkommen, bis du etwas Eigenes findest, wenn wir ausziehen müssen. Du und dieser Höllenhund. Weißt du, dass er mit seinem Geheule das Cottage fast zum Einsturz gebracht hat, während du weg warst? Wie lange braucht man denn, um eine Gärtnerei zu besuchen?«

»Ich … ich wurde aufgehalten.«

»Drei Stunden lang? Jetzt steh aber mal auf und komm mit ins Haus. Cal hat dich gesucht.«

»Cal? Warum?«

»Er will mit dir reden. Er ist fuchsteufelswild. Er dachte, du wärst abgehauen.«

Ich trotte mit Pollys uralter Regenjacke auf den Schultern hinter ihr her, auf die tickende Bombe zu, die mich erwartet.

Cal stürzt sich auf mich, sobald ich die Küche betrete. »Warum bist du nicht ans Handy gegangen? Wir hatten schon Angst, du hättest einen Autounfall gehabt und würdest irgendwo am Fuß einer Klippe liegen.«

Polly macht ein missbilligendes Geräusch. »Beruhige dich, Cal. Es geht ihr gut, und sie muss sich erst mal sammeln.«

»Warum bist du klatschnass? Was hast du gemacht?«

»Cal, jetzt sei still und lass das Mädchen einen Moment in Frieden!«

Auf Pollys Rüge hin klappt Cal den Mund zu. Er wirkt verdutzt, und ich würde lächeln, wenn meine Zähne nicht so sehr klappern würden.

»Ich setze Wasser auf«, knurrt er.

»Die beste Idee, die du seit Langem hattest«, kommentiert Polly und reicht mir ein Handtuch von der Heizung. Als ich warm eingepackt bin und eine Tasse dampfenden Tee in den Händen halte, kehrt das Gefühl allmählich in meine Finger zurück. Cal setzt sich ans Ende des Tisches und beobachtet mich, während er selbst an seinem Tee nippt. Schön und gut, dass Polly mich so betüddelt, aber ich fürchte, das zögert den unangenehmen Moment nur hinaus, in dem Cal anfangen wird, mich wegen meines Besuchs bei den Cades zusammenzustauchen.

Ich trinke meine Tasse aus und ziehe das Handtuch fester um meine Schultern. Polly hat uns allein gelassen, um Mitch zu holen, also weiß ich, dass ich jetzt geliefert bin.

Er stellt seine leere Tasse mit einem dumpfen Klong auf den Tisch. »Okay. Erstens: Wo warst du? Zweitens: Warum bist du nicht ans Handy gegangen? Und drittens: Warum siehst du aus, als wärst du ins Meer gefallen?«

Ich mache den Mund auf, um alles zu erklären, aber dann wird mir klar, dass er es tatsächlich nicht weiß. Ich sollte es ihm sagen, das sollte ich wirklich, aber ich schaffe es nicht, ihm zu gestehen, was ich getan habe, oder die persönlichen Dinge weiterzuerzählen, die Mawgan mir anvertraut hat und die ich ihr anvertraut habe. Es ist zu schmerzvoll, für ihn und für mich.

»Also?«

»Ich war ganz durcheinander«, antworte ich, »vor Sorge um Kilhallon, also bin ich einfach weggefahren.«

»Wohin?«

»Irgendwohin.«

»Du hast den Diesel zum Spaß verbraucht?«

»Ich bezahle ihn.«

»Das ist mir egal, aber mir ist nicht egal, dass ich – wir fast verrückt geworden sind vor Sorge. Wir dachten wirklich, du hättest einen Unfall gehabt und wärst bewusstlos oder Schlimmeres. Wie konntest du uns das antun, wo wir doch schon genug Probleme haben?«

»Es … es tut mir leid.«

»Wie schön, dass es dir leidtut.« Er haut mit der Faust auf den Tisch, sodass ich mich fast zu Tode erschrecke. »Verdammt noch mal. Mir tut es auch leid, dass ich so durchgedreht bin, aber ich dachte, ich hätte dich verloren.«

»Wirklich? Würde dir das was ausmachen?«

Er starrt mich an. »Natürlich würde es mir was ausmachen!«

Unsere Blicke treffen sich. Cal greift sich verzweifelt an den Kopf. Ich zittere wieder. »Natürlich würde es mir was ausmachen«, wiederholt er, aber so leise, dass ich es kaum höre. »Das weißt du doch.«

Wildes Gebell und Pollys Rufe verkünden die Ankunft von Mitch, der in die Küche rast, sodass seine Pfoten über die Fliesen trommeln. Er springt an mir hoch und schleckt mir übers Gesicht, bis ich kaum noch atmen oder etwas sehen kann. Ich breche fast wieder in Tränen aus.

Cal schüttelt den Kopf. »Siehst du, Mitch dachte auch, dir wäre was passiert. Demi, egal, wie durcheinander du warst, du hättest einfach mit mir reden können.« Er nimmt die Schlüssel von der Anrichte. »Ich muss los. Wenn mich jemand sucht, sagt, ich hab mich mit dem Auto von einer Klippe gestürzt.«

»So was Schreckliches sagt man nicht, Cal Penwith!«, ruft Polly ihm nach.

»Das war ein Scherz«, ruft er zurück und fügt dann fluchend hinzu: »Kann endlich mal jemand diesen verdammten Stiefelkratzer hier wegstellen?«

Am selben Abend sitze ich, nachdem ich geduscht habe und Polly mir ein Essen gekocht hat, in meinem Cottage und überlege, wann und ob ich Cal von den Neuigkeiten erzählen kann und ob ich Robyn oder Andi anrufen soll. Wenn Mawgan Cal bisher nichts gesagt hat, wird sie das vielleicht auch gar nicht mehr tun. Wahrscheinlich ist sie wütend und schämt sich, weil sie sich eine solche Blöße gegeben hat. Vielleicht macht sie einfach weiter wie bisher, ohne jemandem von meinem Besuch zu erzählen. Dann werden wir Kilhallon zwar trotzdem verlieren, aber wenigstens habe ich dann nicht alles noch schlimmer gemacht für die Menschen, die mir wichtig sind. Mitch kuschelt sich an mich, während wir dem Regen lauschen, der an die Fenster des Cottages prasselt.

Als ich aufwache, ist es dunkel. Mitch bellt, und jemand hämmert gegen die Tür. Ich sehe Cals Gesicht am Fenster. Er ist blass und vollkommen durchnässt. Ich öffne die Tür, und er fährt sich mit den Händen durch die Haare.

»Was ist los?«

»Demi, Mawgan Cade hat mich gerade angerufen.«

»Oh nein! Es tut mir leid, Cal.« Mein Puls beschleunigt wie eine Rakete. Jetzt ist alles aus.

»Nein! Sie hat beschlossen, Kilhallon doch nicht zu kaufen. Diese durchtriebene Schnepfe hat mich allen Ernstes angerufen, um mir zu sagen, dass ihre Berater der Meinung sind, das hier wäre sowieso eine beschissene Lage für Wohnungen. Sie meinte, ich würde pleitegehen, wenn ich die Anlage weiter selbst umbaue, aber wenn ich das will, würde sie sich darauf freuen, mich zusammen mit der Anlage untergehen zu sehen.«

»Was?« Ich bin sprachlos und bringe kein weiteres Wort heraus.

»Du wirkst genauso baff, wie ich es auch war, aber wen kümmert's? Hauptsache, sie bleibt dabei. Komm mit ins Haus, dann erzähle ich dir bei einer Flasche Wein mehr. Das muss gefeiert werden!«

»Ich glaube kein Wort von der Geschichte mit den Beratern«, sagt er, als wir uns im Haus eine Flasche Rotwein gönnen. Ich bin zu fassungslos und erschöpft, um richtig zu feiern, aber ich muss den Schein wahren. »Aber irgendwas hat ihr Angst eingejagt, da bin ich mir sicher.«

»Meinst du? Aber eigentlich ist es egal. Wir können weitermachen mit unseren Plänen, oder?«

»Hoffen wir, dass sie Wort hält. Ich glaube, sie befürchtet, dass jemand hinter ihre unsauberen Geschäfte gekommen ist. Sie hat bestimmt nicht plötzlich ein schlechtes Gewissen gekriegt, das kannst du mir glauben.«

»Wahrscheinlich nicht«, erwidere ich und bin hin- und hergerissen, ob ich ihm die Wahrheit sagen soll. Ich weiß nicht mal sicher, ob mein Gespräch mit Mawgan der Auslöser war, auch wenn das Ganze wohl kaum Zufall sein kann. Und ich habe immer noch Angst davor, was mit Andi und Robyn passiert. Ich hoffe, ich habe sie nicht für Kilhallon geopfert.

»Ich frage mich, ob Luke oder Isla mit ihr geredet haben«, überlegt Cal.

»Isla? Wie sollte sie Mawgan beeinflussen können?«, frage ich.

Er zuckt mit den Schultern. »Keine Ahnung. Mawgan hat nichts gegen sie, und Isla kann gut mit Menschen umgehen. Sie hat ein Talent dafür, die Wogen zu glätten. Ich habe einfach das Gefühl, dass Mawgan von jemandem wachgerüttelt wurde.«

»Vielleicht kriegst du es noch raus«, sage ich, während sich mir der Magen zusammenzieht. Wenn Cal also meint, Isla wäre an Kilhallons »Rettung« beteiligt gewesen, na gut. Ich kann damit leben, auch wenn es ein kleines bisschen an mir nagt. Okay, *extrem.*

»Ich würde es echt gern wissen, aber einem geschenkten Gaul schaut man nicht ins Maul. Warte nur, bis ich es Polly sage. Sie wird es nicht fassen können.«

Am Morgen ging ich ins Haus, um Cal zu suchen. Ich war gestern Abend nicht sehr lange geblieben, aber als ich in mein Cottage zurückgekommen war, hatte Mawgan noch eine letzte Überraschung für mich. Sie rief mich auf dem Handy an, und das Gespräch dauerte etwa eine Minute. Sie hat so ziemlich das Gleiche gesagt wie schon zu Cal – dass ihre Immobilienberater gemeint hätten, Kilhallon sei zu isoliert für eine Wohnsiedlung, es gebe ein Bergschädenrisiko durch die alten Grubenbaue, und bei der aktuellen Marktlage wäre dies eine schlechte Investition für sie. Außerdem hat sie mir gedroht, wenn ich Cal oder sonst jemandem ein Sterbenswörtchen von unserer »privaten Unterhaltung« in ihrem Büro verraten würde, könne sie es sich »sehr schnell anders überlegen«. Ich glaube, sie wollte mir signalisieren, dass sie immer noch eine gefährliche Gegnerin ist, aber fürs Erste haben wir wieder Luft.

Als ich Polly heute Morgen getroffen habe, summte sie ein Lied, das ich von ihrer Il-Divo-CD kenne. Sie ist ganz begeistert wegen der Neuigkeiten von Mawgan und hat mir erzählt, dass Cal ganz früh weggefahren sei und ihr nicht genau gesagt habe, wohin, nur dass er »etwas Wichtiges erledigen« müsse. Ich habe nicht viel geschlafen, nachdem Mawgan gestern Abend angerufen hat, und konnte mich heute Vormittag nicht auf meine Arbeit konzentrieren, also bin ich schließlich mit Mitch hinauf ins Moor über der Anlage gegangen, um den Kopf freizukriegen.

Ich bin gerade wieder am Parkplatz von Kilhallon angekommen, als auf meinem Handy eine Nachricht eingeht. Kurz darauf fährt der Land Rover auf den Kies und bleibt mit einem Knirschen stehen.

Als Cal aussteigt, grinse ich mein Handy wie bescheuert an.

»Worüber freust du dich so?«, fragt er.

Ich halte das Display in seine Richtung. »Gute Nachrichten von Robyn. Sie haben deinem Onkel gesagt, dass sie zusammenziehen wollen.«

»Wow. Das ist mutig, aber ich freue mich für sie. Wie ist es gelaufen?«

»Robyn schreibt, er war nicht begeistert, aber er ist auch nicht an die Decke gegangen oder hat sie rausgeworfen. Sie sagt, er hat gar nicht besonders schockiert gewirkt.«

»So hatte ich ihn eigentlich auch eingeschätzt, aber ich bin erleichtert. Onkel Rory hat seine Macken, aber im Herzen ist er ein guter Kerl, und er liebt Robyn über alles.«

»Robyn sagt, er ist ganz still geworden und hat gar nicht versucht zu widersprechen. Vielleicht war er sogar beruhigt, dass die Wahrheit rausgekommen ist. Ich freue mich so für sie und Andi. Ich kann's gar nicht fassen. Du etwa?«

»Sachen gibt's, Demi.« Sein Lächeln lässt seine Augen strahlen. Er sieht um einige Jahre jünger aus, und mein Magen macht einen kleinen Salto. Wie sehr ich es auch versuche, ich kann meine Gefühle für ihn nicht abschalten.

»Es kommt noch besser. Mawgan hat sich bereit erklärt, Andi und Robyn eine der freien Wohnungen der Cades beim College zu überlassen.«

»Sie *muss* einen Sinneswandel durchgemacht haben. Oder einen kompletten Persönlichkeitswandel! Ich dachte erst, jemand muss wirklich was gegen die Cades in der Hand haben, sonst hätten sie nicht aufgehört, uns unter Druck zu setzen, aber na ja, nach der Sache mit Andi und Robyn glaube ich, Mawgan verfügt doch über eine Spur Menschlichkeit und Vernunft.«

»Vielleicht eine Spur.« Ich wechsle das Thema. »Ach, ich freue mich genauso für das Glück der beiden wie für uns.«

»Ich werde Robyn nachher anrufen und sie genauer fragen«, sagt er. »Aber kannst du zuerst raten, wo ich war?«

»Keine Ahnung.«

Cal grinst, als würde er gleich platzen vor Stolz. »Ich war beim Baumarkt in Penzance und dann noch mal auf dem Trödelmarkt in Helston. Ich habe ein paar großartige alte Sitzbänke für dein Café gefunden. Sie sind im Land Rover. Du kannst mir helfen, die Sachen auszuladen. Warum stehst du da wie vom Blitz getroffen? Freust du dich nicht mal ein kleines bisschen, dass du die Dinger doch gebrauchen kannst?«

Langsam dämmert es mir. »Was? Ich meine … du meinst … das mit dem Café wird noch was?«

»Dave Patterson hat mich angerufen, als ich in Helston war. Er steigt finanziell mit ein, und das ändert alles. Wenn wir die Baugenehmigung kriegen – und das werden wir jetzt ganz sicher, nachdem Mawgan ihre Einwände zurückgezogen hat –, kannst du schon mal anfangen, ein Promo-Event zu planen. Wir müssen schnell die Nachricht verbreiten, dass Kilhallon Park die Segel setzt und wieder auf Kurs ist.«

32

Der Gemeinderat hat Cals neuen Projektantrag bei der letzten Versammlung genehmigt, und die Bauarbeiten auf der Anlage haben wieder angefangen. Nachdem Dave Patterson sich bereit erklärt hatte, in die Anlage zu investieren, und die Baugenehmigung erteilt war, schien alles möglich zu sein.

Aber es läuft nicht alles rosig. Robyn weigert sich immer noch, mit Luke zu reden, und Cal hat angedeutet, dass uns noch weitere, vielleicht härtere Kämpfe mit den Cades bevorstehen.

»Weshalb es umso wichtiger ist, dass Kilhallon ein Erfolg wird«, sagte er zu mir. »Wir müssen so schnell wie möglich Geld reinkriegen.«

Unglaublich, dass schon seit fast drei Wochen August ist, aber die Zeit rast, wenn man so beschäftigt ist wie wir. Cal und die Bauarbeiter ziehen alle Register, um wenigstens einen Teil der Anlage fertigzustellen, und ich habe mich kopfüber in die Organisation eines Promo-Events gestürzt, bei dem wir der Welt zeigen, was wir zu bieten haben. Es ist für uns alle an der Zeit, den nächsten Schritt zu wagen.

Ich stehe bei Sonnenaufgang auf und komme in manchen Nächten auch nicht lange davor ins Bett, denn ich muss recherchieren, welche Kontakte für uns wichtig sein könnten, Einladungen verschicken und unangemeldet potenzielle Gäste anrufen – eine Sache, die ich mir nie zugetraut hätte –, um sie davon zu überzeugen, dass Kilhallon einen Besuch wert ist. Ich hatte kaum Zeit, mich mit meinen Freundinnen zu treffen oder mit ihnen auszugehen, aber sie haben angeboten, am Tag der Veranstaltung zu helfen.

Jetzt sind es kaum noch achtundvierzig Stunden bis zu dem

Promo-Event, und ich hetze durch St Trenyan und besorge zusätzliche Girlanden, Pappteller und Reinigungsmittel. Als ich an der Gasse neben dem Strandhäuschen vorbeikomme, entdecke ich Sheila, die gerade den Müll herausbringt, und mir wird bewusst, dass ich seit Ewigkeiten nicht mit ihr gesprochen habe. Sie trägt die Haare kürzer und mit hellen Strähnchen. Es steht ihr.

Das Café ist trotz der Wolken am Himmel und der bewegten See voll. Ein junger Typ mit blonden Dreadlocks und eine ältere Frau, die ich beide nicht kenne, bedienen auf der Terrasse. Das Geschäft muss gut laufen, wenn Sheila in der Sommersaison zusätzliches Personal beschäftigen kann. Wir werden in Kilhallon auch mehr Leute brauchen, wenn wir eröffnet haben, das ist mir in den letzten Wochen klar geworden. Und *ich* werde ihre Vorgesetzte sein, was mir jetzt schon Angst macht.

Sheila geht durch die Hintertür ins Café, und ich folge ihr. Sie schrubbt sich die Hände mit antibakterieller Seife. Ich entdecke ihre Nichte Kayla, die Schälchen mit Clotted Cream und Marmelade auf Teller mit Scones stellt und alles perfekt arrangiert.

»Hallo, Sheila.«

Sie schaut auf und runzelt kurz die Stirn, dann erscheint ein breites Grinsen auf ihrem Gesicht. »Demi! Was für eine Überraschung!«

Sie wischt sich die Hände an ein paar Papiertüchern ab.

»Ich will dich nicht von der Arbeit abhalten.«

Sie umarmt mich so fest, dass ich kaum noch atmen kann. »Tust du nicht. Jetzt gerade herrscht Flaute nach dem Mittagessen, also hab ich ein paar Minuten Zeit. Ich brauche sowieso eine Pause.«

Kayla begrüßt mich kurz und ruft dem jungen Kellner zu, dass die Cream-Tea-Bestellung fertig sei.

Sheila führt mich in den winzigen Personalraum neben der Küche.

»Also, wie steht's in Kilhallon? Mir ist schon zu Ohren gekommen, dass ihr da oben Vollgas gebt.«

»Jetzt ja.«

»Ich hab gehört, dass inzwischen alles im grünen Bereich ist. Die ganze Stadt spricht davon.«

Ich umarme sie. »Wenn du nicht gewesen wärst, hätte ich Cal nie kennengelernt und den Job nicht bekommen.«

»Gern geschehen. Ich freu mich sehr für dich, Liebes, und so schlimm kann es nicht sein, für ihn zu arbeiten. Ich hab ihn ein paarmal in der Stadt gesehen und erinnere mich noch von früher an ihn, bevor er weggegangen ist.« Sie zwinkert. »Ein Prachtexemplar.«

Ich schüttele den Kopf und hoffe, mein Erröten verrät mich nicht. »Machen die Cades dir immer noch Ärger?«

»Seltsamerweise halten sie sich in letzter Zeit etwas zurück. Ich habe letzten Monat mit einer Pachterhöhung gerechnet, aber bisher ist sie nicht gekommen.« Sie lächelt resigniert. »Wahrscheinlich lässt sie nicht mehr lange auf sich warten, aber bis dahin mach ich das Beste aus dem guten Wetter. Ich konnte zusätzliche Aushilfen einstellen, und solange die Pacht nicht raufgeht, müsste ich die neuen Leute auch behalten können.«

»Das ist super. Vielleicht haben die Cades ja andere Dinge im Kopf, als ihren Pächtern das Geld aus der Tasche zu ziehen?«

»Hmm. Wer's glaubt. Aber man munkelt, dass die Cades sich vor Kurzem bei einem Bauprojekt die Finger verbrannt haben. Einige ihrer Mieter in der Stadt haben mir erzählt, sie hätten auch schon seit einer Weile nichts mehr von ihnen gehört, was ein Segen ist, glaub mir. Ich hoffe, jemand hat sie wachgerüttelt.«

»Hmm. Das hoffe ich auch.«

»Willst du was trinken? Vom Mittagessen ist auch noch etwas Quiche übrig.«

»Eigentlich sehr gern, aber ich kann nicht bleiben. Wir veranstalten übermorgen ein Promo-Event, um für das neue Resort ein bisschen die Werbetrommel zu rühren. Wir haben vor, dort auch ein Café zu eröffnen.«

»Na dann viel Glück.« Sie lächelt schief, aber fügt dann hinzu: »Hör nicht auf mich. Es ist eine tolle Idee und ein super Standort. Ich bin sicher, es wird prima laufen, und alles, was mehr Leute in die Gegend lockt, die hier ihr Geld ausgeben, ist gut.«

»Ja … Ich glaube nicht, dass wir Konkurrentinnen werden, und ich brauche vielleicht sogar Hilfe bei der Versorgung mit Backwaren, wenn es einmal richtig losgeht. Ich habe überlegt, ob du uns vielleicht mit Pasteten und Scones beliefern möchtest, weil wir nicht immer selbst welche backen können?«

»*Ich?* Natürlich mach ich das!« Sie grinst.

»Na ja, wir stehen noch ganz am Anfang, aber ich melde mich wieder, wenn es angelaufen ist.«

»Sieh mal einer an, du hast es wirklich weit gebracht. Ich bin stolz auf dich.« Sie sieht aus, als würde sie gleich anfangen zu weinen, und mir kommen auch die Tränen. Ein bisschen erinnert sie mich an meine Mum, die jetzt etwa in ihrem Alter wäre. Ich schlucke den Kloß in meinem Hals hinunter und umarme sie noch mal.

»Wenn du dir freinehmen kannst, kommst du auch?«

»Das würde ich sehr gern, aber zurzeit ist viel los … Ich verspreche dir, dass ich es versuche, und danke für das Angebot, dein Geschäft zu beliefern.«

»Eigentlich ist es Cals Geschäft, aber danke.«

Als ich von Sheila weggehe, habe ich das Gefühl zu schweben und bin richtig glücklich, dass ich sie wiedergesehen habe. Ich wäre gern noch länger bei ihr geblieben, aber ich muss noch einkaufen und tausend Dinge erledigen. Ich frage mich, wie Polly mit dem Backen der Scones und Pasteten vorankommt. Wir haben schon ziemlich viele eingefroren, aber wir brauchen noch mehr. Ich hoffe, es wird nicht nass in der Scheune, wenn es regnet. Eigentlich hoffe ich, dass es *überhaupt nicht* regnet. Ich wünsche mir, dass Kilhallon sich von seiner besten Seite zeigt. Was ist, wenn Mitch einen anderen Hund angreift? Er ist nicht aggressiv, aber es ist sein Revier und …

Gerade als ich aus der Gasse herauskomme und in die Fore Street abbiege, entdecke ich Tamsin, die zwei große aufeinandergestapelte Kartons trägt. Sie kann nicht darüberschauen, und um diese Jahreszeit ist es schier unmöglich, nicht über die Touristen zu stolpern. Sie knickt fast um, als sie in die Abflussrinne tritt, und die Kartons wackeln, aber ich schaffe es, den oberen aufzufangen, bevor er auf die Straße fällt.

»Hi. Brauchst du Hilfe?«, frage ich mit dem Karton in den Armen.

Tamsin seufzt erleichtert. »Danke. Ich dachte schon, ich lande hier direkt vor den ganzen Touris auf dem Hintern! Ich muss eine neue Lieferung Beauty-Produkte von meinem Auto ins Spa bringen.«

»Ein Glück, dass ich gerade hier war.«

»Danke!«

Tamsin lächelt. Sie ist bildhübsch mit ihrem rosigen Teint und dem federnden, pechschwarzen Haar. Eigentlich ist alles an ihr federnd. Ihr Make-up ist perfekt, sogar mitten am Tag, aber sehr subtil aufgetragen. Ich schätze, es ist ihr Job, toll auszusehen, aber mir werden trotzdem meine abgebrochenen Nägel, zerschlissenen Jeans und ungewaschenen Haare, die seit Tagen keine Bürste mehr gesehen haben, schmerzlich bewusst.

»Ich freue mich sehr, dich zu treffen. Ich war richtig erleichtert, als ich gehört habe, dass es mit Kilhallon Park weitergeht.«

»Ich auch. Tut mir leid, dass ich mich noch nicht gemeldet habe wegen der Probebehandlung, aber wir hatten alle Hände voll zu tun … Soll ich dir helfen, diese Sachen ins Spa zu bringen?«

»Das wäre toll, danke.«

Wir fangen an, uns durch die Menge der Einkaufsbummler und Touristen zu schieben. Jetzt in der Hochsaison sind überall Familien mit Kindern, und für alle Lieferwagen ist es ein echtes Geduldspiel, durch die schmale Straße zu den Läden zu fahren.

»Wie geht's Cal?«, fragt Tamsin, als wir uns an der Schlange vor einer der Eisdielen vorbeidrücken.

»Ähm. Ganz gut. Es ist viel los. Ich muss auch noch eine Menge erledigen für das Promo-Event von Kilhallon Park.«

»Das mit dem Event ist eine super Idee. Robyn Penwith hat mir davon erzählt. Ich hab sie in der College-Mensa getroffen. Ich leite nicht nur das Spa, sondern gebe am College auch Kurse in Schönheitspflege.«

»Das wusste ich gar nicht.«

»Irgendwie muss ich auch über die Runden kommen.« Sie lacht, und ich merke, wie sehr ich sie mag. »Mein Salon ist gleich da in dieser Seitenstraße.«

Wir biegen von der Hauptgeschäftsstraße in einen Weg ab, der zwischen Fischer-Cottages entlangführt und so eng ist, dass man die Häuser zu beiden Seiten fast gleichzeitig berühren kann. Anders als auf der trubeligen Shoppingmeile herrscht hier sofort Ruhe, und man hört sogar das Meeresrauschen. Tamsin führt mich in einen winzigen, aber sehr hübschen Vorgarten. Das weiß getünchte Steinhaus hat eine schöne hellblaue Tür, daneben stehen zwei Zinneimer mit Geranien im gleichen Farbton wie Tamsins perfekte Fingernägel: knallpink. Sie stellt ihren Karton hin und nimmt mir meinen ab, dann sucht sie ihren Hausschlüssel.

»Hier ist das Spa. Willst du reinkommen?«

»Ich kann eigentlich nicht. Ich hab noch so viel zu tun.«

»Hmm.« Sie mustert mich von oben bis unten. »Das Promo-Event ist also am Samstag?«

»Ja …«

»Und es kommen eine Menge wichtige Leute? Potenzielle Kunden? Die Presse?«

»Oh Gott, ja, und Reise-Blogger, jemand von der Stadt und eine prominente Kochbuchautorin. Ich muss noch so viel vorbereiten, und um ehrlich zu sein: Ich habe keine Ahnung, was ich zu ihnen sagen soll.«

Tamsin sieht mich konzentriert an. »Was wirst du anziehen?«

»Ich hab einen neuen Jeans-Minirock und ein Poloshirt mit dem Logo … Aber ich hatte noch nicht mal Zeit, richtig darüber nachzudenken.«

Sie macht ein missbilligendes Geräusch. »Das solltest du aber. Ich schlag dir was vor: Lass uns doch die nächsten fünfzehn Minuten für deine Probebehandlung nutzen. Ich mach dir die Nägel und geb dir ein paar Make-up-Tipps und Gratisproben mit.«

Ich blicke erneut auf meine Nägel und sehe ein, dass sie recht hat und es mir gut tun würde, mich für einen Moment zu entspannen. »Okay, danke.« Ich lächele. »Betrachten wir es als eine Investition in mich selbst. Aber weil ich Essen zubereiten muss, sollte ich wohl besser keinen Nagellack tragen.«

»Kein Problem. Ich kann dir die Nägel trotzdem formen, feilen und eincremen. Wenn du wichtige Leute triffst, musst du Hände schütteln und wirst froh sein, wenn deine dabei gut aussehen. Ich verspreche dir, du wirst dich viel selbstbewusster fühlen, vor allem, wenn deine Hände mit auf den Pressefotos sind.«

Fünf Minuten später sitze ich auf einem stilvollen grauen Kunstledersessel in einem der Behandlungsräume des Spas, während Tamsin mir die Hände und Arme mit nach Orangen riechender Creme einreibt. Sie hat Duftkerzen angezündet und leise Musik eingeschaltet.

»Also, wie geht's Cal *wirklich?*«, erkundigt sich Tamsin und schiebt mit einem Holzstäbchen meine Nagelhaut zurück. Ich frage mich, ob das einer der Gründe ist, weshalb sie mich hierbehalten wollte: um über Cal zu quatschen.

»Er ist sehr beschäftigt, aber ich glaube, es geht ihm gut. Besser als direkt nach seiner Rückkehr.«

»Ich hab ihn neulich in der Stadt getroffen, und er hat echt gut ausgesehen. Allerdings war er schon als Teenie attraktiv, als die anderen Jungs noch Pickel und Flaum am Kinn hatten. Er ist zwar nicht mein Typ, aber wir haben uns immer gut verstanden.«

»Dann warst du also mit ihm in der Schule?«

»Wir kennen uns echt schon ewig. Er, Luke, Mawgan, Isla und ich sind alle auf dieselbe Schule gegangen. Cal und ich waren sogar in derselben Klasse.«

Sie reinigt und feilt mir die Nägel. Ich schäme mich für die eingerissenen Spitzen, die schmutzige Nagelhaut und die vom Ausmisten in der Scheune aufgeschürften Fingerknöchel. Aber sie zaubert mit der Creme und etwas Nagelhautöl die trockene Haut weg und vollbringt damit wahre Wunder.

»Ich werde deine Nägel jetzt polieren, sodass sie auch ohne Nagellack glänzen.«

Sie schaltet einen elektrischen Nagelpolierer ein und vollbringt weitere Wunder an meinen Händen. »Freut mich, dass es gut läuft für Cal«, fährt sie fort. »Nachdem er seine Mum und seinen Dad verloren hat und für die Wohltätigkeitsorganisation an einem so gefährlichen Ort gearbeitet hat, verdient er etwas Glück. Ich weiß nicht, was ihm da draußen passiert ist. Robyn hat mir erzählt, dass er in einer entlegenen Gegend war und sich eine Weile nicht bei ihr oder Isla melden konnte, aber es gibt da wohl noch etwas, was er uns nicht erzählt. Niemandem.«

»Ich hab mich das auch schon gefragt, aber offensichtlich will er nicht darüber reden. Ich glaube, er hat schreckliche, grauenvolle Dinge gesehen«, sage ich. Ich will nicht zu viel Persönliches über Cal ausplaudern, bin aber auch gespannt, die Sicht von jemand anderem auf ihn zu hören.

»Oder er *kann* nicht darüber reden.« Tamsin konzentriert sich auf meinen letzten Nagel. Ich glaube, sie sieht mir absichtlich nicht ins Gesicht. »Deshalb war er völlig fertig, als er zurückgekommen ist, und dann ist da noch die Sache mit Isla. Wer würde das nicht verstehen? Isla Channing ist so nett und makellos schön und klug und erfolgreich …«

Na los, folter mich weiter, denke ich.

»Das stimmt«, erwidere ich zähneknirschend und bin plötzlich nicht mehr ganz so entspannt.

»Schon, aber mir kam sie immer ein bisschen vor wie eine Eisprinzessin, um ehrlich zu sein. Ich fand nie, dass sie so richtig zu Cal passt. Zu konservativ. Zu perfekt. Er braucht jemanden, der ihm auch mal die Meinung sagt, jemanden mit mehr Feuer, mehr Temperament.«

»Ich dachte, sie ist die Liebe seines Lebens«, entgegne ich und frage mich, wen Tamsin mit diesem »jemand« meint.

»Vielleicht. Sie waren in der Schule und danach total verknallt ineinander, aber sie hatten auch ziemlichen Streit, als er zur Uni gegangen ist und abgebrochen hat. Dann musste sie wegen ihrer Stelle beim Fernsehen oft weg aus Cornwall, und er ist natürlich wegen seiner Arbeit ins Ausland gegangen. Manche Leute meinen, er hätte sie vor seiner Abreise heiraten sollen, aber ich bin nicht sicher, ob es gehalten hätte. Wenn du mich fragst, hat Cal Isla auf ein Podest gestellt und sie zu einer Art Göttin gemacht, während er weg war. Es muss ein krasser Schock gewesen sein, als er gemerkt hat, dass sie ein Mensch ist.«

»Glaubst du das wirklich?«

Sie lächelt. »Na ja, ich kann mir nicht vorstellen, dass sie ihm helfen würde, einen Campingplatz zu führen.«

»Campingplatz?«, frage ich mit gespielter Empörung. »Es ist ein exklusives Öko-Urlaubsresort.«

Sie lacht. »Das klingt schon eher nach Isla, aber ich glaube nicht, dass sie sich um verstopfte Toiletten kümmern würde.«

»Ich hoffe, das muss ich auch nicht, aber ich vermute, wir werden alle mit anpacken müssen, wenn wir erst einmal eröffnet haben.«

»Isla ist ein herzensguter Mensch, und ich mag Cal, aber ich glaube nicht, dass er mit irgendeiner Frau etwas Langfristiges anfangen würde. Aber wer braucht schon so was? Bis man sich auf was Ernstes einlässt, kann man auch so jede Menge Spaß haben.«

»Auf jeden Fall.« Ich lache. Wahrscheinlich will Tamsin mich vor Cal warnen, auch wenn das unnötig ist, denn sie hat recht: Man kann auch so jede Menge Spaß haben. Ich bin viel zu jung, um auch nur daran zu denken, mich ernsthaft auf jemanden einzulassen, und Cal ist um einiges älter als ich. Aber Tamsin hat mich nicht unbedingt aufgemuntert.

Zum Abschluss gibt sie noch einen Tropfen Öl auf jeden Nagel, begutachtet ihr Werk kritisch und lächelt dann. »So. Du bist fast fertig. Versuch, vor dem Event noch mehr schwere Arbeit zu vermeiden, und vergiss nicht, die Handcreme zu benutzen, die ich dir mitgebe.«

Obwohl ich weiß, dass Ersteres schwierig sein könnte, verspreche ich es trotzdem. »Mach ich. Danke, Tamsin.«

»Gern geschehen. Und wenn irgendwelche deiner Gäste eine Wellness-Behandlung wünschen, weißt du ja, wohin du sie schicken kannst. Ich versuche, zu eurer Veranstaltung zu kommen. Es wird bestimmt toll. Und vielleicht können wir mal was trinken gehen? Mein Schwager hat eine nette Cocktailbar bei der alten Seenotrettungsstation. Wir könnten seine neue Getränkekarte testen.«

»Das klingt super. Dann sehen wir uns am Samstag.«

Tamsin packt mir noch ein paar Proben ein und kündigt an, dass sie einen Stapel ihrer Flyer und Visitenkarten zum Promo-Event mitbringen wird. Ich finde alles, was ich noch einkaufen muss, im Partyladen in der Fore Street, also bin ich doch nicht so spät dran, trotz meiner Maniküre. Cal wird meine Nägel natürlich nicht bemerken, und ich habe es für mich gemacht, nicht für ihn – aber Tamsin hat recht: Ich kann jeden zusätzlichen Kick für mein Selbstbewusstsein gebrauchen.

Auf dem Rückweg zum Parkplatz am Hafen denke ich noch mal über alles nach, was sie gesagt hat, und frage mich, was davon wohl stimmt und was nur Klatsch ist. Und dann sehe ich *sie:* Sie gehen am Hafen entlang, vorbei an dem Café, in dem ich mich zum ersten Mal mit Cal getroffen habe. Er ist so groß, so ernst und so attraktiv. Sie trägt ein fließendes weißes Kleid und hat die Haare oben auf dem Kopf festgesteckt wie eine Göttin.

Ich bleibe stehen und kann den Blick nicht losreißen.

Cal legt einen Arm um Isla, sie lehnt den Kopf an seine Schulter, und sie sehen aus, als wären sie nie getrennt gewesen.

33

Ich sehe die Girlande wild gegen die Dachbalken der Scheune flattern, als ich am nächsten Morgen nach einem sehr frühen Frühstück hinübereile. Es ist der Tag vor unserer Veranstaltung. Polly ist schon auf den Beinen und jagt fluchend und schimpfend Papptellern und Servietten hinterher, die über den Boden fliegen. Ich rette einen Flyer, bevor er zur Tür hinaus und in den Himmel segelt. Draußen sammeln sich schmutziggraue Wolken am Horizont, und die Sonne hat sich noch nicht mal aus dem Bett bequemt. Bitte mach, dass es nicht regnet: nicht am wichtigsten Tag unseres Lebens. Kilhallon muss morgen strahlen, wir *alle* müssen strahlen.

Trotzdem bin ich mit dem Kopf nicht ganz bei der Sache, und das macht mich wütend auf mich selbst, noch mehr als auf Cal. Das hier ist meine große Chance, und ich lasse mich von etwas verrückt machen, was er möglicherweise, vielleicht, getan hat. Ich muss mich zusammenreißen.

Später am Vormittag kommen Andi und Robyn vorbei, um zu helfen.

»Was hast du noch mal gesagt, wie viele Leute du morgen bei diesem Ding erwartest?«, ruft Robyn vom unteren Ende der Leiter, während Andi die neue Girlande um die Dachbalken schlingt. Sie sehen mich beide erwartungsvoll an.

Ich schrecke aus meinen Grübeleien auf. »Etwa siebzig haben zugesagt, und einige haben gar nicht geantwortet oder waren noch nicht sicher.«

»Siebzig? Ich habe eher das Gefühl, wir arbeiten an der Speisung der Fünftausend«, grummelt Polly und bedeckt die Teller und Servietten mit einer Tischdecke, die sie mit einem Stein beschwert. »Wir hätten richtige Caterer beauftragen sollen.«

»Mit der Hilfe von Robyns Freunden aus dem College kriegen wir das hin.«

»Mit Catering-Studenten?« Polly schnaubt. »Und warum musstest du *Hunde* einladen?«

»Ohne die Studenten würden wir es nicht schaffen«, antworte ich ruhig. »Und da wir ein hundefreundliches Resort und Café sein werden, schien es mir sinnvoll, alle – Mensch und Tier – einzuladen, die den Ort nutzen werden.«

Polly ignoriert meine Antwort – meist braucht sie sowieso keine – und sieht sich in der Scheune um. »Na ja, ich muss zugeben, dass diese alte Rumpelkammer viel schicker geworden ist, als ich gedacht hätte, wurde auch Zeit, dass hier mal aufgeräumt wurde. Du hast dich ganz schön ins Zeug gelegt, das muss ich schon sagen.«

Sie lächelt mir zu. Langsam lerne ich, Pollys Kommentare richtig zu verstehen und mir die herauszupicken, die sie wirklich ernst meint. Die meiste Zeit dient ihr Genörgel nur dazu, ihre echten Sorgen um Cal und mich zu verbergen. Manchmal könnte man meinen, wir gehörten ebenso zu ihrer Familie wie ihre eigenen Kinder.

»Ich hoffe, wir können Mitte oder Ende September für unsere ersten Gäste öffnen«, sage ich viel zuversichtlicher, als ich mich fühle. »Anfangs fahren wir den Betrieb noch auf Sparflamme, bis wir richtig eingespielt sind, aber wir können die Leute mit ein paar tollen Angeboten locken. Dann verpassen wir zwar die Hauptreisesaison, aber wir kriegen noch die Rentner und die Herbstferienurlauber. Danach kommen die Veranstaltungen, die wir zu Halloween und zur *Guy Fawkes Night* geplant haben, der Weihnachtsmarkt und natürlich Weihnachten und Silvester. Bis zum nächsten Frühling sollte die ganze Anlage fertig und in Betrieb sein.«

Ein Windstoß fegt ein paar Zettel vom Empfangstisch. Robyn eilt hin und tritt auf einen drauf, während Andi einen anderen einfängt.

»Oh, danke, die darf ich nicht verlieren. Das sind die Gästeliste und der Ablaufplan für morgen.«

Robyn überfliegt die Namen auf der Gästeliste. »Ms Eva Spero (Order of the British Empire), *Sir* Kit Choudry? Right Honourable Yvette McCollum? Wer sind diese ganzen Leute?«

»Eva Spero ist eine Starköchin, aber ich weiß nicht, ob sie kommt, weil sie nicht geantwortet hat, Sir Kit besitzt eine Reiseagentur, und die Right Honourable Yvette ist Staatssekretärin für Tourismus. Der Rest sind potenzielle Kunden oder Leute, die uns Gäste verschaffen können, wie Hochzeitsplaner, Reisejournalisten, Luxuscamping-Blogger und Geschäftsleute, die hier Firmenfeiern abhalten könnten.«

»Sie klingen wichtig«, sagt Robyn.

»Und als müsste man Angst vor ihnen haben«, fügt Andi hinzu und nimmt sich eine Mini-Veggie-Pastete vom Tablett auf dem Buffettisch.

Polly funkelt sie an. »Hey, stopf die nicht alle in dich rein. Ich hab sie hergebracht, damit Cal sie probieren kann. Jeder kriegt nur eine.«

Andi schluckt hinunter und grinst. »Sehr lecker. Willst du auch eine, Demi?«

Polly verdreht die Augen, aber ich merke, dass sie sich insgeheim freut. Sie hat die Pasteten nach einem Rezept gebacken, das ich aus Sheilas Café habe. »Ich kann wohl noch ein paar aus dem Gefrierschrank holen, wenn ihr sie so gerne mögt.«

»Danke, Polly, ich hab sie schon probiert. Sie schmecken super, aber ich hab keinen großen Hunger.«

Ehrlich gesagt kann ich seit Tagen nicht richtig essen. Mein Magen verknotet sich, sobald ich an die Liste der wichtigen Menschen denke, die auftauchen könnten. Ich bin dafür zuständig, das Café mit den Imbissständen zu bewerben und über das Ethos unseres Unternehmens zu sprechen, und könnte bei dem Gedanken jedes Mal hysterisch kichern. Vor sechs Monaten wusste ich noch nicht mal, was Unternehmensethik ist, und jetzt soll ich unseren Ansatz einem Haufen von Leuten begreiflich machen, die möglicherweise die Schlüssel zu meiner Zukunft in der Hand halten.

»Ich hole die Wäsche rein, für den Fall, dass dieser Sturm heranzieht. Esst nicht die ganzen Pasteten auf«, sagt Polly und eilt davon.

Ich stecke die Liste in die Tasche meiner Shorts und zwinge mich, mich zu beruhigen. »Also los, lasst uns die Schautafel fürs Café aufstellen.«

»Oh, da fällt mir ein: Wir haben die neuen Logodesigns im Auto. Ich kann's gar nicht erwarten, sie dir zu zeigen«, sagt Robyn. »Tut mir leid, dass sie erst so spät fertig geworden sind, aber du weißt ja, wir hatten mit dem College und anderem Kram viel zu tun.«

»Ich hoffe, sie gefallen dir«, ergänzt Andi nervös.

»Sie sind bestimmt großartig«, antworte ich. Innerlich drücke ich die Daumen und bin genauso aufgeregt wie die beiden vor der Präsentation ihrer finalen Ideen. Ich kenne die Entwürfe, aber Cal hatte noch keine Zeit dafür. Wir haben wirklich bis zur letzten Minute gewartet, also kann ich nur hoffen, dass sie okay sind und auch Cal gefallen.

»Was ist mit Cal?«, fragt Robyn.

»Ach, ich bin sicher, er wird auch begeistert sein«, antworte ich leichthin.

»Das hoffe ich. Soll ich ihn holen gehen, damit wir sie uns zusammen ansehen können?«

»Darf ich zuerst einen Blick darauf werfen? Cal ist gerade damit beschäftigt, auf der Wiese ein paar Muster-Jurten aufzustellen. Wir müssen sie vor dem Schlafengehen noch einrichten und dekorieren. Am Morgen wird keine Zeit dafür bleiben.«

»Um wie viel Uhr sollen wir morgen Vormittag kommen?«

»So früh ihr könnt. Wir starten mit einem Lunchbuffet hier, und später gibt es Nachmittagstee. Dann wird auf der Jurtenwiese ein Spanferkel gebraten, dazu sind noch mehr Leute eingeladen, auch potenzielle Lieferanten und Nachbarn. Um wie viel Uhr wollen deine Freunde vom Tinner's ihre Sachen für die Musik aufbauen?«

Robyn nimmt sich eine Pastete. »Ach, sie werden schon irgendwann hier aufschlagen. Mach dir darum keine Sorgen.«

Der Gedanke, dass Robyns Cornwall-Folkband einfach irgendwann hier »aufschlägt«, macht mir sehr wohl Sorgen, aber ich halte mich zurück. »Okay. Kannst du ihnen mit Andi zeigen, wo sie spielen sollen? Der Elektriker wird alles anschließen, was sie an Licht und Sound brauchen. Ich hoffe nur, es regnet nicht.«

»Es wird nicht regnen. Entspann dich«, sagt Robyn und schnappt sich noch eine Pastete.

»Verwandele ich mich in ein Promo-Monster?«

Andi, Robyn und Mitch sehen mich alle mit dem gleichen Gesichtsausdruck an.

»Okay. Tief durchatmen. Jetzt zeigt mir mal diese Designs.«

Cal steht vor der Schautafel in der Scheune und hat einen Ellbogen in die eine Hand gestützt, während er sich mit der anderen über den Mund reibt. Andi und Robyn sind schon abgehauen, weil sie zu nervös waren, um ihm die Designs zu präsentieren, also blieb es mir überlassen. Ich kann kaum still stehen, und meine Handflächen sind schwitzig. »Ich weiß, dass wir sie dir jetzt erst auf den letzten Drücker zeigen, aber hier war die Hölle los, für uns alle, und die beiden haben sich solche Mühe gegeben. Ich finde, sie haben es super gemacht.«

Ohne zu antworten, tritt Cal einen Schritt zurück, um die Designs, die in größeren und kleineren Versionen für die verschiedenen Werbeträger aufgehängt sind, in ihrer Gesamtheit besser betrachten zu können. Das Logo hat einen leuchtend türkisblauen Hintergrund mit granitgrauem Rand und zeigt den stilisierten Umriss einer Zinnmine, vor der ein Mitch ähnelnder Hund sitzt.

»Hmm«, sagt er und greift nach dem Muster eines Werbeflyers, den die Mädchen produziert haben.

»Ich habe mit Andi und Robyn zusammen die Grundidee entwickelt, und die Grafikagentur hat den Feinschliff übernommen …«, plappere ich nervös drauflos. »Außerdem habe ich ein paar Musterschürzen und weiteres Marketingmaterial in Auftrag gegeben. Die Farben sind vom Wasser in der Kilhallon-Bucht inspiriert.«

Cal braucht so lange, um die Muster durchzublättern, dass ich den Eindruck bekomme, er will mich nicht ansehen, und als er es dann doch tut, lächelt er nicht mal.

»Ich kann sie ändern lassen, wenn du sie schrecklich findest. Das ist kein Problem. Es muss richtig gut werden. Ich kann noch mal zur Designagentur gehen und sie bitten, neue Ideen zu entwickeln. Ich …«

»Demi, ich bin einverstanden.«

»Wirklich?«

»Ja, wirklich«, antwortet er ruhig. Ich frage mich andauernd, ob er mir noch von seinem Treffen mit Isla gestern erzählen wird, aber das tut er nicht, und jetzt ist definitiv nicht der richtige Zeitpunkt, um ihn auszufragen, selbst wenn ich das wollte. Ich schätze, er wird es schon noch erwähnen, wenn er will.

»Also kann ich ihnen sagen, sie sollen für das Marketingmaterial ein paar richtige Kostenvoranschläge einholen?«, frage ich.

»Ja. Danke. Es ist perfekt.«

»Perfekt« hat er gesagt. Besser als perfekt geht nicht, also warum fühle ich mich wie ein Ballon, dem nach einer Party die Luft ausgegangen ist? Ich werde Cal Penwith nie begreifen. Das Tablett mit den Pasteten fällt scheppernd auf den Fußboden der Scheune. Mitch stürzt sich darauf.

»Mann, Mitch! Nein! Die sind nicht für dich. Polly wird durchdrehen!«

Ich laufe zu ihm, aber es ist zu spät. Als ich ihn am Halsband packe, verschlingt er gerade die letzte Pastete und sieht mich dann an, wie um zu fragen: »Ist das alles?«

»Mann, Mitch! Wie konntest du nur? Du dummer, vertrottelter Hund!«

Cal legt eine Hand auf meinen Arm und sagt mit sanfter Stimme: »Das waren nur ein paar Pasteten.«

»Aber die waren für dich. Du solltest sie probieren. Das war die zweite Ladung, die Polly heute gebacken hat.«

Er lächelt mich an und schüttelt den Kopf. »Sie waren bestimmt lecker. Mitch hat sie genehmigt, also ist das okay.«

»Nein, ist es nicht. Ich will, dass morgen alles perfekt ist. Das *muss* es sein.«

Cal legt beide Hände auf meine Oberarme. Seine Haut ist rau und warm auf meiner. Es kann doch sicher nichts mehr zwischen ihm und Isla sein – außer Freundschaft?

»Es wird so perfekt sein, wie du und ich es hinbekommen«, sagt er.

»Ich weiß nicht, ob das reicht.«

Er lässt meine Arme los und nimmt mich an der Hand. »Es muss reichen. Du kannst jetzt nicht noch mehr machen. Komm, du musst mal hier raus. Ich möchte dir was zeigen.«

Er führt mich den Pfad hinunter zur hinteren Wiese, wo ein sanftes Glühen in der Dämmerung leuchtet. Teelichter flackern in Gläsern und Teetassen auf Tischchen vor den Jurten. Ich erkenne einiges von dem Porzellan und den »upgecycelten« Möbeln wieder. Die Jurten-Mulde liegt relativ geschützt, weshalb Cal sie ausgewählt hat, außerdem hat der Wind seit heute Morgen sowieso nachgelassen. Die Wolken ziehen purpurne Streifen über den tintenblauen Himmel. Vor den Jurten führen die Flammen auf der Feuerstelle einen wilden Tanz auf, und die Abendluft riecht nach Holzrauch.

»Wow. Es sieht aus wie eine Feengrotte.«

»Das nehme ich als Kompliment. Also funktioniert es?«

»Ja. Es ist wunderschön. Die Lichterketten in den Bäumen und die Deko sind toll.«

Cal strahlt. Langsam entspanne ich mich ein wenig. Ich kann

nicht fassen, wie weit ich in den letzten paar Monaten gekommen bin. Trotzdem habe ich auch das Gefühl, ich vollführe einen Drahtseilakt. Ich kann sehr viel gewinnen, aber auch sehr tief fallen.

»Willst du mal reinschauen?«

Wir schlüpfen unter das Zelttuch in die Jurte, die viel größer ist, als ich erwartet hatte. Auf dem Futon liegen die Patchworkdecken, die ich auf einem Flohmarkt gefunden habe, und ein paar weiche Brokatkissen aus Pollys Cottage, die sie ausgemustert hat. Auf dem Tisch aus Treibholz, den ein Kommilitone von Robyn gebaut hat, brennt eine große, silberne Sturmlampe, um den Pfosten in der Mitte schlängelt sich eine Lichterkette, und der Duft von Räucherstäbchen erfüllt die Luft.

»Ich wusste gar nicht, dass du so eine kreative Ader hast, Cal.«

»Das meiste davon hattest du schon vorbereitet, und ich bin einfach deinem Plan gefolgt, um das Werk zu vollenden, während du mit der Schautafel in der Scheune beschäftigt warst.« Er tritt näher. Ich spüre fast, wie seine Körperwärme durch meine Haut dringt. »Außerdem gibt es da noch einiges, was du nicht über mich weißt.«

»Genau das macht mir Angst …«

Unsere Schatten flackern an der Zeltwand, und es riecht nach Sandelholz.

»Du weißt schon, dass ich das alles ohne dich nie geschafft hätte?«, fragt er.

»Ich hatte gar nichts damit zu tun«, entgegne ich und frage mich, wie er wohl reagieren würde, wenn er wüsste, dass im Grunde auch Isla zu seiner Rettung beigetragen hat. Ich habe das Gefühl, eine Halbwahrheit zu leben.

»Du weißt, was ich meine. Kilhallon wieder aufzubauen, dranzubleiben, als es aussichtslos schien. Und dazu hast du auch noch meine Launen ertragen. Danke.«

Er lächelt mich an, und ich weiß, dass er das, was er sagt, wirklich ernst meint, aber ich will seinen Dank nicht, nicht mal, wenn ich ihm von meinem Gespräch mit Mawgan erzählen könnte. Ich will, dass er mich will. Ich will, dass er mich braucht, wie er Isla gebraucht hat. Wie er sie immer noch braucht.

»Bedank dich morgen Abend, wenn bis dahin nicht alles in Flammen aufgegangen ist oder weggeweht wurde und Mitch nicht das ganze Essen aufgefressen oder versucht hat, alle anwesenden Hundedamen zu begatten. Frag mich dann …«

»Ich glaube nicht, dass ich bis morgen Abend warten kann.«

Einen Augenblick später liegt sein Mund ganz sanft auf meinem. Es fühlt sich an, als würde ich einen Traum von etwas küssen, eine Fantasie. Mein Körper wird ganz weich, und meine Knochen vibrieren vor Verlangen. Trotz aller Zweifel breitet sich Wärme in mir aus, und der Knoten aus meinem Magen rutscht tiefer in meinen Bauch. Ich will Cal so sehr, dass es wehtut.

»Nein.« Ich schiebe ihn weg. »Ich muss gehen. Ich habe viel zu tun. Morgen ist ein großer Tag für uns alle.«

»Demi, warte …«

Ich lasse ihn stehen und habe das starke Gefühl, ich hätte das schon an jenem ersten Tag in St Trenyan tun sollen.

Mein Kiefer schmerzt schon, weil ich andauernd mein kundenfreundliches Lächeln übe. Es ist fast Mittag, und noch ist niemand zu sehen. Mitch liegt mit der Schnauze auf den Pfoten neben mir im Eingang der Scheune. Sogar er weiß, dass etwas los ist und er sich von seiner besten Seite zeigen muss. Shami und Nina stehen am Tor von Kilhallon, während Polly darauf bestanden hat, die Catering-Studenten in der Küche zu »beaufsichtigen«, die Armen.

Und Cal? Wir haben uns den ganzen Vormittag über kaum gesehen, so beschäftigt waren wir.

Jetzt kommt er mit großen Schritten über den Hof auf mich zu und krempelt dabei die Ärmel seines verrucht zerknitterten weißen Leinenhemds hoch. Seine braunen Locken sind noch ganz feucht, und winzige Wassertropfen glitzern in den krausen, dunklen Härchen, die aus seinem offenen Hemdkragen herausschauen.

»Hi. Sorry, dass ich ein bisschen spät dran bin. Ich hab's gerade erst geschafft, mich frisch zu machen, nachdem ich aus dem zukünftigen Café noch etwas Abfall weggeräumt habe.« Er lächelt. »Du siehst hübsch aus.«

»Danke.« Ich erröte und freue mich, dass ihm mein neuer Jeansrock und das Kilhallon-Poloshirt gefallen. Meine Haare habe ich mit einer Perlmuttspange zusammengefasst, die meiner Mum gehört hat – das Einzige, was ich von ihr mitgenommen habe, als ich abgehauen bin –, und ich habe Tamsins getönte Tagescreme und den Designer-Lipgloss benutzt. Sie hatte recht: Ich fühle mich wirklich ein *kleines* bisschen selbstsicherer – aber dieses Selbstvertrauen wird nur halten, wenn tatsächlich Leute auftauchen.

»Und Mitch sieht auch schick aus. Ihr seid beide schick«, fügt er hinzu.

Mitch trägt ein neues Halsband und dazu eins von diesen niedlichen Hundehalstüchern, von denen ich immer gesagt habe, ich würde eher sterben, als ihm so was umzubinden.

»Er ist ein bisschen overdressed, ich weiß, aber ich konnte nicht widerstehen.«

Cal rubbelt ihm über die Ohren. »Vielleicht bekommt er heute ja noch seinen Einsatz, wer weiß, wir brauchen jede Hilfe, die wir kriegen können. Also los, packen wir's an.«

»Was ist, wenn niemand kommt?«

Er schaut auf die Uhr. »Es ist noch nicht mal zwölf. Sie werden früh genug hier sein, und dann wirst du dir noch wünschen, sie würden gehen.«

»Aber was ist, wenn ich ihnen den falschen Tag gesagt habe?«

»Hast du nicht.«

»Ich hoffe, wir haben genug Essen.«

»Wenn niemand kommt, musst du dir ja keine Sorgen machen.«

»Sag so was nicht!«

Er packt mich sanft an den Schultern. Er riecht frisch geduscht. »Demi, bitte hör auf, dir Sorgen zu machen, und versuch, dich zu entspannen. Es werden Leute kommen, und es wird alles gut. Du hast zu hart gearbeitet, als dass es schiefgehen könnte.« Er lässt die Hände sinken. »Hör mal, kommt da ein Auto?«

»Sollen wir ans Tor gehen und sie begrüßen?«

»Nein. Im Moment haben Andi und Robyn Empfangsdienst, und später kommen noch ein paar Freiwillige vom Tierheim. So viele Leute wollten uns helfen.«

Ich lausche angestrengt, höre aber nichts. Cal schaut wieder auf die Uhr. Ich glaube, insgeheim ist er genauso nervös wie ich. Mitch springt auf, bevor ich einen Moment später ein entferntes Bellen höre.

»Sie sind da.«

Cal strafft die Schultern. »Ich hab's dir ja gesagt. Los, packen wir's an.«

Es kommen keine vierzig Leute, auch nicht fünfzig. Viel mehr Menschen laufen um die Schautafeln in der Scheune herum, besichtigen die Jurten und informieren sich über die Renovierungsarbeiten an den Cottages.

Ich habe so viel gequasselt, dass ich heiser bin, obwohl es gerade mal drei Uhr ist. Es sind schon fast alle Mini-Pasteten weg, und die Hundekuchen werden verschlungen. Gespräche, Lachen und freudiges Gebell hallen durch die Scheune. Ninas Mum hat ein paar der besser erzogenen Tierheimhunde mitgebracht, damit sie Freunde finden können.

Mitch weiß gar nicht, an wem oder was er zuerst schnuppern soll.

»Demi? Sind Sie das?« Eine sehr kleine Dame mit einem rosafarbenen Bob und einem kleinen, schwarzen Mops eilt auf mich zu. »Das hier ist *groß*-artig. Ich bin so beeindruckt.« Sie streckt mir die Hand entgegen. »Ich bin übrigens Eva Spero, und das ist Betty.«

Der Mops Betty schaut aus großen, schwarzen Augen zu mir auf, während ich mit klammer Hand zugreife. Eva schüttelt sie herzlich, aber ich zittere vor Ehrfurcht.

»Ich weiß natürlich, wer Sie sind. Ich habe Stunden auf Ihrer Website verbracht und mir immer wieder Ihre Kochsendungen angesehen. Ich kann gar nicht glauben, dass Sie tatsächlich den weiten Weg hierhergekommen sind.«

Ich winde mich innerlich vor Verlegenheit und spüre, wie sich mein Gesicht erhitzt, aber sie lacht. »Na ja, ich musste nach Nord-Cornwall, um ein Feature über das neue Meeresfrüchterestaurant eines Promikochs zu drehen, und habe gehofft, ich würde es hier runter schaffen, aber ich war nicht sicher, also sind Sie hoffentlich nicht böse, dass ich nicht auf die Einladung geantwortet habe.«

»Kein Problem. Ich bin so froh, dass es geklappt hat.« Mir fehlen die Worte, aber Mitch hat Interesse an neuen Bekanntschaften und schnüffelt an Bettys Hinterteil herum. Mein Gesicht brennt wie Feuer. »Mitch! Lass das!«

Eva lacht. »Keine Sorge. Betty ist selbst ein echtes Flittchen.« Sie hebt den Mops hoch, der seine großen, schwarzen Augen auf mich richtet. Mitch blickt sehnsüchtig nach oben. Ich glaube, er hat sich verliebt.

»Sie ist sehr beeindruckt vom Hundemenü, nicht wahr, Betty, Schatz?«

Ich kraule Betty am Kopf, und sie schleckt meine Hand ab. »Sie ist einfach zum Knuddeln. Mitch war mein offizieller Testesser. Er kann sich benehmen, wenn er will, stimmt's, Junge?«

Mitch setzt sich neben mich und schaut, als könnte er kein Wässerchen trüben. Eva lässt Betty herunter, und Mitch berührt ihre Stupsnase.

»Ich finde Ihre Idee großartig, Bio-Hundeleckerli anzubieten. Das würde ich in dem neuen Café, das ich in Brighton eröffne, auch gern versuchen. Die Hunde-Eislollis klingen fantastisch.«

»Ich habe ein paar davon im Gefrierfach, falls Betty einen probieren möchte?«

Eva klatscht entzückt in die Hände. Sie ist zwar über fünfzig und Multimillionärin, aber wenn es um Hunde geht, benimmt sie sich wie ein kleines Mädchen. »Hätten Sie Lust, mit Mitch und Betty für ein Foto für meinen Blog zu posieren? Vielleicht kann ich die Bilder auch bei meiner nächsten Zeitschriftenkolumne verwenden.«

Ich widerstehe dem Drang, wie ein Kind auf und ab zu hüpfen, und bemühe mich, professionell zu bleiben. »Sehr gerne. Sollen wir die Fotos draußen machen? Ich kann Ihnen zeigen, wo sich die Räumlichkeiten des Cafés befinden werden, und wir könnten das Meer im Hintergrund haben. Dann kann ich Betty einen Lolli holen.«

»Tolle Idee. Ich würde sehr gerne sehen, was hier geplant ist. Am liebsten würde ich sofort meine Sachen packen und hierherziehen. Sie wollen wahrscheinlich für immer in dieser wunderschönen Umgebung bleiben.«

Ich blicke hinüber zu Cal, der lächelt und die Right Honourable Yvette bezirzt. Er erwidert meinen Blick und zwinkert.

»Ja, man kriegt nie genug davon.« Mein Gesicht erhitzt sich schon wieder. »Wollen wir jetzt zum Café-Gebäude gehen? Der Küstenpfad führt buchstäblich vor der Eingangstür vorbei. Eine tolle Lage, falls wir es eröffnen. Ich meine, *wenn* wir es eröffnen.«

Ich ignoriere meine zitternden Hände, hole zwei Lollis aus dem Gefrierfach und führe Eva hinunter zum teilrestaurierten Steingebäude, das das Café beherbergen wird. Als wir dort ankommen, macht Mitch mit seinem Lolli kurzen Prozess, während Betty ihren sanft aufleckt.

»Da sind eine Menge gute Sachen drin wie Bio-Obst und -Gemüse. Mitch mag die mit Erdnussbutter am liebsten, aber man muss sie erst eine Weile antauen lassen, damit die Hunde keinen Gefrierbrand auf der Zunge kriegen.«

Eva jauchzt begeistert. Cal, der am anderen Ende der Wiese gerade zwei Reisebloggern aus London eine Jurte zeigt, schaut zu uns herüber. »Hach, es ist alles einfach traumhaft. Ich bin soooo beeindruckt davon, was Sie hier geplant haben. Sie empfinden echte Leidenschaft für Kilhallon und Ihre Arbeit, besonders für den gastronomischen Teil, das merkt man. Wären Sie einverstanden, wenn ich ein paar Rezepte auf meiner Website veröffentlichen würde? Unter Ihrem Namen, selbstverständlich.«

»*Meine* Rezepte? Oh wow, sehr gerne.«

»Und verzeihen Sie, wenn das etwas aufdringlich ist, aber hätten Sie etwas dagegen, wenn ich ein Feature über Sie schreiben würde? Ich würde natürlich Kilhallon erwähnen und ein paar Fotos hinzufügen. In erster Linie soll es aber um Sie gehen. Cal hat mir gesagt, dass Sie einen schwierigen Start ins Leben hatten und obdachlos waren, bevor Sie hier angefangen haben.«

»Hat er das?«

»Ja. Ich hoffe, das war in Ordnung. Sie können natürlich Nein sagen, aber ich finde, was Sie erreicht haben, ist bemerkenswert. Ich habe auch gehört, dass Cal Flüchtlingen geholfen hat. Das ist eine großartige Story: Obdachloses Mädchen und Ex-Mitarbeiter einer Hilfsorganisation starten Öko-Unternehmen.«

»So hab ich uns noch nie betrachtet. Ich habe wirklich Glück.«

»Ach Gott, nein. Cal hat mir gesagt, *er* hätte Glück mit *Ihnen*.«

»Tatsächlich?«

Sie lächelt. »Überrascht Sie das?«

»Ein bisschen. Er schwärmt nie von anderen Leuten.«

»Tja, meine Liebe, er hält eben viel von Ihnen. Ich weiß auch, was er durchgemacht hat. Es ist eine tolle Story, und ich würde sie *wahnsinnig* gern erzählen, aber Cal findet, dass die Ehre Ihnen gebührt. Er will, dass Sie im Mittelpunkt stehen, und Kilhallon würde es zu mehr Bekanntheit verhelfen.«

»Im Mittelpunkt? Na ja, wenn Cal nichts dagegen hat und es dem Geschäft hilft, dann mache ich es.«

Sie umarmt mich begeistert.

»Oki-doki. Ich bitte meine Leute, sich bei Ihren Leuten zu melden, dann arrangieren wir das.«

»Ich habe keine Leute außer Mitch.«

Sie lacht. »Dann lassen wir Betty und Mitch das untereinander regeln.«

34

Es ist nach Mitternacht, als wir uns von Robyn und Andi und ihren Freunden von der Folkband verabschieden. Die Jurtenparty war ein Riesenerfolg, alle haben von der Lage und der Einrichtung der »Show-Jurte« geschwärmt. Sheila kam vorbei, nachdem das Strandhäuschen geschlossen hatte, und schenkte mir einen schönen Strauß Rosen, und Tamsin brachte eine Glückwunschkarte und eine Flasche Champagner mit. Ich habe noch nie Blumen oder Champagner bekommen und wäre fast vor Cal und den Gästen in Tränen ausgebrochen. Sogar das Cornwall'sche Wetter war uns gewogen und bescherte uns einen unbeschreiblichen Sonnenuntergang und eine klare Nacht mit milchweißen Sternen.

Die Einzige, die nicht gekommen ist, ist Isla, weil sie unerwartet zu einem Produktionsmeeting nach London musste. Sie hat uns eine Karte und eine noch größere Flasche Champagner für Cal »und das Team« zukommen lassen. Sheila meinte, es sei eine Magnumflasche von Krug, die mehrere Hundert Pfund gekostet haben müsse. Falls Cal enttäuscht war, dass Isla nicht persönlich gekommen ist, so hat er es sich nicht anmerken lassen. Ist es falsch von mir, wenn ich mich freue, dass sie es nicht geschafft hat?

Cal schließt das Tor am Ende der Einfahrt ab und kommt zu mir zurück. Um diese Jahreszeit wird es nie richtig dunkel, aber ich sehe trotzdem die Sterne am tintenblauen Himmel funkeln.

Der trübe Streifen da oben ist Robyn zufolge die Milchstraße. Sie hat eine App auf ihrem Handy, die einem die Sterne zeigt, egal, wo man sich befindet, sogar, wenn man sie gerade nicht sehen kann. Aber heute Nacht leuchten sie am Himmel wie Glühwürmchen.

»Schön, oder?« Cal stellt sich neben mich.

»Hmm. Das erinnert mich an ein Kleid meiner Mum. Es war aus dunkelblauem Samt. Glaubst du, sie kann uns sehen?«

»Keine Ahnung. Alles ist möglich.« Seine Stimme ist sanft, aber ich weiß, er ist nur nett zu mir, weil der Tag gut gelaufen ist.

»Es ist zwar verrückt, aber heute Nacht fühlt es sich *wirklich* so an, als wäre alles möglich.« Ich drehe mich zu ihm. Im sternenerhellten Halbdunkel hat er noch mehr von dieser verführerischen Düsterkeit als je zuvor.

»Bist du müde?«

»Ich bin seit fünf auf den Beinen, aber komischerweise fühle ich mich, als könnte ich noch endlos wach bleiben. Ich wünschte, dieser Abend würde nie zu Ende gehen.«

»Das ist das Adrenalin. Morgen wirst du völlig fertig sein.«

Ach Cal, immer der Pragmatiker. Ich folge seinem Wink, und wir gehen die Einfahrt entlang zum Hof der Farm. »Ich hab mir Sorgen gemacht wegen der Logos fürs Café. Als ich sie dir gezeigt habe, hast du nicht sehr erfreut gewirkt.«

»Was hätte ich denn machen sollen? Purzelbäume schlagen, ein Feuerwerk entzünden?«

»Ein bisschen mehr Begeisterung zeigen. Ich dachte, du akzeptierst sie nur mir zuliebe.«

Ich versuche, im Dämmerlicht seinen Gesichtsausdruck zu erkennen, aber es gelingt mir nicht recht.

»Glaub mir, ich hätte es dir direkt gesagt, wenn sie mir nicht gefallen hätten«, erwidert er. Mir graut vor dem Moment, in dem wir das Farmhaus erreichen, weil ich weiß, dass wir uns dann trennen müssen und der Tag vorbei sein wird. Na ja, ich werde nicht schlafen. Ich werde die ganze Nacht über wach bleiben und mir einbilden, dass dieser Tag für immer weitergeht.

»Ja, ja, das hättest du wohl.«

»Ich fand es nur ein wenig komisch, dich von Marketingmaterial und Unternehmenslogos reden zu hören.«

»Was ist daran so komisch?«

»Vor sechs Monaten wäre das undenkbar gewesen. Ich wusste immer, dass du eine Macherin bist und eine Chance verdienst, aber ich glaube, nicht mal ich habe damit gerechnet, dass du dich zur zukünftigen Unternehmerin des Jahres entwickelst.«

»Manche Leute werden sagen, ich bin nur so weit gekommen, weil ich mit dem Chef geschlafen habe.«

Wir erreichen gerade den Hof, und er legt eine Hand auf meinen Arm und stoppt mich. Aus den Fenstern scheint Licht, aber er macht keine Anstalten, ins Haus zu gehen.

»Du hast aber nicht mit dem Chef geschlafen …« Er lässt den Satz so stehen und lächelt dann. »Ich weiß nicht, wie es dir geht, aber ich kann jetzt unmöglich ins Bett. Wollen wir feiern? Ich finde, das haben wir uns verdient.«

Der Mond schimmert auf dem Meer, als wir uns am Strand der Kilhallon-Bucht an ein Feuer setzen, das Cal mit Treibholz in einem Steinkreis entfacht hat. Wir haben eine Flasche mit einem Rest Champagner mit hinunter an den Strand genommen, und in dieser schönen Augustnacht scheint die ganze Welt erhellt und erfüllt von Möglichkeiten. Wir reden über die Party und unsere Pläne, und allmählich, ganz langsam, sorgen der Schaumwein und die Wärme des Feuers dafür, dass sich meine Glieder entspannen, weich werden. Die Brandung rauscht sanft ans Ufer, und die Kieselsteine machen ein kullerndes Geräusch, das mich beruhigt.

Hier sind nur Cal und ich, allein. Er reicht mir die Champagnerflasche. »Letzter Tropfen? Er steht dir zu.«

Ich neige die Flasche und schlucke den letzten Mundvoll Schampus hinunter. Die Bläschen prickeln auf meiner Zunge, steigen mir in die Nase. Ich muss kichern, und Cal steckt die leere Flasche in den Sand. Zarte Wellen streicheln das Ufer, und das übliche Grollen ist nur ein Flüstern.

»Cal?«

»Mmm.«

»Ich muss dich was fragen.«

»Das klingt aber ernst«, sagt er, wirkt jedoch gar nicht ernst. Er versucht, nicht zu lächeln, und ich versuche, mich nicht von diesem süßen schiefen Lächeln verunsichern zu lassen.

»Ich war vorgestern in St Trenyan und hab in letzter Minute noch ein paar Sachen für die Feier eingekauft, und da habe ich dich und Isla beim Harbour Café gesehen. Sie hat traurig gewirkt, aber du hast nichts davon gesagt, und ich habe mir Gedanken gemacht.«

Er seufzt. »Worüber?«

»Ach, keine Ahnung. Nichts. Ich hab befürchtet, es wäre wirklich etwas Schlimmes passiert.« Ich suche fieberhaft nach einem Vorwand, um ihn auszufragen, irgendwas, nur nicht die Wahrheit. »Dass die Cades wieder Probleme gemacht hätten.«

»Für Isla und Luke? Isla hat ja nicht viel mit ihnen am Hut. Ich musste zum Anwalt, um noch etwas wegen des Erbscheins für das Anwesen von meinem Dad zu klären, und Isla ist gerade aus dem Büro herausgekommen, als ich reingegangen bin. Sie hatte ein paar Unterlagen für ihre Eltern abgeholt. Sie verkaufen ihr Haus in Penzance.«

»Das wusste ich nicht, aber du hattest den Arm um sie gelegt, und ich dachte …« Es fühlt sich ein bisschen albern an, das laut auszusprechen, aber meine Gefühle sind alles andere als albern.

»Islas Eltern lassen sich scheiden – deshalb ist ihr Vater auch nicht aus Dubai zur Verlobungsparty gekommen –, und sie war traurig, also bin ich mit ihr was trinken gegangen, um sie zu beruhigen.«

»Oh, verstehe. Das tut mir leid.«

»Ja, es ist schwer für sie. Sie liebt sie beide und findet es schrecklich, dass sie sich trennen, aber vielleicht ist es besser so.« Er lächelt. »Da kann man nichts machen.« Er steht auf und streckt mir eine Hand entgegen. »Also, hast du Lust, schwimmen zu gehen?«, fragt er.

»Nach dem letzten Mal?«

»Heute Nacht ist es anders. Das Meer ist ruhig, und ich bin nicht betrunken.«

»Es wird trotzdem kalt sein.«

»Stimmt, aber wir können uns am Feuer aufwärmen.« Er zieht mich hoch. Meine Glieder fühlen sich an wie Pudding. Es könnte am Champagner liegen, aber ich glaube, es ist die Erleichterung wegen seiner Erklärung für das Treffen mit Isla. Ich bin paranoid. Natürlich ist sie ihm wichtig, aber es läuft sonst nichts. Sie liebt Luke immer noch.

»Ich hab keinen Bikini dabei. Übrigens auch keinen BH …«

»Ich hab auch keinen BH dabei, und wenn du glaubst, ich würde in klatschnassen Boxershorts nach Hause gehen – vergiss es.«

Er zieht sein Hemd aus, während ich meinen Rock aufknöpfe. Er streift sich die Jeans von den Beinen und kippt dabei fast um, wir lachen beide. Innerhalb von Sekunden ist er nackt, stemmt die Hände in die Hüften und wartet ungeduldig, dass ich seinem Beispiel folge, aber ich schaffe es kaum, mich ausziehen, weil meine Hände so sehr zittern.

Ich spüre einen Kloß im Hals. Ich habe Cal schon mal nackt gesehen, in seinem Schlafzimmer und später, nach der Party, aber damals war ich zu wütend und verletzt, um ihn richtig *anzusehen*. Jetzt ist es anders. Der Mondschein versilbert seinen Körper und taucht ihn in ein neues Licht. Cal ist immer noch schlank, aber er hat in den letzten Monaten Muskeln bekommen. Ich sehe den Mann, in den sich Isla und halb Cornwall verliebt haben, und ich weiß, dass er niemals mir gehören kann. Nicht für immer, aber für heute Nacht. Das Klügste und Vernünftigste wäre abzuhauen, aber ich bin gerade weder klug noch vernünftig.

»Mach schon, mir wird kalt«, sagt er.

Diese Spur dunkler Härchen führt nach unten. *Wow.* »Danach sieht es aber nicht unbedingt aus …«

Er blickt mit einem durchtriebenen Lächeln ebenfalls nach unten, sodass Feuer durch meinen Körper schießt und mich augenblicklich wärmt. »Ach, das ist noch gar nichts. Worauf wartest du?«

Ich nehme ihm seinen männlichen Stolz nicht übel und mir selbst nicht, dass ich alle meine Bedenken bezüglich Isla beiseiteschiebe. Das Verlangen, das tief in mir erwacht, ist zu stark. Ich will ihn. Also ziehe ich mir das T-Shirt über den Kopf und werfe es auf seine Jeans, gefolgt von meinem Slip.

Ich kreische, als seine Handfläche klatschend auf meinem Po landet.

Aber Cal ist mir gleich einige Meter voraus und rennt johlend in die Wellen. »Wer als Letzter drin ist, muss morgen aufräumen!«

Ich renne ihm nach. Der Sand ist kalt unter meinen Fußsohlen, der Wind zerzaust mir die Haare. Ich laufe schreiend über spitze Steine und Muscheln und glitschigen, jadegrünen Seetang, in den Schaum und tiefer hinein, in dem Wissen, dass ich schon verloren bin.

»Oh Gott!«

Wasser umspült Cals Brust. »Weichei!«

Ich wate hinein, spanne alle Muskeln an und gebe mir Mühe, nicht zu quieken. Es kommt mir vor wie Folter, während Cal sich in die Wellen stürzt, untertaucht und ein paar Meter weiter wieder hochkommt, um Luft zu holen. Das Wasser reicht mir bis an die Taille.

»Es ist viel leichter, wenn man es auf einmal hinter sich bringt«, ruft er zu mir herüber und schüttelt sich das Wasser aus den Haaren wie Mitch.

»Ich mach das lieber in meinem Tempo.«

Er verschwindet wieder, während ich mit schmerzverzerrtem Gesicht weitergehe.

Cal taucht neben mir auf, packt mich an den Beinen und drückt mich ins Wasser. Mir bleibt kaum Zeit, den Mund und die Augen zu schließen. Ich schlage um mich und schwimme von ihm weg, nur um meinen Puls zu beschleunigen und mich vom kalten Meer abzulenken. Ich hole weit aus und steuere auf den Mond zu, der wie ein gelber Lampion über dem Horizont hängt. Dann drehe ich um und schwimme mit klopfendem Herzen zurück zu Cal. Allmählich hört das Wasser auf, sich wie Folter anzufühlen, und wird zu einem kühlen, sinnlichen Genuss, der die letzte verbleibende Anspannung des Tages fortspült.

»Ich hab dir ja gesagt, es ist besser, sich direkt reinzustürzen«, bemerkt er neben mir im Wasser.

»Ich hatte ja keine andere Wahl!«

Er lacht. »Komm schon, wir machen ein Wettrennen zurück an den Strand.«

»Was ist, wenn ich kein Wettrennen machen will?«

»Das hält dich warm.«

Wir rennen bis zum nassen Sand, über die angespülten Algen und Abfälle an der Flutlinie und weiter. Am oberen Ende des Strandes versinken meine Füße im feinen Sand, und ich bleibe stehen. Meine Lungen platzen fast, und ich lasse mich neben der glühenden Asche des Feuers auf den Sand fallen.

»Warum hab ich mich nur dazu überreden lassen?«

Cal kniet sich neben das Feuer und schürt es, bis es wieder brennt. »Weil du genauso verrückt bist wie ich.«

»Ausgeschlossen.«

Ich betrachte ihn, wie er nackt im Schein der Flammen sitzt. »Du hast Sand am Hintern.«

Er dreht sich lachend um und wischt sich die Sandkörner vom Po, aber ein paar bleiben an seiner Haut kleben. Das Glühen in mir ist heftig und heiß. Ich sehe die reflektierten Flammen in Cals Augen flackern. Ich zittere, aber nicht vor Kälte. Cal streckt eine Hand aus und zieht mich an seine Brust.

Er atmet in meine Haare. »Du riechst gut«, murmelt er.

»Was? Nach Seetang?«, scherze ich aus Nervosität.

»Nach Sex«, flüstert er mir ins Ohr. »Wunderschön.«

»So was kannst du nicht sagen.« Ich lege bebend die Hände auf seine Schenkel. Sie spannen sich an, die Härchen sind leicht rau. Mein ganzer Körper zuckt wie die Flammen des Feuers.

»Was meinst du dazu?«

»Cal, wir können das nicht machen.«

»Pssst. Lass dich einfach fallen.«

Er kratzt mit den Zähnen über meine Schulter, und auf den kurzen Schmerz folgt ein Genuss, der meine Knochen schmelzen lässt. Zum Glück schnarcht Mitch friedlich im Cottage. In diesem Moment will ich nicht, dass er mich vor Cal beschützt, obwohl ich ihn jetzt wahrscheinlich weitaus dringender brauche als je zuvor.

Cal zieht mich hoch, meine Knie versinken im Sand, und wir sind nur noch eine Winzigkeit voneinander entfernt. Die Brandung leckt an einem Kiesstreifen, die Flut kommt heran, und ich kann meine Gefühle keinen Augenblick länger vor Cal oder mir selbst verstecken. Ich bin diejenige, die ihn küsst, die ihm mit den Fingern durch die Haare streicht, die die Zunge in seinen Mund schiebt. Das hier ist nicht unser erster Kuss, aber es ist der erste, bei dem ich bewusst wahrnehme, wie heiß und köstlich und wundervoll seine Lippen und sein Mund sind. Er zieht mich eng an sich, und sein Verlangen nach mir ist drängend, drückt mir in den Bauch. Er bedeckt meinen Hals und meine Schultern mit winzigen Küsschen.

Alles an mir fühlt sich glühend heiß an, seine Finger schließen sich sanft um meine Brust, seine Stimme ist ein heiseres Flüstern auf meiner nackten Haut. »Demi. Ich will das hier, aber …«

»Ich will es auch.«

Sein Gesicht verdeckt den Mond, als er mich auf den Sand legt.

Die Sonne scheint durchs offene Fenster herein, und die Brise trägt den Geruch von Meer und Salz ins Schlafzimmer. Ich ziehe die Laken über mich und stelle errötend fest, dass ich nackt bin. Cals Seite des Bettes ist kühl und leer. Wir sind vom Strand ins Farmhaus heraufgekommen und hatten noch mal Sex – und noch mal –, bis es hell wurde. Ich dachte, ich würde nie einschlafen, aber nach den aufregenden Ereignissen des Tages und der Nacht muss ich doch eingedöst sein. Es wäre schön gewesen, mit ihm aufzuwachen, aber ich glaube nicht an ein Happy End.

Mit ihm einzuschlafen reicht fürs Erste, und was zwischen uns passiert ist, war so unglaublich, dass es einen Neuanfang für uns bedeuten muss. Nach der letzten Nacht habe ich wieder Hoffnung, dass er *wirklich* über Isla hinweg ist. Ich drücke das Gesicht ins Kissen und lächle und werde rot bei den Erinnerungen an die letzte Nacht.

Ich frage mich, wo Cal ist. Vielleicht macht er einen frühen Ausritt, oder er hat schon angefangen, nach der Party gestern aufzuräumen. Vielleicht konnte er nicht mehr schlafen. Ich glaube, ich gehe runter und suche ihn, mache Frühstück oder bringe Kaffee und Toast in den Hof. Er wird hungrig sein, wenn er ausgeritten ist. Ich jedenfalls habe einen Bärenhunger.

Ich bin noch mal eingedöst und habe geträumt, Cal wäre zurück ins Zimmer gekommen, hätte aber gedacht, dass ich schlafe. Das habe ich daran erkannt, wie die Dielenbretter leise geknarrt haben, als er sich vorsichtig im Zimmer bewegt hat, und am gedämpften Klimpern der Autoschlüssel, die er von der Kommode nahm.

Im Traum wusste ich, dass er mich nicht wecken wollte. Meine Augen und mein Körper schmerzten von der Anstrengung, mich schlafend zu stellen. Ich habe gehört, wie er den Riegel bewegte und die Tür sacht hinter sich schloss und wie die Stufen ächzten, als er hinunterging.

Das Knattern des startenden Land Rovers vor dem Fenster weckt mich. Weckt mich *richtig.*

Also habe ich doch nicht geträumt, dass Cal weggeht.

Der Motor springt mühsam an, die Gänge knarren, und das

Auto tuckert vom Hof. Es keucht den Weg zum Tor der Farm hinauf und verhallt in der Ferne, bis es wieder still ist in Cals Schlafzimmer. Ich richte den Blick auf die frisch gestrichene Decke und den neuen Fensterrahmen. Pfoten poltern über die Treppe, etwas schlägt gegen die Täfelung. Cal hat die Schlafzimmertür nicht richtig zugemacht.

Eine kalte, feuchte Schnauze stupst an mein Bein unter dem Laken.

Ich ziehe es mir wieder über den Kopf und murmele: »Morgen, Mitch.«

Kilhallon wirkt unnatürlich still, als ich das Farmhaus verlasse und dabei an einer Kruste Buttertoast knabbere. Die Tische in der Scheune sind noch gedeckt, aber das eine Ende der Girlande baumelt lose herunter, und die Mülleimer quellen über vor Papptellern und leeren Bechern. Das Aufräumen kann noch warten. Polly ist nirgends zu sehen, sie schläft heute aus nach den gestrigen Anstrengungen.

Mitch jagt über die Wiese davon und schnuppert aufgeregt an den Duftmarken, die die Hundegäste hinterlassen haben. Er weiß gar nicht, welcher Spur er zuerst folgen soll. Die Sonne scheint, aber der Himmel ist nur blassblau im Vergleich zu seiner satten Farbe gestern, doch für mich ist Kilhallon genauso schön. Der Frieden und die Stille wirken sogar noch intensiver und wunderbarer als je zuvor.

Ob Cal wohl Lust hat auf ein Picknick unten in der Bucht? Es wird viel los sein, weil Sonntag ist, aber wir kennen ein paar geheime Stellen, die man durch die Ginsterbüsche erreichen kann. Ich könnte aus den Resten im Kühlschrank etwas zusammenstellen. Wir könnten eine Flasche Schampus öffnen.

Die Zelte auf der Jurtenwiese sind noch fest verschlossen, und das Lagerfeuer ist ein Häufchen graue Asche, die der Wind zu einer Wolke aufbläst. Das Meer glitzert wie ein Diadem, während Familien ihre Eimer und Schaufeln und Bodyboards über den Küstenpfad zum Strand schleppen. Manche bleiben an dem Steingebäude stehen, das »mein« Café werden wird, und betrachten es neugierig, und ich könnte schreien vor Freude.

Mein Café. Okay, Cals Café, aber ich werde es führen und für seinen Erfolg verantwortlich sein. Es wird tatsächlich wahr. Ich wünschte, meine Mum wäre hier, um das zu sehen. Ich will es ihr erzählen und meiner Oma Jones. Ich will mich an sie erinnern, auch wenn es mich zum Weinen bringt. Cal würde das verstehen. Deshalb liebe ich ihn, weil er mich versteht, ohne dass ich irgendwas sage, ohne dass er irgendwas erwidert. Wir müssen nicht reden, wir *wissen* es einfach.

Eine unbekannte Nummer erscheint auf meinem Handy. Ich bin hin- und hergerissen, ob ich rangehen soll, aber es könnte Cal sein, überlege ich. Vielleicht hatte er eine Panne und muss ein öffentliches Telefon benutzen.

»Hallo?«

»Demi! Guten Morgen!« Ich entferne das Telefon ein paar Zentimeter von meinem Ohr.

»Hallo, Eva.«

»Haben Sie sich schon von gestern erholt?«

»Ein bisschen. Glaube ich.« Ich hoffe, ich rede keinen Blödsinn, so schockiert bin ich, dass sie sich schon so bald meldet.

»Oh, höre ich da Mitch?«

»Ja, ich bin mit ihm gerade auf dem Küstenpfad.«

»Wie herrlich! Ich sehe Sie beide vor mir, wie Sie durch die Wiesen streunen, während die Wellen gegen die Klippen rauschen. Himmlisch.« Sie seufzt tief. »Ich wünschte, ich könnte auch dort sein, aber leider muss ich mich hier abrackern. Am Sonntagmorgen! Stellen Sie sich das vor. Also, hören Sie, meine Liebe, ich habe mit meiner Redakteurin bei der Sonntagsbeilage gesprochen, und sie hat praktisch ins Telefon gesabbert bei der Idee, Sie in der Lifestyle-Rubrik zu featuren.«

»Sonntagsbeilage?«

»Ja, Liebes. Diese Magazine mit den ganzen Flyern, die mit den großen Zeitungen mitgeliefert werden.«

»Ich weiß, was das ist, aber …«

»Das ist noch nicht alles. Eine andere Redakteurin möchte Sie in ihrem ›Ein Tag im Leben von …‹-Feature in einem Hochglanz-Küstenmagazin vorstellen, und ich könnte Sie möglicherweise – aber machen Sie sich keine allzu großen Hoffnungen – bei *Country Days* unterbringen. Mein Schwiegersohn ist mit dem Produzenten befreundet, und als er mich gestern Abend von Ihnen schwärmen gehört hat, meinte er, er könnte vielleicht eine Filmcrew bei Ihnen vorbeischicken.«

»Ich im Fernsehen?«

»*Möglicherweise* im Fernsehen. Sie und Cal und Mitch natürlich.«

In meinem Kopf dreht sich alles. »Ich … weiß nicht, was ich sagen soll.«

»Müssen Sie auch nicht, denn ich habe schon zu allem ›Ja‹ gesagt, weil ich dachte, Sie wären einverstanden. Also, wir müssen uns sputen, damit es noch klappt bis zur Deadline für die Sonntagsbeilage und das Magazin, deshalb habe ich schon einen Fotografen und eine Stylistin für die kommende Woche gebucht. Ich hab mir die Wettervorhersage angeschaut, und am Dienstagnachmittag sieht es gut aus, also werden sie um zwei bei Ihnen sein. Einverstanden?«

»Ich sollte erst Cal fragen.«

»Ach, er hat bestimmt nichts dagegen«, plappert Eva weiter. »Ich setze ihn bei der E-Mail in CC, aber ich bin sicher, er hat mit den Bauarbeiten auch so schon alle Hände voll zu tun. Er muss sich um nichts Sorgen machen, weil wir uns um alles kümmern werden. Wir bringen die Klamotten und die Requisiten mit.«

»Klamotten und Requisiten?« Ich merke, dass ich allmählich wie ein Papagei klinge, aber Eva fegt über mich hinweg wie ein Tornado.

»Selbstverständlich, meine Liebe. Meine Freundin aus der Redaktion hatte die Idee, die Fotosession mit einem Modefeature zu kombinieren. Das Magazin hat einen großen Werbekunden, der auf Küsten- und Country-Flair setzt, also dachte ich mir: Warum nicht zwei Fliegen mit einer Klappe schlagen? Sie dürfen ein paar richtig schicke Sachen anziehen, Schätzchen, und bei Ihrer Figur und Ihren umwerfenden Haaren werden Sie hinreißend aussehen. Ganz zu schweigen von Cal … Glauben Sie, er hat etwas dagegen, wenn wir ihn ein bisschen stylen? Er ist natürlich großartiges Rohmaterial, aber wenn wir ihn noch ein bisschen zurechtmachen, werden sich die Latte-macchiato-Muttis aus London und Umgebung darum prügeln, dass er ihnen ihr Lagerfeuer anzündet.«

Ich blende erst mal aus, dass Cal zurechtgemacht und gestylt werden soll. Was mir Angst macht, ist das Tempo. »Aber wir sind erst im September fertig mit den Vorbereitungen für den Luxus-Campingplatz, und die ersten Cottages werden erst Ende September eingerichtet sein.«

»Du lieber Himmel! Der September kommt schneller, als Sie gucken können. Viola und Sean werden Sie am Dienstag besuchen. Ich maile Ihnen ihre Telefonnummern. Ich weiß nicht, ob Viola in ihrem Leben schon mal aus der Stadt rausgekommen ist, also seien Sie bitte nachsichtig mit ihr, ja?« Durchdringendes Kläffen schrillt mir ins Ohr.

»Betty! Betty, spuck das sofort aus, du kleines Monster! Tut mir leid, ich muss aufhören, Demi, Betty versucht gerade, einen Frosch zu verspeisen. Ein Wuff an Mitch! Tschüssi.«

Mitch lässt sich mit einem Plumps neben meinen Füßen fallen. Ich glaube, sogar er ist erschöpft nach diesem Gespräch, obwohl er es nicht mal gehört hat. Jetzt muss ich nur noch Cal beibringen, dass er sich stylen und herausputzen lassen muss. Ich hoffe, er ist gut drauf nach seinem frühmorgendlichen Ausflug.

Meine Stimmung sinkt beim Anblick von Cals Gesichtsausdruck, als ich auf den Hof der Farm komme. Er knallt die Tür des Land Rovers zu, und ich beschließe, dass jetzt nicht der richtige Zeitpunkt ist, um ihm von dem Fashionshooting zu erzählen. Mitch stupst ihn freundlich in den Schritt, und Cal bringt ein Lächeln zustande, aber es verschwindet wieder, als ich mich nähere.

»Ich dachte nicht, dass du schon auf bist«, sagt er.

»Es ist fast elf und Mitch musste raus. Aber du bist ja ganz schön früh weggefahren, oder?«

»Ja, du hast noch geschlafen, und ich dachte, du musst dich ausruhen nach dem gestrigen Tag.«

»Sehr fürsorglich von dir. Wo warst du?«

»Ich musste in St Trenyan was erledigen.«

»In St Trenyan? Am Sonntagmorgen?«

»Ja. Ich habe Abfall von gestern zur Müllhalde gebracht.« Er klingt ein bisschen niedergeschlagen, aber wahrscheinlich ist er nur müde.

»Okay«, sage ich, während Mitch in der Scheune herumschnüffelt. »Ist alles in Ordnung?«, frage ich.

»Warum denn nicht?«

»Du wirkst nicht wie du selbst.«

Er lacht. »Wie denn? Schlecht gelaunt? Beleidigend? Das kann ich auch sein, wenn du willst.«

»Du wirkst so, als würde dich etwas beschäftigen. Du bereust die letzte Nacht nicht, oder?«

»Nein. Warum sollte ich?«

»Weil ... keine Ahnung.« Er zieht mich in seine Arme und küsst mich wieder. In meinem Körper prickelt eine Mischung aus Freude und Kummer, von der mir schlecht wird. Ich habe mir gewünscht, dass wir Dinge tun, die ein Paar miteinander macht. Habe mir gewünscht, dass er mich sofort umarmt, als wäre das ganz normal zwischen uns. Aber es ist nicht normal, und mir wird wieder bewusst, dass Cal wahrscheinlich nie »mein Freund« sein kann. Bei dem Gedanken erschaudere ich. Ich kann wahrscheinlich nie benennen, was Cal Penwith für mich ist. Tatsache ist, dass ich nicht weiß, was das mit uns werden wird, und das ist aufregend und erschreckend zugleich.

Als er aufhört, mich zu küssen, beschließe ich, die Gelegenheit zu nutzen.

»Übrigens muss ich dir was erzählen«, beginne ich. »Als du weg warst, hat Eva Spero angerufen. Sie will einen Fotografen und seine, ähm ... Assistentin am Dienstag herschicken, damit sie für eins der großen Sonntagsmagazine ein Feature über Killhallon machen. Angeblich gibt es da eine Deadline.«

»Das klingt nach schweren Geschützen. Na ja, wir sind natürlich sehr beschäftigt, aber eine solche Chance können wir uns nicht entgehen lassen.«

»Das dachte ich auch. Sie wollen uns außerdem noch in einer anderen Frauenzeitschrift unterbringen, und es gibt vielleicht sogar die Möglichkeit, dass wir ins Fernsehen kommen. Ich hoffe, es war okay, das Angebot anzunehmen?«

Er atmet hörbar aus. »Klar. Wow. Du hast Eva echt beeindruckt. Ich habe gehört, dass sie ziemlich anspruchsvoll ist trotz ihres ganzen übersprudelnden Charmes.«

»Sie kann einen schon ganz schön überrumpeln, aber mir scheint sie okay.« Wir gehen zurück zum Farmhaus, und mir kommt der Gedanke, dass Polly früher oder später mitkriegen wird, dass sich zwischen uns etwas verändert hat. Soll ich es Robyn erzählen? Wird Cal es Isla sagen?

»Also bist du am Dienstag bei der Fotosession dabei?«

»Ich muss die Cottages mit Kalkmörtel verputzen, aber ich bin da, wenn du mich brauchst. Du schaffst das bestimmt auch allein.«

»Na ja, ich glaube, sie haben gehofft, dass du dich auch fotografieren lässt. Du bist schließlich der Besitzer von Kilhallon.«

Er prustet los. »Ich? Auf gar keinen Fall. Es will doch keiner, dass ich die Bilder versaue, da kannst du dir sicher sein.«

35

»Ich soll *was* anziehen?« Cal klappt die Kinnlade herunter, als Viola, die Stylistin, ihm eine dunkelblaue Weste und eine kastanienbraune Jeans anhält.

Sie ist heute Vormittag zusammen mit Sean, dem Fotografen, mit dem Nachtzug aus Paddington angekommen. Ich habe die beiden und ihre Ausrüstung mit dem Land Rover abgeholt, also hatte ich schon etwas Zeit, mich an sie zu gewöhnen. Ganz anders Cal. Er fällt aus allen Wolken, als er hört, dass er bei der Fotosession mitmachen soll.

»Wir haben uns für den Retro-Kunsthandwerker-Look entschieden. Also eine Mischung aus Straßenmusikant und raubeinigem Landarbeiter?«, trällert Viola leicht hysterisch. Ich glaube, sie hat ein bisschen Angst vor Cal, auch wenn ich nicht verstehen kann, warum.

Cal sieht sie verständnislos an.

Sean grinst. »Sie meint, du sollst wie ein Handwerker aussehen, aber eben wie die Hipster-Version eines Handwerkers.«

Cals Kiefer spannt sich an, und er wischt sich die staubigen Hände an seinem Arbeitsanzug ab.

Viola packt eine Auswahl an Pinseln und Make-up aus. »Und du hast ja bestimmt nichts dagegen, wenn ich dich ein winziges bisschen zurechtmache, nur für die Kamera? Man wird es auf den Fotos nicht sehen, versprochen. Ich muss nur ein wenig die Bartstoppeln stutzen, etwas getönte Feuchtigkeitscreme auftragen und ein bisschen Stylingwachs in die Spitzen deiner Locken geben. Alles andere können wir mit Photoshop machen, aber es soll so natürlich sein wie möglich.«

Cal funkelt sie finster an, und Viola zittert wie Espenlaub. »Getönte *Feuchtigkeitscreme*?«

»Du bist natürlich *sehr* attraktiv, aber auf den Fotos sieht man jeden noch so kleinen Makel. Wir würden damit im Grunde nur betonen, wie gut du von Natur aus aussiehst.«

»Es ist für Kilhallon«, werfe ich ein und kann mich kaum beherrschen, nicht loszulachen, aber ich fürchte, dann nimmt er endgültig Reißaus.

»Gott«, murmelt er. »Ich wollte heute eigentlich eine Wand verputzen.«

»Du wirst sehen, dass es sich gelohnt hat, wenn du die Fotos bekommst, versprochen«, trällert Viola weiter.

»Ich habe es hingekriegt, Mitch zu baden«, sage ich. »Und ich fand, sein Café-Halstuch steht ihm so gut.«

Viola legt die Stirn in Falten und zupft probeweise an Cals Haaren herum, während Mitch seufzend den Kopf auf die Pfoten sinken lässt.

»Wenigstens einer versteht mich. Jetzt sehen wir beide total albern aus«, bemerkt Cal.

Viola starrt ihn an, als wäre ihr gerade eine großartige Idee gekommen. »Cal, hat dir schon mal jemand gesagt, dass du aussiehst wie Aidan Turner?«, fragt sie ehrfürchtig.

Cal runzelt die Stirn. »Nie gehört. Können wir jetzt *bitte* hier vorankommen?«

Zwei Stunden später ist Cal geduscht, gestylt und kurz davor zu explodieren. Auch mir tut der Kiefer weh vom Lächeln, und Mitch hat an Seans Stativ gepinkelt, woraufhin er vom Shooting verbannt wurde. Viola hat uns viermal die Outfits wechseln lassen.

»Okay. Ich denke, das reicht. Ich muss wieder an die Arbeit«, fleht Cal.

»Ich weiß. Wir sind fast fertig. Versprochen … Und was ist *das* da?« Viola zeigt auf den Schornstein des verfallenen Maschinenhauses.

»Das ist das alte Maschinenhaus, das zur Zinnmine gehört hat.«

»Und du, na ja, *besitzt* es tatsächlich?«

»Es gehört zum Kilhallon-Grundstück, ja«, sagt Cal und kann ein Lächeln nicht verbergen.

»Das Haus ist perfekt! Es wirkt so heruntergekommen, schroff, dekadent und so tragisch. Wir *müssen* dort ein paar Fotos machen. Na los, Sean.«

Kurz darauf haben sie mich in einem fließenden Kleid über die Maschinenrampe aus Granit drapiert, während Cal ein paar Schritte entfernt steht – kochend vor Wut, aber auch irgendwie heiß in seiner dunklen Tweedhose mit der Lederweste.

»Okay. Schau aufs Meer hinaus, Demi, als würdest du darauf warten, dass dein Geliebter zurückkehrt. Besorgt, aber hoffnungsvoll. Cal, du stehst daneben, als wärst du heimlich in sie verliebt, wüsstest aber, dass sie schon einem anderen gehört. Du bist nachdenklich, verzweifelt, aber auch männlich und resigniert.«

Ich höre ein Fauchen von Cal, behalte aber meinen unschuldigen, hoffnungsvollen Blick.

Viola säuselt ermutigend, während Sean verschiedene Aufnahmen macht. »Ja, das ist super. Du siehst toll aus. Wie ein richtiges Naturkind.«

»Er hat recht, du könntest modeln. Du hast die richtige Größe und Figur und das Aussehen. Wie eine brünette Lily Cole.«

»Ich? Lily Cole?«

Sean lächelt. »Klar. Kannst du bitte die Beine übereinanderschlagen und die Haare zurückwerfen?« Er kommt zu mir und arrangiert meine Haare auf meiner nackten Schulter. »So.«

»Ist sie nicht umwerfend, Cal? Ich versuche schon die ganze Zeit, sie zu überreden, dass sie mich ein Portfolio für sie zusammenstellen lässt.«

»Warum nicht?«, antwortet Cal gelangweilt. »Hör mal, dauert das hier noch lange?«

»Ich habe kein Interesse am Modeln. Ich habe hier schon genug zu tun«, sage ich bestimmt. Ist Cal womöglich eifersüchtig?

Der Gedanke bringt mich zum Grinsen, aber ich muss ja sehnsüchtig schauen.

Sean blickt von der Kamera auf. »Okay, ich glaube, wir sind fast fertig, aber wir brauchen noch ein paar mehr Aufnahmen, nur zur Sicherheit. Ich baue das Stativ noch mal woanders auf.«

Viola stürzt mit einem Kamm und einer Spraydose herbei. »Cal, kann ich bitte ganz kurz deine Haare auffrischen? Ein kleiner Spritzer Lack?«

Während Cal hustend und röchelnd in einer giftigen Spraywolke verschwindet, entdecke ich Robyn, die auf dem Küstenpfad auf uns zureitet. Sie führt ihr Pferd durch das Tor am Feld und schaut in unsere Richtung.

»Na toll. Jetzt sieht Robyn mich auch noch«, murmelt Cal.

»Okay. Los!«, ruft Sean.

Viola eilt zurück zu Sean, der stirnrunzelnd durch die Kamera schaut. »Cal. Kannst du bitte ein bisschen weniger gleichgültig schauen? Stell dir vor, Demi hätte ihren Geliebten entdeckt, der wohlbehalten in den Hafen segelt, und nun weißt du, dass alles verloren ist.«

»Ich glaube, er meint, dass du aussehen sollst, als würdest du über etwas brüten«, erklärt Viola.

»Meinst du, wie eine Henne?«, erkundigt sich Cal.

»Nicht ganz. Böse und verstimmt. Du hast die schärfste Braut weit und breit an einen abgerissenen Fischer verloren«, antwortet Sean, der sich offensichtlich amüsiert. Robyn wartet am Tor bei ihrem Pferd und schüttelt sich vor Lachen.

»Weißt du, Cal, ich glaube, ein Hauch Eyeliner würde deinen Look wunderbar unterstreichen«, ruft Viola Cal zu.

Cal verschränkt die Arme und sieht Sean und Viola finster an. »Nur über meine Leiche«, knurrt er.

»Oh Mann, ja! Behalte diesen Blick!«, ruft Sean und knipst drauflos. »Ja, alles im Kasten. Perfekt. Eva wird die Bilder *lieben.*«

»Okay. Das war's. Ich muss arbeiten.«

Cal stapft über das Feld davon.

Robyn, die sich in den letzten zehn Minuten fast vor Lachen in die Hose gemacht hat, führt ihr Pferd schließlich zu uns herüber und bricht wieder in Gekicher aus.

»Du meine Güte. Haben wir es zu weit getrieben?«, fragt Viola, während sie ihre Make-up-Utensilien zusammenpackt.

»Ich glaube, der Eyeliner hat ihm den Rest gegeben.«

»Cal trägt *Eyeliner?*«, fragt Robyn erstaunt.

»Leider hat er sich geweigert«, antwortet Viola seufzend. »Schade, aber der Fotoredakteur kann das wahrscheinlich ändern. Cal wird toll aussehen auf den Fotos. Du auch, Demi.«

Langsam wird mir alles zu viel. »Ähm, danke. Ich gehe ins Haus und zieh mich um.«

»Okay. Ich räume hier mit Sean fertig auf.« Viola stolziert davon, sichtlich zufrieden mit ihrer Arbeit.

Robyn führt ihr Pferd neben mir zum Haus. »Du siehst fantastisch aus«, sagt sie.

»Danke.«

»Und Cal war zum Schießen. Er hat das Gepose gehasst.«

»Er sollte sich wohl besser daran gewöhnen. Ich glaube, er hat sich gar keine Gedanken über das Marketing für Kilhallon gemacht. Er dachte wahrscheinlich, er kann die ganzen Bauarbeiten erledigen, und dann würden die Leute einfach von alleine kommen. Na ja. Danke übrigens für eure Logos. Sie sind spitze.«

»Freut mich. Andi hat es Spaß gemacht, sie zu designen.«

»Wie läuft es bei euch?«

»Mawgan hat uns keine Probleme mehr gemacht, aber sie redet

immer noch nicht mit uns. Sie hat uns die Wohnung überlassen, kommt aber nie vorbei, sondern geht uns aus dem Weg. Andi ist natürlich traurig, hofft aber, dass sie sich wieder einkriegt. Ihr Dad redet wieder mit ihr, das ist ein guter Anfang, schätze ich.«

»Weiß Mawgan, dass Andi mit dir die Logos für Kilhallon designt und uns bei der Veranstaltung geholfen hat?«

Robyn zuckt die Achseln. »Keine Ahnung. Schon möglich. Mawgan findet immer alles irgendwie raus.«

»Wie läuft's mit deiner Familie?«

»Mein Dad scheint es okay zu finden, dass wir zusammen sind, und er hat Andi und mich am Sonntag, dem Tag nach eurem Event, zum Mittagessen eingeladen. Nur schade natürlich, dass Cal nicht mehr da war, er hatte hier noch zu viel zu tun.«

»Cal war am Sonntagmorgen zu Besuch in Bosinney?«, frage ich verwirrt.

»Ja, aber er war schon wieder weg, bevor Andi und ich dort angekommen sind. Dad meinte noch, dass er sich gewundert habe, Cal zu sehen, nachdem am Samstag bei euch so viel los war. Cal hat ein paar alte Fotos und persönliche Gegenstände von seinem Dad vorbeigebracht, die er in seinem Schrank gefunden hatte. Er dachte, mein Dad würde manches davon vielleicht gern als Andenken behalten. Dann ist Dad Golf spielen gegangen, aber Cal ist anscheinend noch geblieben, um mit Isla zu reden.«

»Ach ja, mir ist aufgefallen, dass er endlich die alten Sachen von seinem Dad aussortiert hat«, sage ich und könnte mir dann in den Hintern beißen. Ich hoffe, Robyn wundert sich nicht darüber, wie gut ich mich in Cals Schlafzimmer auskenne.

»Isla ist am späten Samstagabend aus London zurückgekommen und hat in Bosinney übernachtet, um meinem Dad Gesellschaft zu leisten. Er vermisst mich, was irgendwie schön ist.«

Ich lächele. »Kann ich gut verstehen, dass er dich vermisst.«

»Luke sollte auch dort übernachten, aber ich habe gehört, dass er erst im Morgengrauen zurückgekommen ist.« Robyn verzieht das Gesicht. »Er hat im Country Club getrunken, obwohl er Isla versprochen hatte, er würde sich nur kurz mit einem Freund, der heiratet, auf ein Bier treffen. Am Ende hatte er zu viel gebechert, um noch fahren oder nach Hause laufen zu können. Die arme Isla, sie war richtig wütend.«

»Kann ich mir vorstellen …«, erwidere ich geistesabwesend, weil mein Verstand auf Hochtouren arbeitet.

»Hat Cal dir denn nicht gesagt, dass er in Bosinney war?«, fährt Robyn nach einer Pause fort.

»Nein, ich meine, ja, er hat gesagt, dass er am Sonntagmorgen weg war. Ich hab ausgeschlafen …« Ich werde rot, und Robyn beobachtet mich aufmerksam. Ich bin nicht gut darin, meine Gefühle zu verstecken, und man kann mir meine Verwirrung sicher im Gesicht ablesen.

»Du und Cal, seid ihr jetzt, du weißt schon … zusammen?«

»Nein.«

»Manche Leute glauben das. Auf der Party und eurer Veranstaltung hat es irgendwie so gewirkt, als könntet ihr ein Paar sein. Komm schon, Demi, mir kannst du's verraten. Hat Cal irgendwas dazu gesagt?«

»Irgendwas *gesagt?* Was denn? Meinst du, ob er mir seine unsterbliche Liebe erklärt hat?« Ich lache. »Warum nehmen die Leute an, dass wir zusammen sind, nur weil wir zusammen arbeiten?«

Robyn spricht weiter, aber ich kann nur daran denken, dass Cal gelogen hat oder zumindest sparsam mit der Wahrheit über seinen Trip nach St Trenyan umgegangen ist. Wahrscheinlich war er tatsächlich auf dem Weg nach oder von Bosinney in St Trenyan, obwohl er höchstens zwei Stunden weg war. Warum wollte er mir nicht sagen, dass er Isla besucht hat? Vielleicht wusste er gar nicht, dass sie aus London zurück sein würde?

Als wir am Farmhaus ankommen, unterbreche ich Robyn. »Ich muss mich umziehen. Ich hätte nie gedacht, dass ich mal so froh sein würde, wieder in meine Arbeitsklamotten zu schlüpfen.«

Ich habe gut geschlafen und stürze mich am nächsten Tag auf die ganzen wichtigen Dinge, die ich noch zu erledigen habe. Ich bin gerade im Büro und googele personalisierte Hundeklamotten, als Eva mich anruft und direkt losschießt wie ein Feuerwerk in meinem Ohr.

»Demi, meine Liebe! Die Fotos sind unglaublich. Sie sehen darauf großartig aus.«

»Ähm. Schön. Freut mich. Ich kann's gar nicht erwarten, sie zu sehen.«

»Oh, ich schick sie Ihnen jetzt gleich rüber. Hören Sie, ich habe ein Angebot für Sie …«

»Was?«

»Ich weiß, dass Sie Kilhallon nie verlassen würden, aber *falls* Sie je darüber nachdenken sollten, sich weiterzuentwickeln und neue Herausforderungen zu suchen, würde ich Sie auf der Stelle engagieren.«

Ich bin total perplex. »Was?«

»Kommen Sie und arbeiten Sie in meinem Café. Einer meiner Top-Patissiers kann Sie ausbilden, und wir geben Ihnen einen Crashkurs in Sachen PR. Sie sind jung, bildhübsch und talentiert – ich bin sicher, mit meiner Erfahrung und Ihrer Begabung könnten wir es weit bringen, vielleicht sogar ein Buch schreiben. Wir könnten eins mit Rezepten aus Cornwall machen und eins mit welchen für Hundeleckerli. Wir könnten eine Marke gründen, ›Hundeglück‹ oder ›Betty und Mitch‹. Das wäre einfach großartig.«

»Das klingt fantastisch, aber ich weiß nicht, was ich sagen soll. Müsste ich dafür nach Brighton ziehen?«

»Na ja, schon, meine Liebe, aber es würde Ihnen hier gefallen. Hier sind Sie am Meer, genau wie in Kilhallon, und die Kunden würden Sie lieben. Ich würde dafür sorgen, dass die Presse über Sie berichtet.«

»Aber Brighton ist anders. Es ist sicher schön, aber es ist nicht Cornwall.«

»Sie werden sich daran gewöhnen, bevor Mitch zweimal mit dem Schwanz wedeln kann, oder Betty, wenn sie einen richtigen hätte, das kleine Schätzchen. Ich weiß, dass das jetzt sehr überraschend für Sie kommt, meine Liebe, aber denken Sie doch mal darüber nach. Solche Gelegenheiten kriegt man nicht oft, stimmt's?« Evas Ton wird kaum merklich härter. »Es sei denn, natürlich, etwas anderes bindet Sie an Kilhallon. Oder *jemand* anderes?«

»Ich … na ja, eigentlich nicht. Danke, dass Sie an mich gedacht haben. Ich bin im Moment ein bisschen überrumpelt. Kann ich es mir noch überlegen?«

»Selbstverständlich, aber warten Sie nicht *zu* lange. Also, ciao! Alles Liebe und Wuff an Mitch.«

Die Verbindung bricht ab, und die Stille im Arbeitszimmer ist ein echter Kontrast zu Evas Wortschwall. Sie ist völlig durchgeknallt, denke ich, aber auch clever und berühmt und – ach, *warum* zögere ich überhaupt, ihr Angebot anzunehmen? Sie gibt mir die Chance meines Lebens, und ich wäre verrückt, sie nicht zu nutzen, aber das würde bedeuten, dass ich Kilhallon verlassen muss, noch bevor wir überhaupt fertig sind, und dass ich auch Cal verlassen muss.

Ich lege den Kopf in meine Hände auf dem Schreibtisch und wünschte, die Welt würde anhalten, damit ich aussteigen kann. Das geht alles so schnell mit meinem Job und mit Cal, dass ich kaum klar denken kann. Das Telefon klingelt wieder, und es dauert ein paar Sekunden, bis ich merke, dass es nicht meins ist, sondern Cals.

Islas Name leuchtet auf.

Das Handy klingelt und vibriert, verlangt nach Cals Aufmerksamkeit, aber er ist unten auf der Baustelle. Soll ich es ihm bringen? Oder selbst rangehen? Es ignorieren?

Ich drücke auf den grünen Knopf.

»Cal! Gott sei Dank erwische ich dich!«

»Isla, hier ist Demi.«

»Was?«, fragt sie spitz.

»Tut mir leid. Cal ist irgendwo draußen auf der Baustelle. Er hat sein Handy im Büro liegen lassen, und ich wusste nicht, ob ich rangehen soll oder nicht.«

»Oh … kein Problem.« Ihre Stimme hat einen kühlen Unterton.

»Kann ich ihm was ausrichten?«

»Nein. Bitte sag ihm nur, dass ich angerufen habe.«

»Okay.«

»Danke. Tschüss.« Klick.

Ich starre auf das Handy. Bevor ich mich aufmachen kann, um Cal Bescheid zu sagen, kommt eine E-Mail von Eva an.

Wow. Die Bilder von der Fotosession sind großartig. Bin das wirklich ich? Ich danke Eva, jedoch ohne in meiner Antwort ihr Angebot zu erwähnen. Dann drucke ich ein paar Bilder aus und gehe hinaus, um Cal zu suchen.

Er lächelt, als ich am Feld ankomme, wo er zusammen mit den Bauarbeitern den Rohbau des Cafés fertigstellt. Hammerschläge und Rufe schallen übers Feld. Cal stellt seine Schubkarre ab und kommt zu mir herüber.

»Wie läuft's?«, frage ich.

»Gut. Das Gebäude ist jetzt fast wasserdicht, also können die Handwerker bald drinnen weitermachen.« Er sieht stolz aus und nimmt einen Schluck aus seiner Flasche.

»Super. Eva hat die Fotos geschickt.«

Er schneidet eine Grimasse.

»Willst du mal schauen?«

»Muss ich?« Er greift nach den Ausdrucken, und seine Grimasse verwandelt sich in Überraschung und etwas, was Zufriedenheit ähnelt.

»Und?«

»Ich schätze, sie sind nicht schlecht.«

»Sie werden dem Geschäft nützen.«

»Ja.« Er gibt sie mir zurück.

»Und während ich sie im Büro ausgedruckt habe, hat Isla auf deinem Handy angerufen. Ich habe ihren Namen gesehen, also bin ich rangegangen. Ich hoffe, das war in Ordnung?«

Er runzelt die Stirn. »Was wollte sie?«

»Nichts Dringendes.« Ist das eine Lüge? Isla klang aufgewühlt. »Sie hat mich gebeten, dir zu sagen, dass sie angerufen hat.«

Er schweigt und nickt dann. »Danke. Und danke, dass du die Fotos vorbeigebracht hast. Jetzt bin ich froh, dass du mich gezwungen hast, da mitzumachen.« Er nimmt meine Hand und streicht mit den Lippen über meinen Mund, solange die Bauarbeiter anderweitig beschäftigt sind. »Du siehst toll aus in diesen Klamotten, aber noch besser ohne.«

Seine Worte und das Prickeln seiner Lippen auf meinen wecken in mir den Wunsch, ihn auf der Stelle ins Bett zu zerren, staubig und schwitzend in seinen Arbeitsklamotten, wie er ist. Für einen Augenblick fühle ich mich, als könnte ich zum Haus zurückschweben. Ich sollte die glühenden Blicke in mich aufsaugen, die er mir schenkt, und die Küsse, wenn niemand in der Nähe ist. Ich sollte es genießen, dass Cal sich abends in mein Cottage schleicht, um die Nacht mit mir zu verbringen.

Stattdessen grübele ich immer wieder über Cals »geheimen« Besuch in Bosinney nach und jetzt auch darüber, wie ich auf Evas Angebot reagieren soll. Es gibt unzählige Gründe, es sofort anzunehmen. Mir fällt kein einziger ein, hierzubleiben – außer natürlich, dass ich Cal Penwith liebe.

Und *das* ist der allerbeste Grund zu gehen.

Ich bin schlimmer als Mitch mit seinen Knochen, wie ich bis zur Erschöpfung auf diesen Fragen, dem Wenn und Aber herumkaue. Ich sollte Cal fragen, warum er nach Bosinney gefahren ist und es mir verheimlicht hat. Ich *muss* ihn fragen. Ich muss, für meinen eigenen Seelenfrieden, denn ich blase diese eine kleine Lüge – die nicht mal eine richtige Lüge ist – völlig unverhältnismäßig auf, und ich bin sicher, es gibt eine Erklärung dafür. Ich muss auf meinen Instinkt vertrauen. Morgen frage ich ihn.

Trotz all meiner Zweifel und der Unsicherheiten habe ich letzte Nacht wieder im Farmhaus übernachtet. Polly ist zu ihrem kleinen Enkel gefahren und kommt erst in ein paar Tagen zurück. Ich bin aufgewacht, als der Wind am neuen Fenster gerüttelt hat, und mir ist klar, dass ich mit Cal über seinen Besuch bei Isla reden muss, weil ich sonst durchdrehe. Während ich mich anziehe, höre ich Stimmen von unten. Es klingt, als würden sich Leute in der Küche unterhalten, aber ich verstehe ihre Worte nicht. Die Küchentür geht quietschend auf, und das Gespräch ist deutlicher zu hören. Cals tiefe Stimme und die einer Frau, leise und nicht ganz gefasst.

Ich ziehe mir hastig mein T-Shirt über den Kopf, laufe auf Zehenspitzen ans obere Ende der Treppe und fluche innerlich bei jedem Knarren der uralten Dielenbretter. Dann lausche ich.

»Cal, es tut mir so leid, aber ich wusste nicht, an wen ich mich sonst wenden soll.«

»Schon okay. Pass auf, setz dich, du siehst nicht gut aus«, sagt er. »Möchtest du was trinken? Tee? Kaffee? Ein Glas Wasser?«

»Nein. Nein, ich kann nichts trinken. Mir ist schlecht.«

»Du bist aber nicht schwanger, oder?«

»Nein! Das wäre eine Katastrophe. Ich meine, eine Katastrophe zu diesem Zeitpunkt. Wir sind noch nicht verheiratet. Nicht, dass ich unbedingt verheiratet sein will, bevor ich eine Familie gründe, aber ich bin so eingespannt in meinem Job, und gerade wäre es der schlechteste Zeitpunkt, um ein Baby zu bekommen, solange Luke auch so viel arbeitet.«

Ich halte den Atem an und befehle meinem Herzen, nicht mehr so laut zu hämmern, obwohl sie es von dort unten unmöglich hören können. Ich schleiche noch ein paar Stufen weiter hinunter, um die beiden besser zu verstehen, zucke aber bei jedem Ächzen der Treppe zusammen. Andererseits bezweifle ich, dass Cal noch irgendwas anderes wahrnimmt außer Isla, denn sie weint.

»Liebling. Was ist denn los?«

»Ach Cal, ich muss es dir sagen, obwohl er durchdrehen würde, wenn er wüsste, dass ich dir mein Herz ausschütte. Luke steckt in Schwierigkeiten.«

»Was für Schwierigkeiten?«, fragt er nun strenger, als ich erwartet hätte.

Die Küchentür bewegt sich leicht bei jedem Windstoß und schneidet Teile des Gesprächs heraus, was den gleichen Effekt hat wie der unzuverlässige Radioempfang im Land Rover.

»Er arbeitet oft lange und verbringt viel Zeit im Country Club.« Es folgt eine lange Pause, dann höre ich ein Schluchzen. »Ich habe Angst, dass er eine Affäre mit Mawgan hat.«

»Dann ist er verrückt. Ich könnte ihn umbringen!« Da ist etwas Brutales in Cals Stimme, und ich halte mir eine Hand vor den Mund, um mein Luftschnappen zu unterdrücken.

»Nein. Sag so was nicht. Das darfst du nicht«, fleht Isla.

»Ich kann nicht anders. Er muss vollkommen verblendet sein, wenn er dir das antut. Wie zur Hölle kommst du darauf, dass er was mit ihr hat?«

»Da gibt es einige Gründe. Er hat so viele Nächte woanders verbracht, seit wir aus dem Urlaub zurückgekommen sind. Einmal hat er mir gesagt, er sei mit seinen Kumpels im Country Club gewesen und habe die ganze Nacht über getrunken, aber in St Trenyan gibt es Gerüchte. Jemand hat ihn aus Mawgans Wohnung kommen sehen. Ich weiß es nicht hundertprozentig, aber sie hat ihn doch sowieso schon irgendwie in den Klauen, also muss ich das Schlimmste befürchten.«

Isla schluchzt, und Cal redet ihr beruhigend zu. So hat er mit mir nie gesprochen, vielleicht weil er es nie *musste* oder weil er dachte, es wäre nicht nötig. Das stimmt allerdings. Ich will kein Mitleid und keinen Trost von ihm.

»Was machst du jetzt?« Seine Stimme klingt so gepresst vor Ärger, dass ich die Anspannung in seinem Körper fast spüre, obwohl ich ihn nicht sehen kann.

»Ich weiß es nicht. Wie du sagst, vielleicht täusche ich mich mit Mawgan.«

»Es tut mir so leid für dich, Liebling. Ich wünschte, ich könnte dir helfen, auch wenn ich nicht weiß, wie. Warum hast du mir das alles nicht früher erzählt?«

»Weil du genug eigene Sorgen hast. Weil das hier mein Problem ist und ich es lösen muss. Weil du dir über andere Dinge und andere Leute Gedanken machen musst. Außerdem hilfst du mir schon dadurch, dass du hier bist. Dadurch, dass du *du* bist. Ach Cal, ich habe dich so sehr vermisst.«

Ich klammere mich ans Geländer. Mir schlägt das Herz bis zum Hals. In diesem Augenblick hasse ich Isla. Ich hasse mich selbst für die Eifersucht, die mich hier festhält, für die Angst, etwas zu hören, was mir das Herz brechen wird. Ich hasse es, mich so verletzlich zu fühlen. Gerade jetzt, als ich dachte, ich wäre stärker als je zuvor, bin ich in Wahrheit schwächer. Mir ging es besser, als ich noch auf der Straße war. Da gab es nur Mitch und mich. Niemand hat sich um uns gekümmert, und wir mussten uns auch um niemanden kümmern.

»Jetzt gerade mache ich mir nur Sorgen um dich. Hier, wisch dir die Tränen ab.« Cal klingt angespannt. Vielleicht habe ich einen Teil seiner Antwort nicht mitbekommen. Ich weiß es einfach nicht.

Es folgt eine Pause, dann höre ich Isla sagen: »Ich hätte nicht herkommen sollen.« Ihre Stimme ist fester, aber es schwingt Bedauern mit.

»Doch, das war richtig. Ich werde immer für dich da sein, Isla. Was auch passiert. Du weißt, dass du mir immer wichtig sein wirst. Mehr als wichtig …«

»Du darfst so was nicht zu mir sagen, und ich habe auch schon viel zu viel gesagt.«

Oben scheppert ein Fenster, und die Küchentür schlägt zu. Mir bleibt fast das Herz stehen. Verdammt. Jetzt höre ich nichts mehr! Ich habe keine andere Wahl, als die Treppe ganz hinunterzuschleichen und unten am Absatz stehen zu bleiben, sodass ich beim geringsten Anzeichen, dass die beiden in den Flur kommen, wieder hinaufrennen kann. Ich lausche so angestrengt, dass meine Ohren ganz heiß werden.

Islas Stimme ist jetzt fester, und sie klingt aufgesetzt fröhlich, als würde sie sich Cal zuliebe tapfer geben.

»Wo ist Demi?«

Cal zögert. »Sie ist noch nicht aufgestanden, glaube ich.«

»Oh, schläft sie heute aus?«

»Kann sein. Ich weiß nicht genau. Sie ist in ihrem Cottage.«

Ich umklammere das Geländer fester. Anscheinend kann Cal sich nicht dazu durchringen, Isla zu sagen, dass er letzte Nacht mit mir geschlafen hat und ich jetzt gerade in seinem Bett bin – in seinem Bett sein sollte.

»Sie ist sehr fleißig«, sagt Isla. »Du hast Glück mit ihr.«

Was auch immer Cal antwortet, klingt für mich wie ein Brummen.

»Ich bin froh, dass sie mich so nicht sieht. Ich gehe jetzt. Danke, dass du mir zugehört hast.«

»Du kannst immer mit mir reden.« Es folgt eine Pause, und Isla schnieft laut und putzt sich dann noch mal die Nase. »Ich bring dich nach Hause«, fährt er fort. »Und vielleicht solltest du Luke von deinem Verdacht erzählen. Vielleicht rüttelt ihn der Schock wach. Keine Ahnung, was da in seinem Kopf vorgeht. Ich jedenfalls kann mir nicht vorstellen, dass Mawgan und Luke eine Affäre haben.«

»Du kannst es aber nicht wissen.«

»Nein, aber ich bleibe dabei. Luke ist vielleicht dumm und leichtsinnig, aber er ist nicht völlig geisteskrank. Das kann er nicht sein, wenn er dich heiratet.« Cal klingt lockerer, als wollte er Isla aufmuntern. »Ich werde immer hier sein, in Kilhallon, wenn du mich brauchst. Egal, warum.«

Es folgt eine Pause, während der ich ziemlich sicher bin, dass Cal Isla umarmt und tröstet. Vielleicht küsst er sie auch. Ich kann es natürlich nicht wissen, aber meine Fantasie arbeitet auf Hochtouren.

»Ich sollte das jetzt nicht sagen …«, beginnt sie wieder. »Ich hoffe, ich habe mit Luke keinen Fehler gemacht.«

Ich halte den Atem an.

»Nein. Hast du nicht. Das denkst du jetzt, weil du dir solche Sorgen wegen dieser Affäre machst, obwohl wahrscheinlich nichts dahintersteckt. Ich werde dir jedenfalls helfen, so gut ich kann«, antwortet er.

»Ich weiß, dass du recht hast, aber es ist schwer, nicht zu zweifeln.«

Es folgt wieder eine quälende Stille, in der ich meine Fantasie kaum im Zaum halten kann, dann höre ich Cal sanft sagen: »Isla, Liebling, lass mich dich nach Hause bringen.«

Beim Geräusch der sich öffnenden Tür schrecke ich auf. Ich renne schnell die Treppe hinauf, springe ins Bett, ziehe mir das Kissen über den Kopf und hoffe, dass alles um mich herum verschwindet.

»Sagst du denn gar nichts dazu?«

Wir sind in Cals Arbeitszimmer, als ich ihm am nächsten Vormittag von dem Jobangebot erzähle. Ich habe nicht den perfekten Zeitpunkt dafür gefunden, also hab ich es einfach gemacht, nachdem er von seiner Arbeit an den neuen Gebäuden zurückgekommen war.

»Ich weiß nicht, was ich sagen soll, außer: Glückwunsch.« Er setzt sich an seinen Schreibtisch und lässt mich stehen. Es fühlt sich an, als wäre ich zum Verhör ins Zimmer des Chefs gerufen worden. Er hat keine Ahnung, dass ich ihn teste, mit seiner Reaktion pokere, aber ich weiß schon, dass ich gerade verloren habe.

Ich zwinge mich zu einem Lächeln. »Ich habe den Job noch nicht angenommen.«

»Das wirst du aber?« Er schüttelt den Kopf. »Du *musst,* Demi. Eine solche Chance kannst du dir unmöglich entgehen lassen.«

»Nein, wahrscheinlich nicht, aber es ist eine schwierige Entscheidung.«

»Was? Eine halb aufgebaute Ferienanlage in Cornwall, die vielleicht gar kein Erfolg wird, zu verlassen – um von einer prominenten Food-Spezialistin ausgebildet zu werden? Die pulsierende Metropole Kilhallon aufzugeben für dieses hinterletzte Kaff namens Brighton?« Er lächelt. »Es wundert mich, dass du nicht schon unterwegs bist.«

»Na ja, ich hab es erst vor Kurzem erfahren, und ich hab Zeit gebraucht, um es zu verarbeiten. Um Mitch zurate zu ziehen und weil ich dich fragen wollte. Aber wenn du wirklich meinst, ich soll gehen … Ich dachte, vielleicht willst du mich hier haben, brauchst mich hier. Wer soll das Café führen?« Ich bemühe mich, fröhlich zu klingen, aber mit jedem Wort fühle ich mich schlechter. Ich muss an Polly denken.

»Was ich wirklich denke, spielt keine Rolle. Das hier ist eine großartige Chance für dich, Demi. Ich kann dir nicht im Weg stehen.« Er steht auf. »Glückwunsch noch mal.«

»Dann war's das also?«

»Was denn? Du glaubst doch nicht, ich würde dir den Rest deines Lebens verbauen, indem ich dich bitte zu bleiben? Du bist mir zu wichtig, als dass ich das tun könnte.«

»Bin ich das?«

»Was?«

»Nichts«, murmele ich und kämpfe mit den Tränen.

»Kommst du heute zu mir zum Abendessen? Polly ist nicht da …«

»Nein. Nein, ich kann nicht. Ich muss noch eine Menge erledigen, über eine Menge nachdenken. Auf Wiedersehen, Cal.«

Seine Hand liegt auf meinem Arm, aber ich schüttele sie ab. »Warte. Ich koche was. Wir machen einen Champagner auf. Gönnen uns was.«

»Sorry. Mir ist der Appetit vergangen.«

»Warte! Demi!«

»Jetzt weiß ich es also«, sage ich zu Mitch, als ich wieder im Cottage bin. »Wenn er gewollt hätte, dass ich bleibe, hätte er mich darum gebeten. Stattdessen will er die Korken knallen lassen, im wahrsten Sinne des Wortes.«

Mitch leckt mir eine Träne vom Gesicht und beäugt kritisch meine Rotznase und meine roten Augen. »Eigentlich erfülle ich mit meiner Abreise aus Kilhallon doch Cals Träume, denn jetzt kann er zu Isla gehen. Sie ist frei, sie liebt ihn, und ich bin von der Bildfläche verschwunden – nicht, dass ich je drauf gewesen wäre, aber trotzdem …« Mitch bellt besorgt, und ich drücke das Gesicht in sein Fell, weil ich weiß, es ist zu spät. Kilhallon ist längst ein Teil von mir geworden.

36

Zum letzten Mal nehme ich Mitchs Leine vom Haken neben der Cottagetür. Obwohl er in seinem Korb gedöst hat, stellt er die Ohren auf, als er die Kette rasseln hört. Er sieht mich hoffnungsvoll an, wie um zu fragen:

»Gehen wir irgendwohin?«

»Ja, Junge. Das tun wir.«

Er stupst mit der Schnauze an den Rucksack auf der Fußmatte. Sein Schwanz schlägt dagegen, und er schaut zu mir auf. Ich weiß, was er denkt: dass das ein langer Spaziergang wird, auf dem man viele Kaninchenbaue erkunden, Spuren erschnuppern und andere Hunde kennenlernen und ankläffen kann. Ich klicke die Leine an sein Halsband und werfe mir den Rucksack auf den Rücken. Er ist schwer, viel schwerer, als ich ihn in Erinnerung hatte, oder ich bin schwach geworden. Ich habe zu lange im selben Bett geschlafen.

»Bist du bereit?«

Er springt an meinem Bein hoch. Ich greife nach seinem Körbchen, und Mitch neigt den Kopf zur Seite: Wo spazieren wir denn hin, dass ich einen Hundekorb brauche?

»Du wirst dich daran gewöhnen. Das werden wir beide.«

Wenn ich das Cottage nicht sofort verlasse, habe ich vielleicht so bald nicht mehr den Mut dazu, und der Kummer und die Ungewissheit werden mich immer weiter quälen, bis ich gezwungen bin zu gehen. Die Sorge, dass Cal mich abfangen und versuchen könnte, mich aufzuhalten, habe ich nicht: Ich hab ihn heute Morgen wegfahren sehen, und ich weiß, dass er in Bosinney ist. Polly hat mir gesagt, er wäre in höchster Eile und sogar ohne Frühstück aufgebrochen, wobei sie natürlich nicht wissen konnte, was ich mir dabei denken würde. Ich habe nicht mal ihr gesagt, dass ich gehe, und der Gedanke versetzt mir einen Stich. Ich bin feige, aber ich kann den Schmerz von noch mehr Abschieden einfach nicht ertragen.

Einen Rucksack und einen Hundekorb zu schleppen und dabei einen verwirrten und aufgeregten Hund im Zaum zu halten, ist schwerer, als ich dachte. Sogar noch schwerer, wenn man kaum was sehen kann, weil einem Tränen übers Gesicht laufen. Die Tür des Cottages zu schließen, das in den letzten Monaten mein Zuhause war, ist so schwer wie nur wenige Dinge, die ich in meinem Leben bisher tun musste. Fast so schwer, wie mich von meiner Mum zu verabschieden; noch schwerer, als Dad zu verlassen.

Ich erreiche den alten Meilenstein am Moor und weiß, dass ich jetzt nur noch eine Meile von der Hauptstraße und der Bushaltestelle entfernt bin. Von dort dauert es eine halbe Stunde bis zum Bahnhof und sechs weitere Stunden bis nach Brighton. Ich habe das Handy behalten, das Cal mir gegeben hat: Ich werde Eva im Zug anrufen und ihr Bescheid sagen, dass ich unterwegs bin. Sie hat gesagt, ich würde in Brighton auch eine Wohnung bekommen.

Ich lasse Mitch von der Leine. Er markiert wie gewöhnlich den Meilenstein und wühlt zwischen den Brombeersträuchern herum, während ich den Hundekorb fester unter den Arm nehme. Dann fängt er an, ein Pärchen anzubellen, das zwei lebhafte Labradore ausführt.

»Ruhig, Junge! Komm schon. Wir müssen den nächsten Bus kriegen, sonst kommen wir vor morgen nicht los.«

Mitch läuft wild bellend den Weg zurück, den wir gekommen sind.

»Mitch!«

Er saust einfach an den Labradoren vorbei.

»Mitch! Komm zurück!«

Ich stelle den Hundekorb neben den Meilenstein und eile Mitch nach, sodass der Rucksack auf meinem Rücken hin und her schaukelt, und dann sehe ich ihn.

Cal rennt auf mich zu, und Mitch tanzt wild bellend um ihn herum.

Ich mache kehrt und fliehe vor beiden zum Meilenstein, zur Straße und zur Freiheit. Freiheit davon, mitansehen zu müssen, wie Cal Isla liebt.

»Demi! Warte!«

Seine Stimme ist laut.

Ich drehe mich um. »Mitch!«

Cal bleibt stehen. Mitch bleibt ebenfalls stehen, der Verräter.

»Komm schon, du dummer, *bescheuerter* Hund!«

Ich gehe weiter und schaue mit vor Wut tränenden Augen hinter mich.

»Demi, komm zurück.«

Mitch steht in der Mitte des Pfads und ist mit jedem Schritt weiter entfernt, also bleibe ich auch stehen.

Ich fühle eher, wie sie mich einholen, als dass ich es höre. Ich nehme die singenden Lerchen und den Kokosduft des Ginsters und die Wellen, die an den Fuß der Klippe rauschen, deutlich wahr.

Mitch trottet zu mir, drückt sich an mir vorbei und setzt sich neben mich.

»Willst du mir sagen, was das hier soll?«, fragt Cal sanft.

»Du weißt, was es soll. Ich gehe.«

»Was? Du nimmst Evas Jobangebot an?«

»*Du* hast mir doch gesagt, dass ich es annehmen soll. Du hast gesagt, es wäre verrückt, nicht zu gehen.«

Da kann er nicht widersprechen, und meine schwache Hoffnung, dass er gekommen ist, um mich zum Bleiben aufzufordern, schwindet wieder.

»Aber … aber … du hättest es mir vorher sagen können, statt einfach so abzuhauen!« Er ist wütend, und das verstehe ich.

»Ich weiß, ich hätte fristgerecht kündigen sollen. Ich hätte dir Zeit geben sollen, einen Ersatz für mich zu finden.«

Er schnappt nach Luft. »Wie könnte ich je einen Ersatz für dich finden?«

»Eine Menge Leute könnten meinen Job machen. Hunderte.«

»Aber niemand wäre so verdammt unhöflich und seltsam und dickköpfig wie du. Niemand würde meine Launen aushalten und meine ehrlich gesagt ziemlich irren Pläne mitmachen. Niemand hätte einen Hund, der knallharte Geschäftsleute um den Finger wickeln kann. Ich brauche dich, Demi, und niemand sonst kommt infrage.«

»Evas Geschäft braucht mich noch mehr. Das hat sie mir gesagt.«

»Sie kann dich niemals so brauchen, wie ich dich brauche.«

Er streckt mir eine Hand entgegen, und egal, wie sehr ich versuche, mein Herz unter Kontrolle zu halten, es fängt trotzdem an schneller zu schlagen, und meine Hoffnungen erwachen wieder.

»Ich habe gehört, dass Isla dir gestanden hat, wie sehr sie dich braucht, und ich weiß, dass du heute Morgen bei ihr warst. Ich hab dich wegfahren sehen.«

Er ringt frustriert die Hände. »Bist du deshalb so sauer? Du hast recht. Ich war bei ihr, aber mein Besuch war zum Teil geschäftlich. Sie hat mir gesagt, dass sie Kilhallon als Location für einige Szenen in dem neuen Historienfilm benutzen will, den sie gerade dreht.«

»Oh, okay. Das ist schön …«

»*Schön?* Das bedeutet, wir werden großartige PR und sehr gute Einkünfte haben, die uns über die schwierige Anfangsphase hinweghelfen werden. Und es kommt noch besser. Zwei Schauspieler, die mit Isla befreundet sind, wollen in Kilhallon eine keltische Hochzeit veranstalten.«

»Eine keltische Hochzeit? Wer?«

»Zurzeit ist es noch topsecret, aber es sind …« Er nennt mir ihre Namen, und ich bin völlig baff.

»Die beiden sind verlobt? Das *muss* ein Scherz sein!«

»Nope. Sie wollen im nächsten Frühling ein Wochenende lang die ganze Anlage mieten, aber wir dürfen es schon viel früher bekannt geben. Sie wollten eine ganz unkonventionelle und naturbelassene Kulisse, und sie werden die Einnahmen von den Berichten in den Klatschzeitschriften an eine Umweltorganisation spenden. Du kannst dir vorstellen, was das für Kilhallons Ruf als Öko-Resort bedeutet.«

»Das wird super. Ein solches Event kann uns noch jahrelang Buchungen einbringen.«

Er lächelt. »Ich brauche natürlich jemanden, der sich um das Catering kümmert und die Promis betreut.«

»Wow. Sehr gerne … Ich kann's gar nicht erwarten, sie alle kennenzulernen …« Er grinst mich an.

Als mir klar wird, was ich da eben gesagt habe, werde ich wütend auf mich selbst. »Aber ich bleibe nicht.« Und wenn er Isla einen »zum Teil« geschäftlichen Besuch abgestattet hat, muss ich auch wissen, was während des anderen Teils passiert ist.

»Natürlich nicht. Du hast dieses großartige Jobangebot bekommen, das viel zu gut ist, um es abzulehnen. Und wenn du nach Brighton gehst, kannst du selbst ein Promi werden.«

»Ja.«

»Selbst wenn ich versuchen würde, dich zum Bleiben zu überreden, was natürlich total egoistisch von mir wäre … Selbst wenn ich egoistisch genug wäre, dich überzeugen zu wollen, dass Kilhallon für dich besser ist als Eva Spero, *wenn* ich dir unverzeihlicherweise diese Chance vermasseln würde, so wie ich schon im Leben anderer Menschen Chaos gestiftet habe … Dann würdest du trotzdem nicht bleiben, oder?«

Er sieht mich an, und ich kann nicht wegschauen. »Nein.«

»Weil?«

»Weil du Isla in Bosinney besucht hast, nachdem wir miteinander geschlafen haben, und mich danach angelogen hast. Weil ich nach unserer letzten Nacht in deinem Zimmer gehört habe, wie du in der Küche mit Isla geredet hast.«

Er runzelt die Stirn. »Du hast unser Gespräch von oben mitbekommen?«

»Ich habe sehr gute Ohren«, antworte ich, weil es mir peinlich ist zuzugeben, dass ich hinuntergeschlichen bin, um zu lauschen.

»Offenbar.« Die Fältchen, die sich in seinen Augenwinkeln bilden, zeigen mir, dass er das nicht ganz ernst meint, aber mir ist egal, wie attraktiv er ist und nett, ich will trotzdem die Wahrheit wissen.

»Du hattest Angst, Isla von uns zu erzählen, nachdem wir miteinander geschlafen haben«, fahre ich fort, denn jetzt kann ich ihm auch gleich alles sagen. »Ich habe gehört, wie du sie angelogen hast, ich wäre nicht in deinem Schlafzimmer. Und du willst, dass ich nach Brighton gehe, weil es dann leichter für dich ist.«

Er seufzt. »Ich bin nicht stolz darauf, dass ich ihr verheimlicht habe, dass wir miteinander geschlafen haben, aber in Anbetracht der Umstände und des Zustands, in dem Isla war, dachte ich, es wäre nicht der beste Zeitpunkt, um es ihr zu sagen. Der einzige Grund, weshalb ich wollte, dass du Kilhallon verlässt, war, dass es leichter für *dich* wäre, nicht für mich. Es wäre nicht leicht für mich, dich gehen zu lassen. Es wäre die Hölle, wenn du's genau wissen willst!«

»Ich kann nicht hierbleiben, nachdem ich das alles mitbekommen habe. Ich habe gehört, wie sie dir gesagt hat, sie hätte einen Fehler gemacht.«

Er schüttelt bedauernd den Kopf. »Wir machen alle Fehler, verdammt riesige, aber daran lässt sich nichts ändern. Ich kann nicht einfach *aufhören*, jemanden zu lieben, dem ich mein ganzes Leben lang so nahe war, aber das bedeutet nicht, dass ich in sie *verliebt* bin oder sofort zu ihr rennen würde, nur weil sie plötzlich wieder frei werden könnte.«

»Ich könnte es verstehen, wenn ihr wieder zusammenkommen würdet. Ich verstehe es *wirklich*. Es würde mir wehtun, aber ich würde es akzeptieren. Deshalb gehe ich.«

Er seufzt wieder. »Warum zur Hölle hast du mir nicht gesagt, dass du nicht gehen willst? Wir sind beide sture, stolze, bescheuerte Idioten, die Angst haben zuzugeben, was sie sich wünschen. Was wir *wirklich* wollen, ergibt selten irgendeinen Sinn, es basiert auf Bauchgefühl und kann auch völlig schiefgehen. Ich bin in meinem Leben so viele Risiken eingegangen, und manche haben mich in Schwierigkeiten gebracht, durch manche habe ich alles verloren, aber ich – du –, wir sind keine Menschen, die immer die Regeln befolgen und das Vernünftige tun. Oder?«

»Nein«, krächze ich.

Er nimmt mich in die Arme. »Ich habe meinen Stolz. Ich werde nicht betteln. Aber du sollst eins wissen, hör mir gut zu: Selbst wenn Isla Luke verlassen würde, und das tut sie nicht, kommen wir nicht wieder zusammen. Zu einer bestimmten Zeit, an einem bestimmten Ort wollte ich sie mehr als alles andere auf der Welt, aber diese Zeit liegt hinter mir.«

Und das Unfassbare ist: Ich glaube ihm beinahe. Ich will ihm so sehr glauben.

»Wirklich?« Ich höre das Wort selbst kaum.

»Es ist zu viel passiert. Zu viel hat sich verändert für sie – und für mich. Zu viele Menschen sind seither in unser Leben getreten.« Er berührt meine Wange, und ich muss peinlicherweise zugeben, dass sie nass ist. »Zum Beispiel du und Mitch.«

»Mitch?«

»Ja. Du hast doch sicher mitbekommen, dass ich auf ihn stehe.«

»Aber er würde deine Gefühle niemals erwidern. Er ist ein Hund mit nur einer Bezugsperson.«

»Da wäre ich mir nicht so sicher.«

»Wie kommst du darauf?«

»Nur so ein Gefühl. Wie er mich ansieht, wie er an meinem Schritt herumschnüffelt. Ein Mann merkt so was. Du hast ja selbst gesagt, ich bin heiß.«

Ich fange an zu lachen und hasse mich augenblicklich dafür, dass ich schwanke. Es gibt da immer noch zu viel, was ich nicht über Cal weiß; so viel, was ich glauben will, aber nicht ganz glauben kann.

»Warum bist du dann heute Morgen zu Isla gefahren?«

»Sie hat mich gebeten zu kommen. Sie wollte mir von den Schauspielern und den Dreharbeiten erzählen und mir sagen, dass sie und Luke in London einen Neuanfang versuchen, weit weg von Bosinney und Mawgan und ihrem Clan.«

»Das wusste ich nicht.«

»So ist es am besten. Onkel Rory verkauft das Unternehmen.

Aber was ich eigentlich sagen will: Ich kann mir Kilhallon ohne dich nicht vorstellen. Vielleicht stürze ich wieder ab, wenn du jetzt gehst. Kann sein, dass es egoistisch von mir ist, aber bitte verlass mich nicht.«

Mitch bellt und stupst gegen meine Jeans. Ich schaue hinunter. Mir ist fast schwindelig von dieser Gefühlskehrtwende von Kummer zu Glück. Cal streicht mir die Haare nach hinten und küsst mich. Mitch jault.

»Mitch. Kannst du *bitte* still sein? Das hier ist wichtig.« Beschämt über meine Tränen drehe ich mich zu meinem Rucksack um. »Ich geb ihm was zu futtern.«

»Demi.« Cal berührt mich am Arm. »Ich wollte dir was zeigen. Ich habe es schon vor Ewigkeiten in Auftrag gegeben und hatte vor, das neulich am Vormittag zu machen, aber dann hast du mir von dem Jobangebot erzählt, und ich hab mich nicht getraut.«

»Was willst du mir zeigen?«

»Du musst nach Kilhallon zurückkommen, um es zu sehen.«

Er streckt mir die Hand entgegen und öffnet sie. Ich muss nur zugreifen. Meine Fingerspitzen treffen sich mit seinen, denn irgendwann muss ich jemandem vertrauen. Ich muss ein Risiko eingehen, das müssen wir beide, egal, wie verrückt oder irre oder dumm das ist. Er geht mit meinem Rucksack auf der Schulter voraus, vorbei am Maschinenhaus und den restaurierten Cottages. Mitch saust durchs Heidekraut und das Brombeergestrüpp. Wir bleiben neben dem Gebäude stehen, das das Café werden wird. Es hat jetzt Wände und ein Dach und Fenster, die zum Schutz mit blauer Plastikfolie beklebt sind. Es wartet nur darauf, dass jemand es mit Leben füllt.

»Mach die Augen zu, und nicht schummeln«, befiehlt Cal.

Ich halte mir die Hände vor die Augen, wage kaum zu atmen,

höre die Wellen gegen die Klippen krachen und die Möwen schreien und spüre, wie mein Herz schneller schlägt.

»Okay. Jetzt kannst du sie wieder aufmachen.«

Cal zieht die Plane von einem Schild, das an der Wand des Cafés lehnt. Es ist blau-weiß und trägt das Logo mit der Zinnmine und dem Hund. Und in großen, dicken, leuchtenden Buchstaben steht da einfach:

»Demelza's«.

»Erinnerst du dich, dass ich dir einmal gesagt habe, alle guten Ideen für Kilhallon würden von dir kommen?«, fragt er leise. »Das war eine Lüge, denn *alles,* was an Kilhallon gut ist, kommt von dir. Ich kann mir das jetzt endlich eingestehen ... Es tut gut, es einzugestehen, aber ich darf dich trotzdem nicht hier festhalten. Doch selbst wenn du gehst, bleibt dieses Schild hier. Der Name bleibt. Du hast in Kilhallon Park deine Spuren hinterlassen – und in mir.«

Er verstummt und schaut mich zweifelnd an. Er ist unsicher, was ich tun werde, er braucht tatsächlich meine Zustimmung. »Ich weiß, dass wir über Namen für das Café diskutiert haben. Viele Namen. Aber mir ist klar geworden, dass es nur einen geben kann.«

Wenn ich sprechen könnte, würde ich das vielleicht tun, aber ich kann nicht, denn in meiner Kehle hat sich ein mysteriöser Knoten gebildet.

»Willst du denn gar nichts dazu sagen?«

»Es ... es ist perfekt.«

»Das Schild vielleicht, der Name auf jeden Fall, aber ich kann nicht versprechen, dass unser Leben perfekt sein wird. Die nächsten Monate werden hart, die nächsten Jahre noch härter, aber wenn du das akzeptieren kannst und bei mir bleiben willst, wäre ich sehr glücklich.«

Mitch schnüffelt am Schild, und einen Augenblick lang befürchte ich, er könnte … aber dann entspannen sich meine Schultern, denn er streunt davon, um sich einen interessanteren Ort zum Pinkeln zu suchen.

Cal fängt an zu lachen, und ich kann auch nicht anders. Er zieht mich in seine Arme.

»Also?«, flüstert er. »Bleibst du?«

Ich schlinge die Arme um seinen Rücken und halte ihn so fest, als würde ich ihn nie wieder loslassen wollen. Er hat recht. Das hier ist nicht perfekt, aber es ist ein Anfang. Ein sehr guter Anfang.

»Weißt du, ich glaube, ich könnte es in Betracht ziehen.«

Ende

Danksagung

Bevor ich 2005 meinen ersten Roman schrieb, hatte ich keine Ahnung, wie viel Teamarbeit es erfordert, bis die Rohfassung einer Geschichte als fertiges Buch im Regal einer Buchhandlung oder in einem e-Reader landet. Jetzt weiß ich es! Deshalb möchte ich zuallererst meiner großartigen Lektorin Natasha Harding bei Avon Maze danken, die von dem Moment an, als sie mich anrief, um mir zu sagen, wie begeistert sie von *Hinter dem Café das Meer* sei, bei all ihren Änderungsvorschlägen so verständnisvoll und einfühlsam war. Ein großes Dankeschön auch an die wunderbare Eloise Wood, die dieses Buch bis zur Veröffentlichung begleitet hat, und an meine aufmerksame Korrektorin Joanne Gledhill. Ich habe mich beim Lektoratsteam von Anfang an gut aufgehoben gefühlt, und jeder Autor wird Ihnen bestätigen, wie wertvoll das ist.

Die Social-Media- und Marketingleute von Avon sind einsame Spitze. Dank ihrer witzigen und kreativen Ideen musste ich Cornwall besuchen, um Pasteten zu essen und zu surfen – alles für die Arbeit.

Noch bevor Natasha das Buch sah, hat mich meine Agentin Broo Doherty ermutigt und dabei unterstützt, es zu schreiben. Wir arbeiten jetzt schon seit elf Jahren zusammen, auch wenn es Broo vielleicht manchmal wie einhundertelf Jahre erscheint, und ich verdanke ihr unheimlich viel. Sie werden feststellen, dass ich sie in einem Atemzug mit meinem Mann John, meiner Tochter

Charlotte und meinen Eltern erwähne, da sie alle manchmal im selben Maß unter meinen schriftstellerischen Panikattacken leiden müssen. Ich hoffe, sie haben auch die sehr glücklichen Momente genossen, die wir diesem Buch zu verdanken haben – vor allem die »Recherche«-Ausflüge ins wunderschöne Cornwall!

Mein Dank geht zudem an Nell Dixon, Elizabeth Hanbury, Wendy Dixon, Janice Hume, Anne Cooper, Kim Nash und alle meine »Superstars« für ihre Vorschläge, das Lachen, den Kaffee und den Kuchen. Ebenso an Lynsey von Debenhams Café in Lichfield und Marie von Mim's Café in Bridgetown für ihre Tipps zum Thema Café und an den Blog *Budget Food Mummy* für die Rezepte.

Erwähnen möchte ich auch noch den Schauspieler Rory Wilton aus Cornwall (unter anderem bekannt aus *Poldark* und *Doc Martin*), weil er mir erlaubt hat, seinen Namen »nur« für Onkel Rory zu benutzen, und so für viel Spaß und Schriftsteller-Tratsch auf Twitter gesorgt hat. Außerdem schulde ich meiner Autorenfreundin Bernardine Kennedy und ihrer Tochter Kate einen Hundekuchen, weil ich ihren niedlichen Mops Betty in diesem Buch verewigen durfte.

Und schließlich schicke ich Rowena Kincaid aus der BBC-Doku-Reihe *Before I Kick the Bucket* eine feste Umarmung und alles Liebe, weil sie mich durch ihren Mut und ihren Humor daran erinnert hat, weiter zu lieben, zu leben und zu tun, was glücklich macht – einschließlich *Hinter dem Café das Meer* zu schreiben.

Demis Rezeptbuch

Ich fand die Idee ganz nett, ein paar Rezepte für die Zubereitung der Sachen hinzuzufügen, die Demi, Sheila, Cal und sogar Polly im Farmhaus von Kilhallon und im Demelza's servieren könnten. Es sind einfache Rezepte, die hoffentlich jeder zu Hause ausprobieren kann, auch bei knappem Budget (wie Demi). Eins stammt aus unserer eigenen Familie, die anderen von einer fantastischen Food-Bloggerin aus Cornwall.

»Cornish Pasty« mit Käse und Speck

Okay, offiziell ist es keine »Cornish Pasty«, weil kein Rindfleisch drin ist, aber es ist eine Pastete, die in Cornwall gebacken wurde, von jemandem aus Cornwall, das muss reichen! Pasteten waren das Standardessen der Zinnminenarbeiter. Pasteten zu essen ist für mich so normal, wie ein Sandwich zu essen, also esse ich viele davon. Ich esse aber kein Rindfleisch, deshalb ist dieses Rezept eine tolle Alternative. Ich backe eigentlich nicht so oft selbst Pasteten, aber da ich in einer Stadt wohne, die einmal für den Zinnabbau berühmt war, dachte ich, ich sollte dieses Rezept hier aufnehmen. Also keinen Stress.

Ergibt sechs mittelgroße Pasteten.

Für den Teig:
450 g Mehl (auf Wunsch mit einer Prise Salz)
100 g Butter
100 g Schweineschmalz
175 ml Wasser

1. Mehl und (wenn gewünscht) Salz in eine Schüssel geben. Ein Viertel des Schmalzes abschneiden und mit dem Mehl vermengen. Das restliche Schmalz und die Butter in die Mischung reiben oder klein schneiden und unterrühren. Das Wasser zugießen und einrühren. Kurz kneten und für mindestens 30 Minuten in den Kühlschrank stellen.
2. Arbeitsfläche mit Mehl bestreuen, Teig in sechs gleichgroße Kugeln teilen. Sanft zu einem Kreis etwa in der Größe eines Beilagentellers ausrollen.

Für die Füllung:
200 g Cheddar-Käse, gerieben
4 mittlere Kartoffeln, in kleine Würfel geschnitten
1 kleine Steckrübe, in kleine Würfel geschnitten
1 Zwiebel, fein geschnitten
10 Scheiben Speck, in Quadrate geschnitten
Salz und Pfeffer

1. Die Kartoffel- und Steckrübenwürfel mischen und in einer Linie in die Mitte des ausgerollten Teigfladens legen. Mit Speck, Zwiebelwürfeln, Käse sowie Salz und Pfeffer bestreuen. Vorsicht: Mit der Füllung sparsam umgehen, sonst quillt alles heraus.
2. Teigfladen zuklappen, sodass ein Halbkreis entsteht. Das eine Ende zudrücken und umklappen, dann Stück für Stück weiter zudrücken und umklappen usw., den ganzen Rand entlang. Wenn es mit dem Zufalten nicht klappt (erfordert etwas Übung), kann man den Rand auch einfach mit einer Gabel zudrücken.
3. Mit einer Gabel ein paar Löcher in die Oberseite stechen, damit die Luft entweichen kann. Oberseite mit Milch, Ei oder auch Wasser bestreichen. 30–35 Minuten bei 200 °C backen.

Fisch-Pie mit Algen aus Cornwall

Algen sind sehr nährstoffreich. Man kann sie zwar auch weglassen, aber ich empfehle die Pie mit Algen!

Zutaten:
350 g gemischter Fisch (ich habe geräucherten Schellfisch, Kabeljau und Lachs genommen)
2 Stangen Lauch, in Scheiben geschnitten
1 Karotte, in Scheiben geschnitten
Schale einer halben Zitrone
2 große Kartoffeln, gewürfelt
25 g ungesalzene Butter
25 g Mehl
600 ml Milch
1 EL Estragon
1 EL Algen

1. Ofen auf 200 °C vorheizen. Kartoffeln in einer tiefen Pfanne mit Wasser weich kochen. Abgießen und wieder in die Pfanne geben. Algen hinzufügen und zu Kartoffelbrei zerdrücken. Beiseitestellen.
2. Für die Soße, Butter in einem Topf zerlassen. Mehl einrühren und 1–2 Minuten köcheln lassen. Von der heißen Herdplatte nehmen, Milch nach und nach mit einem Schneebesen einrühren, dann Estragon hinzufügen. Erneut aufkochen, dabei gelegentlich umrühren.
3. Fisch, Lauch, Karotte und Zitronenschale in eine Auflaufform geben. Sauce darübergießen und mit Kartoffelbrei bedecken. Im vorgeheizten Ofen 30–35 Minuten backen.

Fly Pastry von Demis Oma

Das hier ist ein altes Familienrezept der verstorbenen Großmutter meines Mannes, die übrigens Elsie hieß.

Zutaten:
1 Packung Fertig-Mürbeteig (es sei denn, Sie wollen ihn selbst machen, wie Demi und Oma das natürlich getan haben)
Johannisbeeren oder Rosinen oder beides gemischt
Butter
Zucker

1. Ofen vorheizen auf 450 °F, 230 °C oder Gasherd-Stufe 8.
2. Teigblock in zwei gleich große Stücke teilen und beide dünn auf die gleiche Größe ausrollen.
3. Eins der Teigstücke vorsichtig auf ein gefettetes Backblech legen.
4. Teig mit den gewünschten Trockenfrüchten bedecken.
5. Trockenfrüchte mit kleinen Butterstückchen und Zucker bestreuen.
6. Den Rand des Teigs mit Wasser anfeuchten. Zweites Teigstück obenauf legen.
7. Kanten gut verschließen und überstehenden Teig abschneiden.
8. Etwa 20 Minuten im Ofen backen.
9. Gebackene Fly Pastry mit Zucker bestreuen und in Quadrate oder Rechtecke schneiden.
10. Fly Pastry außer Reichweite von Mitch aufbewahren!

Kartoffelküchlein aus Cornwall

Für diese Kartoffelküchlein benutze ich normalerweise übrig gebliebenen Kartoffelbrei oder Kartoffeln, für die ich sonst keine Verwendung habe. Es ist ein traditionelles Rezept aus Cornwall, auch wenn ich die Kartoffelküchlein noch nie irgendwo in Cornwall zu kaufen gefunden habe, also sagen Sie Bescheid, falls Sie sie irgendwo entdecken!

Zutaten (ergibt zwölf Stück):
4 mittelgroße Kartoffeln, geschält und gewürfelt
100 g Mehl
50 g Butter, weich
2 EL Milch
1 EL Petersilie
Schwarzer Pfeffer

1. Kartoffeln weich kochen, zerdrücken und abkühlen lassen.
2. In der Zwischenzeit Butter mit Mehl vermengen.
3. Kartoffelbrei, Milch, Petersilie und je nach Geschmack schwarzen Pfeffer hinzugeben. Gut verrühren. In kleine Küchlein aufteilen.
4. In einer großen Bratpfanne die Kartoffelküchlein in etwas Butter ausbacken. Von jeder Seite 5 Minuten anbraten oder bis sie goldbraun sind.

Quellenangabe: *»Cornish Pasty« mit Käse und Speck*, *Fisch-Pie mit Algen aus Cornwall* und *Kartoffelküchlein aus Cornwall*: Rezept und Einleitung mit freundlicher Genehmigung des Blogs *Budget Food Mummy – https://budgetfoodmummy.com*